读客® 公务员读史丛书

读历史，更懂政治，修身治国平天下

血腥的盛唐

让中国历史上最著名的主角们，为您讲述中华民族历史上最辉煌、最璀璨也最黑暗、最血腥的朝代

一部289年的唐史，就是一部中国5000年历史的缩影。

4

走向开元盛世

王觉仁 著

凤凰出版社

图书在版编目（CIP）数据

血腥的盛唐 . 4 / 王觉仁著 . -- 南京 : 凤凰出版社
, 2012.9
ISBN 978-7-5506-1567-0

Ⅰ . ①血… Ⅱ . ①王… Ⅲ . ①中国历史－唐代－通俗
读物 Ⅳ . ① K242.09

中国版本图书馆 CIP 数据核字（2012）第 225969 号

书　　名　血腥的盛唐 . 4
著　　者　王觉仁
责任编辑　陈　欣
特约编辑　唐正申　赵晨凤
策　　划　读客图书
版　　权　读客图书
封面设计　读客图书　021-33608311
出版发行　凤凰出版传媒集团
　　　　　凤凰出版传媒股份有限公司
　　　　　凤凰出版社
　　　　　北京凤凰天下文化发展有限公司
出版社地址　南京市中央路 165 号，邮编：210009
公司网址　北京凤凰天下网　http://www.bookfh.cn
印　　刷　北京盛兰兄弟印刷装订有限公司
　　　　　北京市大兴区黄村镇西芦城黄鹅路
开　　本　680mm x 990mm 1/16
印　　张　19.75
字　　数　306 千
版　　次　2012 年 11 月第 1 版　2014 年 4 月第 3 次印刷
标准书号　ISBN 978-7-5506-1567-0
定　　价　29.90 元

如有印刷、装订质量问题，请致电 010-85866447（免费更换，邮寄到付）

目录

第一章
今日域中，谁家天下

李敬业兵变

公元684年阴历九月初六，武后宣布改元光宅，大赦天下，将东都洛阳改称神都，将洛阳宫改称太初宫，并且将所有旗帜旌幡全部改成了鲜艳夺目的金黄色；同时，中央各级政府机构和官职名称也全部都更换一新：

尚书省——文昌台；中书省——凤阁；门下省——鸾台；左仆射——文昌左相；右仆射——文昌右相；中书令——内史；侍中——纳言；吏部——天官；户部——地官；礼部——春官；兵部——夏官；刑部——秋官；工部——冬官。

此外，御史台改为左肃政台，并增设右肃政台，以左肃政台监察中央，以右肃政台监察地方，从而加强了对全国各州的掌控；与此同时，其他中央机构如“省、寺、监、率”等，也全部易名。

这是自龙朔二年（公元662年）以来，武后对中央机构和官职名称所做的第二次改弦更张。大唐臣民再度陷入了一片眼花缭乱之中。许多人百思不解，不知道武后为何如此热衷于玩弄文字游戏。而且没有人料到，在未来的日子里，武后还将在世人诧异的目光中乐此不疲地改文字，改名字，改年号……

然而，这绝不仅仅是文字游戏。如果说龙朔二年的更换官称是武后正式踏上权力之路的一声开道锣鼓，那么这一次改弦易帜无疑是武后意欲改朝换代的先声嚆矢。再打个比方，假如女皇武曌的一生是一部传奇大书，那么所有那些深深带着她个人烙印的文字、官称、年号，就相当于这部书的封面和目录。

它们华丽，典雅，意味深长，引人入胜，既摇曳多姿又凝然厚重，既端庄肃穆又风情万种……

不先读懂它们，我们就读不懂女皇武曌。

紧接着这次规模宏大的改弦易帜之后，武后不等朝野上下回过神来，再度做出了一个令人心惊肉跳的举动——授意她的侄子，时任礼部尚书的武承嗣上表，奏请追封祖先爵位，并建立“武氏七庙”。

按照礼制规定，只有皇帝才有资格建立“七庙”（祭祀七代祖先的宗庙），如今武后竟然作出如此明目张胆的僭越之举，到底是何居心？

面对武后越来越出格的举动，首席宰相裴炎终于忍无可忍了。

在随后举行的一次朝会上，裴炎鼓足勇气站了出来，对武后说：“太后母临天下，当示至公，不可私于所亲……独不见吕氏之败乎？”（《资治通鉴》卷二〇三）

这是裴炎自当上宰相以来，第一次和武后公开唱反调，而且言辞激切，直接把历史上最典型的反面教材——西汉初年的“吕氏之祸”给搬了出来，实在是大出武后意料之外。

武后目光炯炯地盯着裴炎，冷然一笑：“吕后是把权力交给那些在世的外戚，所以招致败亡。如今我只是追尊已故的祖先，有什么值得大惊小怪的？”

裴炎不敢直视武后的目光，但嘴上还是寸步不让：“凡事皆当防微杜渐，不可助长！”

武后闻言，顿时怫然作色。满朝文武噤若寒蝉，人人缄默不语。

当天的朝会就此不欢而散。

当裴炎迈着沉重的步履走出朝会大殿的时候，望着空中变幻不定的浮云，心头忽然掠过阵阵悲凉。实际上他很清楚，只要是紫宸殿上这个老妇人想做的事情，普天之下已经没有人可以阻拦。但是，作为高宗临终前亲自指定的惟一一位顾命大臣，作为帝国一人之下、万人之上的首席宰相，裴炎认为这是他的职责所在，因此不能不谏。

也许在别人眼中，他今天的行为完全是螳臂挡车的愚蠢之举，可无奈的裴炎也只能明知不可为而为之。虽说裴炎是武后一手提拔的，而且在此前的一系列重大事件中——废黜太子李贤，改革三省制度，废黜中宗李哲，拥立睿宗李旦——裴炎也一直是武后的得力助手，双方配合得相当默契，但是对裴炎来说，他所做的这一切都是有前提的，那就是——不能违背儒家的纲常礼教和几千年来的政治传统。

这是裴炎的底线。只有在这样一个合乎道统和法统的范围内，他才愿意和武后通力合作，实现政治上的互利双赢。然而，如今武后却在背离传统的道路上越走越远，甚至已经暴露出篡夺君权、颠覆李唐的野心，这就把裴炎的底线彻底突破了，他当然不能无动于衷。所以，除了硬着头皮出面谏阻，裴炎实在没有别的选择。纵然要为今天的这一谏付出代价，他也绝不愿意助纣为虐，成为了这个野心勃勃的老妇人篡唐的帮凶。

至于说自己将为此付出怎样的代价，裴炎也只能听天由命了。

鉴于裴炎的强烈反对，武后也不得不有所收敛，随后放弃了建立“七庙”的打算，只追封了五代祖先，并且在家乡文水建立了“五代祠堂”。

虽然武后在这件事情上作出了让步，但这并不意味着她会放缓改朝换代的步伐，更不意味着她会原谅这个公然背叛她的裴炎。

当武后正在紧张思考下一步应该如何行动的时候，扬州突然爆发了一场来势凶猛的叛乱，一下子打乱了她的步骤。

这就是震惊朝野的李敬业兵变。

李敬业是一代名将李勣之孙，承袭了祖父英国公的爵位，时任眉州刺史，不知道因为什么事被贬为柳州司马。李敬业为此愤懑不平，于是纠集了一批同样遭到贬谪的郁郁不得志的低级官吏，在扬州揭起了造反大旗。

李敬业打出的旗号是——讨伐武氏，拥立李哲，匡扶唐室。他自称匡复府上将兼扬州大都督，以唐之奇、杜求仁为左右长史，李宗臣、薛仲璋为左右司马，魏思温为军师，骆宾王为记室，短短的十天之间便集结了十几万军队。为了加强号召力，李敬业还千方百计找到了一个相貌酷似李贤的人，以他的名义号令天下。

大军未发，骆宾王的一纸《代李敬业传檄天下文》便已经传遍四方州县。

骆宾王是享誉后世的文章圣手，与卢照邻、王勃、杨炯并称“初唐四杰”。他的这道檄文气势磅礴，汪洋恣肆，文采绚烂，辞锋犀利，与王勃的《滕王阁序》并誉为“唐赋双璧”，堪称千古绝唱。此文后来被收进《古文观止》，改名《讨武曌檄》。下面，就让我们奇文共欣赏，一起来拜读一下这篇绝世美文：

> 伪临朝武氏者，人非温顺，地实寒微。昔充太宗下陈，曾以更衣入侍。洎乎晚节，秽乱春宫。潜隐先帝之私，阴图后房之嬖。入门见嫉，蛾眉不肯让人；掩袖工谗，狐媚偏能惑主。践元后于翚（huī）翟，陷吾君于聚麀（yōu）。加以虺（huǐ）蜴为心，豺狼成性，近狎邪僻，残害忠良，杀姊屠兄，弑君鸩母。人神之所共嫉，天地之所不容。犹复包藏祸心，窥窃神器。君之爱子，幽之于别宫；贼之宗盟，委之以重任。呜呼！霍子孟之不作，朱虚侯之已亡。燕啄皇孙，知汉祚之将尽；龙漦（chí）帝后，识夏庭之遽衰。
>
> 敬业皇唐旧臣，公侯冢子。奉先帝之成业，荷本朝之厚恩。宋微子之兴悲，良有以也；袁君山之流涕，岂徒然哉！是用气愤风云，志安社稷。因天下之失望，顺宇内之推心，爰举义旗，以清妖孽。南连百越，北尽三河，铁骑成群，玉轴相接。海陵红粟，仓储之积靡穷；江浦黄旗，匡复之功何远。班声动而北风起，剑气冲而南斗平。喑呜则山岳崩颓，叱咤则风云变色。以此制敌，何敌不摧？以此图功，何功不克？
>
> 公等或居汉地，或叶周亲，或膺重寄于话言，或受顾命于宣室。言犹在耳，忠岂忘心？一抔之土未干，六尺之孤何托？倘能转祸为福，送往事居，共立勤王之勋，无废大君之命，凡诸爵赏，同指山河。若其眷恋穷城，徘徊歧路，坐昧先几之兆，必贻后至之诛。
>
> 请看今日之域中，竟是谁家之天下！

武后拿到这篇檄文，很认真地把它从头到尾读了一遍。

尽管落魄文人骆宾王在檄文中把她骂得狗血喷头，体无完肤，可武后还是不得不佩服作者的才华。尤其是当她读到“一抔之土未干，六尺之孤何托？”时，不禁悚然动容，急问左右：“这是谁写的？”左右答以骆宾王，武后长叹：“这是宰相之过啊！如此人才，竟然让他流落民间！”

李敬业既然打出了讨伐武氏、匡扶李唐的旗号，身为外戚的武承嗣和武三思自然就坐立不安了。为了防止李唐宗室与李敬业里应外合，共讨诸武，武承嗣和武三思屡屡上表，怂恿武后找个借口处置目前资格最老的两个宗室亲王：韩王李元嘉（高祖第十一子）和鲁王李灵夔（高祖第十九子）。武后拿着二武的奏章试探宰相们的口风，想看看他们的屁股究竟坐在哪一边。中书侍郎刘袆之和黄门侍郎韦思谦都保持沉默，一言不发，唯独裴炎据理力争，坚决反对。

武后静静地看着裴炎那张因激愤而涨红的面孔，心里不停冷笑，眼中隐隐掠过一道杀机。

其实武后现在已经有足够的理由诛杀裴炎了。暂且不说他先前公然反对建立“武氏七庙”的事，就说眼下，武后便有三条理由足以治裴炎一个谋反的罪名。

一、叛军首领之一、李敬业麾下的右司马薛仲璋是裴炎的亲外甥。对于这层关系，朝野上下一直议论纷纷，有人甚至认为薛仲璋正是裴炎派过去的。换言之，人们有理由怀疑裴炎就是这场叛乱的幕后主使。

二、自从扬州叛乱爆发以来，裴炎身为朝廷的首席宰相，却只字不提讨伐大计，成天悠哉游哉，像个无事人一样，人们当然也有理由打上一个问号：你裴炎究竟是何居心？

三、洛阳坊间近日风传一首神秘的歌谣：“一片火，两片火，绯衣小儿当殿坐。”显而易见，歌中所唱正是裴炎，而且暗指他将登上帝王宝座。俗话说无风不起浪，你裴炎若无谋反迹象，何以会有如此耸人听闻的谣谶在坊间风传？

凭此三条，就足以让裴炎死无葬身之地！

此时此刻，武后心中杀机已炽，可脸上却丝毫不动声色。她不再言及李唐宗室之事，而是话题一转，询问裴炎有何良策讨伐叛乱。

裴炎似乎对武后眼中的杀机浑然不觉，又似乎已经抱定必死之心。

只见他猛然趋前几步，一下子跪伏在地，用一种凄怆而决绝的语调高声奏答："皇帝（李旦）年长，不亲政事，故竖子得以为辞。若太后返政，则（叛乱）不讨自平矣！"（《资治通鉴》卷二〇三）

此言一出，满朝文武在一瞬间全都变了脸色——惶恐不安者有之，惊怖错愕者有之，瞠目结舌者有之，幸灾乐祸者亦有之。

原本气定神闲的武后也终于按捺不住了。人们看见她腾地从御榻上跳起，整张脸因暴怒而变得异常狰狞，看上去就像一头毛发倒竖的母兽，仿佛随时会把匍匐在地的裴炎一口吞噬。

这一刻，整座紫宸殿的空气似乎也已凝固，人人呼吸沉重，气氛僵硬如铁。

就在此时，寂静的大殿上突然响起监察御史崔詧的声音。他挺身出列，大声说："裴炎是托孤重臣，手握朝廷大权，若无异图，何故请太后归政？"

崔詧这句话就像一把尖锐的匕首，一下子刺中了裴炎的软肋。

众所周知，睿宗李旦是一个性情内向，不喜政治的人，一旦太后还政，睿宗亲政，那么作为顾命大臣兼首席宰相的裴炎，无疑将成为满朝文武中最大的既得利益者。所以人们完全有理由怀疑——裴炎之所以利用此次叛乱要挟武后还政，目的就是想在日后架空天子，独掌大权，成为像长孙无忌那种一手遮天的权臣。

这，就是崔詧所指的"异图"。

那么，裴炎到底有没有这份异图呢？

从某种意义上说，有。

裴炎毕竟是一个从政者，不是卫道士。尽管他身上不乏传统士大夫的气节，但是任何一个从政者做任何事情的出发点都不可能仅仅是气节，而多数是出于政治利益，在这一点上，裴炎甚至比普通政客表现得更为明显。从他的发迹史来看，如果没有和武后进行一连串的政治交易，他绝对不可能获得今天的权力和地位。所以，毋庸讳言，从裴炎登上历史舞台的那一刻起，他的大多数所作所为就都是与个人的政治利益挂钩的。也因为此，崔詧所提出的质疑就不能说没有道理。

不过，无论裴炎心里是否包藏上述异图，在这个时候都已经不重要了。因为，从他斗胆说出要武后还政的那句话后，其借助叛乱进行逼宫的意图便已暴露无遗，铁腕无情如武后，又岂能对此无动于衷？

所以说，其实是裴炎自己把脖子伸进了死亡的绳套。崔詧所做的，只不过是在最后时刻帮武后勒紧了绳子而已……

在这天的朝会上，崔詧话音刚落，武后便迫不及待地发出了逮捕裴炎的命令。

几名如狼似虎的御前侍卫立刻朝裴炎扑了过去。

一代权相就此锒铛入狱。

李敬业兵变是大唐开国以来规模最大的一次叛乱，而叛军巢穴扬州又是有唐一代的财税重镇，因而这场叛乱对武后造成的危机是不言而喻的。天下人似乎都在拭目以待，很想知道这个在政治上一往无前、所向披靡的女人，是否也能在战场上保持同样的强势。

对此武后当然不会掉以轻心，她坚信自己必将再次用事实向世人证明——她是不可战胜的！

当东都朝廷正因裴炎一案闹得不可开交时，武后一边与宰相们进行着激烈的政治博弈，一边也迅速完成了平叛的军事部署。这一年十月六日，她任命左玉钤卫大将军李孝逸（淮安王李神通之子）为扬州道大总管，以将军李知十、马敬臣为副总管，率领三十万大军开赴战场。

武后之所以选择李孝逸为主帅，并不是因为这个人很会打仗，而是因为他的身份——宗室亲王。你李敬业不是叫嚣着要匡扶李唐吗？那我就派一个李唐亲王来灭你，让天下人知道李唐宗室始终是和我站在一边的，把你那冠冕堂皇的政治遮羞布一举戳穿，再撕个粉碎，让你在兵败身死之前，先在天下人面前裸奔一回！

武后此举可谓高明。平叛军队尚未开拔，她就已经在道义上扳回了至关重要的一分，让李敬业的起兵丧失了最起码的合法性，同时也丧失了人心。

此外，武后还给这支出征部队配备了一位监军——魏元忠。他就是当初急中生智拉黑帮老大来为高宗护驾的那个家伙。武后之所以这么安排，有两个重要目的：一、让足智多谋的魏元忠弥补李孝逸在战略战术上的不足，确保平叛战争的胜利；二、监视李孝逸，防止他临阵倒戈，毕竟他是李唐亲王，是否能真正忠于武后还很难说，所以这层风险必须严加防范。

就在李孝逸开拔的一个月后，武后再度任命了一个江南道大总管，亦即第二梯队的主帅。这是在做两手准备，万一李孝逸战败，第二梯队可以迅速出击。而这个第二梯队的主帅不是别人，正是当时威震一方的抗蕃名将，时任左鹰扬大将军的黑齿常之。

如果说任用李孝逸是武后打的一张政治牌，那么任命黑齿常之则是一张百分之百的军事牌。李敬业虽说是将门之后，可他本人的军事能力和作战经验，跟黑齿常之绝对不是一个级别的，因此就算李孝逸战败，武后也还有黑齿常之这张王牌，足以摆平李敬业。

综观武后在这场平叛战争中所作的战略部署和人事任命，其心机和谋略确实是常人莫及的，无怪乎后来朝廷军队会迅速平定李敬业叛乱，可谓“其胜也宜哉”！

相对于武后运筹帷幄，决胜千里的智慧和谋略，李敬业的表现就差得太远了。

李敬业一起兵，就面临两个选择：一是挥师北上直指洛阳，夺取东都号令天下；二是南渡长江攻占金陵，经营江东以求自固。

军师魏思温力主北上，他认为，既然义师打的是勤王旗号，自然要进军东都，才可获得四方响应。而裴炎的外甥薛仲璋则力主南下，因为金陵乃历朝古都，有帝王气，且有长江天险可以依恃，所以他认为，应先取常州、润州（今江苏镇江市），奠定霸业之基，而后再北图中原。这才是进可攻，退可守的良策。

面对金陵王气、定霸之基的诱惑，李敬业怦然心动，旋即采纳薛仲璋之策，决定渡江南下。

这是李敬业一生中最重大的，也是最失败的一次抉择。

魏思温极力反对，说这是大事未举就先躲到巢穴里，会让天下志士灰心丧气。可李敬业充耳不闻，命左长史唐之奇留守扬州，然后亲率大军南渡长江，攻打润州。魏思温无奈地对右长史杜求仁说：“兵势合则强，分则弱，敬业不并力渡淮，收山东（崤山以东）之众以取洛阳，败在眼中矣！”（《资治通鉴》卷二〇三）

后来的事实证明，魏思温的担忧是对的。李敬业起兵，最大的本钱既不是他将门之后的招牌，也不是那个假冒的章怀太子李贤，更不是他仓猝集结的十万乌合之众，而是“志在勤王，匡扶李唐”的政治口号。因为天下人对武后擅权专制的不满由来已久，如果充分利用这一点，必可收揽人心，号令天下。只可惜李敬业不过是一个胸无大志、鼠目寸光的武夫，他拒绝北上，掉头南下的行为，一下子就暴露了割地称王的野心和意图，也彻底暴露了他假勤王、真叛逆的嘴脸，所以天下人必然会对他极度失望，因而也就注定了他的败亡。

光宅元年十月中旬，李敬业攻陷润州，生擒他的叔父、润州刺史李思文。李敬业对他说："叔父是武氏的狐朋狗党，应该改姓'武'！"

就在李敬业给他叔父改姓的五天之后，他自己的姓也被朝廷改了。武后剥夺了他的世袭爵位和皇姓，恢复徐姓；同时刨开了他祖父李勣的坟墓，并且剖棺暴尸。可怜李勣一世英名，死后却被他的孙子玷污和连累，连灵魂都要在九泉之下背负耻辱，不得安宁！

十月下旬，李孝逸大军逼近润州，徐敬业兵分三路迎战，自己亲率一路进驻高邮，派胞弟徐敬猷进至淮阴，再派将领韦超、尉迟昭进驻都梁山（今江苏盱眙县南）。

李孝逸进抵淮河北岸后，前锋雷仁智与徐敬业遭遇，首战失利，李孝逸胆怯，于是逗留不进。关键时刻，武后特意安排的监军魏元忠开始发挥作用了。他马上去找李孝逸谈心，话头话尾一直在暗示李孝逸：徐敬业打的是匡扶唐室的旗号，而您又是宗室亲王，若您一直畏缩不前，难免让人怀疑与徐敬业暗中勾结，万一太后怪罪下来，到时您一定罪责难逃！

李孝逸吓得冷汗直冒，只好下令军队出击。

朝廷军的战斗力本来就在叛军之上，一旦主帅下定进攻的决心，自然是势如破竹、所向无敌。十月下旬，副总管马敬臣在都梁山击败并斩杀了尉迟昭。十一月初，李孝逸大军又先后击败叛军将领韦超和徐敬猷。至此，徐敬业的左膀右臂被全部砍断。朝廷军乘胜而进，于十一月中旬在下阿溪与徐敬业主力展开了决战。

下阿溪一战，朝廷军一开始频频受挫。先是前锋苏孝祥率五千人趁夜抢渡溪流，遭遇叛军顽强阻击，苏孝祥战死，官兵多半落水溺毙；继而李孝逸主力又多次发动进攻，均被叛军一一击退。生性怯懦的李孝逸再次萌生退意，被魏元忠阻止。魏元忠仔细观察了战场上的风向之后，力劝李孝逸采用火攻之策。

李孝逸本人虽然怯懦无能，但却善于听取正确意见。冬天里漫山遍野的枯草成全了官军的火攻战术，只见数千艘燃烧着熊熊烈焰的草船顺着呼啸的北风迅速扑向驻守南岸的叛军。火船撞上南岸之后，漫天大火开始在叛军营帐疯狂蔓延，顷刻间吞噬了徐敬业麾下的七千部众，也一举烧毁了徐敬业的所有梦想。

徐敬业在惨遭重创之后落荒而逃，跟随他逃亡的只有徐敬猷、骆宾王以及少数残部。大多数部众就算没被烧死，也都成了官军的刀下之鬼，或者沉入下阿溪喂鱼去了。徐敬业仓惶败退扬州之后，一刻也不敢耽搁，又匆忙带上家眷逃奔润州。

光宅元年十一月十八日，徐敬业一行逃至海陵（今江苏泰州市），准备从这里渡海流亡高丽。无奈老天爷总是和他作对，这一天又刮起猛烈的东北风，使他的船只根本无法张帆出海。徐敬业望着浊浪翻涌的海面，一种冰冷的绝望瞬间弥漫他的全身。那天夜里，一个叫王那相的部将趁徐敬业熟睡之际，偷偷潜入他的帐中，轻而易举地割下了他的首级，随后又砍杀了徐敬猷和骆宾王，带着三人的首级投降了官军。数日后，叛军余党唐之奇、魏思温等人也相继被捕，被官兵砍下首级，传送神都。

至此，徐敬业叛乱宣告平定。

拥兵十万的徐敬业从起兵到被杀，历时仅两个多月。其败亡之速，其下场之不堪，让许多大唐臣民在日后追忆的时候仍然欷歔不已。

徐敬业等人沾满血污的首级传送洛阳后，被高高悬挂在端门前的旗杆上示众。那天，盛装华服的武后站在则天门楼上远远地望着，感觉那几颗肮脏的首级就像是烂在枝头上无人采摘的野果，只等乌鸦和秃鹫前来啄食。武后那天自始至终没有说一句话，然而细心的朝臣却分明看见她的嘴角荡漾着一抹矜持的笑容。

那天有状若血火的凄美晚霞在西天灼灼燃烧，像极了下阿溪岸边百年一遇的熊熊烈焰。武后起驾回宫的时候，随行的文武百官束手站立在甬道两侧，看见武后端坐在御辇上，从太初宫宽广的殿庭中徐徐而过。在金黄色的余晖映照之下，武后那张方额广颐的脸庞似乎罩上了一层绮丽的光晕。

百官们敛首低眉，莫敢仰视。

他们都说，当时的武后看上去就像一尊凛然不可侵犯的神祇。

大清洗：裴炎之死

在徐敬业败亡之前，帝国的一个重要人物已经先他而死。

这个人就是裴炎。

裴炎下狱后，武后亲自点名，命左肃政大夫骞味道和侍御史鱼承晔负责审查，目标很明确，就是要不择手段坐实裴炎的谋反罪名。

审讯过程中，裴炎语气强硬，毫不妥协。有人劝他适当让步，或者态度谦逊一点，以求避死免祸，可裴炎却摇头苦笑，说："宰相一旦下狱，岂有活命的可能？"

基本上可以说，此刻的裴炎已经无惧于死亡了。

从裴炎确凿无疑地看见武后改朝换代的决心和野心后，他就知道自己只有一条路可以走了，那就是——与武后公开决裂，然后坦然赴死。

不管他过去和武后有过多少默契于心的政治交易，也不管裴炎心里还藏有多少个人的政治目的和利益诉求，总之在这个最后的时刻，在这个涉及君臣纲常、社稷安危的原则性问题上，裴炎还是清醒的。作为一个从小就进入弘文馆就学，熟读圣贤经典的儒家士大夫，裴炎的立场和态度很明确——与其充当武后颠覆李唐的帮凶，变成一个人神共愤的乱臣贼子，或者在这个老妇人的石榴裙下摇尾乞怜，蝇营狗苟地活过下半辈子，那还不如引颈就戮，痛快一死，起码也能保住一个李唐忠臣的名节，起码还有脸面到地下去见高宗。

所以，裴炎走到今天这一步，完全是他自己选择的结果。

除了不愿成为武后篡唐的工具之外，还有一个重要原因也迫使裴炎主动选择死亡。那就是——他后悔当初帮了武后太多的忙！谁都不能否认，武后之所以能够顺利摆平几个儿子，获得临朝称制、母临天下的合法性，在很大程度上是要归功于（或者归咎于）裴炎的。因此，未来武后如果真的篡了李唐天下，无疑也有裴炎的一份功劳（或者一份罪孽）。想到这一点，裴炎就会有一种早知今日何必当初的懊悔和自责。

因此，死亡对于此刻的裴炎来讲，与其说是一种惩罚和灾难，还不如说是一种救赎和解脱。

正当徐敬业兵变的烽火在扬州熊熊燃烧之时，神都洛阳的朝廷上也打响了一场没有烽烟的战争。面对悬而未决的裴炎谋反案，文武百官们迅速分成了两派。一派以主审官骞味道和凤阁舍人（中书舍人）李景谌为首，坚称裴炎必反；另一派以纳言（侍中）刘景先和凤阁侍郎（中书侍郎）胡元范为首，竭力为裴炎鸣冤叫屈。他们在朝堂上公然对武后说："炎，社稷元臣，有功于国，悉心奉上，天下所知，臣敢明其不反！"（《资治通鉴》卷二〇三）

扬州叛乱未平，当朝首席宰相又涉嫌谋反，朝廷正是用人之际，此时的武后当然不希望把事情闹得不可收拾，所以她只能强捺心头的怒火，淡淡地说："裴炎有种种谋反的迹象，只是诸卿不知道罢了。"

可刘景先和胡元范根本不买武后的账。他们异口同声、斩钉截铁地说："如果裴炎谋反，那臣等也都是反贼了！"

裴炎的落难，无疑让同僚刘景先和胡元范感到了唇亡齿寒的危险。他们意识到，裴炎的今天很可能就是他们的明天，所以此时此刻，他们必定要豁出身家性命力保裴炎。

因为只有保住裴炎，才能保住他们自己的明天。

武后深长地看了他们一眼。

这一眼顿时让刘景先和胡元范不寒而栗。

但武后最后还是以一种息事宁人的口吻说："我知道裴炎谋反，也知道你们不反。"

武后在最大程度上作出了让步，但同时也是在暗示并警告刘、胡二人——识时务者为俊杰，你们最好是认清形势，和裴炎划清界限，没必要和他掺和在一起。

然而，令武后深感意外的是——她的克制和忍让并没有获得宰相和大臣们的理解，她的暗示和警告更是被当成了耳旁风。在刘景先和胡元范的带头作用下，文武百官中的大多数居然都站到了裴炎一边，力保裴炎的奏章如同雪片一般纷纷飞到她的面前。

武后愤怒了。

虽然她不希望因为裴炎一案而掀翻整个朝堂，但这并不意味着她可以容忍满朝文武伺机对她发难。

她绝不容忍！

因此，武后决定杀鸡儆猴，对东都朝堂来一场大清洗。

但是在动手之前，为了避免局势的全盘恶化，武后还是先跟一个老臣打了一声招呼。

他就是文昌左相兼西京留守，时年八十三岁的刘仁轨。尽管他早就被武后以“外示尊崇，内夺其权”的方式晾在了一边，可毕竟是德高望重的三朝元老，在武后决定清洗东都朝堂之前，她还是希望稳住刘仁轨，以便稳住长安的局势。

武后派出了一个叫姜嗣宗的使臣，前往长安通报裴炎一案的情况。此时的姜嗣宗绝对不会料到，就是这趟普普通通的差使，最后竟然让他送掉了小命。

本来姜嗣宗是不会死的，问题在于这个人的话太多。当他眉飞色舞、添油加醋地向刘仁轨介绍完裴炎的案情后，又意犹未尽地加了一句：“我很早就察觉裴炎心怀异志了，如今看来，果不其然！”

刘仁轨眯着眼睛看着这个来自东都的太后心腹，突然觉得阵阵反胃。在他看来，裴炎这个人固然该死，几年来帝国发生的一系列重大政治变故，几乎都是裴炎在背后搞的鬼，现在机关算尽，反遭太后兔死狗烹，可谓死有余辜！但是眼前的这个人显然也不是什么好鸟，幸灾乐祸，落井下石，一副龌龊的小人嘴脸，显然也是武后门下的一条走狗。

既然你小子今天撞到了老夫手上，就别怪老夫心狠手辣！

心念电转之间，刘仁轨已经有了主意。他一脸凝重地看着姜嗣宗，说：“哦？尊使早就察觉了？”

“那是当然！”姜嗣宗得意洋洋地说。

刘仁轨点点头，忽然话题一转：“仁轨有一道奏章，有劳尊使顺道带回。”

姜嗣宗满口答应。

他并不知道，刘仁轨交给他的这道奏章就是他的死亡通知书。

姜嗣宗兴冲冲地回东都复命时，武后展开刘仁轨的奏章一看，上面只有一句话：“嗣宗知裴炎反，不言。”

武后一声令下，姜嗣宗被当廷逮捕，并立即绑赴都亭绞死。

很可能直到绞索套上脖子的那一刻，姜嗣宗依旧不明白自己是怎么死的。

随后的日子，武后迅速果断地展开了一场政治清洗。

带头力保裴炎，公然与武后面折廷争的刘景先和胡元范率先下狱。文武百官一见势头不妙，赶紧夹起尾巴做人，从此再也没有人敢替裴炎说话。

光宅元年十月十八日，裴炎以谋反罪名被押赴洛阳城郊的都亭驿斩首，家产抄没，亲属全部流放岭南。出人意料的是，朝廷查抄裴炎的家产时，发现堂堂的首席宰相居然一贫如洗，家中储存的粮食还不到一石！时人闻之，无不感叹。

临刑前，裴炎看着前来为他送行的兄弟们，满面凄惶地说："各位兄弟当官都是靠自己奋斗，我没有尽丝毫力量。而今却受我牵连流放边地，实在令人悲伤！"

若仅从史书记载的上述二例来看，裴炎居官，足以当得上"清廉"二字。

行刑的这天浓云低垂，法场四周秋风呜咽，无数的落叶在空中飘飞乱舞，辗转无凭，一如人在这个世界上的命运。

面容枯槁的裴炎拖着枷锁脚镣，一步一步走向法场中央的行刑台。

此刻他的心中异常宁静。

因为他知道自己正在走向解脱。

刀光闪过，一代权相人头落地。曾经的辉煌随风而逝，一世功过任人评说。

裴炎被斩后，侍中刘景先被贬为普州（今四川安岳县）刺史，不久又贬吉州（今江西吉安市）员外长史；中书侍郎胡元范被流放到琼州（今海南定安县），随后死在贬所；另一个宰相郭待举也被罢相，贬为太子左庶子。

在武后的清洗名单中，不仅有文臣，也有武将。

首当其冲的，就是时任左武卫大将军的程务挺。

自从裴行俭死后，程务挺就成了帝国军界最引人瞩目的一颗新星。短短几年来，在裴炎和武后的大力栽培和提拔下，程务挺迅速升迁，从一个普通将领成长为单于道安抚大使兼左武卫大将军。他手握重兵，在抗击东突厥的战争中功勋卓著，俨然已是帝国军界的擎天一柱。喝水不忘挖井人，程务挺对裴炎的知遇之恩一直深怀感激，所以一得知裴炎入狱，马上写了一道密奏呈给武后，为裴炎求情。

这道密奏立刻引起了武后的高度警觉。

裴炎和程务挺，一个掌朝廷之重权，一个执军界之牛耳，身份如此特殊的两个人物一旦搞到一起，对任何统治者都会构成极大的威胁，武后当然不能对此漠然置之。而且据有关方面奏报，徐敬业叛军中的两个核心人物——唐之奇和杜求仁，又与程务挺关系密切。综合这些因素，武后不禁暗暗捏了一把冷汗。倘若手握重兵的程务挺突然倒戈，与朝中的裴炎一党内外串通，再与扬州的徐敬业南北呼应，那后果岂堪设想！

思虑及此，武后当即在心里给程务挺判了死刑。

就在处决裴炎的不久之后，武后随即派遣左鹰扬将军裴绍业，带着她的敕令前往程务挺军中，在他毫无防备的情况下将其斩于军中，并籍没其家。程务挺一死，突厥人顿时欢天喜地，不但设宴庆贺，还给程务挺立了一座祠堂，每次出战，必先在其灵位前焚香祷告。此举常令后世的许多读者百思不解，搞不懂突厥人为什么会把自己的对手和敌人奉若神明。其实这不难理解，草原民族历来拥有浓厚的英雄崇拜情结，一个人只要被他们视为英雄，就有资格获得他们的顶礼膜拜。至于说这个人生前属于哪个阵营，那根本不在他们的考虑范围之内。

差不多与程务挺被杀同时，帝国的另一个重要将领也随之罹难。

他就是那个一直深受武后嫉恨，时任夏州（今陕西靖边县）都督的王方翼。

早在安西都护任内，王方翼就曾独力平定西突厥的叛乱，为西域边陲的安宁立下过汗马功劳。然而就因为他是王皇后的近亲，所以武后始终对他耿耿于怀，一直想找机会把他除掉。由于王方翼与程务挺私交甚笃，这一次武后终于有了借口，于是将他逮捕下狱，旋即又流放崖州（今海南琼山市）。王方翼无故而遭流放，终日抑郁寡欢，不久就死于贬所。

程务挺和王方翼这两位功勋卓著、骁勇善战的名将，就这样相继死于国内的政治斗争，这对大唐帝国来说无疑是一个莫大的损失，但对突厥人而言却是一大福音。从此，东突厥军队更是无所忌惮，屡屡纵兵入寇，逐渐成为唐帝国北方的一大边患。

武后在实施政治清洗的同时，也迅速拔擢了一批对她惟命是从的官员。其中，当廷指控裴炎心怀异图的监察御史崔詧，裴炎一案的主审官左肃政大夫骞味道，还有坚称裴炎必反的凤阁舍人李景谌，都先后拜相，一夜之间飞黄腾达。

公元684年，武后就是以这样一种顺我者昌、逆我者亡的姿态，尽情挥舞着手中的刑赏大棒，把反对她的人从天堂瞬间打入地狱，又把拥戴她的人从平地径直捧上云端。就在这生杀予夺，翻云覆雨之间，满朝文武都在她的脚下匍匐，整个帝国都在她的手中颤栗……

放眼天下，还有谁能与其争锋？

这一年岁末的一天，武后召集文武百官在紫宸殿上训话：“朕辅佐先帝逾三十年，忧劳天下。诸卿之爵位富贵，皆拜朕之所赐；天下安宁与百姓福祉，皆赖朕之所养。先帝弃群臣而去，以社稷托付于朕，朕不敢爱一身，惟知爱天下人。为何如今公然反叛者，皆出自公卿将相？诸卿负朕何其深也！”

这一刻，帝国庙堂的衮衮诸公全都俯首帖耳，鸦雀无声，惟有武后中气十足的声音在空旷的大殿中回荡：“诸卿当中，有谁是顾命老臣，且桀骜不驯如裴炎者？有谁是将门贵种，旬日之间纠集十万亡命如徐敬业者？有谁是手握重兵，骁勇善战如程务挺者？此三人皆当世豪杰，不利于朕，朕能戮之！诸卿有自认才能超过此三人者，可以及早动手。如若不然，便应从此洗心革面，忠心事朕，不要再让天下人耻笑！”

武后话音未落，满朝文武齐刷刷跪伏在地，异口同声地说：“惟太后所使。”

就在武后这番赤裸裸的教训与恐吓中，这个刀光剑影、血雨腥风的嗣圣、文明、光宅元年，终于落下了沉重的帷幕。

与此同时，就在大唐帝国的衮衮诸公们面对那道薄薄的紫纱帐叩头如捣蒜的时候，一个女主天下，乾坤倒转的时代便已悄然来临了……

武后的男宠：面首的诞生

新的一年，武后改元垂拱，取“垂衣拱手，无为而治”之义。很显然，过去的一年太惊心动魄了，武后高度绷紧的神经确实需要放松一下。更何况，在对女皇之位发起最后的冲刺之前，武后也需要养精蓄锐，储备足够的能量。

在同龄的妇人当中，武后的身体素质绝对是一流的，否则她也无法在紧张而惊险的政治生涯中始终保持旺盛的精力。这一点，她和去世的高宗恰成鲜明的对照。整个中年时期，高宗都是在病痛的折磨下度过的，而武后则恰恰是从这个时期开始，一再爆发出令人惊诧的强大生命力。也许就身体素质而言，武后真的是遗传了母亲杨氏的基因。杨氏以九十二岁高龄而寿终，这在当时绝对是屈指可数的寿星，就算在今天恐怕也是相当罕见的。

然而，拥有一副强健的体魄有时候也不完全是好事。

比如武后就因此产生了某种烦恼。

某种难以启齿的烦恼。

具体而言，就是内分泌过于旺盛，女性荷尔蒙始终处于生机勃勃的状态，雌激素亢奋过剩，无从挥洒，因而对男女之欲也就有了与其年龄极不相称的需求。在这方面，武后恐怕也和她的母亲杨氏如出一辙。我们都还记得，杨氏晚年曾爆出一桩惊世骇俗的性丑闻，八九十岁高龄还与她的外孙贺兰敏之乱伦私通，足见杨氏对男女之欲的需求之旺盛。

而武后最大的痛苦和烦恼在于——高宗李治在整个后半生中天天与病魔厮斗，自然难以尽到丈夫的义务。一方面自己需求旺盛，另一方面合法丈夫又是个中看不中用的摆设，武后内心的郁闷可想而知。尽管这几十年里纷繁复杂的政治斗争转移了武后的大量精力，但这并不等于她的这种私密需求会自动从生命中消失。

所以，当激烈的权利斗争告一段落的时候，当武后在帝国的庙堂上征服所有峨冠博带的男人之后，自然就会产生另一种冲动——在一些别样的场合征服一些别样的男人。

比如在她那空旷寂寞的寝殿里，在她那鎏金镶玉的床第之上，武后需要另一种男人让她享受另一种征服的快感。

这种男人就叫面首。

而中国历史上大名鼎鼎的面首薛怀义，就在这时候走进了武后空旷寂寞的寝殿……

在成为名闻天下的面首之前，薛怀义不叫薛怀义，而叫冯小宝。小宝最初的职业是在洛阳坊间打拳头卖膏药，可神都洛阳无尽繁华，红尘万丈，却与混迹市井的冯小宝了不相干，他只能在这通衢闹市的某个角落，支一个摊子，凭借强壮的身躯和粗大的嗓门，吸引三三两两的眼球，有一搭没一搭地卖他的狗皮膏药，挣几把铜钱聊以糊口。

可又有谁能想到，就是这样一个蝼蚁般卑贱的小混混，有朝一日竟会变成朝野上下最为炙手可热的人物！

最先慧眼识“英雄”的女人是千金公主府上的一个侍女。某日从热闹的坊间经过，这个目光如炬的侍女一眼就瞥见了小宝那裸露在阳光下的黝黑强健的肌肉。这惊鸿一瞥不禁让这个侍女芳心荡漾，于是偷偷把小宝带进公主府邸，每日云雨，无尽欢畅。但是纸包不住火，终于有一天，年逾七旬的千金公主带着冲天的怒气一脚蹬开了侍女的房门。

尽管眼前的一幕龌龊不堪，可千金公主的目光还是被小宝的身躯牢牢吸引了，以至满腔怒火瞬间化为乌有，取而代之的是某种百爪挠心的强烈欲念。

于是这场捉奸行动就有了一个心照不宣的结局。千金公主毅然“没收”了侍女的玩伴，以示对她不守妇道、红杏出墙的惩罚。后来的日子，小宝因祸得福，从侍女的小小闺房转战到了公主的锦衾绣床上，并且雄风不减，越战越勇。公主如获至宝，本欲从此秘不示人，独自享用，可转念一想，太后威权日盛一日，却只能夜夜独守空房，不如将小宝慷慨转赠，以此博取太后欢心。

于是，本着“独乐乐不如众乐乐”的无私精神，千金公主悄悄把冯小宝带进了太初宫，并直接领进了太后的寝殿。对于这份暗中渴望已久的特殊礼物，武后自然是欢喜笑纳了。

至此，洛阳街头卖艺为生的冯小宝，摇身一变就成了太后的枕边新欢。当然，突如其来的巨大荣宠一开始还是把冯小宝撞击得头晕目眩、无所适从。不过他很快就适应了角色。毕竟前面的两度艳遇已经壮了他的胆子，锻炼了他的床上绝技，同时也告诉了他一个人间至理——男人“胯”下有黄金。

尽管“胯”和“膝”一字之差，义理悬隔不啻天渊，但这并不妨碍小宝将其适当修正之后奉为至理名言。小宝从此格外爱护自己的脐下三寸，因为它将给他带来天底下所有男人可望而不可及的一切。

自从生命中有了妙不可言的小宝，武后便如枯木逢春，老树开花，迟暮之年却绽放出了少妇般的光彩，脸色红润了，皮肤也细腻了，每天的心情更是舒畅无比。

武后意识到小宝对她已经不可或缺，所以决定对他进行包装，以便长期留在身边。她让小宝出家为僧，取名怀义，并让他当上了千古名刹白马寺的住持。小宝从此自由出入宫禁，美其名曰在宫内道场诵经念佛，实则天天与太后切磋“阴阳之道”。此外，鉴于小宝出身卑微，武后就让他认太平公主的丈夫薛绍为族叔，改姓为薛。

从此，穷酸卑贱的冯小宝就变成了当朝第一大红人薛怀义。他私自剃度了一帮小流氓当和尚，每天骑着高头大马，前呼后拥着在洛阳城里呼啸来去。无论官民，见了他都要绕道走，躲避不及就被当街暴打，打不死算走运，打死了活该。最惨的就是道士，被薛怀义和他手下碰见，抓过来先是劈头盖脸一顿打，然后剃光了头发，硬是拉到庙里当和尚。满朝文武和名流政要，见到薛怀义都要尊称“薛师”，并且匍匐礼拜，就连当红外戚武承嗣和武三思兄弟，也要对他执僮仆礼，为其牵马执辔，极尽阿谀谄媚之能事。

薛怀义把洛阳城闹得鸡飞狗跳，老百姓深受其害，各级官府又没人敢管，右台御史冯思勖实在看不过眼，多次将薛怀义的手下逮捕法办。薛怀义恨之入骨，就找了个机会把冯思勖堵在下班回家的路上，命手下大打出手，直到把冯思勖打得奄奄一息才扬长而去。

但是，也不见得所有人都治不了这个骄横跋扈的面首。

有一次，薛怀义就狠狠地挨了一回教训。

那天薛怀义带着喽啰大摇大摆地进宫，刚好在宫门口碰见宰相苏良嗣。唐代的宰相历来地位尊崇，号称“礼绝百僚”，自然不会给这个凭借床上功夫而耀武扬威的男宠让路；而薛怀义骄横惯了，也没把宰相苏良嗣放在眼里。于是两队人马互不相让，就在宫门口僵持着。苏良嗣勃然大怒，心想这该死的男宠就是他妈的欠抽，随即命手下把薛怀义抓过来，当场噼噼啪啪给了他几十记耳光。薛怀义的喽啰一见宰相发威，又见对方人多势众，都不敢轻举妄动，只能眼睁睁看着他们的老大被抽。

薛怀义自从入宫以来，何曾受过此等羞辱？他又急又恼，当即捂着火辣辣的脸颊跑到武后面前哭诉，口口声声要太后为他做主。武后充满爱怜地抚了抚薛怀义的脸颊，然后慢慢收回了手，淡淡地说了一句：“怀义你也不要太张扬了，以后进出都走北门吧，南门是百官和宰相出入的地方，你何苦去招惹他们？”

薛怀义一脸愕然地看着武后，懊恼沮丧，好长时间没有回过味来。

不过这几十个耳光也不算白挨。因为薛怀义过后就隐隐约约地意识到——自己终究只是太后的玩偶而已，要想永保荣华富贵，要想在天下人面前抬起头来，就不能只是在太后的床上操练，而要实实在在地干几件大事让天下人瞧瞧。

挫折往往能使人更快成长。也许正是苏良嗣的几十个耳光打醒了这个浅薄无知的男宠，所以薛怀义才会化悲愤为动力，在未来的日子里轰轰烈烈地干了几件名留青史的事情。然而，也恰恰是这些所谓的大事让他陷入了极度的自我膨胀之中，旋即导致了自己的灭亡。

当然，这些都是后话了。

告密旋风与酷吏时代

垂拱二年（公元686年）正月，长期处于软禁状态的睿宗李旦忽然接到太后的一道诏书，说是要“复政于皇帝”。李旦大为惶恐。他太了解自己的母亲了，三个兄长过去的遭遇已经给他留下太多血的教训，所以他很清楚，母亲这么做，绝不是真心想要归还政权颐养天年，而是打算一边堵住天下人的悠悠众口，一边试探他的态度。

有鉴于此，李旦当然只能一再上表坚决辞让。他声称，自己既没有兴趣打理朝政，更没有能力统治天下，所以为了社稷苍生的福祉，还须母亲勉为其难，继续临朝听政。

看着李旦一连呈上的三道让表，武后笑了。

看来还是老四比较聪明啊，当初他的三个哥哥要是像他这般乖巧的话，不就什么事都没了吗？

武后的还政表演确实是高明而有效的。从此，那些口口声声要求太后还政的人就不得不保持缄默了。但是武后知道，很多宗室亲王和文武大臣嘴上不说什么，可并不代表他们心里面没有想法。换言之，很多人不会心甘情愿接受她的统治，他们心里肯定藏着许多怨言，甚至很可能藏有对武后不利的企图。

自从徐敬业兵变，裴炎逼宫，宰相百官联名上书等一系列恶性事件发生之后，武后就一直在考虑一件事情，那就是——如何才能深入人们的内心世界，预先察觉阴谋的存在？如何防患于未然，把所有不利于她统治的事物全都扼杀在萌芽状态？

作为武后精心思考的结果，垂拱二年三月，一项全新的制度在大唐帝国应运而生。

这就是“匦检制度”。

所谓匦检制度，说好听点叫做广开言路，下情上达，说难听点就是鼓励天下人都来告密。具体的操作方法，就是在朝堂前设置一个四四方方的大铜箱，分成四格，开四个孔，可入不可出。四面正对东南西北，涂成四种颜色。东面青色，名“延恩匦”，求仕进者投之；南面红色，名“招谏匦”，言朝政得失者投之；西面白色，名“伸冤匦”，有冤抑者投之；北面黑色，名“通玄匦”，言天象灾变及军机秘计者投之。（《资治通鉴》卷二〇三）

朝廷以谏议大夫、补阙、拾遗各一人为“知匦使”，以御史中丞、侍御史各一人为“理匦使”。每天傍晚由知匦使开箱审阅，紧急事件先行处理，其余转呈中书省和理匦使，最后再向武后汇总上报。补阙、拾遗的官职以及匦使的设置，都是武后的发明。而具体设计制造铜匦的人，名叫鱼保家，是当初裴炎案的审查官之一侍御史鱼承晔之子。

虽然朝堂前的这口大铜匦并不仅仅只为告密而设，但是知匦使每天拿到的最多的奏状，都是从那面漆黑阴森的通玄匦中取出的，其他三匦则形同虚设。

这绝不是一个偶然。

因为，相对于“求仕进”“言得失”“伸冤抑”而言，人们显然对告密更为情有独钟。文明元年那个禁军飞骑告密事件，至今依然清晰地烙印在人们的记忆中，并且闪烁着一种蛊惑人心的幽玄之光。这道光照亮了很多人的梦想——通过告密一夜之间飞黄腾达的梦想。

当然，这也恰恰是武后最希望看到的。

不让群众互相检举揭发，她怎么可能知道群众心里都在想些什么，又怎么可能知道他们都在背地里干些什么呢？

具有讽刺意味的是，第一个被铜匦中的密状揭了老底，从而被武后砍头的，不是别人，正是铜匦的设计制造者——鱼保家。

鱼保家无疑是个能工巧匠，但他的智慧最初并不是贡献给武后，而是贡献给了徐敬业的。因为他曾是徐敬业的好友，所以当徐敬业起兵时，他便把刀、弩、攻城车等兵器的制造技术传授给了叛军。徐敬业兵败后，鱼保家侥幸躲过了朝廷的清查，但一直惶惶不可终日。为了捞取一些政治资本以便安身立命，他仔细观察了朝廷的政治风向，然后主动上书给武后，提出了四格铜匦的设计思路。

鱼保家的设计方案得到了武后的高度赞赏，随后便奉命制造了铜匦。原以为过去的政治污点再也不会有人提起，而未来的荣华富贵也将因首创铜匦之功而有了保障。但是鱼保家无论如何也不会想到，就是他亲手设计并制造的这口大铜箱，头一个就把他自己埋葬了。

因为有人把一封告密信投进了黑色的通玄匦中，鱼保家帮助叛军制造兵器的罪行就此暴露在世人面前。几天后鱼保家就被押赴刑场斩首了，他父亲鱼承晔也坐贬仪州司马。行刑的那天，围观百姓看见这个聪明反被聪明误的鱼保家一直在笑，从走向行刑台那一刻起，直到人头落地的一瞬间，他始终在笑。旁观的人们过后都说，那种笑容异常凄凉也异常恐怖，这辈子从没见人那样笑过。仔细回忆那天观刑的感受，也许只能用“毛骨悚然”四个字来形容。

鱼保家的故事尽管令人唏嘘，可它却以一种罕见的黑色幽默的方式，宣告了铜匦告密制度的强大功能。

武后显然是所有人中最受鼓舞的一个。

当一种器物诞生之初，却一口反噬了它的制造者，那就足以证明这种东西是有灵性的。尤其是当武后注视着那口散发着幽冥之光的通玄匦时，她总会恍惚看见一头通体黝黑的神兽——它叫玄武，是一种龟蛇合体的神兽，是传说中让人敬畏的北方之神。武后猜想鱼保家设计铜匦的时候，一定也曾被这只神兽的意象吸引和缠绕，只是鱼保家福浅命薄，注定看不见玄武神兽降临尘世，在九州大地刮起黑色旋风的那一天。

而现在武后看见了。

她知道自己的使命就是让这股旋风席卷帝国的四面八方，在一夜之间剥去所有人的面具和伪装，让他们一丝不挂地行走在彼此的目光中，让他们内心的欲望和罪恶从此裸裎在阳光之下，让人与人之间再也没有秘密可言……

从垂拱二年的春天起，武后便以她那惯用的惊世骇俗的方式，面对天下人彻底打开了“告密之门”。她发布诏书明令所有州县：凡有告密者，各级官吏皆不得过问，只负责提供车辆驿马；在旅途中，各地官府一律按五品官的礼遇接待告密者，并负责将其安全送抵神都；即便是农夫樵人，也都由武后亲自召见，夜宿官方馆舍，所奏之事若得到武后认可，则破例授予官职，就算捕风捉影查无实据，也可免于问罪；各级官吏若有敢于阻拦告密的，以该告密者所告之罪惩处该官吏。

皇太后的这道懿旨一下，就像有一股巨大的魔力瞬间攫住了帝国的万千子民，让他们即刻陷入一种空前的亢奋和癫狂之中。“于是四方告密者蜂起”（《资治通鉴》卷二〇三），人人都怀抱着一夜腾达的梦想，争先恐后、络绎不绝地向神都洛阳涌去。每一条道路、每一个驿站都挤满了上京告密的人群，让沿途的各级官吏疲于应付，焦头烂额。

官吏们看见，这些一辈子都没有出过远门的山野村夫，脸上一概闪动着一种如痴如狂的兴奋之光。官吏们不禁在心里苦笑，在这些人中，又有几个能够“言天象灾变及军机秘计”的呢？如果连田头的老农、山中的樵夫都有能力也有资格言及“天象灾变及军机秘计”，那还要我们这些官吏干什么？大伙不如找根绳子上吊算了。

说白了，这些所谓的告密者绝大多数就是出来享受公费旅游的（而且还是五品待遇的高档旅游）。这辈子能够坐一趟官家车马，住一回皇家宾馆，享受一次五品官的待遇，而且还能登上金銮殿亲睹太后圣容，对这些穷乡僻壤的农夫樵人来讲，实在是做梦也不敢想象的，就算是死也够本了。

令满朝文武颇为惊讶的是，在诏书颁布之后的日子里，太后果然言出必行，说到做到。每天一大早，她都会精神饱满地登上紫宸殿，以一种超乎寻常的耐心和毅力亲切接见每个告密者。即便形形色色的告密者以及他们所操的方言俚语经常把武后搞得哭笑不得，但她从来没有失去耐心，而是乐此不疲，并且对所有人都是和颜悦色，恩赏有加。直到席卷整个帝国的告密风潮渐趋消歇之时，据说她已经亲自接见了近万人。

武后的辛苦没有白费。

因为她亟需的一批特殊人才就是乘着告密的东风来到洛阳的。

这些人在历史上被称为——酷吏。

这些新时代的弄潮儿裹挟在告密者的人流中，带着异于常人的一身本领，带着出人头地的强烈欲望，踌躇满志地来到了武后的身边。而武后则用一种鹰隼般锐利的目光，仿佛沙里淘金一样，一眼就从成千上万的告密者中把他们挑了出来。

胡人索元礼是最早被武后树立起来的酷吏样板。他因告密之功被擢升为游击将军，专门负责审理武后钦定的大案要案。史称其生性残忍，嗜血好杀，每审一人必牵连罗织数十百人。武后大为赏识，频频召见，赏赐有加，并且不断赋予他直达天听，临机独断的实权。

在索元礼示范效应的带动下，醴泉人侯思止、长安人周兴、万年人来俊臣等大批酷吏闻风继起，纷纷效法。其中以侯思止和来俊臣的发迹最具传奇色彩。

侯思止是个文盲，原来的职业是卖烧饼的，由于好吃懒做，后来连烧饼铺也关张了，只好去给一个将军当仆人。告密风起后，他抓住时机状告本州刺史裴贞与宗室亲王李元名串通谋反，从而博得武后赏识，被授予游击将军之职。按说，从一个卑贱的仆人变成一个五品将军，侯思止已经算是一步登天了，可他仍未满足，又去找武后要官，一开口就是御史。

武后笑问："你又不识字，如何当御史？"

早有准备的侯思止振振有词地说："神兽獬（xiè）豸（zhì）何尝识字？可它却能凭借本能和直觉辨别忠奸善恶！"

武后笑了。

她不得不承认，侯思止是一个聪明的文盲。这句话确实挠到了她的痒处。如今她需要的不是凡事讲求程序和证据的法官，更不是那些满腹经纶却处处与她意志相左的朝臣，而是像侯思止这种来自于体制之外的、无知无畏、百无禁忌的人。只要他具有一种绝对效忠于武后的本能，只要他能够凭直觉去对付武后的敌人，文盲白丁又有何妨？

资源放错了位置就是废物，废物放对了位置就是资源。

就这样，文盲侯思止得到了他梦寐以求的侍御史的职位，从此成为武后最忠实、最得力的鹰犬之一。

在武周一朝的所有酷吏中，后起之秀来俊臣可以说是知名度最高的一个。这不仅因为他长相俊美，堪称"酷吏之花"，更是因为他近乎天方夜谭的发迹过程和日后登峰造极的酷吏生涯。来俊臣生于一个赌徒之家，从小游手好闲，无恶不作，后来因作奸犯科身陷囹圄。当武后向天下人发出那道鼓励告密的诏书时，正在坐牢的来俊臣仿佛在绝望中看见了一根救命稻草，他拼命摇撼铁窗厉声高喊：我要伸冤，我要告密！

狱吏不知道囚犯有没有权利告密，踌躇多日不敢处置，只好把情况上报刺史东平王李续。李续冷然一笑，只说了四个字：杖打一百。来俊臣被打得皮开肉绽，从此老老实实，再也不敢提告密之事。几年后，李唐宗室遭遇空前的政治劫难，东平王李续被杀，来俊臣闻讯欣喜若狂，再次摇撼铁窗，发出了比上次更为凄厉的呼喊——我要告密！

这回来俊臣终于得偿所愿，被送到神都面见太后。伶牙俐齿的来俊臣从容奏言，说早在几年前便已察觉李续有谋反企图，却因此遭到李续居心险恶的报复，险些命丧黄泉，如此遭遇，实属人间奇冤；所幸今日苍天开眼，终于让他见到了传说中英明神武的皇太后，才得以一吐冤情，一表忠心，他这辈子也算死而无憾了云云。

那天武后一直注视着来俊臣，不仅惊讶于他的容貌之美，也折服于他雄辩滔滔的口才，更被他的一腔忠心所打动。于是来俊臣话音刚落，武后便毫不迟疑地赦免了他过去的罪行，并即刻提拔他为侍御史。

来俊臣就此奇迹般地咸鱼翻身，从阶下之囚一跃而成朝廷命官，开始了他青史留名的酷吏生涯。经过数年的努力奋斗，来俊臣不仅为武后铲除了大量异己，“前后坐族千余家”（《旧唐书·酷吏列传》），而且从实践上升到理论，会同其党羽精心创作了人类历史上第一部系统阐述冤狱制造过程的经典著作——《罗织经》。

在这本流传后世的专著中，来俊臣侃侃而谈，将他们认真总结的成功经验无私地公诸于众。限于篇幅，在此仅摘取《罗织经》中的两则经典语录以飨读者：

> 事不至大，无以惊人；案不及众，功之匪显。下以求安，上以邀宠，其冤固有，未可免也。

案子如果不搞大，就无以震惊天下；牵连的人如果不够多，功劳就难以彰显。办案的目的是既要保证自身安全，又要向上邀功请赏，若案子存在冤情，那也是在所难免。

> 上不谋臣，下或不治；下不谋上，其身难晋。臣不谋僚，敌者勿去；官无恒友，祸存斯虚。势之所然，智者弗怠焉！

君主若不算计臣下，便难以统驭治理；臣下若不揣摩上意，便难以加官晋爵。臣子若不算计同僚，对手不可能出局；官场上没有永远的朋友，祸患只存于朝夕。形势如此，聪明人不可有片刻懈怠！

这就是来俊臣面对天下后世的真情告白。

不避讳，不掩饰，我是流氓我怕谁！

宁为敢做敢说的真小人，不当言行相悖的伪君子！

我们大可以从道德上鄙视他，但我们却不得不佩服其论述之透彻与精辟。从这种意义上说，来俊臣的《罗织经》，堪与马基雅维利的《君主论》东西相映，亦足以和李宗吾的《厚黑学》古今同辉。

在《罗织经》中，来俊臣及其党羽不仅详细说明了制造冤狱的流程、步骤和要点，而且几乎把刑讯逼供升华成了一种艺术，将人性中最残忍且最富有创意的一面淋漓尽致地展现在世人面前。其中，光是各种酷刑的名目就足以令人叹为观止，如将木板绑在人犯的双手双脚上，然后用力扭绞，名为“凤凰展翅”；将人犯腰部绑住，然后向前猛拉颈上的枷锁，名为“驴驹拔撅”；命人犯跪地捧枷，然后把砖头堆积在枷上，名为“仙人献果”；将人犯绑在柱子上，用绳子拴住枷尾往后猛拽，名为“玉女登梯”。此外，书中还详细记载了十种不同款式的刑具及其应用在犯人身上后产生的效果：一曰“定百脉”——全身麻痹；二曰“喘不得”——近乎窒息；三曰“突地吼”——嗷嗷乱叫；四曰“着即承”——马上招供；五曰“失魂胆”——魂飞魄散；六曰“实同反”——供认同谋；七曰“反是实”——胡乱承认自己谋反；八曰“死猪愁”——就算是死猪也会犯愁；九曰“求即死”——但求速死；十曰“求破家”——赶紧把我们一家老小全杀了吧，也好过戴这玩意儿啊！

在来俊臣等酷吏所创造的这种登峰造极的暴力美学面前，骨头再硬的人犯都会浑身酥软，变成任人摆布的可怜虫。来俊臣等人每次要逼供时，往往在大刑未动之前先展览他们发明的各种刑具，并绘声绘色地描述各自的功能，结果还没等他们把话说完，人犯早已吓得屁滚尿流，“皆战栗流汗，望风自诬”。而武后对来俊臣等人的办案效率也非常满意，对他们的赤胆忠心更是赞赏有加，因而越发宠信他们，并且赋予了他们越来越大的权力。是故，“中外畏此数人，甚于虎狼！”（《资治通鉴》卷二〇三）

来俊臣等人就这样联手缔造了一个恐怖而辉煌的酷吏时代。

在一场比一场更为暴烈的血雨腥风中，大唐的江山社稷正在无声地倾圮，一个亘古未有的女皇时代已经呼之欲出。

这是最好的时代，这是最坏的时代。这是智慧的年代，这是愚蠢的年代。这是信仰的时期，这是怀疑的时期。这是光明的季节，这是黑暗的季节。这是希望之春，这是失望之冬。人们面前无所不有，人们面前一无所有。人们正在直登天堂，人们正在直下地狱……（狄更斯《双城记》）

而金銮殿上的武后则始终面带微笑地看着这一切。

她必须放手让酷吏制造一个人人自危的恐怖世界，她才能让自己拥有一个为所欲为的自由王国。

在这个弱肉强食的世界上，强权就是公理，暴力即为正义。

这就是武周革命前夕，这个即将横空出世的一代女皇惟一信奉的人间真理。

大周帝国的标志：万象神宫

自从裴炎一党因逼迫太后还政被纷纷送上断头台后，朝堂上公然反对武后的声音就渐渐消失了，此后又经过一场还政表演以及甚嚣尘上的告密风潮，满朝文武的嘴巴更是被堵得严严实实，似乎再也没人敢对太后揽政之事妄生非议，指手画脚了。

然而，让武后万万没有料到的是，就在这个大狱迭兴，人人自顾不暇的时刻，居然还是有人逆流而动，再次对她临朝称制的合法性发出了质疑之声。

而更让她震惊错愕的是，这个人居然是她一直以来最得力的亲信——刘炜之。

刘炜之，常州人，少年时便以文藻知名，入朝之后，以其才华见重于武后，遂被延揽为北门学士，从此成为武后的左膀右臂。刘炜之在亲族中素有孝友之名，故深受高宗赏识，被高宗亲自指定为相王府司马，成为李旦的授业之师。高宗曾对刘炜之说："相王，朕之爱子，以卿忠孝之门，籍卿师范，所冀蓬生麻中，不扶自直耳。"（《旧唐书·刘炜之传》）嗣圣元年，在武后废黜李哲、拥立李旦的行动中，刘炜之与裴炎、程务挺等人一起立下汗马功劳，因而以中书侍郎衔入相。官名改易后，刘炜之成了凤阁侍郎、同凤阁鸾台三品。

虽说在武后临朝称制的道路上，刘炜之一直发挥着至关重要的作用，但是到了垂拱三年（公元687年），刘炜之心里还是不可遏止地产生了和裴炎当初一模一样的情结——惟恐变成武后篡唐的帮凶。

事实上，从睿宗李旦被武后软禁的那一刻起，作为与李旦有着师生之谊的刘炜之就已经对武后心生不满了。及至后来告密蜂起，眼见满朝文武人人噤若寒蝉，而武后改朝换代的步伐则越迈越快，加之睿宗亲政的希望又日渐渺茫，刘炜之心中的愤懑更是越积越深，不吐不快。

某一天，在某个私下场合，刘炜之心中的不平终于化成了一句致命的牢骚。

那天，刘炜之和他最信任的一个下属凤阁舍人贾大隐讨论时政，说着说着不禁发出一声浩叹："太后既废昏立明，安用临朝称制？不如返政，以安天下之心！"（《资治通鉴》卷二〇四）

就是这句不平则鸣的牢骚话为刘炜之招来了杀身之祸。

其时告密之风正盛，贾大隐正愁没有升官发财的捷径可走，现在刘炜之自己送上门来，他当然不会放过，于是一转身就去向武后告了密。

武后闻奏，先是一阵愕然，继而脸色铁青地说："炜之是我一手提拔上来的，没想到又背叛了我！"

随后，武后便授意有关部门给刘炜之捏造了两个罪名：一是收受归州都督孙万荣的贿赂，二是与许敬宗的小妾私通。

"刑有不及，陷无不至；不患罪无名，患上不疑也。"（来俊臣《罗织经》）刑罚总有不能及的地方，而诬陷则没有什么不能办到；不必担心加罪于人没有名义，就怕君主对这个人没有猜疑。

刘炜之的遭遇，无疑为酷吏来俊臣的上述妙论提供了生动的注脚。

捏造了罪名后，武后随即指派肃州刺史王本立负责调查。此举颇令人费解——武后为什么放着朝中的那么多司法官员不用，偏偏指派一个地方刺史去审查一个堂堂宰相呢？

在我们看来，此举大概有两种解释：一、刘炜之入相已久，所以武后担心朝中的司法官员会暗中回护，影响审案；二、武后对这个跟随自己多年的心腹股肱或许还抱有一丝不舍，所以她不想让酷吏出马，因为他们一旦出手便没了回旋的余地。综合言之，指派王本立很可能是一个折衷的做法，也就是说——武后既不想轻易放过刘祎之，也不想马上让他死。

然而，已经抱定必死之心的刘祎之根本不领武后的情。当王本立向刘祎之宣读武后的敕书时，刘祎之发出了几声冷笑，然后一字一顿地说："不经凤阁鸾台，何名为敕？"（《旧唐书·刘祎之传》）

没有经过中书门下两省起草审议的敕令，也配叫敕令？

刘祎之这句掷地有声的质问，从此成为中国政治史上的一句经典名言。论者经常引用这句话，来说明唐代相权对君权的制衡作用；同时也以刘祎之最终难逃一死的遭遇，证明唐代的这种宰相制度仍然无法有效制约皇权专制，尤其是当君主具有极权和独裁倾向的时候，相权的制约作用更是荡然无存。

在刘祎之充满嘲讽的质问下，王本立哑口无言，就像是被人狠狠扇了一记耳光。然而刘祎之说出这句话，也无疑是把自己一举推到了武后的铡刀下。

听到王本立的汇报时，武后勃然大怒。

如果说刘祎之此前的牢骚还只是在背地里表达对现状的不满，那么现在这句话就是在公然挑战武后的权威了。对此武后当然不能容忍，随后便以"拒捍制使"为名将刘祎之逮捕入狱。睿宗李旦闻讯，连忙上疏为恩师求情。刘祎之的亲友大为庆幸，以为皇帝既已出面，事情定然会有转机，所以纷纷向刘祎之道喜。可刘祎之却摇头苦笑，说："这回我必死无疑了！太后临朝独断，威福任己，皇帝这么做只能加速我的死亡。"

作为武后十多年来最宠任的亲信，刘祎之确实太了解武后了。他说得没错，李旦的上表非但挽回不了武后的心意，反而坚定了她除掉刘祎之的决心。原因很简单——刘祎之身为宰相，又是皇帝的老师，其身份、地位和政治威望皆非常人可比，假如武后真的答应皇帝的请求赦免了刘祎之，那不仅使皇帝借机收买了天下人心，而且谁敢保证刘祎之日后不会与皇帝联手来对付她呢？所以，留下刘祎之就等于给皇帝留下了一个强有力的同盟，也等于给武后自己留下了一颗重磅的定时炸弹。武后当然没有这么傻，因而刘祎之必死无疑。不过，念在刘祎之这些年来也立下了不小的功劳，武后还是决定网开一面，给他留一个全尸。

数日后，武后特许刘祎之回家，紧接着便派出使臣将他赐死于家中。刘祎之临终前沐浴更衣，神色自若，并且亲自书写谢表，“援笔立成，词理恳至，见者无不伤痛”。（《旧唐书·刘祎之传》）当时见到这份谢表的人不少，但是大伙看完都把感触埋在了心里，只有麟台郎郭翰与太子文学周思均这两个小官读罢忍不住赞叹了几句。

他们的赞语当天就传进了武后的耳中。武后轻轻皱了皱眉头，一句话也没说。几天后，这两个口不择言的年轻人就一起被贬黜外放了。不久，此案的主审官王本立便因功被擢升为夏官侍郎（兵部侍郎），并一举入相。

刘祎之事件，让朝野上下愈发强烈地感受到了武后消灭异己、改朝换代的决心和意志。人们蓦然发现，不管是当初的裴炎，还是今天的刘祎之，尽管都曾荣宠一时，但到头来也不过是武后为她即将诞生的新政权献上的祭品而已。

面对武后铁血无情的强权统治，大唐帝国的臣民们不禁在心里战战兢兢地打上了一个问号——谁将成为下一个祭品？

垂拱四年（公元688年）正月，位于洛阳太初宫正中心的乾元殿轰然倒塌，滚滚尘烟冲天而起，瞬间遮蔽了太阳的光芒。

这不是地震。

这是武后下令拆毁的。

因为她要在乾元殿的旧址上，重新建起一座普天之下最雄伟、最神圣、最华丽、最庄严的政治性建筑——明堂。

在古代中国，明堂是天子祭祀上天、宣明政教的神圣殿堂，是天人合一、君权神授等政治哲学观念的物质载体，是人间秩序与宇宙秩序交合融汇的精神象征，是皇帝顺天应命、统治万民的权威标志，在古代的政治生活中历来拥有至高无上的地位，是名副其实的“上层建筑”。因此，历代天子都把明堂的建造视为一项激动人心的伟业，甚至比封禅泰山更让他们心驰神往。仅就隋唐两朝而言，隋文帝、隋炀帝、唐太宗、唐高宗都曾有过建造明堂的动议，但最终都因各种原因未能如愿。如今，在大唐东都乾元殿轰然倒塌的巨大烟尘中，一座中国历史上规模最宏伟的明堂终于要拔地而起了。

这就是属于武后的明堂，这就是即将诞生的大周帝国最具标志性意义的建筑。

武后连名字都想好了，她要把这座有史以来最伟大的政治建筑命名为——万象神宫。

而主持修建这一历史性工程的人，就是她最宠爱的情人薛怀义。

就在万象神宫破土动工的两个月后，一个叫唐同泰的雍州百姓风尘仆仆地来到了神都洛阳，口口声声说要觐见皇太后。

他声称自己无意间从洛水中捞出了一块神物，所以特地赶来把它献给太后。

有关官员接过所谓的神物一看，原来只是一块白色的石头。

这块石头看上去普普通通，和世界上的任何一块石头都没什么两样。但是当官员们定睛细看的时候，却不约而同地发出了一声惊呼。

那上面赫然刻着八个紫红色的字——圣母临人，永昌帝业。

果然是天赐神物！有关官员不敢怠慢，立刻把唐同泰和这块神物一起送进了宫。

河出图，洛出书。这是圣人出现，盛世降临的标志，是旷古未有，千载难逢的一大祥瑞。武后大喜过望，当即把这块石头命名为“宝图”（稍后又改为“天授圣图”），并一举擢升唐同泰为游击将军。次月，武后下诏，宣布将在十二月亲临洛水举行受图大典，然后祭告昊天上帝，最后在新建的明堂——万象神宫中接受文武百官的朝贺。鉴于这一系列大典的重要性，武后特别提出要求，全国各州都督、刺史以及李唐宗室、外戚一律要在典礼举行的十天之前赶赴神都，不得有误！

五月十八日，武后自加尊号，称“圣母神皇”。

一个月后，武后又命人铸造了三颗神皇玉玺。

所有的迹象都在表明，武后以周代唐的历史性时刻马上就要到来。

一切都进入了倒计时状态……

看着自己一手炮制的作品终于拉开了姑母篡唐称帝的序幕，武承嗣无声地笑了。

是的，所谓“宝图”确实是武承嗣的得意之作。石头是他捡的，字是他刻的，唐同泰是他找的，就连进献神物的那番说辞也是他教的。

古往今来，哪个新政权的诞生不需要一些美丽的谎言来引产呢？

武承嗣想，我只是做了自己该做的事情而已。

燕啄皇孙：李唐宗室的劫难

那个金銮殿上的老妇人终于图穷匕见了。

接到赴洛阳参加大典的诏书之时，李唐宗室的亲王们仿佛看见了自己的死亡通知书。他们不约而同地意识到——武后分明是要借此机会一网打尽，斩草除根！

在如今的李唐宗室中，高祖二十二子现存四人：韩王李元嘉、霍王李元轨、舒王李元名、鲁王李灵夔；太宗十四子现存二人：越王李贞、纪王李慎；高宗八子现存四人：庐陵王李哲和睿宗李旦皆被武后软禁，李上金和李素节这两个庶子也早已被武后搞得半死不活。所以，在这些亲王中，真正具有反抗能量的，就只有高祖四子、太宗二子及他们的子嗣了。

时任绛州刺史的韩王李元嘉是目前李唐皇族中威望最高的一个。他率先采取了反对武后的行动。早在武后征召诸王入京的诏书发布之前，李元嘉就已经预感到大势不妙，于是让儿子李譔给时任豫州刺史的越王李贞写了一份密信，信中说："内人病渐重，恐须早疗，若至今冬，恐成痼疾，宜早下手，仍速相报。"（《旧唐书·越王贞传》）这封信在一般人看来，很可能只是封普通的家信，但是在默契于心的亲王们读来，却分明是一道起兵的动员令。其中，"内人"实指武后，"病渐重"意指武后篡唐的野心已经昭然若揭，而"宜早下手"当然就是号召诸王迅速起兵反武了。

及至武后的诏书发布后，所有的宗室亲王就再也坐不住了，一封封密函在他们手中飞来飞去，互相警告的基本上都是同一句话——"神皇欲于大飨之际，使人告密，尽收宗室，诛之无遗类！"（《资治通鉴》卷二〇四）武后将在大典举行之时，命人告密，将李唐宗室尽数逮捕诛杀，一个不留！

既然武后的屠刀已经架到了脖子上，伸头一死，缩头也是一死，那就只能跟她拼了！

李譔为了增强大家反武的决心，就以睿宗李旦之名伪造了一份玺书，送到了李贞儿子琅邪王李冲的手上，说："朕遭幽絷，诸王宜各发兵救我。”李冲收到玺书后，心领神会，又伪造了一份意思更明确的玺书，分送诸王，声称：“神皇欲移李氏社稷，以授武氏！”

至此，一个以韩王李元嘉父子、越王李贞父子为核心的反武同盟就宣告成立了。由于宗室诸王全都在各州担任刺史，具备随时募兵起事的条件，所以，如果他们能够制订一个周密计划，并且统一指挥，协调行动的话，势必对洛阳形成四面合围之势，也必将从政治上和军事上对武后形成强大的威胁。

然而，天有不测风云。在这个告密之风已经深入人们骨髓的时代，几乎没有什么秘密是可以藏得住的。就在李唐宗室联合起兵之前，他们的秘密就泄露了。

告密者正是宗室的内部成员——鲁王李灵夔的儿子李蔼。

人们也许都还记得文明元年那个禁军飞骑的告密事件，他用十几个同僚的性命换来了自己的五品官服。如果说那次告密的结果足以令君子扼腕，令小人雀跃的话，那么此次李蔼告密的结果则足以令人神共愤，令九州同悲了。

此次告密的后果无疑是灾难性的——可悲的李蔼仅仅为了保住一己性命，就出卖了自己的父亲，出卖了李唐皇族的所有人，从而一举葬送了李唐宗室的起兵计划，也就此决定了李唐宗室的悲剧命运。

得知计划泄露后，时任博州（今山东聊城市）刺史的李冲大为震惊。可事已至此，他也只能提着脑袋往前冲了。垂拱四年八月十七日，李冲在博州仓促起兵，同时派快马分报韩、霍、鲁、越、纪诸王，希望他们起兵响应，共取东都。与此同时，武后派遣的讨伐大军也已从洛阳浩浩荡荡地出发，主帅正是当年逼杀李贤的左金吾将军丘神勣。

李冲紧急招募了五千多名士兵，准备抢渡黄河直取济州（今山东茌平县西南），但是刚走出博州不远，便在其辖下的武水县（今聊城市西南）遭遇了顽强抵抗。当地县令闭门拒守，李冲久攻不下，只好命士兵用草车塞其南门，然后顺风纵火，打算乘火突入。可他万万没有料到，大火刚一点燃，风向瞬间逆转，不但没有烧毁城门，反而烧到了自己士兵身上，军队一下子乱了阵脚，士气大挫。李冲的一个部将董玄寂眼见出师不利，料定李冲必败，于是逢人便说：“琅邪王与国家交战，这分明是在造反！”

李冲勃然大怒，当即把董玄寂斩于军中。士兵们见状，更是慌乱恐惧，于是一夜之间逃了个精光。天亮时分，李冲的身边只剩下数十名家丁。一筹莫展的李冲只好黯然返回博州。临近博州城门的时候，李冲依然沉浸在巨大的悲怆和沮丧之中，浑然不觉死亡已经在前方等待着他。

准确地说，是博州的一个守门人正在城门的拐角处等待着李冲。

这个人叫孟青棒。

他的手里握着一把刀。

神思恍惚的李冲通过城门的一瞬间，孟青棒用他平生最快的速度一跃而出。刀光闪过，琅邪王李冲的头颅应声落地。受惊的坐骑载着李冲的尸身嘶鸣而去，扬起了一道薄薄的黄尘。最后有几粒尘埃，轻轻落入了李冲圆睁的瞳孔……

孟青棒提着李冲的头颅直奔洛阳，得到了武后的嘉奖，换来了一个将军的职务。

李冲从起兵到败亡，历时仅七日。

丘神勣捡了一个天大的便宜，率领大军兵不血刃地开进博州，满城官吏素服出迎。丘神勣狞笑着瞥了他们一眼，忽然挥刀出鞘，将手无寸铁的一州官吏及其家属全部砍杀。博州城内顿时尸横遍地，血流成河，所破千余家。丘神勣拎着一大串头颅得意洋洋地回朝复命，旋即被擢升为大将军。

就在李冲起兵的同时，越王李贞也在豫州（今河南汝南县）举兵响应，很快就出兵攻陷了上蔡（今河南上蔡县）。武后即命左豹韬大将军麹崇裕为中军大总管、宰相岑长倩为后军大总管，又命宰相张光辅统领诸军，发兵十万直扑豫州。

当时，除了李贞父子仓促起兵之外，诸王皆抱持观望态度，不敢轻举妄动。及至李冲败亡，势单力孤的李贞顿感绝望，第一反应就是自缚到洛阳请罪。就在这个时候，新蔡县令傅延庆招募了二千多名勇士前来投奔，李贞当即打消投降的念头，决定破釜沉舟，与朝廷拼死一搏！为了鼓舞士气，李贞就向部众宣称：李冲已攻破魏、相数州，正率领二十万大军前来会合。随后，李贞又征召了五千名士兵，命汝阳县丞裴守德率领；同时拼命封官，一口气任命了九品以上官五百多人，试图以此收买人心。但是，这些临时招募的士兵大多是被胁迫的，根本没有斗志，全军上下似乎只有裴守德跟李贞一条心。李贞马上任命裴守德为大将军，又把女儿嫁给了他。

尽管李贞竭尽所能，在最短的时间内做了他所能做的一切，可是随着朝廷十万大军的逼近，这位孤掌难鸣的亲王还是感到了一种莫大的恐惧。他连忙找来一帮和尚道士，天天念经做法，祈求神灵保佑大事成功，并发给将士们“辟兵符”，希望他们能够刀枪不入。

然而，这终究只是种虚幻的慰藉，也许连李贞自己都不会相信。

麴崇裕大军很快就兵临城下，李贞命少子李规和女婿裴守德出城迎战。可这群乌合之众根本不是朝廷军的对手，刚一接战便全线溃败，士卒死伤逃亡殆尽，只剩李规和裴守德仓惶逃回城中。李贞惊慌失措，赶紧闭门自守。豫州的官吏和百姓纷纷逾城出降。左右眼见越王败局已定，便劝他自我了断，以免“坐待戮辱”。万般无奈的李贞只好和妻子、儿子、儿媳、女儿、女婿全部自杀。

从起兵到自杀，李贞的兵变前后也不过才十七天。

数日后，李贞的头颅被传送东都，与李冲的头颅一起，被悬挂在太初宫门前的旗杆上枭首示众。在李唐诸王人人争当缩头乌龟的时候，只有满腔热血的李贞父子攘臂而起，但结果却是悲壮而无奈的。除了为武后的祭坛又献上两颗新鲜的头颅之外，他们的抗争最终只能被视为一场螳臂挡车的徒劳。

事实上，李贞父子的起兵不仅徒劳，而且让武后找到了一个全面消灭李唐宗室的借口。因为眼下她仍然是以大唐皇太后的身份临朝的，所以，李唐诸王反她就等于是在叛国。有了这么好的理由，武后当然可以堂而皇之地置李唐诸王于死地了。她随即命监察御史苏珦负责审理宗室联反案，首批目标就锁定了威望最高的韩王、鲁王等人。

可武后没有想到，她亲自指定的这个主审官苏珦竟然是个书呆子，根本没有（或者不愿）领会她的意图，查了好些天，愣说找不到韩、鲁诸王与李贞父子串通谋反的证据。武后大为不悦。朝臣中的摇尾派见状，马上跳出来诬告苏珦与诸王暗中勾结。武后立刻把苏珦找来严厉质问，苏珦被吓得脸色苍白，冷汗直冒，但还是一口咬定查无实据，不能定案。

看着这个一根筋的书呆子，武后真是又好气又好笑。她最后轻描淡写地说了一句："卿大雅之士，朕当别有任使，此狱不必卿也。"（《资治通鉴》卷二〇四）当即把苏珦贬为河西监军，眼不见为净。

武后随后就把案子交给了大名鼎鼎的酷吏周兴。

关键时刻，还是要这种人上场才能搞定。

周兴果然不负武后所望，二话不说就把韩王李元嘉、鲁王李灵夔、黄公李譔、高祖之女常乐公主悉数逮捕归案。才审了几天，这几个李唐皇族的核心人物就全部死于狱中。据说死因是畏罪自杀，而且自杀方式与他们的血缘一样整齐划一，都是悬梁自缢。随后，他们的亲党族人全部被诛，仅李灵夔之子李蔼因告密有功免于一死，并擢任右散骑常侍。

此时的李蔼一定会为自己当初的弃暗投明之举而庆幸不已。因为他不仅保住了颈上人头，而且头上还多出了一顶乌纱。

只可惜，他的颈上人头和头上乌纱都没有保留太久。

因为武后固然善于利用小人，可她更善于在利用完后把他们一脚踢飞。所以，告密者李蔼的下场并不比其他人更为美妙。他只比他父亲多活了几个月，过后便被酷吏随口栽个罪名一刀砍了。没有人知道被武后兔死狗烹的李蔼临死前会作何感想，更没人知道他到了九泉之下，将如何面对他的父亲和所有李唐皇族的亲人。

韩王、鲁王等人的惨死正式揭开了李唐宗室大劫难的序幕。

垂拱四年冬天，一股肃杀的寒风从神都洛阳吹出，猛烈地向所有李唐皇族的封地袭来。寒风过处，一茬一茬的人头纷纷落地，一群一群的男女老幼被驱赶着踏上凄凉的流放之途；昔日的天潢贵胄和金枝玉叶转眼间凋零殆尽，就像山路上任人踩踏的野果一样消失于泥土之中；原本枝繁叶茂的大树唯剩一条条瘦骨嶙峋的枝桠，看上去宛如一只只向天求告的手，正艰难地伸向冰冷而高远的苍穹，无望地诉说着什么……

这年十月，已故虢王李凤之子、东莞郡公李融被戮于市，家产被抄，家属籍没为奴。

十一月，太宗之女城阳公主的三个儿子薛顗、薛绪、薛绍坐与琅邪王李冲通谋，被捕下狱；稍后，薛顗、薛绪被斩，薛绍因是武后爱女太平公主夫婿之故，免于斩刑，杖打一百，饿死于狱。

十二月，霍王李元轨坐与越王李贞连谋，废为庶人，流放黔州，以囚车押送，行至中途而死；同月，霍王之子江都王李绪被戮于市。

永昌元年（公元689年）四月，已故蒋王李恽之子汝南王李炜、已故道王李元庆之子鄱阳公李諲等宗室十二人全部被杀，家属流放巂州。

七月，纪王李慎被捕下狱，稍后流放巴州，以囚车押送，行至中途而死；同月，他的八个儿子东平王李续等人相继被诛，家属流放岭南。

载初元年（公元690年）四月，舒王李元名被废为庶人，流放和州；稍后，与儿子豫章王李亶相继被杀。至此，高祖二十二子，太宗十四子，已经无一幸存。史称："元嘉修身，元轨无短，元名高洁，灵夔严整，皆有封册之名，而无磐石之固。武氏之乱，或连颈被刑；奸臣擅权，则束手为制。其望本枝百世也，不亦难乎！"（《旧唐书·高祖诸子列传》）元嘉修身自持，元轨品德无缺，元名秉性高洁，灵夔治家严整，都有封王受册之名号，却无坚如磐石之福泽。武周革命之时，一个个相继被杀；酷吏擅权之际，一个个束手待毙。原本希望李唐宗枝能够绵延百世，如今看来也是千难万难啊！

永昌二年七月，高宗的两个庶子泽王李上金和许王李素节被告谋反，征召入京。时任舒州刺史的李素节出发时，路遇一队出殡人群，闻其家属扶棺痛哭，李素节凄怆长叹："老病而死是求之不得的事啊，何必哭呢！"显然预感到自己必将死于非命。数日后李素节行至洛阳城南龙门驿，果然被武后派出的酷吏缢杀。泽王李上金听闻噩耗，旋即自尽。二王死后，李上金的七个儿子全部流放，死于边荒；仅有一子李珣侥幸逃脱，流窜岭南，隐姓埋名为人仆佣，总算保住一命。李素节共有九个儿子被杀，另外四个最年幼的儿子被流放雷州，长期监禁。

八月，已故密王李元晓之子、南安王李颖等宗室十二人被杀；同月，故太子贤的两个儿子皆被祖母派人鞭杀。

从垂拱四年八月李贞父子起兵算起，截至天授元年九月武后以周代唐前夕，在整整两年的时间里，武后以铁血无情的手段和犁庭扫穴之势，对李唐皇族及其亲党实施了一波又一波的清洗和屠杀，就像一只异常凶猛的燕子，几乎将花繁叶茂的李唐宗枝啄食净尽。

以《旧唐书》所载的李唐皇族子弟二百一十五人来看，自高祖武德年间迄于武周革命时期，共有一百一十三人遭遇非正常死亡，而其中被武后所杀和贬死者就达六十三人，占百分之六十，若加上流徙、削爵和潜逃者十四人，遭遇重大政治变故的比例竟然高达百分之七十三。《资治通鉴》在记述这段历史的时候，也不禁发出一声悲凉的长叹：

"唐之宗室，于是殆尽矣！"随后，所有遭到镇压的李唐皇族全部被开除宗籍，并改姓"虺"（huǐ，一种苟活于肮脏阴湿之地的爬虫，比如毒蛇、蜥蜴之类）。

李淳风当年对太宗皇帝所说的那则恐怖大预言，如今终于变成了血淋淋的现实——"臣仰稽天象，俯察历数，其人已在陛下宫中，为亲属，自今不过三十年，当王天下，杀唐子孙殆尽！"（《资治通鉴》卷一九九）

当然，也有个别聪明乖巧的宗室之人逃脱了这场劫难。

比如高祖的女儿千金长公主。

早在几年前，这个颇有先见之明的老妇人就因进献面首冯小宝而得宠于武后。宗室遭遇大清洗时，千金公主更是恬不知耻地主动要求认武后为干妈。论辈分，千金公主是姑母，武后只是侄媳妇；论年龄，千金公主已经年逾七旬，而武后不过才六十出头。可这一切并不妨碍武后微笑着认下这个善于摇尾献媚的"超龄女儿"。千金公主随后便被改封为延安大长公主，并赐姓武。

垂拱四年十二月二十五日，祭祀洛水、拜受宝图的大典如期举行。这天的洛水岸边旌旗招展，万头攒动。盛装华服、仪态雍容的圣母神皇亲临洛水，身后紧跟着睿宗李旦和太子李成器，四周环立着文武百官和八荒四夷的元首酋长。来宾进献的各色珍宝和珍禽异兽被罗列在祭坛周围，整个大典的文物仪仗之盛，被史家称为"唐兴以来未之有也！"（《资治通鉴》卷二〇四）

河出图，洛出书。

轩辕以河出龙图为贵，尧舜以龟负洛书为尊。

这是海晏河清、国泰民安的象征，这是太平盛世降临时才会出现的最大祥瑞。而今，千百年来无数政治家孜孜以求的王道理想和人间乐土，仿佛已经在圣母神皇的强权统治下彻底实现……否则，又怎么可能出现如此万世瞻仰、千载一时的祥瑞呢？

胆敢质疑这一切的人都已经从这个世界上消失了，勉强活下来的人也只能钳口噤声。

假如还有人敢于发出不和谐的声音，圣母神皇一定会轻轻拨弄她的纤纤玉指，然后面带微笑地告诉他——

请看今日之域中，竟是谁家之天下！

第二章
武周王朝

女皇登基

垂拱四年十二月二十七日，亦即祭洛大典的两天之后，一座中国历史上气魄最为宏伟，造型最为独特的明堂——万象神宫——终于在洛阳太初宫的正中心竣工落成。

据相关史书记载，万象神宫高二百九十四尺。唐尺有大小两种，小尺合今25厘米，一般用于测量小型物品；大尺运用较为普遍，其长度据王国维的研究以及实测日本所藏唐尺，在今29.3至31.3厘米之间，若取中间值30.3厘米换算，则万象神宫高度将近90米，是北京故宫太和殿的两倍，相当于今天的25层楼那么高。整座建筑分为三层：下层为方形，象征四季；中层为多边形，象征十二时辰，层顶四周雕饰着九条张牙舞爪的金龙，共同托起一个圆盖；圆盖之上，就是明堂的最上层，亦为多边形，象征二十四节气，上覆圆形宝顶，宝顶上赫然耸立着一只高达一丈的铁凤凰。凤凰周身涂满黄金，傲然屹立于明堂之巅，高耸入云，展翅欲飞。

在蔚蓝的穹苍和灿烂的阳光下，九条金龙众星捧月地托着这只耸壑凌霄的金凤凰，其惊世骇俗的政治姿态足以让天下臣民瞠目结舌，其离经叛道的象征意义亦足以让海内宿儒气极吐血。

这就是神皇武氏推倒万世，“自我作古”的傲然气概！她抛弃了自古明堂“茅宇土阶”的简陋形制，冲破了儒家文化男尊女卑的思想藩篱，在男权至上的传统中国毅然创造了一个完全属于女人的政治图腾。

是的。

一个图腾。

一个只属于神皇武氏的图腾。

一个中国历史上绝无仅有的女主天下的图腾！

为了庆祝万象神宫的落成，同时为了向天下人展示自己的盛德大业，神皇武氏当天就在这座崭新的殿堂中宴赐群臣，宣布大赦天下，并特许普通百姓入内参观。与万象神宫同时落成的，还有坐落于它北面的“天堂”，堂中供奉一尊巨型佛像。据说这座宗教圣殿的规模更加雄伟，殿高五层，站在第三层就可以俯视明堂。主持修建明堂和天堂的薛怀义，因功拜左威卫大将军，封梁国公。

垂拱五年（公元689年）正月初一，神皇武氏在万象神宫举行了首次祭祀大典。她身着天子衮冕，手执大珪（帝王专用的一种祭祀玉器），行初献礼，睿宗李旦行亚献礼，太子李成器行终献礼。先拜昊天上帝，次拜高祖、太宗、高宗，再拜魏国先王（武士彟），最后拜五方帝座。礼毕，神皇武氏亲御则天门，大赦天下，改元永昌。

此次大飨，武后俨然已是以一副天子的姿态在主持祭献之礼。有心人不难发现，这几乎就是一次隆重的登基预演。

至此，武周革命的大幕已经訇然拉开，一个新王朝的曙光也已经喷薄而出。

按照古代中国的政治传统，王朝更迭、革故鼎新之际，首先要做的事情，当然就是“改正朔”了。

永昌元年（公元689年）十一月，神皇武氏再飨万象神宫，宣布废除沿用千百年的夏历，启用周历，以十一月为岁首正月，改永昌元年十一月为载初元年正月。按照儒家学说，夏、商、周各承天命，皆以建立正朔来表明其为天命所归，故夏之正朔就是一月，商之正朔为十二月，周之正朔就是十一月了。武后自称姓出姬周，所以在此刻改行周历，显然是为其政权革命建立意识形态的基础。正所谓“于彼新邑，造我旧周；光宅四表，权制六合”。（《全唐文补遗·武懿宗墓志铭》）

正朔易则新命生，武周兴而李唐除。

改完正朔后，武后又做了一件具有划时代意义的事情——改文字。

她让族侄凤阁侍郎（中书侍郎）宗秦客负责起草，由她最终敲定，一共改了“天”“地”“君”“臣”“日”“月”“年”等十二个最常用和最具有政治意义的文字（其后又陆续更改了一些，据说前后共计十七字，或说二十一字）。从这些新字的字形构造上，人们足以解读出丰富的政治意涵。比如“君（𠺞）”字，就是由“天下大吉”四个字合成；“臣（𢘑）”字，是上面一个“一”，下面一个“忠”；“年（𠡦）”字由“千千万万”四字合成；“圣（𨲦）”字由“长、正、主”三字合成。

在所有新造的文字中，只有一个字是永远属于神皇武氏一个人的。当其她的新字随着武周王朝的湮灭而迅速被人们抛弃和遗忘时，惟独这个字永远不会从人们的记忆中消失。

它就是“曌”。日月当空，千秋彪炳。

神皇武氏用这个华丽、大气、厚重的文字，为自己重新作了命名。

从此，她就是武曌。

神皇武曌。

后世的人们似乎习惯于用她日后的封号，称呼她武则天，但是在她的内心深处，她一定更喜欢人们叫她武曌。

因为这是她自己创造的文字，一如她更喜欢自己创造的命运一样。

千百年来，再也没有人使用过这个字。但是只要中国历史还在，这个字就会在时光深处绽放永恒的光芒。无论你何时回过头去，它都会在历史的星空中默默闪烁。这个字承载了女皇武曌辉煌而独特的一生，这个字也见证了中国历史上一个绝无仅有的时代。

武曌一生似乎与佛教有着不解之缘。

她母亲杨氏自小虔诚奉佛，终身不渝；武曌耳濡目染，自然也会在八识田中播下信佛的种子。据说武曌幼时，还曾一度披缁茹素，随母亲入寺奉佛。太宗崩逝后，身为才人的武曌恰恰又被遣送到感业寺落发为尼，尽管与木鱼钟磬相伴一生绝非她的意愿，但是在青灯古佛旁度过的那些日子，无疑也在她的生命中留下了深刻的烙印。麟德年间，高宗李治为太宗皇帝追福，于洛阳龙门修建大奉先寺。咸亨三年（公元672年），武曌为了表示对高宗的支持以及对佛教的信仰，遂捐出脂粉钱雕刻寺内主佛像——龙门石窟卢舍那佛。这尊石刻佛像后来被誉为中国佛教造像史上的巅峰之作。据说，佛像的面容正是按照武曌的容貌雕刻的——方额广颐，娥眉凤目，神情既慈悲又威严，目光既沉静又有力。

如今我们翻开汉传佛教经典，几乎每一部佛经的扉页都印有一首《开经偈》：

无上甚深微妙法，百千万劫难遭遇。
我今见闻得受持，愿解如来真实义。

相传这首《开经偈》便是武曌所写，可见她与佛教的渊源之深。

拜洛水，受宝图，建明堂，改正朔……在武周革命的蓝图上，武曌已经用正统的儒家意识形态为自己的新王朝撑起了一根擎天大柱。接下来，她当然就要利用佛教的意识形态，为新王朝的殿堂打造一个金碧辉煌的宝顶了。

武曌的情人和尚薛怀义，当仁不让地挑起了这项重任。在武曌的授意下，薛怀义组织了东魏国寺僧法明等人，一头扑进了经藏之中，苦苦寻找佛经中有关女主天下的理论依据。经藏如海，薛怀义和法明等人夜以继日勤奋攻坚，终于沙里淘金地找到了他们需要的经典，最后又在旧译本的基础上杂糅新说，附会己意，于载初元年（公元690年）七月打造出了武周王朝的佛教圣典——四卷本的《大云经》及其注疏。薛怀义等人在经疏中盛言，神皇武曌“乃弥勒佛下生，当代唐为阎浮提主”。（《资治通鉴》卷二〇四）

《大云经》中记载了两则女主天下的故事：一、一个菩萨为救度众生而化现女身，名净光天女，后又舍却天形而为人间的国王；二、佛灭七百年后，南天竺有一国王女，名增长，父死后被群臣拥戴继承王位，以佛教正法治国。

这两则记载无疑都为武曌的登基称帝提供了最有力的理论支持。然而佛经通常文字晦涩，义理艰深，考虑到普通百姓难以通达经文，而且佛经中所言的净光和增长这两位女国王在中国的知名度都不高，不利于塑造神皇的无上权威，所以薛怀义等人便在注疏中大量掺杂了普通百姓耳熟能详的弥勒信仰。

按照佛教经典，弥勒是佛教创始人释迦牟尼的大弟子之一，释迦灭度之后，弥勒当在未来降生于阎浮提，救度众生，而后成佛。所谓阎浮提，又译为南瞻部洲，即指我们人类居住的这个世界。从宗教社会学的角度而言，弥勒信仰广泛流传于民间之后，其实已经不是纯粹的佛教，而是与民众固有的偶像崇拜合流，变成了一种救世主信仰，所以自南北朝以迄隋唐，多有人民利用此信仰举兵起事。如今武曌欲神道设教，当然也要对此充分利用。于是薛怀义便秉承武曌旨意，在注疏中将弥勒下生之说与净光、增长女主天下的故事共冶一炉，大肆宣扬神皇武曌就是当世弥勒，自然应该代唐为天下主，同时又利用佛教的因果报应之说，对民众进行了明目张胆的威胁恐吓。如经中说："即以女身，当王国土。"疏文便道："今神皇王南阎浮提天下也。"经中说："女既承正，威伏天下，所有国土，悉来奉承，无违拒者。"疏文便道："此明当今大臣及百姓等，尽忠赤者，即得子孙昌炽，皆悉安乐……如有背叛作逆者，纵使国家不诛，上天降罚并自灭。"

显而易见，薛怀义等人的注疏已经远远背离了佛教义理，所谓的《大云经疏》也不过是本赤裸裸的政治宣传手册而已。

不过，武曌需要的正是这样一本手册。《大云经疏》一出炉，武曌就迫不及待地颁行天下，命各州都要建一座大云寺，各寺收藏一部《大云经疏》，并且号召各地的高僧大德升座讲解，务求让天下臣民深刻领会《大云经疏》的精神。

一时间，东起渤海，西止葱岭，南抵交趾，北至大漠，一座座大云寺拔地而起，一场场贯彻朝廷精神的讲经法会如火如荼地开展，《大云经疏》成了人人必读的"红宝书"，女主天下的政治舆论被一步步推向了高潮……

从"天授圣图"到《大云经疏》，武曌的造神运动就这样一浪高过一浪，至此终于达到顶峰。

天命已归，此时的武曌距女皇之位仅有半步之遥。

接下来还需要什么呢?

两个字：民意。

所谓的民意是通过一系列声势浩大的请愿运动表现出来的。

载初元年九月三日，一个从七品的小官、侍御史傅游艺突然率关中父老九百多人诣阙上表，声称"天无二日，土无二王"，请求神皇改国号为“周”，代唐自立；赐皇帝李旦姓“武”，降为皇嗣。武曌没有马上同意。她向这群可爱的父老们露出了一个矜持的笑容，然后立刻把请愿的组织者傅游艺破格提拔为正五品的给事中。

从“从七品”到“正五品”，其间相隔整整九阶，可傅游艺就这么一步跨了过去。从此，傅游艺更是以令人瞠目的速度一路超升，短短数月后便升任朝散大夫、鸾台侍郎，并一举拜相，次年五月又加银青光禄大夫。在不到一年的时间里，芝麻官傅游艺青衫换绿衣，绿衣换红袍，红袍换紫服，是真正的大红大紫，平步青云，时人既羡且妒，谓之为“四时仕宦”。

民众的第一次请愿虽然没有成功，但是所有人都可以从傅游艺的仕途飞升中读出神皇的本意，所以就在九月八日，第二波大规模的请愿就出现了。洛阳百姓、番人胡客、和尚道士共计一万二千余人，齐集于宫阙之前，再度拥戴劝进，希望神皇把握此“天人交际”“万代一时”的机会，当仁不让，缔造大周。然而武曌还是“谦而未许”。

九月九日，第三波请愿来势更为汹涌。共有文武百官、宗室外戚、远近百姓、四夷君长等五万余人，浩浩荡荡地来到则天门下，“守阙固请”，一副不达目的誓不罢休的劲头，并在奏书中称：“圣人则天以王，顺人以昌。今天命陛下以主，人以陛下为母。……陛下不应天，不顺人，独高谦让之道……臣等何所仰则？敬冒昧万死，固请！”（《全唐文》卷二〇九《大周受命颂》）而在手舞足蹈、神态癫狂的劝进人潮的最前列，赫然站立着李唐王朝的影子皇帝——睿宗李旦。他的脸庞还是那么白皙文静，他的神情还是那么冲淡谦和。人们看见他高高举起自己的上表，主动请求圣母神皇赐他武姓。

就在同一天，据说有凤凰从南方飞来，先栖于明堂之巅，接着飞到上阳宫，然后又飞到左肃政台的梧桐树上；继而又有数万只朱雀，遮天蔽日从东方飞来，云集于朝堂之上……

此时此刻，神皇武曌端坐于九重宫阙之中，聆听着百官万民山呼海啸般的请愿之声，目睹百鸟朝凤，凤栖梧桐的稀世祥瑞一幕幕出现，脸上终于绽放出一个等待多年的笑容。武曌十四岁进宫，二十五岁入感业寺为尼，二十七岁二度入宫，三十一岁当皇后，四十岁以二圣之名垂帘听政，五十岁晋升天后，六十岁以太后身份临朝称制……这一年，她六十六岁。历经半个多世纪的沧桑沉浮，踏着无数的鲜血和白骨，武曌终于走到了今天的这一步。

这一步迈过去，前面就是巍巍煌煌的武周之天。

武曌缓缓地站了起来，轻轻地说了一句："俞哉，此亦天授也！"

好吧，这就是上天授予我的天命啊！

公元690年阴历九月九日。

一个值得铭记的特殊时刻。

中国历史上惟一的一位女皇就在这一天宣告诞生。

九九重阳，艳阳高照。武曌身着天子衮冕站在巍峨的则天门上，面朝九月的天空，面朝她的帝国，面朝匍匐在脚下的万千臣民，面朝明媚而喧嚣的尘世，面朝如梦如烟的六十载过往，粲然而无声地笑了。

这一天，六十六岁的神皇武曌用特制的脂粉巧妙地遮盖了岁月刻在她脸上的痕迹，则天门下的臣民都说他们的女皇是一个红颜常驻永不衰老的女人。她饱满而流光溢彩的面庞形同中秋夜空中的满月，而她脸上的灿烂笑容则恰似阳光下灼灼盛开的白色牡丹。

几年来一直在风雨中飘摇的李唐社稷终于在这一天颓然倒地，代之而兴的大周王朝如同一轮鲜红的旭日在历史的地平线上冉冉升起。

在登基大典上，女皇武曌隆重宣布大赦天下，改元天授。

大唐载初元年就这样成了大周天授元年。

九月十二日，文武百官向女皇武曌进献尊号，称"圣神皇帝"；同日，以睿宗李旦为皇嗣，改姓武，以皇太子成器为皇孙。十三日，武曌按天子礼制在神都洛阳建立了武氏七庙，追尊西周的周文王为始祖文皇帝，以父亲武士彟为太祖高皇帝；同日封武承嗣为魏王，武三思为梁王，其他诸武皆封郡王，诸姑姐皆封长公主，所有武氏外戚摇身一变而为皇族宗室。次月，武曌又宣布免除天下所有武姓人氏的租赋徭役。

翌年正月，位于西京长安的李唐太庙被降格为"享德庙"；同时，七庙缩减为三庙，仅供奉高祖、太宗、高宗，其余四室皆关闭。

至此，轰轰烈烈的武周革命宣告完成。

改朝换代和建立宗庙的工作结束之后，武曌出于安抚人心和政权稳定的考虑，依旧承认她是李家媳妇，并且毫不讳言地宣称，她的皇位是从李唐三圣那里继承来的。

这样的表态无疑赢得了众多李唐旧臣的心。然而，无论是武曌本人，还是新生的武周政权，在此却都遭遇了一个极大的尴尬——武曌既追尊武氏父辈和祖先为皇帝，又承认她继承了李唐天下，那么日后她要把政权传给谁？是传给李家子孙，还是传给武家子孙？

如果武曌把来自李唐的政权归还给“皇嗣”李旦（即便武曌暂时给他改了姓，可永远改变不了他的血缘，何况他当上皇帝后自然也会改回李姓），如此一来，武周王朝势必一世而亡。

这当然是武曌不愿意看到的。

如果武曌把政权交给本家侄子武承嗣，武家天下自然可以传承下去，可问题是侄子毕竟是外人，总不如自己的儿子来得亲；再者说，武承嗣将来一旦即位，李旦、李哲及其子嗣还有好日子过吗？恐怕只有死路一条。为了让王朝延续而令自己断子绝孙，这样的代价太过于惨痛了，很难想象武曌愿意这么做。

可事情就这么明摆着——倘若立子，便有国祚断绝之虞；要是立侄，则有子孙断绝之危。

这就是武曌的尴尬。

这就是武周政权的悖论。

从武周王朝横空出世的第一天起，这个巨大的悖论便已相伴而生，就像一个初生的婴儿携带着不治之症来到世界上一样。

英明神武如女皇武曌，将如何面对这个政治和伦理的两难困境？

几年来一直在母亲的软禁下活得战战兢兢的李旦，又将迎来怎样的命运？

还有那个一心梦想着在武周革命之后顺势当上太子的武承嗣，又会采取怎样的行动？

面对这一系列重大的问题和隐患，新生的武周王朝必将不得安宁……

立储之争

李旦现在的身份是“皇嗣”，这个名号实在是有些不伦不类。

因为它既不是拥有皇位继承权的太子，也不是普通的皇子，而是大致介于这两者之间。

李旦的尴尬身份充分表明了武曌的矛盾心态，而武承嗣无疑对武曌的这个心态洞若观火。

武周革命后，武承嗣就成了满朝文武中最得势的人。他不但受封魏王，而且官拜首席宰相——文昌左相（尚书左仆射）。此外，作为武皇所有族侄中年纪最大、资望最高的一个，他自然就是武周王朝潜在的皇位继承人。所以在武承嗣看来，普天之下有可能与他竞争太子之位的，就是昔日的皇帝、今日的皇嗣李旦了。

不把李旦从皇嗣的位子上拉下来，武承嗣就无法实现太子之梦。

因此，他必须先下手为强。

天授二年（公元691年），在武承嗣的暗中授意下，洛阳人王庆之纠集了数百人联名上表，奏请废黜李旦，册立武承嗣为皇太子。作为武周革命的始作俑者之一，武承嗣深知群众运动的威力，所以这一次他依样画葫芦，准备通过群众性的请愿运动达成他的政治目标。

然而，事情并没有像武承嗣想象的那样顺利。王庆之等人的上书刚到文昌右相岑长倩那里就碰了一个大钉子。岑长倩在武周革命之际也立有拥戴之功，此时算得上是朝廷的二号人物。但他毕竟是李唐旧臣，在感情上自然更倾向于李旦。于是岑长倩当即向武皇表态，皇嗣住在东宫，未闻有过，不可轻言废黜，何况皇嗣废立之事也不宜让一群平头百姓指手画脚。所以，应该对上书者加以斥责惩戒，同时解散请愿人群。

武曌不置可否，又去问另一位宰相格辅元，格辅元也坚决反对废黜李旦。见宰相们如此坚决，武曌也不想和他们闹得太僵，于是就把这件事情搁置了。

武承嗣的第一次夺嫡行动就这样失败了。

他恼羞成怒，随后就动用他首席宰相的权力，以边关战事吃紧为由，打发岑长倩去西征吐蕃。岑长倩无奈，只好率部出发，刚刚走到半路，武承嗣就以拥兵谋反的罪名把他抓回洛阳，扔进了诏狱。同时又让酷吏来俊臣出马，逮捕了岑长倩的儿子，一番恐吓逼供之下，就把司礼卿欧阳通等数十个朝臣一一罗织了进来。这些都是武承嗣平时看不顺眼的人，刚好借此机会一网打尽。来俊臣随后便将他们全部逮捕，并且严刑逼供。欧阳通受不住酷刑，最后屈打成招，承认与岑长倩串通谋反。这一年十月，宰相岑长倩、格辅元、大臣欧阳通等数十人全部被处决。

略施小计就把一帮位高权重的反对派悉数铲除，武承嗣的兴奋和得意之情真是难以言表。扫清障碍之后，他便趁热打铁，再度指使王庆之诣阙上书，口口声声要求武皇废黜皇嗣李旦。这次武曌亲自接见了王庆之，问他："皇嗣是我的儿子，为何要废他？"

王庆之早已把一套说辞背得滚瓜烂熟，当即不假思索地说："神不歆非类，民不祀非族（神灵不接受异族的供奉，百姓不祭祀异族的祖先）。当今是谁家的天下，为何要以李氏为皇嗣？"

武曌闻言，半晌不语。

王庆之所言又何尝不是她的一块心病？可如果要让她立刻在儿子和侄子中间作出选择，她委实下不了这个决心。武曌随即命王庆之退下，表示此事当从长计议。王庆之没有完成任务，当然不肯善罢甘休，于是伏地叩首，以死泣请，硬是赖着不走。武曌不耐烦地皱了皱眉头，命人给了他一张纸，上面盖有玉玺，告诉他："想见我，就向宫门守卫出示这张纸。"

这张纸片儿就相当于特别通行证。小民王庆之得了这个宝贝，顿时精神抖擞，三天两头往宫里跑，像只绿头苍蝇一样在武皇的耳边嘤嘤嗡嗡，反复唠叨那几句话，最后终于把武皇彻底惹恼了。

老娘还没死呢，你武承嗣就如此猴急？一个劲儿死缠烂打，这叫请愿吗？这叫要挟！而且还找了这么个不上道的家伙，给点阳光就灿烂，拿根鸡毛就当令箭，成天往皇宫里钻，简直把宫禁大内当成了自家菜园子，这叫什么事儿！

武曌马上叫来凤阁侍郎李昭德，命他将王庆之杖责一顿，给他一点教训，同时也是给武承嗣一个警告。

武承嗣绝对没有料到，他这回碰上了一颗比岑长倩更硬的钉子。

李昭德此人一向敢作敢为，嫉恶如仇，对武承嗣这帮骄横外戚早就不齿，如今接到武皇命令，刚好出口恶气。他立刻命人把王庆之五花大绑，架出光政门外，当着一大群朝臣的面高声宣布：“此贼欲废我皇嗣，立武承嗣，今奉皇帝之命予以惩戒！”随即下令开打。左右乱棍齐下，照着这家伙的致命部位一顿招呼，不消片刻，王庆之就七窍流血，死翘翘了。群集在宫外的请愿团一见老大被当场打死，顿时作鸟兽散。

李昭德满心畅快地回宫复命，说手下人不知轻重，不小心把王庆之打死了。

武曌深长地看了李昭德一眼，知道他是故意下狠手了。不过王庆之这种小人死了就死了，也没什么好追究的。武曌轻声一叹，说：“王庆之死不足惜，但是他说的话也有道理。”

李昭德顺势发出劝谏：“天皇，陛下之夫；皇嗣，陛下之子。陛下身有天下，当传之子孙为万代业，岂得以侄为嗣乎？自古未闻侄为天子而为姑立庙者也！且陛下受天皇顾托，若以天下与承嗣，则天皇不血食（不能享受宗庙祭祀）矣。”（《资治通鉴》卷二〇四）

这几句话顿时说到了武曌的心窝里。

是啊，自古以来就没听说过侄子为姑母立庙的，倘若立武承嗣为太子，来日当了皇帝，那自己和高宗不就变成无人祭祀的孤魂野鬼了吗？

武曌顿时有些伤感，也有些恍惚。不知不觉间，内心的天平已经转向了李旦。而李昭德一番贴心的忠言，也让武曌颇为受用。从此李昭德官运亨通，迅速成为武曌最为倚重的心腹。

至此，武承嗣苦心孤诣的夺嫡计划再次宣告破产。

他知道是李昭德坏了他的好事。而更让他咬牙切齿的是，就在第二年，亦即长寿元年（公元692年）二月，武皇忽然罢免了他的宰相之职，只给了他一个“特进”的荣誉衔。武承嗣百思不解又痛苦难当，直到后来他才知道，又是这个该死的李昭德在背后捅了他一刀。

有一天，李昭德忽然向武曌密奏：“魏王承嗣的权力太大。”

武曌说：“吾侄也，故委以腹心。”

李昭德莞尔一笑，不疾不徐地说：“侄子和姑母的关系，怎么比得上儿子跟父亲？自古以来，儿子为了篡夺君权而弑父者比比皆是，何况侄子！如今武承嗣是陛下最宠爱的侄儿，既是亲王，又是宰相，权力已经不亚于人主，臣担心陛下难以长久保住天子之位啊！”

武曌一听之下顿时猛醒。

这些年来，她在通往最高权力的道路上确实走得太过顺畅了，以至于几乎忘记了政治的基本准则，那就是——不能完全信赖任何一个人，而且，越是亲近的人就越要提防。当初自己不就是一步一步从丈夫和儿子的手中拿走了天子之权吗？谁敢保证武承嗣不会狗急跳墙，在得不到太子之位的情况下篡位夺权呢？是的，李昭德说得太对了，这样的危险确实存在，必须居安思危！

武曌最后一脸凝重地对李昭德说："是啊，我的确是欠考虑了。"

就在武皇的这声感叹中，武承嗣头上的宰相乌纱就应声落地了。与此同时，李昭德恰与他形成鲜明对照，以凤阁侍郎衔翩然拜相，让武承嗣气得差点吐血。满腔愤恨的武承嗣随后便拼命在武皇面前说李昭德的坏话。可武曌正对李昭德宠信有加，所以一句话就把他顶了回去："自从我任用昭德，才能安然入寝，他这是在替我分忧解劳，你根本比不上他，不用再说了。"

武承嗣夺嫡不成反被罢官，如今欲进谗言又遭抢白，不禁一肚子委屈懊恼。

他知道，终年蜗居东宫的李旦本身其实没什么能量，基本上是不堪一击的，但问题就在于有岑长倩、李昭德等一大帮李唐旧臣一直在前仆后继地力保他。如今李昭德又成了武皇跟前的大红人，而自己的宰相大权反倒一朝之内丧失，眼看太子之梦即将破碎，武承嗣顿时很有些伤心绝望。

然而，紧接着发生在李旦身上的一件事情，却让武承嗣垂死的斗志瞬间又高涨起来。

这件事跟一个女人有关。

也就是说，李旦莫名其妙地交上了桃花运。

更准确地说，他是平白无故遭遇了一场桃花劫……

爱上李旦的这个女人是武曌身边的一个户婢。所谓户婢，就是掌管宫中门户的宫女。这个宫女名叫韦团儿，长得有几分姿色，又聪慧可人，所以颇受武曌宠爱。每当皇嗣李旦入宫向武皇请安，团儿必定在前引导。日子一久，团儿就情不自禁地爱上了这个气质高贵、俊秀儒雅的皇嗣。

其实宫廷爱情历来是不纯粹的，韦团儿对李旦的感情固然含有爱情成分，但其中恐怕也不乏改变命运的强烈企图，正如当年的才人武媚之于太子李治一样。此时的李旦虽然地位不稳，但名义上毕竟还是皇嗣。身为宫女的韦团儿要想出人头地，最有效最快速的办法当然就是攀上李旦这根高枝。于是团儿便施展浑身解数，对李旦百般引诱。然而让她大失所望的是，无论她如何挑逗，李旦始终静如止水，不为所动；无论她如何热情似火，却始终温暖不了李旦冰冷的心窝。

其实，并不是李旦天生不解风情，而是长年笼罩在母亲的权威和阴影之下，李旦早已成了一只惊弓之鸟。何况团儿还是武皇宠爱的侍女，所以就算李旦有那颗贼心，他也不敢有那颗贼胆。

频频放电的韦团儿遭遇了李旦这块绝缘体，女人的自尊心顿时受到了严重挫伤。最后她终于恼羞成怒，把一肚子怨气全撒到了李旦的两个妃子身上。

因为她得不到的东西也绝不让其他女人占有。

就这样，李旦最心爱的两个女人，正妃刘氏（李成器的生母）和德妃窦氏（李隆基的生母），便平白无故地变成了韦团儿的情敌，从而遭遇了一场飞来横祸。

韦团儿利用武皇对她的信任，状告刘氏和窦氏暗中施行厌胜之术，制作桐人诅咒武皇。此事当然引起了武曌的震怒。因为在武曌看来，李旦从皇帝被废为皇嗣，这两个女人的地位随之一落千丈，肯定对此怀恨在心，因而完全具备诅咒她的动机。更何况对于这类事情，武曌向来是宁可信其有，不可信其无的。

长寿二年（公元693年）正月初二。李旦并不知道，这将是他生命中最黑暗的一个日子。这天一大早，刘氏和窦氏按惯例前往嘉豫殿向武皇拜贺新年，可她们从此再也没有回来。李旦在东宫从下午等到晚上，又从晚上等到第二天早晨，始终看不到她们的身影。最后李旦终于意识到——她们永远也不会回来了！

那一刻李旦肝肠寸断。

他并不知道他的两个妻子为何会无缘无故遭遇死亡，他只知道——膝下这一群年幼的儿女从此再也见不到母亲。

两个安分守己，相夫教子的女人，两个从不过问政治，更不敢对武皇有半句怨言的女人，就这样被另一个打翻了醋坛子的女人莫名其妙地送入了鬼门关……

刘氏和窦氏的最终下落或许只有武皇身边最宠信的少数几个宦官知情。他们那天奉武皇之命悄无声息地抹了这两个女人的脖子，然后又用最不着痕迹的方法处理了她们的尸体。一切都干得神不知鬼不觉，两个大活人顷刻间就从这个世界上消失了，连尸骨都没有留下。多年后睿宗李旦复位，曾严令宫人掘地三尺，翻遍了嘉豫殿的每一个角落，然而始终找不到含冤被害的两个妻子的尸骨。最后李旦只好用她们穿过的衣物为她们招魂，随后筑起了两座衣冠冢，用最隆重的礼节下葬，希望她们飘泊的冤魂能够入土为安。

这当然是李旦重登君位后才有能力办到的事情，而在二妃被害的当时，李旦惟一能做的事情就是强忍悲恸，在武皇面前神色自若，装成什么事都没有发生过一样。

韦团儿害死刘氏和窦氏之后，仍然不解恨，甚至还想设计谋害李旦。不过恶人自有恶人磨，没过多久她就被别的宫女告发了，她诬告刘氏和窦氏的事情也随之真相大白。武曌怒不可遏，二话不说就命人杀了韦团儿。

虽然韦团儿已经作法自毙，玩火自焚，但是由她一手制造的这场灾难却远远没有终止。

因为武曌对李旦的猜忌和防范仍然存在。

尽管李旦从未在她面前表露过任何哀怨之色，可知子莫若母，武曌当然知道李旦强颜欢笑的背后是什么。世上没有哪个男人会对自己爱妻的死亡无动于衷，何况还是李旦这种心细如发，感情丰富之人。所以武曌有理由认为李旦肯定会对她怀恨在心。因此武曌当然就更不能放松警惕，而必须严加防范了。

如果武曌是普通的母亲和婆婆，在明知错杀了两个儿媳之后，她一定会对儿子心怀愧疚，并且对他作出某种补偿；可武曌首先是一个皇帝，这就决定了她不仅不会承认自己的错误，反而要变本加厉地提防自己的儿子。

这一年腊月，武曌把李旦的五个儿子全部降为郡王，女儿一律降为县主，同时加强了对李旦的监禁，不许他迈出东宫一步，更不许朝臣和他有任何接触。不久后，有两个官员傻乎乎地前往东宫探望李旦，马上就被告发，武曌立即下令将二人腰斩于市。

腰斩是一种极刑，其残忍程度远甚于斩首和绞刑，所以通常施于那些十恶不赦的重犯。可武曌此次居然动用此刑，显然是要杀鸡儆猴，震慑百官。经此教训，满朝文武再也无人敢踏进东宫半步。

皇嗣李旦落入了如此窘迫危险的处境，最高兴的莫过于武承嗣了。

他意识到李旦已经被武皇推到了悬崖边上，只要他再加一把力，必定可以把李旦推进死亡的深渊。如此天赐良机，武承嗣岂能放过？

随后，一道匿名密奏便递到了武曌手上，指控皇嗣李旦谋反。武曌即刻命来俊臣负责审理。李旦一听说有人告他谋反，而且主审官又是杀人魔王来俊臣，心中顿时绝望，觉得这一回自己是必死无疑了。

来俊臣效率奇高，一接到武皇敕命，马上进入东宫现场办案，在大堂架起刑具，然后把东宫的各色人等全都押来讯问。东宫的侍从和下人们一见到那些名闻天下的刑具，一个个吓得面无人色。来俊臣二话不说，抓过一批就开始动刑。须臾之间，东宫内已是一片惨嚎。眼看这些人马上就要屈打成招，人群中忽然站出一个人，大声说：“皇嗣没有谋反！”

人们循声望去，原来是东宫的一个乐工，名叫安金藏。

来俊臣当即发出冷笑。

如此卑贱的一个小人物竟然也敢挺身而出替主子担保，来俊臣相信这人的脑袋一定被驴踢了，否则就是活得不耐烦了。

他马上向左右使了一个眼色。就在酷吏们拥上前去的时候，安金藏突然夺下其中一人的佩刀，转过刀口指向自己，用尽全身力气大喊：“你们如果不信我说的话，我愿意剖出自己的心，证明皇嗣没有谋反！”

来俊臣和所有酷吏们顿时愣在当场。还没等他们回过神来，安金藏已经挥刀直刺自己的胸膛，然后又向下划入腹部，鲜血立刻喷溅而出，五脏六腑全都流了出来。安金藏随即昏死过去，一头撞倒在地。

来俊臣目瞪口呆。

尽管这些年来杀人无数，可像安金藏这样刚强决绝之人，他还是头一回碰上。一时间来俊臣也有些慌神，不知该如何收拾残局。

案子未果就在东宫闹出人命，这样的事情当然是捂不住的，马上就有人飞报皇帝。武曌闻讯，立刻命人把安金藏抬进宫，让御医全力抢救，最后总算保住了安金藏一命。安金藏幽幽醒转后，武曌又亲自前去看望，长叹一声说："我连自己的儿子都错怪了，才害你走到这一步。"

随后，武曌就命来俊臣停止审查，放弃了对李旦的追究。

这件原本已经板上钉钉，毫无悬念的皇嗣谋反案，就这样在安金藏的惊人之举中峰回路转，化险为夷。李旦就此躲过一劫，感觉像是去地狱走了一趟又回来一样，浑身充满了虚脱之感。他没想到一个小小的乐工竟然会做出如此义薄云天之举，更没有想到安金藏的侠肝义胆会打动母亲武曌的铁石心肠。

是的，武曌确实在一定程度上被安金藏感动了。在她看来，这个小人物的一条命固然算不上什么，但他在这件事上所表现出的巨大勇气和忠义品格，却足以让人震撼，更足以令人感佩。而且，恰恰是一个小人物不惜以生命为代价所作的证词，才更为真实可信。因为他这么做并不是为了得到什么利益，更不代表任何政治派别的立场，而是纯粹出于内心的忠义与良知。尽管武曌本人奉行的是利益至上的处世哲学，可这并不妨碍她对安金藏这种具有侠士遗风的忠义之士心怀敬意。

所以，她愿意相信安金藏的话。她愿意相信皇嗣李旦是清白的。

三次阴谋夺嫡，三次惨遭失败。

竹篮打水一场空的武承嗣不禁仰天长叹。他搞不明白，为什么每到关键时刻总有人站出来力保李旦，甚至甘愿赔上自己的身家性命？莫非李旦真有天命，所以总是能够绝处逢生，遇难成祥，就像人们常说的"王者不死"？

尽管屡屡受挫，可在后来的日子，武承嗣并未放弃他的夺嫡之梦。

因为武皇在立储问题上始终下不了决心，所以武承嗣相信自己还有机会。

但是，武周王朝的太子冠冕最终究竟会落到谁头上，没有人知道。

甚至连女皇武曌本人也不知道。

万象神宫的崩塌

自从武周革命的大幕拉开后，薛怀义就越来越觉得自己是个牛人。

他不仅亲自监造了大周帝国最神圣、最具有政治意义的两大建筑——万象神宫和供奉巨佛的天堂，而且还一手打造了武周王朝的佛教圣经——《大云经疏》。在他看来，就凭这几项前无古人的丰功伟业，他就足以名垂青史，流芳百世了。永昌元年（公元689年），也就是武后称帝的前一年，东突厥的骨咄禄可汗纵兵入寇，薛怀义又以左威卫大将军的身份出任新平道行军大总管，率军二十万北上抗击突厥。也是他运气好，一路上没遇到突厥主力，只碰上了一些散兵游勇，薛怀义不费吹灰之力就荡平了东突厥的小股部队，而后一路进至单于台，在那里勒石记功，随后班师凯旋。

得胜还朝时，薛怀义别提有多风光了。武后不但笑容满面地为他接风洗尘，设宴庆功，而且加封他为辅国大将军、柱国，赐帛二千段。天授元年（公元690年），亦即武后正式登基那年，又进封他为右卫大将军，赐爵鄂国公，可谓荣宠备至。

延载元年（公元694年），东突厥的骨咄禄可汗病死，其弟默啜自立为可汗，再度纵兵入寇。薛怀义又受命出任朔方道行军大总管，两位当朝宰相李昭德、苏味道分任他的司马和长史，麾下有契苾明、曹仁师、沙吒忠义等十八位赫赫有名的将领，摆出了一个异常强大的北征阵容；就连当时威震西域，收复安西四镇的名将王孝杰（时任兵部尚书兼宰相）也受他节度，足见当时薛怀义在军队中的地位之高；此外，宰相李昭德虽说是朝中出了名的硬骨头，就连武承嗣和来俊臣都要怕他三分，可就因为和薛怀义议事之时拂逆其意，就被薛怀义狠狠地抽了一顿鞭子，李昭德也只好惶惧请罪，不敢有半句怨言。

所有这一切，无不让薛怀义的自信心极度爆棚。

可就在大军出征前夕，前方忽然传回战报，说突厥军队已经撤回漠南了。

北征就此取消，但是薛怀义却颇有一种不战而胜的自豪，因为在他看来，突厥人肯定是慑于他的威名，所以没等他出征就吓得屁滚尿流，逃之夭夭了。

不管薛怀义的这种想法仅仅是一种自我感觉，还是事实如此，总之到了这一年，薛怀义不仅企及了他个人事业的巅峰，而且俨然已是武周王朝屈指可数的栋梁之一（起码他本人是这样认为的）。

建明堂，造佛经，征突厥，这其中哪一样不是居功至伟，可圈可点的呢？哪一样不足以成为薛怀义睥睨天下，傲视群伦的资本呢？

所以当时的薛怀义最想对天下人说的一句话就是——

我绝不仅仅是一个男宠！

由于薛怀义自认为已经成功实现了职业转型，所以对于“面首”这份工作自然就不怎么放在眼里了，其敬业精神大打折扣。他大多数时候都待在白马寺里，不再像从前那样动不动就往宫里跑，更不会成天在街上横冲直撞，打架斗殴了。

人都是会成长的。

薛怀义现在就感觉自己比以前成熟多了。就算武皇派人来请他进宫，他也是爱理不理。碰上心情好的时候就去对付一下，心情不好的话当即一口回绝。

眼看薛怀义不断自我膨胀，架子越摆越大，武曌终于愤怒了。

莫非天下就你一个男人不成？老娘现在已经贵为天子，正打算广召“后宫佳丽”呢，你不来拉倒！老娘多你一个不多，少你一个不少！

随后就有另一个男人迅速补上了薛怀义留下的空缺。

他就是御医沈南璆。正所谓近水楼台先得月，这个玉树临风的年轻人利用为武皇调理身体的机会，调着调着就往床上去了。而年近七旬的武曌在这位御医的悉心“调理”之下，身体果然健朗如初，皮肤也依然像以前那样细腻红润。据说在天授三年（公元692）秋天，她居然“齿落更生”，重新长出了一口洁白如玉的新牙。武曌特意为此亲御则天门，大赦天下，改元“长寿”。

天下第一面首开始失势了，原来一直看薛怀义不顺眼的朝臣马上行动起来。侍御史周矩向武皇奏称：“薛怀义私自剃度了一千多个小流氓为僧，恐有奸谋！”武曌本来就想杀一杀这小子的嚣张气焰，于是马上命薛怀义前往御史台接受聆讯。

周矩前脚刚回御史台，薛怀义后脚就骑着一匹高头大马来了。可周矩万万没有料到，这小子根本不是来过堂，而是来示威的。他骑着马径直闯到堂前阶下，然后下马大步跨进堂中，一下子躺倒在御史台长官的床榻上，四仰八叉，袒胸露背，还用一种挑衅的目光直视周矩。

周矩气得七窍生烟，立刻下令左右把他拿下。

薛怀义一看周矩也不是软蛋，好汉不吃眼前亏，赶紧起身，骑上马扬长而去。周矩无奈，只好如实向武皇回禀。武曌摇头苦笑，说："这和尚疯了，你也不用审他，直接把他剃度的那些小流氓处理掉吧。"

随后，周矩便奉命把这一千多个野和尚全部流放边地，本人也因之升迁为天官（吏部）员外郎。

这回薛怀义终于清醒了——他意识到自己已经失去了武皇的宠爱。

为了挽回昔日的荣宠，薛怀义决定在证圣元年（公元695年）正月十五这天，也就是元宵佳节的晚上，好好地为武皇操办一场别出心裁的庆典活动，借此表明他对武皇的衷情。

薛怀义说干就干，立刻挽起袖子，带上一帮人进宫，在明堂前的空地上挖了一个五丈深的大坑，埋入一尊大型佛像，然后又在大坑上方用彩缎搭起了一座姹紫嫣红、美轮美奂的"宫殿"。元宵晚上，当武皇在文武百官的陪同下莅临庆典现场时，薛怀义一声令下，早已做好准备的壮汉们一起拉动裹着彩缎的粗绳，于是坑中的大佛冉冉升起，一直升至上方的宫殿中，场面既神奇又壮观；薛怀义当即高声宣布，说这是佛像"自地涌出"的祥瑞。

原以为如此奇观一定可以博得武皇的欢心和赞赏，可让薛怀义大失所望的是，武皇只是面无表情地看了一会儿，就头也不回地离开了。

薛怀义挖空心思才想出这个创意，并且费了九牛二虎之力才把它付诸实施，没想到居然换不来武皇的一句勉励和一丝笑容。薛怀义整整沮丧了一个晚上。不过第二天他就告诉自己——一定是自己的诚意还不够，所以决不能气馁，应该再努力一把！

正月十七日这天，薛怀义让手下人买了好几头牛，然后杀牛取血，用牛血亲手绘制了一幅高达二百尺的巨大佛像，最后将其悬挂在天津桥南；同时大设斋宴，让洛阳城中的和尚尼姑以及官绅百姓全都来瞻仰他的旷世杰作；最后又派人去禀报武皇，声称这是他割破膝盖，用自己的血一笔一笔画成的。

这天的天津桥南，万头攒动，冠盖如云。但令人遗憾的是，所有人都来了，惟独薛怀义最渴望的那个人迟迟不来。

可怜的薛怀义从上午等到黄昏，一直等到夕阳西下，众人皆散，还是不见伊人的身影。

薛怀义绝望了。

暮色徐徐落下，空旷阒寂的天津桥上，冷冷的夜风吹动着薛怀义宽大的僧袍，让他看上去就像一只忘了归巢的倦鸟。薛怀义抬头仰望那幅在风中不停摇摆的佛像，仿佛看见大佛的嘴角正挂着一丝冷冷的讪笑。

一股可怕的怒火突然从薛怀义的丹田烧了起来，然后一下子蹿上了他的头顶。薛怀义飞身上马，向着宫中狂奔而去……

那场令女皇武曌终身难忘的大火就是在这天夜里燃烧起来的。

据守卫宫门的禁军士兵事后回忆说，那天傍晚薛怀义像疯了一样闯进了宫门，然后骑着快马朝明堂方向飞驰而去。由于他身份特殊，所以没人敢加以阻拦。没过多久，明堂方向的夜空就变得一片通红了。禁军们赶过去的时候，供奉巨佛的天堂已经全部着火了，一根根巨大的圆木喷吐着火舌从空中纷纷坠落，很快就把前面的明堂也点着了。赶到现场的人们都只能目瞪口呆地远远站着，根本不敢上去扑救，因为上去也只能白白送死。

那天夜里，武曌在睡梦中被嘈杂的人声惊醒了，醒来后她第一眼就看见了亮如白昼的夜空。当判断出失火的方向正是万象神宫时，武曌顿时感到了一阵晕眩。后来她不顾左右的劝阻亲自前往失火现场，当时的惨况马上就让她惊呆了。

天堂和明堂就像两支仰天而立的巨大火把，疯狂地向四周和上空喷发着炽热的火焰。就算是距离那么远，武曌依然感到手上和脸上的皮肤被炙烤得火热生疼。

这是她一生中见过的最大的一场火，而且很久以后依旧在她的记忆中灼灼燃烧。武曌记得明堂之巅的那只金凤一直在大火中苦苦挣扎，先是翅膀折断，然后身子一歪，最后就从空中一头栽下。再后来天堂和万象神宫就一前一后地轰然崩塌了……直到事情过去了好几年，女皇武曌才对她最宠信的助手上官婉儿说，那天夜里她在冲天的火光中清晰地看见了一张面目狰狞的脸。

那是薛怀义的脸。

次日凌晨武曌第二次来到火灾现场，她看见她生命中最重要的两座建筑已经不复存在，昔日的神圣和庄严已然化为一地的瓦砾和灰烬。焦黑的残垣断壁上白烟袅袅，偶尔有一两支悬空的断木啪嗒一声掉在地上，武曌的心就会不由自主地猛然收紧，仿佛被某种锐器狠狠地扎了一下……

那天转身离开之时，武曌默默地对自己说：重建，我要马上重建。

上天赐予我的东西，没有任何人可以夺走！

听说明堂和天堂的重建工作仍旧由薛怀义负责时，很多朝臣都感到极为诧异。因为有不少迹象表明，这把火就是薛怀义放的。但是武皇却对此讳莫如深，矢口不提追查纵火犯的事。人们都觉得武皇的表现很是蹊跷，唯一的解释是——天下第一面首薛怀义很可能又要重新得势了。

薛怀义自己当然也是这么认为的。尽管刚刚得知武皇把重建的任务交给他时，薛怀义也稍微诧异了一下，但是他马上就回过神来了。

他相信，武皇心里面最重要的人还是他。他相信这把火已经烧尽了笼罩在头上的层层阴霾，同时烧出了他曾经拥有的那片朗朗乾坤。

烧对了，这把火真他妈烧对了！

薛怀义随即精神饱满地投入到了明堂和天堂的重建工作中。在尘土飞扬的施工现场，薛怀义满怀着对未来的憧憬。他知道，随着新的明堂和天堂从他的手中拔地而起，原本属于他的一切就会恢复如初，仿佛那场可怕的大火从来不曾燃烧过一样。

或者说，那只是一场恶梦。梦醒后，天堂还是从前的天堂，万象神宫还是从前的万象神宫，薛怀义也还是从前那个威风八面的薛怀义。

然而，总有什么是不一样的。

就在重建工作开始不久，薛怀义的心里就开始七上八下了。

到底是哪里不一样呢？

薛怀义苦思冥想，后来终于想起来了。新明堂动工的几天后，武皇曾亲临工地视察。那天薛怀义一直想找机会和武皇说话，可她总是有意无意地避开了。一直到临走之前，武皇才漫不经心地回过头来，深长地看了薛怀义一眼，然后一句话也没说就走了。

当时薛怀义没有及时读懂那一眼的意思。

后来薛怀义终于明白了——那眼睛里满满的全是杀机！

一想到这一点的时候，薛怀义顿时眼前一黑，感觉都要瘫倒了。

但愿自己搞错了。

但愿那不是杀机……

可是，薛怀义没搞错。

那正是杀机。

让他负责重建工作，仅仅是武曌的缓兵之计。

她需要时间来考虑怎么处置这个为爱而狂的男人。

武曌其实并不反对男人因爱成狂，尤其是为她而狂，因为那只会让她体验另一种征服的快感。换句话说，世界上没有哪一个女人不喜欢男人为她吃醋，尤其是像武曌这种权威型人格的女人，更喜欢男人为她醋意飞扬。因为男人的醋意有时候就像一味不可或缺的调味料，会让她的私生活更加丰富多彩，妙不可言。可让武曌无论如何也想不到的是，薛怀义竟然疯狂到这种程度——一把火烧掉了天堂和万象神宫！

那是她生命中最珍贵的事物，那是大周王朝最重要的标志性建筑，那是女皇武曌秉承天命统御万民的神圣图腾！

可它们就这样一夜之间化成了灰烬，武曌又怎么可能原谅薛怀义？

经过短短几天的思考和犹豫，武曌终于下定决心——除掉这个疯狂的男人。

为了防止薛怀义利用出入宫禁的特权又做出什么疯狂举动，武曌还特地找了一百多个身体健硕的宫女，组成了一支“女子特警队”，专门保护她的安全。

证圣元年二月初四，洛阳太初宫，瑶光殿。

瑶光殿坐落在湖心的一座小岛上，四面环水，景色非常宜人。当年薛怀义初入宫时，便时常与武后在此幽会，共同度过了许多美妙而销魂的时光。

这一天清晨，天空干净湛蓝，阳光稍微有点刺眼。薛怀义策马奔驰在通往瑶光殿的长堤上。四周一片波光潋滟，柳绿花红。

时隔多年之后旧地重游，薛怀义不禁感慨万千。他相信，武皇之所以在此与他约会，显然是要旧梦重温，再续前缘了。想起自己竟然误读了武皇的眼神，薛怀义略感惭愧地笑了一下。

薛怀义很快就通过长堤，向大殿驰去。忽然，前面一棵大榕树下慢慢转出一个人来，站在那眯着眼看他。

薛怀义放慢了速度，又走近十几步，才看清那个人不就是建昌王武攸宁吗？

这小子一大早站在这干嘛？

薛怀义满腹狐疑……武皇如果要和自己幽会，怎么可能让这小子在场呢？

忽然间，薛怀义仿佛明白了什么，赶紧掉转马头。

可一切都已经来不及了。武攸宁轻轻地挥了挥手，四周的树丛后迅速蹿出一群手持棍棒的黑衣大汉。薛怀义刚刚策马跑出几步，就被一棍打落马下，然后十几根棍棒就劈头盖脑地落了下来……

薛怀义遮挡了几下，也哀嚎了几声。可在雨点般密集的棍棒打击之下，所有的动作和声音很快就都止息了。他双目圆睁，七窍流血，死状极其可怖。武攸宁随后把尸体秘密运到了白马寺，并且遵照武皇的命令将其焚毁，然后把骨灰搅拌在泥土中，用这些泥土建起了一座佛塔。最后，朝廷又将薛怀义手下的一干侍者和僧徒全部流放边地，彻底肃清了他在白马寺的势力。

薛怀义就这么死了。

曾经炙手可热的一代男宠就这样人间蒸发，连骨灰都没有留下。

从冯小宝入宫得势，到薛怀义被焚尸灭迹，期间相隔恰好十年。

如果人生可以从头来过，冯小宝还愿不愿意变成薛怀义？他还会不会心甘情愿地跟着千金公主迈上那辆驶往皇宫的马车，然后疯狂地恋上太后武氏的床，恋上所有他承载不起的荣华富贵？

也许这样的问题是没有意义的。因为，就算没有冯小宝，也会有张小宝，陈小宝，李小宝……总之，在女皇武曌的历史大戏中，必然要有这样的一些角色，来演绎这样的一些人间悲欢与红尘颠倒。

薛怀义死后两年，两个比他更年轻、更貌美、更多才多艺、也更乖巧听话的男宠，就娉娉婷婷地来到了武皇的身边。

他们就是张易之、张昌宗兄弟。

当面若莲花的二张陪着古稀之年的女皇在太初宫中颠鸾倒凤、夜夜销魂的时候，白马寺的某一座佛塔下面已经长出了离离青草。

陪伴这几株青草的，只有南来北往的风，以及白马寺终年不绝的钟磬梵唱……

北方的狼烟：契丹叛乱（上）

证圣元年（公元695年）四月，洛阳皇城的正南门——端门之前，赫然耸立起一座神奇而壮观的金属建筑物。

它的名字叫天枢，全称为“大周万国颂德天枢”。

这座纪念碑式的建筑物是武三思倡议铸造的，其宗旨在于“铭纪功德，黜唐颂周”（《资治通鉴》卷二〇五）。天枢基座为铁铸，高二十尺，周长一百七十尺，周围有铜铸的蟠龙、狮子、麒麟等瑞兽环绕；其上为八棱铜柱，高度一百零五尺，直径十二尺；顶部为腾云承露盘，四条十二尺长的蛟龙人立而起，捧出一颗硕大的铜火珠；火珠高一丈，周长三丈，金碧辉煌，光侔日月。整座天枢的整体高度大概在一百四十七尺左右，约合今四十四米，相当于十几层楼那么高。整项工程耗费铜五十余万斤，铁三百三十余万斤，钱二万七千贯。基座上刻有武三思撰写的碑文，还有文武百官及四夷君长的名字，以及武曌御笔亲书的“大周万国颂德天枢”八个大字。

天枢本是北斗七星中第一星的名称，通常用来比喻国家权柄。《论语·为政》说：“为政以德，譬如北辰，居其所而众星共之。”意思就是国君如果施行德政，就会像北极星被众星环绕一样，得到臣民的尊敬和爱戴。因此，大周万国颂德天枢的寓意，就是吹捧女皇武曌以德政治国，并且表达了天下臣民和周边四夷对她的万分景仰和衷心拥戴之情。

女皇武曌很欣慰，也很自豪。

既得上天眷顾，又获兆民拥戴，歌功颂德之声不绝于耳，当皇帝当到这个份上，还不足以令人欣慰和自豪吗？这一年九月，满腔豪情的武曌又在神都南郊祭祀天地，加尊号“天册金轮大圣皇帝”，大赦天下，改元“天册万岁”。

天册万岁二年（公元696年）腊月，大周王朝再度迎来了一场激动人心的盛典。

女皇武曌在嵩山举行了隆重的封禅典礼。

三十年前，她曾经以皇后的身份参与了泰山封禅。而今天，她是以皇帝的身份——以古往今来第一位女皇帝的身份——主持嵩山封禅。中国历史上举行过封禅的皇帝共有七位：秦始皇、汉武帝、汉光武帝、唐高宗、武则天、唐玄宗、宋真宗。其中，六位男性皇帝皆封禅泰山，只有武曌是中国历史上惟一一位在泰山之外封禅的皇帝。

武曌为什么会选择嵩山呢？首先，是她一贯喜欢标新立异的性格使然；其次，也是最重要的原因——据说嵩山之神姓武，算是武曌的本家，所以她当然希望本家之神能够保佑大周王朝国祚永昌。

封禅礼毕，武曌又改元“万岁登封”，并免除天下人全年租税，同时大宴九日，接受百官朝觐。一时间，大周帝国仿佛呈现出一派普天同庆、举国欢腾的盛世景象。

紧接着在三月，新的明堂又竣工落成，又一次巍然屹立在世人面前。新明堂规模比旧的略小，但是明堂之巅的金凤却高达二丈，比原来那只整整高出一丈！

铸天枢，加尊号，封嵩山，立明堂……在不到一年的时间里，武曌就以令人眼花缭乱的速度完成了一系列重大的政治动作。这一年，她已经七十二岁，可她仍然活力四射，激情饱满，仍然像世界上所有的年轻人那样，一刻不停地追逐着自己的梦想。

普天之下的武周臣民都不禁为此惊叹不已。

女皇武曌也几乎完全陶醉在自己的宏大梦想之中。

她就像新明堂的宝顶上那只浴火重生的金凤凰，一如既往地昂首向天，一次又一次地突破凡尘世俗的束缚和局限，同时神情倨傲地俯视脚下的苍茫大地与芸芸众生……

这，无疑是女皇武曌生命中的巅峰时刻。

然而，光明的另一面就是黑暗，上升的尽头就是坠落的开始，所以巅峰的到来往往也意味着转折点的到来。

武曌生命中的转折点始于一场来历不明的狂风。某日，太初宫中突然狂风大作，吹折了明堂之巅那只刚刚矗立起来的金凤凰。

女皇武曌为此伤感不已，同时也感到了一种莫名的惶惑。

这难道是天意吗？

难道上天也不满于她的桀骜不驯和离经叛道，因而降下惩罚，以此向她示警吗?

自从登基称帝以来，女皇武曌似乎还是第一次对自己产生了怀疑。在强大的神秘力量面前，她只好选择妥协——下令拆除金凤，代之以铜火珠，仍旧以群龙捧之；同时将新明堂改称为通天宫，大赦天下，并再次改元“万岁通天”。

从“万象神宫”到“通天宫”，我们不难发现女皇的内心正在产生某种微妙的变化。似乎少了一点自信和倨傲，多了一点对天意的敬畏和依赖。

然而，狂风吹凤也许真的是上天的示警。

这一年五月，帝国的东北边陲突然爆发了一场由契丹部落发动的叛乱。这本来只是一场小规模的地方叛乱，可武曌绝对没有料到，在随后的日子里，她竟然会为此陷入焦头烂额的境地，甚至受到突厥人的无耻要挟和政治讹诈，而堂堂的帝国军队也将在小小的契丹面前屡屡遭遇惨败……

这场来自北方的烽火狼烟首先是在营州（今辽宁朝阳市）点燃的。

当时，营州辖区内的契丹部落遭遇饥荒，营州都督赵文翙为人刚愎自用，不但不赈济灾民，而且颐指气使，视契丹酋长如同奴仆。契丹首领李尽忠和妻兄孙万荣遂揭竿而起，攻占营州，杀死赵文翙。李尽忠自立为“无上可汗”，以孙万荣为前锋，一路攻城略地，所向皆下，旬日之间兵至数万，迅速进围檀州（今北京密云县）。

消息传来，举朝皆惊。而更让武曌和满朝文武大为错愕的是，孙万荣居然打出了拥护庐陵王李哲的旗号，大声疾呼：“何不归我庐陵王？”（《资治通鉴》卷二〇六）

武曌勃然大怒。

一群未沾王化的野蛮人，竟然也配替李唐出头，跟她大打政治牌!

她即刻将李尽忠改名李尽灭，将孙万荣改名孙万斩，以示彻底镇压的决心；同时派遣左鹰扬卫将军曹仁师、右金吾卫大将军张玄遇、左威卫大将军李多祚等二十八位将领，率领大军出征。不久后，又以春官（礼部）尚书武三思为榆关道（今河北抚宁县）安抚大使，开赴前线，以备契丹。

二十八个将领，外加一个安抚大使。此次出征将领人数之多，似乎为大唐开国以来所仅见。表面上大张旗鼓，志在必得，其实充分暴露了武周一朝在军事上存在的严重弊端。

首先，武曌为什么会铺这么大一个场面？答案很简单——心虚。她为什么会心虚？因为此时的武周王朝实际上已经无将可用。说得更准确点，是没有真正能够独挡一面的名将可用。自从武周革命以来，武曌为了篡唐称帝，不惜展开大规模清洗整肃，因而像程务挺、王方翼、黑齿常之等军界奇才，便先后因政治原因遭到诛杀。此外，当时的外患又异常严重，如日中天的突厥和吐蕃对唐军构成了极大的威胁。比如契丹叛乱的两个月前，长期在对蕃战争中屡建战功的名将王孝杰、娄师德就在素罗汗山被吐蕃国相论陵钦击败。王孝杰因之贬为庶人，娄师德亦贬为原州员外司马。由此可知，一方面是国内的政治清洗在不断自毁长城，一方面是客观上的外敌侵逼加剧了人才危机，因而到了紧要关头，当政者必然会陷入捉襟见肘的困窘。

其次，正是因为武曌没有真正的名将可用，所以她才不得不虚张声势，靠人多势众来吆喝壮胆。可她这么做恰恰犯了兵家之大忌。因为用兵之道历来是贵精不贵多，将领太多的话反而会互不统属，各自为战，或者为了争功而相互掣肘，这种情况在战争史上并不罕见。更何况，此次出征的这些将领没几个真能打仗的，说他们是滥竽充数也不为过。所以，武曌越是想显摆自己兵多将广，越是证明她在军事上纯属外行，并且这种外行的战略很快就将在战场上结出恶果。

最后，武曌任命侄子武三思担任所谓的安抚大使，无非是希望他能借机分享战功，以此树立威望，捞取政治资本，为武周政权向第二代过渡做准备。这么做显然有任人唯亲，因私害公之嫌。更有甚者，在此后朝廷军连遭惨败的情况下，武曌又执迷不悟，一次次把庸懦无能的武家子弟派上战场。如此昏招频出，自然就决定了帝国军队在战场上损兵折将的命运，同时也充分说明——武曌脑袋里只有政治和权谋，基本无视战争本身固有的规律。

这一年八月末，唐军（为便于行文，仍称唐军，不称武周军队）曹仁师、张玄遇、麻仁节等部率先进抵硖石谷（今河北昌黎县北），遭遇契丹军队伏击，大败。稍后，诸军进至黄　谷（昌黎县西北），再次落入敌人的口袋，张玄遇、麻仁节被生擒，唐军将士尸横遍野，几乎无人生还。契丹人缴获唐军大印，遂伪造军令，强迫张玄遇等人签署姓名，然后把命令送到唐军的后军总管燕匪石、宗怀昌等人手中，声称："官军已大破叛贼，你们后方部队应火速跟进。倘若迁延观望，等到克复营州之日必定予以严惩，将领一律斩首，士卒不计战功。"燕匪石得令，赶紧昼夜兼程直奔营州，连停下来吃饭和睡觉都不敢，以至人困马乏，到了半途，又一次进入契丹军队的埋伏圈，终于全军覆没。

北征军惨败的消息传回，举朝震恐。武曌更是感到了一种前所未有的无助和窘迫。

因为，此刻的武周王朝不仅无将可派，甚至已经无兵可征了。

兵源的紧张源于府兵制的衰败。

自从高宗即位以来，天下人口急剧增长，土地不敷分配，而且豪强大户兼并之风日益猖獗，导致大量农民无地可耕，只好四处流亡。到了武周时代，逃户现象越发严重，甚至发展到"天下户口亡逃过半"的地步。众所周知，府兵制是一种建立在均田制基础上的"兵农合一"的军事制度，如今土地匮乏，人口大量逃亡，府兵制自然遭到了沉重打击，所以一旦战事吃紧，必然出现无兵可征的局面。

面对如此窘境，武曌只好颁布了一道令人啼笑皆非的诏书（武曌登基改名后，为避讳，改"诏"为"制"，本书依据行文习惯，仍称诏书）："天下各州县囚犯以及官民家中奴仆，若有骁勇者，可由官府替其赎身，编入军队，以击契丹。"同时，再度任命她的一个族侄建安王武攸宜为右武卫大将军，出任清边道行军大总管，统帅军队二次北征。

形势如此严峻，女皇照样把兵权牢牢抓在武家人手中，而且这个武攸宜又从没上过战场，毫无军事经验，这仗要怎么打？

武皇如此不顾大局，实在是让朝野的有识之士忧心忡忡。

然而，就在这个时候，出人意料的事情发生了。

这一年九月末，东突厥的默啜可汗突然派遣使臣来到洛阳，声称要当武皇的干儿子，又说要把一个女儿嫁给武周皇室，还说可以帮助武周攻打契丹。

一贯穷凶极恶的突厥人，怎么会突然抛出这么大一根橄榄枝呢？

其动机实在令人生疑。

果不其然，默啜是有附加条件的——他要求武皇把当初内迁到河套及河南地区的降众归还突厥。

贞观初年东突厥覆灭时，曾有大量人口归附唐朝，所以复国之后，突厥面临的最大问题就是人口不足。如今默啜可汗开出这个条件，对他来讲显然是一笔非常划算的买卖。此外，所谓的认干妈、嫁女儿其实都是障眼法，目的无非是为了麻痹武瞾，以便他在武周与契丹的战争中混水摸鱼，趁火打劫。至于说攻打契丹，也不是因为默啜可汗有多仗义，而是因为他担心契丹坐大，日后变成他的劲敌，所以不如做个顺水人情，帮武周灭了契丹。

尽管默啜可汗如此居心叵测，可此时的武瞾却根本无暇思考。她大喜过望，当即遣使前往突厥，任命默啜为左卫大将军，并册封他为“迁善可汗”。

十月，武瞾又听到了一个让她喜出望外的消息——叛军首领李尽忠病死了，只剩下一个孙万荣，其势力大为削弱。数日后，前方又传捷报，说默啜可汗率部端掉了契丹人的老巢，把李尽忠和孙万荣的妻子儿女全都掳走了。

武瞾顿时心花怒放，当即进拜默啜为“颉跌利施大单于”，又封“立功报国可汗”。

在她看来，一切都在朝好的方向转化，契丹的平定似乎已经指日可待了！

北方的狼烟：契丹叛乱（下）

可是，武瞾高兴得太早了。

孙万荣并不像她想象的那么好对付。

虽然老大死了，可孙万荣并未气馁。他重新召集了部众，于是军势复振，先是攻陷冀州，斩杀刺史陆宝积，屠戮当地官民数千人，继而又攻克瀛洲（今河北河间市），整个河北为之震动。

次年春，狡诈无信的默啜一边顶着武皇赐给他的大单于和可汗头衔，一边仍旧肆无忌惮地入寇灵州（今宁夏宁武市）、胜州（今内蒙古托克托县）等地，实实在在地耍了武皇一把。

眼看契丹人兵势复振，横行河北，而突厥人又背信弃义，肆虐边关，武瞾真的是慌了手脚。无奈之下，只好起用一年前被贬为庶人的王孝杰，让他出任清边道总管，率十七万大军北上抵御契丹；同时命大总管武攸宜镇守渔阳（今天津市蓟县），表面上说是策应，实则是让他避免与契丹人正面交锋，只等打胜仗后捞取胜利果实。

三月，重上战场的王孝杰立功心切，一路急行军，迅速进抵去年唐军大败的硖石谷。契丹叛军稍微抵挡之后，就急急向山中退却。王孝杰大喜，自以为胜利在望，遂纵兵深入。行至一处悬崖时，契丹人突然回军反扑，副将苏宏晖先行遁逃，王孝杰力战不敌，坠崖身死，麾下将士死亡殆尽。

这个硖石谷真正成了唐军的死亡之谷。

王孝杰，这颗武周时期闪亮崛起的军界新星，就此彻底陨落。

武攸宜得知王孝杰败亡的消息，吓得胆子都破了，龟缩在渔阳城内不敢动弹。孙万荣乘胜南下，杀入幽州（今北京）境内，攻占城邑，纵兵大掠，如入无人之境。武攸宜硬着头皮派兵去讨伐，却被杀得丢盔弃甲，只好按兵不动。

东突厥的默啜可汗一见武周连遭惨败，趁机狮子大开口，再次表示愿意出手相助，但条件是：一、归还丰州、胜州、朔州、代州、胜州、灵州等六州的突厥降众数千帐；二、将单于都护府辖下的土地割让给突厥；三、提供给突厥四万斛谷种，五万段彩绸，三千套农具，四万斤铁；四、允许突厥的可汗家族与武周皇族通婚。

武曌刚开始一口回绝，可宰相杨再思等人一再劝谏，说契丹未平，宜与突厥亲善，他们要什么就给什么好了。武曌想来想去，如今的武周确实不具备两线作战的实力，最后只好答应了默啜可汗的全部要求。东突厥的势力从此愈发强大。

这一年四月，为了阻遏契丹叛军的凌厉攻势，武曌勉强凑齐了二十万大军，发动了第三次北征。而让朝野上下大失所望的是，这次北征的统帅，居然又是一个武家人！

他就是时任左金吾卫大将军的河内王武懿宗。

说起这个武懿宗，满朝文武无不切齿。此人不仅容貌猥琐，面目可憎，而且为人阴险，生性残暴。武周革命以来，武懿宗多次秉承武曌旨意，制造冤狱陷害王公大臣，且惯于逞其私意大肆株连，仅数月前与酷吏来俊臣、吉项联手审理刘思礼谋反案，就将宰相李元素、孙元亨等三十六个海内名士满门抄斩，并将其亲党故旧流放了一千多人。时人都说，此人的卑劣和残暴堪与周兴和来俊臣媲美。

武懿宗既然如此杀人不眨眼，那在战场上应该也会有英勇表现吧？

很可惜，答案是否定的。

当武懿宗大摇大摆地带着二十万人抵达赵州（今河北赵县）时，忽然得到一条情报，说契丹将领骆务整正率数千骑兵来犯。武懿宗一听，顿时脸色苍白，浑身战栗，马上下达了一个命令——撤。

部将们全都懵了。有没搞错？二十万大军对阵几千契丹骑兵，居然要逃跑！他们纷纷劝阻说："契丹不过几千人，而且只是游击部队，没有后勤补给，又没有攻城武器，只要我们据城而守，他们必定离去，到时候乘机反击，可建大功。"

可武懿宗谁的话都听不进去，当即掉头就跑，一溜烟跑到了相州（今河南安阳市），连辎重甲仗都来不及带走，全部留给了契丹人。骆务整不费一兵一卒就占领了赵州，随即将城中的男女老幼尽皆屠杀。

发现对方的统帅居然是个无能鼠辈时，孙万荣乐了。

他决定抓住时机大举南下。

但是在南下之前，他必须想办法先稳住突厥人，否则突厥人肯定会像上次那样从背后又捅他一刀。为此孙万荣特地派出使者前往突厥，请求与默啜可汗联手，共取幽州。

第一拨使者出发后，孙万荣担心谈不拢，又派出了两名使者，以确保事情成功。可孙万荣绝对没有料到，就是后面这两个家伙，将彻底葬送他的一切。

本来第一拨使者已经和默啜可汗谈得差不多了，可当后两名契丹使者姗姗来迟的时候，默啜怒了，他认为这两个家伙是有意怠慢他，准备把他们砍了。这两人为了自保，不得不向默啜透露了一个惊天的秘密。

他们说，孙万荣为了避免再次被突厥偷袭，就在柳城（营州治所，今辽宁朝阳市）西北四百里处，修筑了一座新城，将不能作战的老弱妇孺都留在城内，同时在城中囤积了大量从唐军手中缴获的战利品和金银财宝。此城位于深山之中，位置非常隐蔽，孙万荣本人已率领全部精锐南下进攻幽州，此城防守薄弱，正可拿下。

这两个使者最后还是说出了这座城的准确位置，并且自告奋勇担任向导。

默啜可汗听到这个天大的喜讯后，顿时仰天狂笑，当即亲率大军直扑契丹大本营，围城三日后将其攻克，随即将城中的辎重、财宝和人口掳掠一空，最后满载而归。

正在前线与唐军对峙的孙万荣得知这个惊天噩耗时，几乎晕厥，而那些失去了亲人和财产的将士们更是无心恋战，士气落到了最低点。作为契丹友军的奚族军队，眼见孙万荣大势已去，随即阵前倒戈，与唐军神兵道行军总管杨玄基相约，前后夹击契丹军队。此时契丹人早已没有半点斗志，结果兵败如山倒。契丹勇将何阿小被生擒，孙万荣带着几千残兵落荒而逃，途中又遭唐前军总管张九节截击。走投无路的孙万荣最后仰天长叹："今欲归唐，罪已大。归突厥亦死，归新罗亦死。将安之乎！"（《资治通鉴》卷二〇六）

此时他的数千残兵已全部逃散，身边只剩下几个家奴。

对于这几个家奴来说，他们肯定没有走投无路的痛苦，因为他们手中还有归唐的筹码。

什么筹码？

孙万荣的人头。

孙万荣仰天长叹的话音刚刚落下，几个家奴就迫不及待地砍了他的脑袋。

万岁通天二年（公元697年）六月三十日，孙万荣的家奴带着他的首级投降了唐军。

至此，历时一年的契丹叛乱宣告平定。

为了庆祝平叛胜利，女皇武曌于是年九月在通天宫举行大祭，同时大赦天下，改元神功。

胆小如鼠的北征军统帅武懿宗就这么稀里糊涂地获得了胜利，但是他在战场上的拙劣表现人所共知，所以武曌也很无奈，于是命他和娄师德、狄仁杰分道安抚河北，算是给他一个将功赎罪、收买人心的机会。

可是，这个没用的软蛋一旦转身面对老百姓，马上又拿出了一副残暴无情的嘴脸。当时被契丹掳掠的百姓在战后纷纷回到家乡，可武懿宗却以叛国为名把他们全都逮捕，然后一个个开膛破肚，生取其胆。每当有人被行刑的时候，武懿宗总会言笑自若地站在一旁观赏。

奉旨安抚河北的武懿宗就是这么“安抚”的，这和凶残的契丹人有何差别？当时契丹人中最嗜杀的将领是何阿小，而武懿宗来了之后，比起何阿小却有过之无不及。由于武懿宗的封爵是河内王，所以河北百姓就编了一句顺口溜，以此表达他们的愤怒——“唯此两何，杀人最多！”

即使已经把整个河北弄得怨声载道，可武懿宗的嗜血欲望似乎仍未满足。回朝复命时，他又在朝会上奏请武皇，要求将所有“从贼者”满门抄斩。闻听此言，朝堂上的文武百官顿时倒抽了一口冷气，但是没人敢站出来阻止。最后是一个从八品的小官，左拾遗王求礼毅然出列，大声说：“这些所谓的叛国者都是手无寸铁的百姓，无力反抗契丹人的胁迫，为了生存才不得不从贼，岂有叛国之心？反倒是武懿宗，手握二十万重兵，遇敌数千人便望风而走，致使贼人坐大，到头来却将罪过全部归之于百姓，如果要杀，请先杀他以谢河北！”

武懿宗被揭了疮疤，顿时面红耳赤，却又无言以对。武曌赶紧出面圆场，否决了武懿宗的奏请。

河北百姓成千上万颗无辜的人头，就这样在小官王求礼的一番仗义直言中保住了。回想起贞观时代太宗君臣对死刑判决是何等慎重，再看看武周时期人命贱如草芥的黑暗现实，所有的李唐旧臣一定都会满心悲凉，并为之扼腕长叹。

在武周一朝，不要说普通百姓的生命危如累卵，就是贵为大臣宰相者，往往也是朝不保夕，时时刻刻活在恐惧之中。自从武周革命以来，很多大臣每日上朝之前，都要与家人执手诀别，因为很可能今早迈出这个家门，从此就再也回不来了。在这种政治生态中，许多人自然就只能奉行阿谀谄媚，明哲保身的混世之道。比如武周中期的一个宰相苏味道，居相位数年，碌碌无为，唯知依阿取容，却经常自鸣得意地对人说：“处事不宜明白，但模棱持两端可矣！”（《资治通鉴》卷二〇六）时人称其为“苏模棱”。

这就是成语“模棱两可”的出处。

不仅是苏味道这种昏庸官僚如此，就连武周一朝颇负盛名，一生中出将入相的著名人物娄师德，在这种极端恶劣的政治环境中，也不得不彻底收敛锋芒，把自己磨成一个通体圆滑，逆来顺受的鹅卵石，以此消灾免祸，自保求生。

娄师德曾与爱憎分明，锋芒毕露的宰相李昭德同朝为相。由于娄师德身体肥胖，行动迟缓，所以每天上朝的时候都走得慢慢吞吞，李昭德偶尔跟在他后面，半天走不过去，不禁恨恨地骂道："田舍夫！"

田舍夫的意思就是农民。在唐代，这估计是一句标准的国骂，因为当年太宗李世民被诤臣魏徵气得够呛的时候，也曾经狠狠地骂他田舍夫。如今娄师德无缘无故招来这句国骂，换成其他人，估计一回头就跟李昭德干起来了。可是娄师德却慢慢地回过头来，笑容可掬地说："师德不为田舍夫，谁当为之？"（《资治通鉴》卷二〇五）

此言一出，当场把李昭德搞得哭笑不得。俗话说伸手不打笑脸人，面对这种人，再大的脾气你也消了。

娄师德的弟弟也在朝中任职，有一次外放为代州刺史，来跟大哥辞行。娄师德语重心长地说："我贵为宰相，而今你又担任州牧，荣宠过盛，必定招人嫉妒。在你看来，我等当如何自处？"他弟弟说："大哥放心，从今往后，就算有人把唾沫吐到我脸上，我也只会擦去而已，不同他计较，绝不为大哥惹祸。"

他弟弟以为把话说到这份上了，大哥一定满意。没想到娄师德却忧心忡忡地说："这正是我所担心的！人家把唾沫吐到你脸上，证明他对你火大；你把唾沫擦了，就是表示不服气，这不是让他的火更大吗？你应该任唾沫留在脸上，让它自己干掉，然后还要面带笑容，表示你欣然接受。"（《资治通鉴》卷二〇五）

这就是成语"唾面自干"的出处。如果人们仅仅透过这则著名的典故了解娄师德，那完全有理由把他当成一个怯懦、庸俗、胸无大志、没有骨气的混世官僚。

然而，真正的娄师德绝非这样的人。上元初年，吐蕃大举入寇，高宗征召勇士御敌，时任监察御史，年已四十多岁的娄师德毅然投笔从戎，奔赴边疆，其后在对蕃战争中屡建功勋，遂率部驻守西部边陲，令吐蕃人数年不敢犯边；同时又创设屯田之举，让边关的戍卫部队得以自给自足，使朝廷免却了"和籴（征购军粮）之费"与"转输之艰"，故而深受武曌赏识。

入朝为相后，娄师德一方面忍辱负重，在酷吏和群小的夹缝中艰难生存；另一方面又为朝廷拔擢了一批德才兼备的正直之士，默默地为朝廷选拔并储备人才资源，以待日后的拨乱反正。

比如名垂青史的一代良相狄仁杰，正是得益于娄师德的推荐援引。但是娄师德却从未向任何人透露过自己的引荐之功，甚至连狄仁杰本人也长期误会娄师德，并且对他表面上的为人颇为鄙视，好几次想把他排挤出朝。武曌察觉后，故意问狄仁杰："你认为娄师德是否贤能？"狄仁杰说："当大将，尚能谨守边陲，至于贤不贤能，臣不知。"武曌又问："娄师德可有知人之明？"狄仁杰答："臣与他同朝为官，从未听说他有知人之明。"

武曌最后微笑着告诉狄仁杰："朕之所以能了解狄卿，正是由于娄师德的引荐。就此而言，他也算是有知人之明吧。"狄仁杰闻言，顿时惭愧不已。过后他时常感叹，并屡屡对人说："娄公可谓盛德之人，我被他包容了这么久，竟然从未看出他有如此博大的胸怀！"

《旧唐书》对娄师德有一段非常中肯的评价："师德颇有学涉，器量宽厚，喜怒不形于色。自专综边任，前后三十余年，恭勤接下，孜孜不怠。虽参知政事，深怀畏避，竟能以功名始终，甚为识者所重。"《资治通鉴》也说："师德在河陇（今甘肃及青海东部），……恭勤不怠，民夷安之。性沉厚宽恕……是时罗织纷纭，师德久为将相，独能以功名终，人以是重之。"

然而，就是这样一个文韬武略、智勇双全之人，却不得不在武周朝堂上以一副圆滑世故、苟且偷生的模样自保，足见当时的政治环境之苛酷与恐怖。

好在，阴霾总有散尽的一日。武曌虽然在革命前后大肆任用酷吏铲除异己，杀戮立威，可她比谁都清楚酷吏政治的负面作用。所以自从登基之后，武曌就已经悄无声息地开始了对这拨人的清除。

首先被武曌除掉的，就是大名鼎鼎的周兴。

周兴最后的下场至为可悲，但也堪为经典。

因为他的结局给后世留下了一个脍炙人口的成语——请君入瓮。

请君入瓮：酷吏的终局

周兴是雍州长安人，自幼学习法律，深谙帝国的典章律令。高宗时代，周兴曾以河阳县令的身份被召见，在朝堂上对答如流。高宗大为赏识，准备予以擢用。可周兴退下之后，就有人告诉高宗，说周兴不是科举出身，不便入朝任职，高宗颇为遗憾，只好作罢。周兴不知道事情已经黄了，还天天带着满腔希望入宫，眼巴巴地等着皇帝和宰相给他封官。宰相们都在背后笑他没有自知之明，可就是没人把真相告诉他，任他天天坐在朝堂外头傻等，后来一个叫魏玄同的宰相实在看不下去，就好心对他说："周兴啊，你升职的事儿还要研究研究，我看你还是先回去吧。"

周兴闻言，一颗火热的心顿时跌入了冰窖。他误以为是这个叫魏玄同的宰相挡了他的升官之路，从此就牢牢记住了这个人。此后周兴虽然也通过长期的勤勉苦干升至尚书省都事，但仍然是个不入流的芝麻绿豆官，整天只能埋首于如山的公文中，忙忙碌碌，抄抄写写，出人头地的希望日益渺茫。

然而，谁也没有料到，武周革命的时代大潮转瞬来临，告密求官之风迅速席卷天下。当周兴蓦然从高高的公文堆中抬起头来时，他又惊又喜地发现——一夜腾达不再是遥不可及的梦想！周兴随即踌躇满志地加入了告密的行列，并很快就被武曌看中，旋即从芸芸众生中脱颖而出，开始了他名闻天下的酷吏生涯。

一个半辈子以法律为业，专门维护公序良俗的法官，到头来竟然变成了践踏法律，专以罗织陷害为业的酷吏，这种极具颠覆性的人生经历不但没有给周兴带来困扰，反而令他如虎添翼。虽然那些法律知识不能起什么正面作用，但却足以让他的罗织和刑讯手段比别人更专业，更狠毒，更致命，当然也就更加高效。周兴因其所长大展拳脚，在武周革命前夕替武曌清除了数以千计的异己和政敌，从此青云直上，历任司刑少卿、秋官侍郎、文昌右丞。

垂拱四年初，周兴奉命审查郝处俊（当年坚决反对武后摄政的宰相）的孙子郝象贤谋反案，很快就将其满门抄斩。随后，因武曌准备全力铲除李唐宗室，命御史苏珦审理韩、鲁诸王谋反案，可书呆子苏珦却始终审不出个子丑寅卯，所以武曌立刻让周兴接手。而周兴则不费吹灰之力就让韩、鲁诸王全部悬梁自尽了。死无对证，案子自然轻松搞定。人们在背后骂他制造冤案，周兴却洋洋自得地说了这么一句话："被告之人，问皆称枉；斩决之后，咸悉无言。"

永昌元年，周兴终于把目光转向当年的"仇人"——宰相魏玄同。他只不过随便捏造了一个罪名，武曌便下令把魏玄同赐死于家。有人劝魏玄同也去告密，借此表明清白。可魏玄同深知自己难逃周兴魔爪，说："人杀鬼杀，亦复何殊？岂能做告密人邪？"（《资治通鉴》卷二〇四）随即从容赴死。稍后，周兴又诬告右武卫大将军黑齿常之谋反，将其逮捕下狱。当年十月，黑齿常之不堪其辱，自缢于狱中。

天授元年，周兴又受命除掉了高宗的两个庶子：泽王李上金和许王李素节。

办完这一系列大案后，周兴不仅当之无愧地成为武周革命的一大功臣，而且俨然已是酷吏行业中的老大。

然而，周兴绝对没有想到，就在他自以为前途一片光明的时候，女皇武曌的翻云覆雨手就已经向他的头顶罩了下来。

因为革命已经成功，同志当然就可以躺下休息了。

天授二年，也就是武曌称帝的次年春天，曾逼杀李贤的酷吏丘神勣以谋反之名被武曌诛杀。武曌随后又授意朝臣控告周兴与丘神勣通谋，并把收拾周兴的任务交给了另一个刚刚崛起的酷吏。

他就是来俊臣。

来俊臣深知，作为酷吏行业的老前辈和领军人物，周兴并不那么好对付。

为了收拾这个特殊人物，聪明的来俊臣想了一个特殊的办法。

这就叫特事特办。

来俊臣在家中备下酒菜，向周兴发出了盛情邀请。周兴不知有诈，欣然赴约。入席之后，来俊臣频频劝酒，并且毕恭毕敬地向周前辈请教了许多问题。

酒过三巡，来俊臣幽幽地说："最近审案，人犯多不招供，前辈有何良策？"

已然微醺的周兴将手中的酒一饮而尽，然后抹了抹嘴巴，慢条斯理地说："这还不简单！天这么冷，你就支一口大缸，把底下的炭火烧得旺旺的，请人犯进去暖暖身子，到时候，你看他招是不招！"

来俊臣粲然一笑，眸中闪过一道亮丽而森冷的光芒，马上命手下按周兴所言，支起一口大缸，烧起了熊熊的炭火。屋内很快就热气逼人，来俊臣悠然起身，朝周兴深深一揖，说："奉旨查办周兄，烦请周兄入瓮！"

周兴一下子呆住了。

他希望这只是个玩笑，或者只是一场梦。

是的。他巴不得眼前的一切只是一场梦。

他多么希望这场梦醒来之后，他依然趴在如山的公文堆边，身上依旧穿着那件皱巴巴的粗布官服；他像往常一样走出灰暗阴冷的衙门，让夕阳暖暖地抚摸他的脸庞；他看见老母和妻儿依旧站在那条陋巷的深处，在那片熟悉的竹篱笆后面，伸长了脖子向巷口张望，等着他早点回家，等着他揣着菲薄的俸禄回家……

然而周兴知道眼前的一切并不是梦。因为他现在身上穿的，是一件崭新而尊贵的紫袍；因为他的老母妻儿早已搬出陋巷，住进了一座宽敞奢华的豪宅；因为此刻他的浑身上下，都在不停地冒出冷汗……

这一切分明都在告诉他——这不是梦！

周兴噗通一声跪倒在地，一下又一下地向来俊臣磕头："来兄想知道什么，我都招！我全部都招！"

就这样，周兴一案迅速审结，谋反罪名成立。武曌念其有功，赦免死罪，流放岭南。

周兴无限凄凉而又感激涕零地踏上了流放之途。

无论如何，活着就好。只要活着就有机会……

可周兴错了。

武曌能够饶他，他遍布天涯海角的仇家也不会放过他。

这一年二月，周兴行至流放中途便不明不白地死了，不知是哪路仇家杀了他。

当然，不会有人关心这个问题，更不会有人去追查凶手。

这就是中国历史上著名的"请君入瓮"的故事。紧继周兴之后，一批最先登上历史舞台的酷吏如索元礼、傅游艺等人，纷纷被女皇武曌免死狗烹。

然而，武曌的恐怖统治并未终止。

因为旧的酷吏倒下去了，新的酷吏又站了起来。而且，以来俊臣为首的新一批酷吏大有青出于蓝，后来居上之势，无论是罗织陷害的手段，还是刑讯逼供的残酷程度，都比周兴等人有过之而无不及。

随后的日子，来俊臣迅速取代周兴，成了女皇武曌跟前的大红人，升任左肃政台中丞，所有大案都由他一手经办。短短几年内，来俊臣所破千余家，如宰相岑长倩、格辅元、乐思晦，大将张虔勖、泉盖献诚、李安静等人，都先后死于他的罗织之网。长寿元年，宰相狄仁杰、御史中丞魏元忠等一批能臣也都被来俊臣诬告下狱，差一点死在他手里，后来虽然侥幸免死，也都被贬黜为远地县令。

延载元年，来俊臣由于杀戮太盛，仇人太多，终于被人以贪污罪名一状告倒，贬为同州参军。但是武曌觉得这个人还有利用价值，所以没过多久便重新起用，擢为洛阳令。来俊臣自以为有武皇罩着，从此更加肆无忌惮。最初他陷害的一般都是武皇的潜在政敌，后来只要是他看不顺眼的都会被他拿来开刀，到最后，诬告杀人甚至成了来俊臣的一种娱乐活动。他和手下人把满朝文武的名单分别写在靶子上，每天要陷害什么人，就拿起石头来掷，掷中谁就陷害谁，不管你是王公贵族还是名流政要，一旦被掷中，你就死定了。

除了掷靶子决定陷害对象之外，还有一类人也逃不出来俊臣的魔爪。那就是拥有漂亮老婆的人。

只要你的妻妾长得年轻貌美，对不起，你的死期就到了。因为来大官人只要见过哪个美女一眼，就会昼夜萦怀，辗转难眠，必欲娶之而后快。所以那年头谁要是娶了漂亮老婆，每天必然活得战战兢兢。比如一个叫段简的洛阳人就天天恐惧得要死，因为他老婆不仅姿色出众，而且又是名门望族太原王庆诜的女儿，其美名早已传遍天下。不久，段简最恐惧的事情终于来了。来俊臣假造了一道敕令，说武皇已经把王氏赐给了他，要段简马上交人。可怜的段简明知有诈，但打死也不敢和这个杀人魔头理论，只好含泪把老婆王氏休了，乖乖送到了来俊臣的府上。

来俊臣轻而易举就把这个名闻天下的美女弄到了手，不禁心花怒放。可此时的来俊臣并不知道，就在他把王氏娶过门之后，死神就已悄悄攫住了他。

让来俊臣更加没有料到的是，就像他当初亲手把前辈酷吏周兴送入死亡之瓮一样，最后把他送上断头台的人，也是他的一个手下酷吏。

这个人叫卫遂忠。

本来卫遂忠也是来俊臣的死党，此人聪明伶俐，能说会道，颇得来俊臣赏识，两人经常在一块喝酒。这一天，卫遂忠照例拎着几瓶好酒来到来俊臣府上，打算好好和他喝两盅，可令人意想不到的事情就在这时候发生了。

当时来俊臣正在宴请王氏的族人，刚刚喝到兴头上，就听门人说卫遂忠来访，来俊臣觉得烦，就随口对门人说，告诉他我不在。门人照此回复，卫遂忠一听就火了，明明里头一片觥筹交错之声，还想把老子打发走！来之前卫遂忠已经喝了一些酒，此时便趁着酒劲径直闯了进去，指着王氏和她家人的鼻子一通臭骂，说王氏你算什么东西？充其量就是我们大哥的玩物罢了，摆什么谱啊，小心老子哪天整死你们全家！

王氏及其家人都是养尊处优的贵族，何尝受过这等羞辱！王氏又羞又愤，当即离席。她家人的脸上也是一阵红一阵白。而来俊臣更是气得七窍生烟，立刻命人把卫遂忠绑了起来，然后劈头盖脸一顿暴打。等卫遂忠被打得半死，酒劲也过去之后，才发现自己闯了大祸，只好拼命求饶。来俊臣想反正事情已经发生了，该教训也教训了，总不能因为这事把一个忠诚能干的手下打死，所以就骂骂咧咧地把他放了。

本来卫遂忠以为这件事就这么过去了，没想到几天后，一条惊人的消息就传遍了长安城，说王氏上吊自杀了。

这下卫遂忠傻眼了。

他知道，心狠手辣的来俊臣绝不会放过他。

怎么办？

卫遂忠像热锅上的蚂蚁焦灼地思考了好几天，最后终于下定决心——与其坐而待毙，不如主动出击！随后，卫遂忠找到了武承嗣，说来俊臣下一个要对付的人就是他。武承嗣一听就吓坏了。虽然他也曾经和来俊臣联手扳倒过一批大臣，可来俊臣是条疯狗，现在掉头来咬他是完全有可能的，况且卫遂忠又是他的死党，看来这条情报绝对靠谱！武承嗣如临大敌，马上召集武氏诸王和太平公主（薛绍死后，太平改嫁武攸暨，也算武家人），说来俊臣的诬陷名单中也有他们。众人大为震恐，纷纷表示要先下手为强，团结一致把这条疯狗打死。会后，众人分头行动，太平公主找了她的四哥李旦，诸武找了南北牙的禁军将领。

就这样，一个针对来俊臣的反恐政治联盟迅速成立。

而此时的来俊臣根本不知自己死期已到。

万岁通天二年五月，反恐联盟出手了。以武承嗣牵头，众人联名，对来俊臣提出了一连串指控，如残害大臣，贪赃枉法，夺人妻女，并企图迫害宗室，篡夺君位等等。有关部门当即把来俊臣逮捕。朝臣们本来就对这个杀人魔王恨之入骨，人人必欲诛之而后快，所以案子很快审结，结案报告旋即递到武皇手上，请求将来俊臣处以极刑。

这些年来，武曌当然很清楚来俊臣都干了些什么。对于他的种种劣迹，武曌一直是睁一眼闭一眼，反正要让马儿跑，总得让马儿吃草，偶尔吃些夜草也无伤大雅。至于说来俊臣想篡夺君位，这未免就言过其实了。武曌相信，来俊臣虽然凶残，但他充其量就是自己手里的一条狗，绝没有那份胆量，更没有那份能力染指君权。所以武曌就把报告压了下来，一连三天都不予答复。

武皇拒不表态，诸武急坏了，赶紧积极活动，一致推举老臣王及善去进谏。王及善原已致仕，因忠正清廉，深受武皇的信任，不久前刚刚被重新起用，一举提拔为内史（中书令），所以众人觉得由他出马，事情必能成功。

王及善向来痛恨酷吏，此番更是当仁不让，立刻向武曌进谏："来俊臣凶险狡猾，残暴贪婪，是国之大恶，不除掉他，必然会动摇朝廷。"

然而，武曌听完后还是保持沉默，不置可否。

看这样子，武皇似乎是打算力保来俊臣了，众人顿感无计可施。

就在这个重要关头，一个关键人物出场了。

他就是时下正受武曌宠信的又一个酷吏——吉顼（xū）。

吉顼据说和来俊臣一样，也是一个仪貌丰伟的美男子，而且同样拥有缜密深沉的心机和雄辩滔滔的口才。当初刘思礼谋反案就是吉顼首先告发，而后与来俊臣、武懿宗一同侦办的。由于武曌对此案结果颇为满意，所以来俊臣就拼命争功，打算把吉顼也罗织进此案之中，以便独吞胜利果实。吉顼察觉后，及时在武皇面前自表清白。武曌觉得这两个人都挺能干，也都有利用价值，于是同时予以拔擢：来俊臣进位司仆少卿，吉顼也一举升任右肃政台中丞。

虽然吉顼最后没有被搞倒，但毕竟差点死在来俊臣手上，所以对他恨之入骨，发誓总有一天要置他于死地。

如今，这一天终于来了。

六月初的一个黄昏，武曌在御苑中骑马散步，吉顼为她牵马。最近来俊臣的案子让武曌颇为踌躇，她一直在犹豫该不该对这个昔日的宠臣下狠手。走了一段路，武曌若有所思地问："最近外面有何动静？"吉顼心里蓦然一动，小心答道："一切安好，大家就是奇怪来俊臣的案子为何迟迟判不下来。"武曌轻轻一叹，说："俊臣有功于国，朕还在考虑。"

报仇雪恨的时刻到了！吉顼知道，在武皇举棋不定的这个时候，他的意见无疑是至关重要的。武皇之所以会提起这个话头，无非也是想试探他的态度。思虑及此，吉顼不再犹豫，当即拜倒在地，朗声说："来俊臣聚结暴徒，诬构良善，赃贿如山，冤魂塞路，国之贼也，何足惜哉！"

武曌闻言，不禁在心里发出一声长叹：来俊臣啊来俊臣，这么多人希望你死，朕若是再保你，岂不是替你承担骂名，被天下人戳脊梁骨？罢了罢了，是你自己种下的罪孽，就让你自己去承受报应吧！

万岁通天二年（公元697年）六月初三，昔日呼风唤雨，不可一世的酷吏之王来俊臣，终于被武皇下令斩首。这一天，洛阳城万人空巷。不论王公大臣还是缙绅百姓，无不欣喜若狂，奔走相告，纷纷像潮水一样涌向法场，争相目睹杀人魔王被处决的一幕。

刽子手的刀光闪过，来俊臣那颗恶贯满盈的头颅就飞离了身躯。围观的百姓再也抑制不住心中的愤怒，就像一群疯狂的公牛一样蜂拥而上，将来俊臣扒皮抽筋，开膛破肚，并且抠出他的眼珠子，掏出他的五脏六腑，扔在地上踩成烂泥，最后一片一片撕下他身上的肉，争先恐后地抢着吞吃……须臾之间，来俊臣的尸身就只剩下一副血淋淋的骨架。

得知刑场上发生的令人毛骨悚然的一幕时，武曌惊呆了。

虽然她早知来俊臣民愤极大，但是大到这种程度，还是远远超出了她的想象。

她不禁为自己最终痛下杀手而感到庆幸。假如她一意力保来俊臣，天下人的愤怒无疑将集中到她的身上，日后一旦爆发，后果不堪设想！

有鉴于此，武瞾决定和来俊臣彻底划清界限，随后特地颁布了一道《暴来俊臣罪状制》，在制书中历数这个昔日宠臣的斑斑罪状，把他骂得狗血喷头，最后还掷地有声地宣布："宜加赤族之诛，以雪苍生之愤！可准法籍没其家。"（《资治通鉴》卷二〇六）旗帜鲜明地表达了自己伸张正义，替天行道的立场。

数日后，来俊臣被满门抄斩，家产全部抄没。朝野上下人人拍手称快，互相在道路上庆贺说："从今往后，终于可以一觉睡到天亮了。"

随着来俊臣的身死族灭，一个血雨腥风的酷吏时代终于落下了帷幕。如果从垂拱二年（公元686年）盛开告密之门算起，到这一年（公元697年）来俊臣伏诛为止，武瞾借助酷吏实行恐怖统治的时间长达十一年之久。

毫无疑问，酷吏政治是女皇武瞾一生中最让人诟病的一大污点。

初唐（高祖、太宗、高宗时代）是中国历史上一个法律体系最为完备，司法制度最为健全的时期之一，尤其在唐太宗贞观时代，"宽仁慎刑"成为立法、司法的主要原则，人权在这个时代得到了最有效的保障和体现。迄于高宗初年，宰相长孙无忌等人更是在《贞观律》的基础上制定了古代中国最具有典范性的一部法律——《永徽律》及《律疏》（后世合称为《唐律疏议》）。然而，这一切优良的制度传统却在武周革命前后遭到了严重的破坏和致命的颠覆。在酷吏肆虐的十余年间，朝廷的司法制度形同虚设，所有的法律全都变成了一纸空文。君臣之间相互猜忌，朝野上下人人自危，真情贱如粪土，他人即是地狱，人与人之间最起码的信任荡然无存。在这个黑白颠倒，正邪易位的年代里，世界就像一个蓦然打开的潘多拉盒子，人性中所有最丑陋的事物都在阳光下尽情飞舞，疯狂地吞噬着一个个无辜的生命，无情地践踏着法律、道德、公序、良俗、正义、良知，以及生命的价值与尊严……

所幸的是，武瞾并没有让这个世界陷入彻底的疯狂。

因为酷吏们始终在她的掌控之中。

无论武瞾表面上多么宠信酷吏，她也只是把他们当成铲除异己和巩固政权的工具而已。所以，她给予他们的权力通常囿于监察权和司法权之内，很少涉及行政权。综观武周一朝为患最烈的二十七个酷吏（参见《旧唐书·来俊臣传》），仅傅游艺因带头劝进之功而一度拜相，但时隔一年就被武曌借故诛杀，其他几个著名酷吏如周兴、来俊臣等人，均未掌握相权，因而不可能从根本上左右帝国大政。因此，武曌才能做到“计不下席，听不出闱，苍生晏然，紫宸易主”（《资治通鉴》卷二〇五）。亦即用最小的代价实现改朝换代的目标，避免了大规模的动乱。

换言之，尽管在酷吏横行的十余年间，帝国的统治高层被清洗得面目全非，但是基层政权和民间社会却基本能够保持正常运转和稳步发展，并未受到太大的冲击。从这个意义上说，武曌就像是一个高明的驯兽师，既能从容地驱使虎狼去撕咬猎物，又能不动声色地迫使虎狼自相残杀。最后，当武曌意识到酷吏们已经在政治上造成相当程度的负面作用时，尤其是当她确认自己的统治不再受到威胁时，她又能从容收网，兔死狗烹，给臣民们一个交待，还帝国政坛一个朗朗乾坤。

武曌比谁都清楚，杀戮立威只是一种手段，恐怖统治也不能维持长久，要想坐稳江山，就必须得人心，而要想得人心，就必须在适当的时机结束阴霾密布的政治冬天，逐步恢复帝国原有的法律和道德秩序。为此，武曌在诛杀来俊臣之后，便重新起用了一批颇具时望和贤名的正直官员，让他们进入了帝国的权力中枢。

神功元年（公元697年）十月，一个差点死于酷吏之手的前宰相终于从地方上风尘仆仆地回到了洛阳，开始着手进行拨乱反正，制度重建的工作。

他，就是一代名相狄仁杰。

第三章
李唐归来

一代名相狄仁杰

狄仁杰，字怀英，并州太原人，生于官宦之家。从童年时代起，狄仁杰身上就有一种特立独行，不畏权贵的勇气。有一次他家的门人被害，县衙里的官吏前来调查案情，府里的老老少少都忙不迭地前去接受问话，惟独狄仁杰拿着一本书坐在那儿一动不动。县吏一看这小子那么有个性，心里老大不爽，就上去命他接受问话。狄仁杰啪的一声合上书本，没好气地说："我跟书中的圣贤对话都惟恐不及，哪有空理你们这些俗吏！你凭什么凶我？"

这是史书记载的有关狄仁杰生平的第一个故事。未来神探狄仁杰在史书中刚一亮相就与命案有关，也算是一个有趣的巧合。作为中国历史上大名鼎鼎的清官和神探，狄仁杰的探案故事通过千百年来的公案、话本、戏剧、小说，乃至当代影视而广为传播，几乎已经到了家喻户晓，妇孺皆知的程度。到了二十世纪，狄仁杰更因荷兰汉学家高罗佩所创作的《大唐狄公案》而享誉西方，被西方读者惊呼为"东方的福尔摩斯"。

那么，真实的狄仁杰到底是什么样的呢？他是否被后世的这些虚构作品过度神化了呢？

答案是：不。

历史上的狄仁杰确确实实是个神探。高宗仪凤年间（公元676~679年），狄仁杰担任大理丞，“周岁断滞狱一万七千人，无冤诉者”（《旧唐书·狄仁杰传》）。一年之内勘断的积压案件所涉及之人犯就达一万七千人，而且事后还没一个喊冤的，这当然是不折不扣的神探了！

作为神探，最重要的素质就是智谋。在小说和影视中，我们经常可以看到狄公身上那种超越常人的机敏和睿智。而历史上真实的狄仁杰，其智谋比起虚构的人物似乎也不遑多让。长寿元年（公元692年），狄仁杰与魏元忠等人一起被来俊臣诬陷入狱。当时朝廷有个不成文的规定，人犯如果一被讯问就承认谋反，可以免于死刑。所以当来俊臣审问狄仁杰时，狄仁杰立刻就说：“大周革命，万物惟新，唐朝旧臣，甘从诛戮。反是实！”意思就是说，既然大周已经代唐而兴，我身为李唐旧臣，当然只有死路一条，你说我谋反我就谋反吧！来俊臣一看这家伙这么老实，也就放松了警惕。随后就没人来找狄仁杰麻烦了，酷吏们只等着判决下来，到时候执行就是了。

可来俊臣绝对没有想到，狄仁杰是在跟他玩心眼。

由于当时已是初春，天气逐日转暖，于是狄仁杰就跟狱吏讨了一副笔砚，然后撕下被单上的一角布帛，写明了自己的冤情，最后又拆开身上的棉衣，把帛书藏在衣服的棉絮内，交给狱吏说：“天太热了，烦请把衣服交给我家人，让他们拆掉里头的棉絮，再送回来给我穿。”

狱吏拿起那件棉衣左看右看，也看不出什么毛病，于是就转交给了狄仁杰的儿子。他儿子狄光远也很聪明，知道父亲肯定要传达什么信息，于是拆开棉衣仔细检查，果然发现了那封帛书，随即以告密为由求见武皇，把帛书当面呈上。

武曌看过后，立刻召见狄仁杰，问：“你既然没有谋反，又何必承认？”

狄仁杰说：“我要不承认，早就被他们打死了。”

武曌想想也是，随后就赦免了狄仁杰、魏元忠等人，把狄仁杰贬为彭泽县令，魏元忠贬为涪陵县令。狄仁杰就此躲过一劫。

狄仁杰之所以能够青史留名，被后人千古传颂，除了通达权变、智谋过人、断案如神之外，还有很重要的一方面，就是他对民间疾苦的关怀和对下层百姓的体恤。在武周前期那种视人命如草芥的年代里，他是少数几个真正能够坚守道德原则，珍爱百姓生命的官员之一。

狄仁杰一生仕途浮沉，辗转四方，历任各地的县令、刺史、都督。每到一地，他几乎都能为官一任，造福一方，并留下一段脍炙人口的佳话。早年担任宁州刺史时，当地百姓就感怀他的仁政，为他树起了一块德政碑。曾有朝廷御史巡视地方，入宁州境内时，当地父老“歌刺史德美者盈路”。御史不禁感叹：“入其境，其政可知也。”（《旧唐书·狄仁杰传》）回朝后更是大力推荐。狄仁杰随即被征召入朝，擢为冬官（工部）侍郎。

垂拱四年（公元688年），狄仁杰随宰相张光辅讨伐越王李贞，平叛之后，朝廷命狄仁杰就任豫州刺史。张光辅进入豫州后，大肆屠杀降众，并逼迫狄仁杰以州府财物赏赐将士，遭狄仁杰严词拒绝。张光辅勃然大怒：“一个小小的州将，胆敢不听元帅命令？”狄仁杰也愤然而起，对张光辅说：“乱河南的，原本只有一个李贞。如今一个李贞死了，没想到却有一万个李贞活了！”张光辅大声质问他什么意思。狄仁杰面不改色地说：“张公统率数十万大军对付一个乱臣，豫州百姓争相出城迎降，可官兵入城后却大肆屠杀，令无罪之人肝脑涂地，这难道不是一万个李贞活了？你放纵邀功之人，诛杀归降之众，我担心冤声沸腾，上彻于天。要是我手里有一把尚方宝剑，现在就砍断你的脖子，我虽死如归！”张光辅气得咬牙切齿，却又无言以对。

过后，豫州百姓被株连者又达六七百人，朝廷使者屡屡催促狄仁杰将他们诛杀。狄仁杰有心拯救他们，所以一再推迟刑期。但是躲得过初一，躲不过十五。狄仁杰思虑再三，最后向武皇呈上了一道密奏，说：“这些人都是被牵连的，并无大罪。臣本打算公开上奏，却有替罪人求情之嫌；可要是不奏，又担心不能贯彻陛下体恤百姓之旨。所以这道奏书写了撕，撕了又写，犹豫再三，最后还是恳请陛下能赦免他们。”狄仁杰这道奏书有两点非常聪明：一、以密奏的形式呈上，不会让武曌难堪；二、给武曌戴了一顶“体恤百姓”的高帽，让她不做好事都不行。后来，武曌果然赦免了这些人的死罪，改为流放丰州。这些人经过宁州时，当地百姓纷纷出来慰问他们，说：“是我们狄公救了你们啊！”于是众人相携至当初的德政碑前，因感念狄公的恩德放声大哭，然后又设斋三日为狄仁杰祈福。到达流放地后，这些死里逃生的人们所做的第一件事，就是为狄仁杰立碑颂德。

万岁通天二年（公元697年），契丹叛军攻陷冀州，河北震动。朝廷命狄仁杰出任魏州刺史，抵御契丹南下。狄仁杰赴任后，发现前任刺史把城外的百姓通通驱赶入城，让他们修筑防御工事。狄仁杰很不以为然，当即把百姓全都放回田里，对前任说："贼人还很远，何必这么紧张？就算贼人来了，我自能应付，没百姓什么事。"及至叛军退却后，当地百姓马上又为狄仁杰立了一块感恩碑。

狄仁杰一生中被百姓立了多少块碑，恐怕连他自己都说不清楚。

然而古往今来，像狄仁杰这样的好官实在是太稀有了。老百姓碰上这种官，是八辈子修来的福分，形同中了福利彩票；碰不上，实属正常现象，没什么好委屈的。几千年来，老百姓碰上贪官、恶官、昏官的概率，绝对要比碰上好官和清官的概率高得多。在这一点上，今天和古代似乎也差别不大。所以时至今日，"清官情结"才会依然盘桓在老百姓的心里，千百年来挥之不去。

神功元年（公元697年），在宰相娄师德的暗中举荐下，政声卓著的狄仁杰终于在幽州都督任上被征召入朝，担任鸾台（门下）侍郎、同平章事。

这一年，狄仁杰六十八岁。

这是他第二次出任宰相。第一次拜相是在天授二年（公元691年），可短短三个月后就被来俊臣诬陷入狱，旋即贬为彭泽县令。此刻狄仁杰再度以宰相身份重返帝国朝堂，两鬓已然多出了一层岁月的风霜，但是匡复社稷，重振朝纲之志，却依然在他的胸中翻涌沸腾。

当然，身为武周宰相，狄仁杰要下手整肃的自然是武周的朝纲；但是作为李唐旧臣，狄仁杰真正要匡复的却必将是李唐的社稷。

这将是狄仁杰余生中最重要的使命。

而他首先需要做的，就是阻止武家子弟的夺嫡。

这些年来，武承嗣一刻也没有放弃过夺嫡的梦想。为了讨武皇欢心，长寿二年（公元693年），武承嗣率五千人上表请愿，为武皇进献尊号，称"金轮圣神皇帝"；第二年，武承嗣再接再励，又搞了一场声势更大的请愿活动，率领二万六千余人为武皇再献尊号，称"越古金轮圣神皇帝"。帽子一顶比一顶更大，媚态一次比一次更足，可让武承嗣极度郁闷的是，武皇把这些高帽都笑纳了，却绝口不提立储之事。这情形就像贪官收了你的巨额贿款，却一转身就把这事给忘了，这不是活活把人气死吗？

眼见武皇春秋已高，而自己也一年比一年老了，武承嗣急得如同热锅上的蚂蚁。圣历元年（公元698年）春，他终于卯足了劲儿对储君之位发起了新一轮攻势。

武承嗣收买了许多武皇身边的人，天天跟武皇吹风：“自古以来的天子，从没有立异姓人为储君的。”言下之意，只有武家兄弟才是太子的不二人选。

然而，武皇听完后只是笑笑，始终不肯表态。

对武曌来说，“立储悖论”始终是她无法突破的困境。又或许在她看来，引而不发，悬而不决才是人君掌控权力的最高境界。换言之，只有把人人垂涎的香饽饽始终捂在手心里，她才能永远握有主动权。

可无论如何，这香饽饽迟早有一天是要给出去的。

这件事可以拖延，可以逃避，却不能当它不存在。

所以，一天不确立储君，武曌的心里其实和别人一样——一天也不得安宁。

就在这个时候，狄仁杰上场了。他对武曌说：“文皇帝（太宗李世民）栉风沐雨，亲冒锋矢，以定天下，传之子孙；大帝（高宗李治）以二子托付陛下。陛下如今却想把江山传给外族，这难道不是违背天意吗？况且，姑侄和母子哪一样更亲呢？陛下立子，则千秋万岁后，配食太庙，承继无穷；倘若立侄，则从没听说过侄儿做天子后，把姑母供奉在太庙里的。”

其实，狄仁杰的这套说辞和当初的李昭德如出一辙，并没有什么新意。但有些时候，把同样的道理不厌其烦地反复宣讲，却不见得是多余的。再者说，狄仁杰的人格魅力也和李昭德不同。我们在平常生活中经常会碰见这种事情，同一句话从不同的人嘴里说出来，感觉就是不一样，甲说的我们听不进去，偏偏乙一说我们就觉得十分顺耳。眼下的女皇武曌也是，狄仁杰在她心目中的份量非他人可比，他的话自然也更有力量。所以狄仁杰一开口，武曌事实上已经听进了大半，可她嘴上还是不愿示弱：“此乃朕之家事，贤卿不必操心。”

狄仁杰寸步不让：“王者以四海为家，四海之内，哪一样不是陛下家事！君为元首，臣为股肱，本来一体，况且臣备位宰相，岂能不操这份心？”话说到这，狄仁杰索性亮出底牌，请求武皇召回流放房州的庐陵王李哲，以安天下人心。

随后，老臣王及善等人也都和狄仁杰统一口径，屡屡对武皇发出劝谏。武曌更是心烦意乱，内心的天平开始朝儿子这边倾斜。正所谓日有所思，夜有所梦。某一天晚上，武曌忽然做了一个怪梦，次日便召见狄仁杰，非常困惑地说：“朕梦见一只巨大的鹦鹉在空中飞翔，后来却两翅皆折，再也飞不起来，这是何故？”

狄仁杰一听，心中窃喜，表面上却一本正经地答道：“武（鹉）者，陛下之姓；两翼，二子也。陛下起二子，则两翼振矣！”

武曌脸上不动声色，可心里却若有所悟。

人老了就容易迷信，容易受神秘事物影响。对于这个怪诞的梦境，除了狄仁杰的解释，武曌自己实在找不到更好的解释了。所以，就是从这一刻开始，武曌彻底打消了立武家子弟为储君的念头。（《资治通鉴》卷二〇六）

然而，不立侄子是一回事，什么时候立子，要立哪个儿子又是另一回事。武皇时年已经七十四岁，万一没来得及立储就驾鹤西去，那帝国的政局可就危险了。

其实，担心武皇身后事的人绝不仅仅只有狄仁杰这样的正直朝臣，就连武曌的枕边新宠张易之、张昌宗兄弟也极为忧虑。当然，他们担心的不是政局，而是他们自身的命运——万一老太婆哪天两腿一蹬，咱哥俩要靠什么混饭吃呢？

二张的这层恐惧被一个人看得清清楚楚。

他就是当初一举把来俊臣送上断头台的酷吏吉顼。

这几年，吉顼已经成功转型，不再当那种没前途的酷吏了。他一方面和张氏兄弟打得火热，所以总能通过他们及时摸清武皇的心态，另一方面，他又密切关注着政局的发展和演变。经过一段时间的缜密观察，吉顼得出结论——未来的天下必定复归李唐。所以，要想确保日后的荣华富贵，就必须拥立庐陵王复位，籍此捞取政治资本。

兹事体大，吉顼当然没有资格说三道四，因此便把目光锁定二张，决定通过他们向武皇施加影响。某日，吉顼用一种闲话家常的口吻对二张说：“你们兄弟享有如此的富贵和恩宠，一不靠功业，二不靠品德，天下对你们侧目切齿的多了去了。如果不立大功于天下，何以自保呢？在下真是替二位担忧啊！”

吉顼一番话，准确命中二张的伤心处。二张哭丧着脸求他指一条明路。吉顼不慌不忙地说：“天下士庶未忘唐德，咸复思庐陵王。主上春秋高，大业须有所付；武氏诸王非所属意。公何不从容劝主上立庐陵王，以系苍生之望！如此，岂徒免祸，亦可以长保富贵矣。”（《资治通鉴》卷二〇六）

二张一听，顿如茫茫黑夜里看见了一盏明灯，旋即依计而行，天天在武皇耳边吹风。武曌料定这两个绣花枕头不可能有这种政治头脑，这主意一定是吉顼教他们的，随即召见吉顼。吉顼好不容易得到了表态的机会，立刻施展他的滔滔辩才，反复为武皇分析利害，终于彻底打消了武曌残存的疑虑。

至此，女皇武曌总算打破了困扰她许久的“立储悖论”，决定把储君之位传给儿子。

帝国的未来终于有了一个明确的走向。

令人感觉吊诡的是，在这件事上，转型酷吏吉顼和一代名相狄仁杰居然同样立下了赫赫功勋。

当然，二者的出发点是截然不同的——狄仁杰纯粹出于公心，吉顼仅仅是出于私利。

圣历元年（公元698年）三月，一个春光明媚的日子，一驾长途跋涉的马车悄悄驶进了洛阳，然后穿过人潮拥挤的天门大街，径直驶进了皇宫。

车上坐着庐陵王李哲的一家人。

从嗣圣元年（公元684年）被赶下皇位贬出东都算起，到这一天归来为止，李哲与洛阳已经阔别了整整十四年之久。

人生有多少个十四年？

李哲不知道。

他只知道，被流放的那一年他还是个血气方刚英俊挺拔的年轻人，而现在已经是一个满面风霜身体发胖的中年男了。在历尽沧桑的十四年后，重返洛阳的李哲真是充满了一种劫后余生，恍如隔世之感。看着洛阳城内熟悉而陌生的一草一木，望着太初宫华丽而森严的九重宫阙，李哲的眼角不由自主地淌下了两行清泪。

然而在感慨之余，李哲也感到了一种莫名的不安和困惑。

因为母亲武曌是以“庐陵王有疾，应回洛阳疗疾”为由把他暗中召回来的。

母亲这么做，到底意味着什么？

在这扇缓缓打开的宫门背后，到底是一种怎样的命运在等待着他？

李哲的内心一片茫然。

莲花似六郎：男宠的崛起

庐陵王李哲突然归来，受打击最大的人无疑就是武承嗣了。

他做梦也不会想到，自己处心积虑地折腾了这么多年，换来的居然是这样一种结果！

武承嗣从此万念俱灰，一蹶不振。

在愤恨与失落的双重煎熬中度过了几个月后，武承嗣终于在这一年八月一病而亡。

李哲的归来让武承嗣抑郁而终，却让另一个人大喜过望。

他就是在东宫中度日如年的皇嗣李旦。

随着那个喜欢当皇帝的三哥的归来，这个视权位如桎梏的弟弟顿时有了一种云开雾散的解脱之感——他终于可以重新回到他那闲云野鹤的生活中去了。

心情异常激动的李旦随即频频上表，请求将皇嗣之位还给他的三哥李哲。

圣历元年九月十五日，亦即李哲回到洛阳的半年之后，武皇终于颁下了一道诏书，册立庐陵王李哲为皇太子，同时恢复了他以前的名字——显。

跪地接旨的那一刻，李显激动得泪流满面。

世界上最痛苦的事情并不是得不到你想要的东西，而是在得到了以后再度失去。

世界上最幸福的事情也不是得到了你心爱的东西，而是在失去了以后重新得到。

得而复失与失而复得，这两种生命中的极端境遇竟然让李显挨个尝了一遍，可见他是多么可怜，又是多么幸运。在这仿佛蹦极一样的命运起落中，李显所体验到的人生况味一定比别人无奈得多，当然也比别人丰富得多。

在登基称帝的第七个年头，女皇武曌结束了酷吏政治；在第八个年头，她解决了令她牵肠挂肚的立储问题。做完这一切，七十四岁的武曌终于长长地舒了一口气。

如释重负的一刹那，女皇武曌明显感觉到了一种从未有过的苍老。

那是一种年龄的苍老。

也是一种灵魂的苍老。

尽管到目前为止，她仍然是大周帝国至高无上的天子，尽管她手里仍然握有威福刑赏之柄与生杀予夺之权，可武曌还是不由自主地发现——自己的心态正在发生某种微妙而重大的变化。

不知从什么时候起，自己逐渐厌倦了你死我活的权力斗争；也不知从什么时候起，自己越来越看重人与人之间的感情——诸如与宰相狄仁杰之间的君臣之情，还有与李显、李旦、太平、诸武之间的亲人之情，甚至包括与张易之、张昌宗兄弟那种说不清道不明的暧昧之情，都在她的内心占据了越来越大的比重。

也许正是由于这样的改变，所以武曌现在最不想看见的事情，就是亲人之间为了争夺权力而自相残杀。

如何确保在自己百年之后，儿女和侄子们之间能够相安无事呢？

武曌为此绞尽了脑汁。

最后她想到了两个办法：一、立誓；二、联姻。

圣历二年（公元699年）四月，武曌命李显、李旦、太平公主与诸武共同写下盟誓，保证今后绝不互相侵犯，然后在明堂祭告天地，最后又将誓文镌刻在铁券上，交付史馆永远收藏。随后，武曌又亲自作主，把李显的几个女儿分别嫁给了诸武：安乐郡主嫁给武三思之子武崇训，永泰郡主嫁给武承嗣之子武延基，新都郡主嫁给武承业之子武延晖。

武曌希望通过这两个办法，消弭武李之间的政治宿怨和利益分歧，帮他们树立起更为牢固的关系。

然而，尽管处心积虑地做了这么多事，武曌还是不能保证武李之间今后不生龃龉。

其实说到底，她做这些事情也只是图个心安而已。

因为武曌深知，对这个世界上的很多人来讲，权力的诱惑从来都要大于誓言的约束，同时也要大于亲情的牵绊。为了权力，誓言可以轻易撕毁，亲情也可以随时斩断。不要说别人，武曌自己不就是这么走过来的吗？

如果说权力是一把寒光闪闪的宝剑，武曌想，那么人的感情就一定是铁匠铺里那红彤彤的铁水。只有让铁水冷却、凝固，再反复淬炼、锻打，最后才可能获得一把斩金断玉，削铁如泥的宝剑。这是必然的道理。你不可能既想得到宝剑，又不想让铁水凝固，就像你不可能既想得到冷酷的权力，又不想失去温柔的感情一样。而一旦你的感情恢复了柔软，那就像铁水重新开始了沸腾，最终的结果就是销熔掉你手中的宝剑……

所以，武曌其实并不相信她的儿女和侄子们会因为立誓和联姻而放弃各自的权力野心。即使不相信，武曌还是不由自主地这么做了。

也许自己真的是老了。

武曌想，只有老人才有如此矛盾的心境和行为吧？

反正，作为一个年过古稀的人，武曌所能做的也只有这么多了，至于未来究竟怎样，那是儿孙们自己的事情。对于武曌来说，最重要的是现在。

武曌蛮喜欢目前这种轻松逍遥的生活状态。外朝的政务有狄仁杰、魏元忠这些能臣在帮她打理，宫里有张易之、张昌宗这对玲珑剔透，善解人意的宝贝随侍在侧，膝下还有一大群孝子贤孙日夜环绕……

人生至此，夫复何求？

武曌现在只希望这种日子长一点，长一点，再长一点……

和女皇武曌的心愿一样，张易之、张昌宗兄弟眼下最渴望的，也是武皇能够长命百岁。

因为武曌是他们的庇荫大树，是他们的富贵源泉，是他们飞黄腾达的唯一靠山。没有了武皇，他们真不知道自己的未来会是什么样子……

二张在万岁通天二年（公元697年）入宫，他们是高宗时代的宰相张行本的族孙，不仅人长得明眸皓齿，玉树临风，而且由于出身名门，从小就得到了比较好的教育，所以气质优雅，颇具艺术才能，尤其擅长音乐。

最初看上二张的人是武曌的女儿太平公主。就像当初的千金公主在享用了冯小宝之后慨然将其转赠给武曌一样，太平也是个孝顺女儿，自己试过之后觉得好，便十分慷慨地献给了母亲。刚开始是张昌宗先入的宫，得宠之后又把异母哥哥张易之也推荐给了武皇，从此兄弟俩便天天穿着光鲜亮丽的衣服，脸上涂着香喷喷的脂粉，成双结对地陪伴在武皇身边。

每天被这两个花样美男伺候得舒舒服服，武曌感觉自己枯皱的肌肤似乎又重新舒展开来，而布满了岁月之痕的脸庞也再度焕发出了神奇的光泽。

女皇一爽，乌纱自然就不在话下。张昌宗很快就被封为散骑常侍，张易之也官至司卫少卿。而且武皇还爱屋及乌，把二张的两个母亲都封为太夫人，前后赏赐的钱物不可胜计。更有甚者，武曌还专门为张易之的母亲臧氏指定了一个情人。她特地颁下一道敕书，命长相俊美的凤阁侍郎李迥秀去给这个臧太夫人当“私夫”，说白了就是当一个“合法奸夫”。可怜李迥秀不仅白天要在朝堂上奉旨办公，晚上还要到臧太夫人府上“奉旨通奸”，个中凄苦实不足为外人道也。后来可能是李迥秀的妻子摔破了醋坛子，搞得李迥秀两头不是人，只好忍痛把妻子休了。当然，李迥秀表面的休妻理由是冠冕堂皇的，说妻子经常喝斥奴婢，惹得他老母不高兴，为了孝顺老母才不得不休妻云云。其实明眼人都看得出来，李迥秀纯粹是因为奉旨通奸才导致家庭破裂的。当然，李迥秀虽然付出了惨重的代价，但也获得了丰厚的回报，几年后便青云直上，官至宰相。

二张如此得宠，诸武自然就趋之若鹜了。武承嗣、武三思、武懿宗等人，争相为二张牵马执辔，就像当初捧薛怀义的臭脚一样。为了和二张拉近关系，诸武还十分亲昵地称张易之为五郎，称张昌宗为六郎。

圣历二年（公元699年）正月，武曌为了得到更多的男宠，就专门设立了一个机构，名为控鹤监，后来又改名奉宸府。可不管是控鹤监还是奉宸府，其性质就是武曌的“男宠俱乐部”。她命二张主持工作，专门招收一些婀娜多姿的美少年和一帮轻薄文人进去当“供奉”。

那些日子，武曌几乎天天带着诸武和一帮佞臣在此饮酒作乐。席间武三思常常不失时机地拍二张马屁，有一次居然说张昌宗是神仙王子晋转世。王子晋原为周朝太子，清静寡欲，仁厚爱民，然而不幸早夭，百姓出于敬意，就传说他是坐着仙鹤升天而去，羽化成仙了。

武曌一听大为高兴，就让张昌宗穿上羽毛编织的衣裳，坐在木制的仙鹤上，然后一边吹笙，一边做着飞翔的动作。那一刻的张昌宗真的是恍若天人，武曌不禁深深地迷醉，陪坐的一干御用文人也纷纷作诗赞美。有人盛赞张昌宗貌似莲花，众人纷纷附和，唯独宰相杨再思一脸正色地说："不对！怎么能说六郎像莲花呢？应该是莲花像六郎才对啊！"

众人闻言，顿时对杨再思的谄媚功夫大为叹服。

宰相就是有文化啊，连马屁都能拍得如此诗意盎然，别出心裁！

由于杨再思的摇尾功夫天下无双，时人就送给他一个外号——"两脚狐"。

自从武皇设立了这么一个男宠俱乐部，很多人都蠢蠢欲动，争着要进奉宸府，其中不仅有民间的美少年，同时更有朝廷官员。朝野上下对此议论纷纷，当时有一个叫朱敬则的谏官实在看不下去，就向武曌上奏说："陛下内宠有易之、昌宗就足够了。可臣最近却听说，有很多官员不知羞耻，都毛遂自荐要进奉宸府，这一丑闻已传遍朝野，社会影响非常不好。臣的职责是谏诤，不敢不奏。"

武曌闻奏，顿时有些难堪，于是想出了一个掩人耳目的办法，命二张牵头，召集了一帮文人学士，开始编纂一部大型诗集，名为《三教珠英》，亦即选取儒释道三家的代表性诗歌汇编成册。当时参加编纂工作的，就有著名诗人宋之问、沈佺期、杜审言（杜甫的祖父）等人，还有李峤、李迥秀等朝中政要。

正所谓一人得道，鸡犬升天，二张贵宠无比，他们的弟弟，时任洛阳令的张昌仪便因此肆无忌惮，公开卖官鬻爵。有一天上朝，一个姓薛的候补官员拦下他的马，当街行贿求官，送给他黄金五十两，并递上了一份履历表。张昌仪上朝后就把履历表交给了天官（吏部）侍郎张锡。几天后张锡把履历表弄丢了，就询问张昌仪。张昌仪大骂："你这糊涂虫！我怎么记得他的名字？干脆这样，凡是姓薛的都给他官做！"张锡惶恐不已，回到吏部一查档案，一共有六十多个姓薛的候补官员，张锡不敢违背张昌仪的意思，只好横下一条心，全部任官。

既然连弟弟都能如此飞扬跋扈，一手遮天，把吏部当成了自家的一亩三分地，把主管官员视同奴仆喝来骂去，那么二张的气焰之盛与权势之隆就不难想见了。

在武曌生命的最后几年中，帝国的政治形势表面上风平浪静，背地里却是暗潮汹涌。

随着庐陵王李显的入主东宫，所有人都知道李唐的复辟只是时间问题，但是与此同时，诸武却仍然身居要津，且仍受武皇宠幸，这种矛盾局面的背后无疑隐藏着一个巨大的危机。尽管武曌极力想要撮合李武，但是谁都很清楚，这两股政治势力始终是不可能走到一块去的。他们之间的博弈必将以或明或暗的方式一直延续下去，而未来的政局究竟将如何演变，谁的心里都没有底。

久视元年（公元700年）正月，终于有一个人成了李武暗中角力的牺牲品。

他就是吉顼。

因拥护庐陵王之功，吉顼已经官至吏部侍郎兼宰相，且被武皇视为心腹。吉顼为此深感得意。他认为这是他一生中做得最正确的一次政治选择，而且只要继续站在这个政治队列中，今后的仕途必将一帆风顺。然而吉顼似乎没有意识到，正因为他在拥护庐陵王这件事上表现得太过锋芒毕露，所以早已成为诸武的眼中钉和肉中刺。而武皇介于李家和武家之间，其心态也一直是复杂而矛盾的。可吉顼却被自己迅速到来的成功所陶醉，并未充分意识到诸武的敌意，更严重低估了诸武在武皇心目中的份量，因而最终葬送了自己的仕途和前程。

事情缘于这年正月的一次朝会，当时吉顼因某事与武懿宗争功，双方当着百官和武皇的面大吵起来。吉顼身材魁梧，声若洪钟，原本口才就十分了得，一吵起架来更是声色俱厉，咄咄逼人；而武懿宗则矮小伛偻，一激动就面红耳赤，说不出话。所以这场架就出现了一边倒的局面——吉顼居高临下，气势汹汹，武懿宗则是结结巴巴，汗如雨下。

武皇端坐在御榻上冷冷地看着这一幕，心中大为不悦。当天散朝后，武曌便对左右说了这么一句话："吉顼在朕的面前，尚且看不起我们武家人，要是到了将来的某个时候，这种人岂能依靠？"

吉顼就此彻底失去了武皇的信任。

可他似乎对此浑然不觉。

后来有一天，吉顼奏事的时候，又在武皇面前说古论今，旁征博引，口若悬河，滔滔不绝，武皇终于勃然大怒，厉声打断了他："够了！你这一套朕早就听够了，朕不想再听你的废话！"随后，武皇就抛出了她那个经典的"狮子骢故事"。她说，"太宗有马名狮子骢，肥逸无能调驭者。朕为宫女侍侧，言于太宗曰：'妾能制之，然须三物，一铁鞭，二铁挝，三匕首。铁鞭击之不服，则以挝挝其首，又不服，则以匕首断其喉。'太宗壮朕之志。今日，卿岂足污朕匕首邪？"（《资治通鉴》卷二〇六）

你难道自认为有资格弄脏朕的匕首吗？

最后这一句让吉顼心胆俱丧，如梦初醒。他极度惶恐地拜倒在地，频频磕头请求武皇恕罪。然而，现在清醒已经来不及了。诸武随后便群起而攻，指控他帮助弟弟诈冒资荫骗取官职，武皇旋即将吉顼贬为安固（今浙江瑞安市）县尉。

从一个堂堂宰相贬为边远地区的九品小吏，吉顼内心的痛苦不言而喻。临走之前，吉顼怀着最后一丝希望去向武皇辞行，说："臣今远离朝廷，今生恐无再见之期，想说一句话。"武曌让他坐下，问他想说什么。吉顼说："土和水，和合成泥，二者会不会争执？"

武曌说："那当然不会。"

吉顼又说："如果分一半塑造佛像，另一半塑造道家天尊呢？"

武曌说："那争执就大了。"

吉顼倏然起身，倒头便拜，朗声说："宗室、外戚若能各安本分，则天下安宁。今太子已立而外戚犹然为王，这是陛下驱使他们日后互相争斗，使双方都不得安宁啊。"

无论吉顼临行前的这番进言是否包含私心，这句话还是一针见血地指出了帝国当下最严重的问题。

武曌听完后怅然一叹，说："朕也知道……可是事已至此，又能如何？"

吉顼张口还想说什么，武曌已经无力地挥了挥手，示意他退下。吉顼彻底绝望，当天就失魂落魄地踏上了贬谪之途，不久后就在贬所抑郁而终。

吉顼的落败固然与他的骄矜自负和锋芒毕露有关，但最根本的原因，还是在于武曌容不下他。对于此时的武曌而言，尽力调和李武，维持李武的政治均势和利益平衡是她最重要的任务，吉顼在“李弱武强”的时候拥护李家，这当然符合武曌的原则，所以吉顼才能够青云直上；但是到了庐陵王被立为太子之后，吉顼却不知道及时调整自己的政治姿态，仍然在“尊李卑武”的道路上高歌猛进，这当然就极大地触犯了武曌的原则。

就像武曌与吉顼的最后那场对话所反映出来的一样，虽然武曌明知道自己的“平衡原则”实际上是在掩盖矛盾，不是在解决问题，但是武曌却宁可这么做。因为她并不希望为了解决问题，而在自己的有生之年看见李家和武家任何一方遭受损害。至于吉顼所说的李武的矛盾会在未来激化，那就不在武曌的考虑范围之内了。换言之，对于眼下的武曌来说，搁置矛盾远比解决问题更聪明，在和稀泥中保持各方的相安无事也远比用自己的右手砍断自己的左手更明智！

从这个意义上说，吉顼的丢官和仕途命运的变化，就不仅是李武暗中角力的结果，同时更是武曌矛盾心态的写照。

久视元年的吉顼事件充分说明，李武之间的政治宿怨已经为帝国的未来埋下了巨大的隐患。而这几年来，李武之外的第三股政治势力——以二张为代表的男宠又忽然间强势崛起，顿时使得未来的政局变得更加扑朔迷离。

武曌已经七十多岁高龄，作为几十年来帝国的实际掌舵者，她的铁腕统治固然严厉而高效，能够在大体上维持政局的稳定，但恰恰是这一点加大了未来的变数。因为这种极权型的政治领袖一旦过世，所有被压制着的矛盾就必然会集中爆发，宗室、外戚与男宠这三种不可调和的政治势力也势必会围绕帝国的最高权力展开殊死博弈，到那时候，局面会不会变得不可收拾？

久视元年深秋的一天，帝国朝堂上一位德高望重的栋梁人物又在萧瑟的秋风中溘然长逝，更是让朝野上下的有识之士感到忧心忡忡，同时也让年老的女皇武曌感到了巨大的悲伤和失落。

这个人就是狄仁杰。

重归长安

狄仁杰一生中两度拜相，加起来的时间总共也才三年多，但却比武周一朝的任何一个宰相更让武曌尊重和信任。因为狄仁杰的人格魅力确实非一般人臣可比。综观狄仁杰宦海浮沉的一生，完全可以用儒家的理想人格“三达德”来概括，那就是——智、仁、勇。

“周岁断滞狱一万七千人”，面对酷吏的陷害善于权变，这就是“智”；始终坚守道德原则，为官一任，造福一方，尤其珍爱百姓生命，这就是“仁”；身为刺史，为了维护百姓利益而不惜与宰相公然反目，这就是“勇”。

女皇武曌一生中接触过无数官员，也曾经为了改朝换代和巩固政权而屡屡任用小人和酷吏，但是她打心眼里瞧不起这些人，往往是利用完后就毫不留情地兔死狗烹。而对于像狄仁杰、娄师德、魏元忠这种德才兼备，有经有权的能臣，武曌却能发自内心地尊重他们，并最终都能予以重用。

出于对狄仁杰的尊重，武曌常称呼他“国老”而不称其名，甚至当狄仁杰因重大问题而屡屡与她面折廷争时，武曌也总能“屈意从之”。狄仁杰常以年迈多病请求致仕，武曌始终不许。每当狄仁杰上殿，武曌总是免其跪拜，说：“每见公拜，朕亦身痛。”（《资治通鉴》卷二〇六）并且特许狄仁杰不用入朝值宿，还叮嘱百官说：“除非军国大事，否则一般政务都不要去麻烦狄公。”种种殊荣，在武周一朝的文武百官中可谓绝无仅有。

惊闻狄仁杰去世的噩耗时，武曌忍不住潸然泪下，悲泣不止，过了好长时间才喃喃地说：“朝堂空了，朝堂空了……”从此每当朝廷遇到大事，而百官又商议许久不能定夺时，武曌就会不由自主地仰天长叹：“老天为何这么早就夺走了我的国老啊！”

狄仁杰虽然走了，来不及亲眼看见李唐的光复，但他却引荐了一大批人才进入朝廷，这些人后来都成为一代名臣。比如玄宗一朝的名相姚崇（初名姚元崇），以及数年后发动政变光复李唐的张柬之、桓彦范、敬晖等人，都是狄仁杰大力引荐的。有人曾经对狄仁杰感叹说：“天下

桃李，悉在公门矣！”狄仁杰的回答是：“荐贤为国，非为私也。”（《资治通鉴》卷二〇六）

作为日后光复李唐的首席功臣，老臣张柬之的起用倒是费了一番周折。武瞾经常让狄仁杰荐贤举能，有一天对他说：“朕非常想提拔一位奇才，国老有这样的人选吗？”

狄仁杰说：“不知道陛下用他做什么？”

武瞾答：“欲用为将相。”

狄仁杰说：“以臣看来，陛下若只是想得到文人学士，则如今的宰相苏味道、李峤等人都是合格人选。臣斗胆估计，陛下是嫌这些文臣庸碌无为，所以想另择人才，以经纬天下，不知是否？”

武瞾笑了：“国老深知朕心。”

狄仁杰向武皇郑重地一揖，说：“荆州长史张柬之，其人虽老，真宰相才也。且长久怀才不遇，若用此人，必能尽节于国家！”

武瞾微微颔首，随后便把张柬之擢为洛州司马。过了几天，她又让狄仁杰举荐人才，狄仁杰说：“臣上次推荐的张柬之，陛下尚未起用。”武瞾说：“早就擢升了。”狄仁杰不以为然地说：“臣推荐的是宰相，不是司马。”武瞾略显尴尬地笑了笑，不久就把张柬之擢为秋官（刑部）侍郎，最后果然拜为宰相。

如果不是狄仁杰的坚持举荐，籍籍无名的张柬之绝不可能在年逾八旬的时候才入阁拜相，更不可能在八十多岁高龄发动神龙革命，匡复李唐社稷。

事后来看，狄仁杰当初所说的“若用此人，必能尽节于国家”果然得到了应验。仅此一点，足以证明狄仁杰确实具有高度的识人之智，更具有惊人的先见之明。然而，当须发苍苍的张柬之在几年后的某一天突然率领士兵出现在武瞾面前的时候，武瞾一定会为自己当初听信狄仁杰之言提拔了这样一位“奇才”而痛悔不已。不过这已是后话了。

狄仁杰去世的一个月后，亦即久视元年十月，武瞾下诏宣布：废除实行了十一年的周历，恢复李唐王朝使用的夏历。

这是一个重大的政治信号，表明女皇已经着手准备回归李唐了。

大足元年（公元701年），七十七岁的女皇武瞾感觉自己的身体就像秋风中的草木一样迅速枯萎。不知从什么时候起，她的眼前似乎始终笼罩着一层薄雾，而耳朵仿佛也被塞进了两团棉花，所见所闻都是那样的模糊而飘忽。身体的迟钝和老化让她的心思时常变得恍惚而慵懒，对于政事也逐渐产生了一种倦怠之感。

所幸身边还有张易之、张昌宗这两个小情人。

如果说他们早先带给女皇的更多的只是床笫之欢，那么他们现在对于女皇则是兼具耳目喉舌之用了。

是的，两兄弟现在已经成了女皇延伸在外的耳目喉舌，朝堂的很多事情都是通过他们传递给女皇的，而女皇的很多旨意自然也要通过他们传达给朝臣。

古往今来，所谓的弄权之臣就是这么产生的。

就像吉顼所说的那样，二张专以美色得宠本来就已经让天下人“侧目切齿”了，如今他们趁武皇年迈又得寸进尺地弄权揽政，自然更是让朝野上下感到义愤填膺。

这年深秋的某一天，有三个年轻人就聚在一起谈起了这个话题。

他们是太子李显的嫡长子邵王李重润，还有他的妹妹永泰郡主，以及郡主的夫婿、武承嗣的嫡子魏王武延基。这一年，李重润十九岁，永泰郡主十七岁（已经身怀六甲即将临盆），武延基也比他们兄妹大不了几岁。年轻人都比较容易冲动，说起话来口无遮拦。这天他们偶然议论起了二张，说着说着嗓门就大了，话也越来越难听了，最后还牵扯到了他们的祖母武曌，自然也没什么好话。

三个年轻人一通发泄之后，话题慢慢就转到了别的地方，可他们做梦也不会想到，这番话竟然会给他们带来一场灭顶之灾。

因为隔墙有耳。

李重润的异母弟弟李重福无意中听见了这些话。

而李重福的老婆就是张易之的外甥女，所以这番话很快就传进了二张的耳中。二张气得直跺脚，马上去找武皇告状，而且还添油加醋地形容了一番。

女皇很生气，后果很严重。

太子李显第一时间被叫到了武皇面前，还没明白是怎么回事，就被劈头盖脸地痛骂了一顿。等到他听明白事情的原委，全身的衣服已经被瞬间爆出的冷汗浸透了。武皇最后余怒未消地扔给了李显一句话——回去好好管教一下你的子女和女婿，让他们别太放肆了！

李显木立当场，整个人都被一种突如其来的恐惧攫住了。这十几年来他吃了多少苦，受了多少罪，好不容易重见天日当上了太子，没想到子女和女婿竟然给他惹来了如此的滔天大祸……怎么办？母亲让他“好好管教”究竟是什么意思？

李显失魂落魄地回到了东宫，最后咬咬牙做出了一个连他自己都不寒而栗的决定——逼令李重润和武延基自杀！

在犹如惊弓之鸟的李显看来，不管母亲那句话意味着什么，自己都必须下狠手。因为母亲完全有可能借这件事情来试探他的忠诚度，倘若无法给母亲一个圆满的交待，等待他的必将又是贬黜流放的命运。这几十年来他已经看过了太多的流血和杀戮，也一次次领教了母亲铁血无情的手段，所以，无论心里再苦、再痛、再不舍，他也必须壮士断腕，丢卒保车！

就这样，正值青春年华的李重润和武延基同时被逼自尽；稍后，身怀六甲的永泰郡主受不了如此严重的打击，婴儿早产死亡，本人也在无尽的痛苦和凄凉中死去。

一番激愤之辞，就葬送了三条犹如鲜花一般刚刚绽放的生命，还外加一朵夭折的蓓蕾。

没有人知道女皇武曌听到这个消息时会作何感想——是对儿子李显的忠诚感到满意和欣慰，还是痛心于李显错解了她的用意？

没有人知道。

人们只知道经过这件事后，二张和他们的兄弟就更加一手遮天，势倾朝野了。

就在这幕惨剧发生的一个月后，武曌忽然颁布了一道敕令，命太子、相王及文武百官全部跟随她西返长安，同时大赦天下，改元长安。

自从永淳元年（公元682年）离开长安东赴洛阳，武曌已经有整整二十年没有踏上这片土地了。虽然这里承载着她出生、成长、奋斗、挣扎，以至最后获得成功的全部记忆，但是武曌对于这片土地却没有多少好感。

原因只有一个——这是李家王朝的龙脉，是大唐帝国的象征。

在这里，武曌难免会有一种鹊巢鸠占的尴尬；而只有在洛阳，她才会有一种我主沉浮的自信。所以，她不愿意回来。

不过今天，她终于还是回来了。

龙首原上高高矗立的宫阙还是像当年那样壮丽巍峨，长安城的一砖一瓦、一草一木看上去依旧是那样熟稔而亲切，一切似乎都和她离开的时候没有什么两样。然而星移斗转，物是人非。二十年时光就像一簇璀璨的烟花，刹那绽放，刹那凋零。当年那个英姿勃发的天后武媚仿佛刚刚离开，而今这个白发苍苍的女皇武曌已经悄然归来……

树高千尺，叶落归根。

带着二十年恩怨交织的情感，带着二十年山重水复的记忆，带着一个老人乡音未改鬓毛已衰的悲欣与惆怅，武曌终于回到了她梦想开始的地方。

女皇武曌的归来无疑昭示着帝国的政治重心已经从洛阳回归长安，同时也等于是向天下人传达了这样一个信息——李唐的复国已经为期不远了。

似乎是为了加强这个信息，武曌随后又任命相王李旦为并州牧，亦即李唐龙兴之地的最高军政长官，后来又将其调任雍州牧，成为京畿地区的军政首长，一步步扩大了相王李旦的权力；此外，武曌又先后任命了好几个德才兼备的实干型宰相兼任太子李显的东宫属官，如魏元忠、韦安石、唐休璟等。

有心人不难发现，武皇已经悄然启动了权力交接的进程。

长安二年（公元702年），平民苏安恒公然上书劝武皇尽早还政李唐，而且措辞非常露骨，几乎没有给武皇留半点面子："……陛下虽居正统，实因唐氏旧基。当今太子追回，年德俱盛，陛下贪其宝位而忘母子深恩，将何圣颜以见唐家宗庙，将何诰命以谒大帝坟陵？陛下何故日夜积忧，不知钟鸣漏尽？臣愚以为，天意人事，还归李家，陛下虽安天位，殊不知物极则反，器满则倾……"要是在以前，有人胆敢这么跟武皇说话，十个脑袋也不够砍的。可现在武皇看完后只是淡然一笑，虽然没有采纳，但也不加罪。

稍后，武曌又下令："自今有告扬州及豫、博余党，一无所问，内外官司无得为理。"宣布各级官府从此不再追究参与徐敬业和李唐诸王叛乱的人。不久，又派御史"按覆俊臣等旧狱，由是雪免者甚众"（《资治通鉴》卷二〇七）。也就是为来俊臣等人所制造的冤假错案平反昭雪。

种种迹象表明，此时的女皇武曌就像一个在海边堆筑沙堡的孩子，正在一点一点地推倒她曾经努力建造的一切。

首先当然是从那些看上去不太舒服的地方开始。

虽然女皇不动声色，动作缓慢，但却目光坚定，有条不紊，所以人们完全有理由相信，这座历史上绝无仅有的沙堡不久就将从世界上消失，成为人们心中或眷恋或厌憎的一份记忆。

然而事情还是出现了不可预料的变化，使女皇推动沙堡的那只手忽然停了下来。

到底发生了什么？

变故缘于女皇宠爱的二张。

男宠乱政

要判断一个人是否真的老了，有两样指标通常很准确：一、这个人清晰地记得久远的事情，但常常记不住刚刚发生的事；二、看得清远处的东西，却看不清近处的事物。

垂暮之年的武皇就是这样子。

她对于武周革命时期的弊政心知肚明，所以老来才会逐步进行拨乱反正的工作；可对于枕边的两个小情人却一再纵容，对他们肆无忌惮地弄权乱政根本不以为意。

所以说，女皇武曌真的老了。

长安二年（公元702年）八月，太子李显、相王李旦、太平公主联名上表，请求封张易之、张昌宗为王。此举大出人们的意料之外，但仔细一想，其实也在情理之中。如今天下，二张俨然已是女皇武曌的代言人，是大周帝国一人之下，万人之上的人物。无论是李唐宗室、武氏诸王，还是满朝文武，都只能对他们俯首帖耳，惟命是从。因为巴结讨好他们，就等于是向女皇表示敬意和效忠。既然如此，太子兄妹们的这种做法当然就不足为奇了。

然而二张毕竟只是男宠，受封异姓王实在过于扎眼，武皇只好拒绝了太子兄妹的奏请。可李显等人却不屈不挠，数日后再度上表。武皇一看儿女们如此盛情，也就不好再拒绝，于是退而求其次，赐张易之为恒国公，张昌宗为邺国公，各封食邑三百户。

连堂堂的帝国储君都要千方百计地向二张献媚，当朝宰相们就更要不遗余力地巴结他们了，如参与《三教珠英》编纂的李峤，忙着和二张攀亲戚的韦嗣立，说莲花似六郎的“两脚狐”杨再思，凡事模棱两可但求明哲保身的苏味道，奉旨通奸搞得家庭破裂的李迥秀等人，几乎都投靠于二张门下，溜须拍马，百般逢迎，一心一意受其驱遣。

然而，并不是所有的宰相都是这样的软骨头。

有一个人就自始至终不愿向二张摇尾乞怜，更不愿与其同流合污。

他就是时任左肃政台大夫，同凤阁鸾台三品的魏元忠。

几年前魏元忠担任洛州长史时，恰好是洛阳令张昌仪的顶头上司。张昌仪仗着两个哥哥的权势，虽只是一个小小的县令，却一贯骄狂跋扈，不把任何人放在眼里，每次到州府公干都是鼻孔朝天横着走的。前几任长史都对他阿谀谄媚犹恐不及，当然不敢有半点得罪，对他比对宰相还尊重。有一天张昌仪照旧大摇大摆地闯进长史办公室，里面的人忽然把他轰了出来，命他按规矩乖乖到走廊外面排队等候。张昌仪恼羞成怒，一问才知道此人是新任长史魏元忠。这件事过去没多久，张易之的一个家奴又在洛阳街市闹事行凶。魏元忠毫不客气，一抓到这个恶奴就把他杖杀了。从此张氏兄弟更是对他恨之入骨。

后来，魏元忠当上了宰相。有一次雍州长史出缺，张易之想让他的弟弟，时任歧州刺史的张昌期接任，武皇马上就答应了，其他几个宰相也纷纷附议表示赞同，唯独魏元忠坚决反对：“张昌期年纪太轻，没有行政经验，在歧州任内，居民几乎全逃光了，雍州是帝京，政务繁重，张昌期绝对不够资格。”

武曌默然，此事遂不了了之。过后魏元忠又面奏武皇，说：“臣自先帝时代起蒙受皇恩，而今忝居宰相之职，不能尽忠职守，致使卑劣小人充斥陛下左右，这是臣的罪过！”

武曌心里大为不悦。

二张更是对魏元忠恨得咬牙切齿，发誓一定要除掉他。

长安三年（公元703年）九月，七十九岁的武皇开始病魔缠身了。二张顿感不妙，于是决定对魏元忠下手。九月初的一天，张昌宗突然向武皇递上一纸诉状，指控魏元忠私下与人议论：“太后老了，不如辅佐太子才是长久之计。”

二张的这项指控显然是深思熟虑的结果。

首先，魏元忠以宰相之尊兼任东宫属官，其政治立场自然是倾向于太子的，所以这项指控很容易让生性多疑的女皇相信。其次，由于二张不久前间接逼死了李显的儿女、女婿和外孙，所以不仅彻底抵消了他们拥立太子复位的功劳，而且还与太子结下了血仇，如此一来，二张肯定会担心太子即位后找他们报仇，于是不如来个一箭双雕，利用这项指控把太子李显一块儿整倒。

不出二张所料，武曌一看到诉状便勃然大怒，立刻把魏元忠逮捕下狱，并命他第二天在朝堂上与张昌宗当廷对质。

为了一举置魏元忠于死地，二张决定找一个人出来作伪证。

他们找到的这个人叫张说。

张说是武曌在载初元年（公元690年）开制举时通过殿试亲自录取的第一个状元郎，称得上是朝野知名的大才子，曾参与编纂《三教珠英》，时任凤阁舍人。二张对他软硬兼施，既以权势相逼，又以富贵相诱。张说无可奈何，只好硬着头皮答应。

翌日，武曌召集太子李显、相王李旦和各位宰相在朝堂上旁听。魏元忠和张昌宗唇枪舌剑，你来我往，吵来吵去也没一个结果，最后张昌宗使出杀手锏，说："张说听过魏元忠讲的话，可以让他作证。"

武曌随即传唤张说上殿。

此时，一批拥护李唐的朝臣正在殿外焦急地关注着事态发展，因为此事牵连太子，万一魏元忠之罪坐实，那太子无疑也要身处险境。

就在这时候，张说匆匆而来的身影映入了大家的眼帘。众人立刻围了上去，其时与张说同任凤阁舍人的宋璟（玄宗朝与姚崇并称的一代名相），立刻冲上去拉住张说的手，说："名义至重，鬼神难欺，不可依附奸邪陷害君子以求苟免，即使因此获罪流放也不失荣耀。若有不测，我当叩开殿门，据理力争，与你同死！请努力为之，万代瞻仰，在此一举！"

此时其他的朝臣也纷纷上前为张说打气。殿中侍御史张廷珪说："朝闻道，夕死可矣！"左史刘知几（著名史学家，《史通》的作者）也说："不要在青史上留下污点，让后世子孙背负骂名！"

在众人的劝说之下，张说的立场开始动摇了。关键倒不是众人的道德说教激励了他，而是因为他对自己的选择重新进行了考量。他很清楚，二张无德无功，仅以美色事人，其荣宠不可能维持长久，等到女皇一死，他们必定没有好下场，倘若今天替他们诬陷魏元忠和太子，来日一旦太子即位，自己肯定没有好果子吃。可是，要不听他们的，所有的富贵和前程恐怕在今天就得断送。

向左走，还是向右走？

这是一个问题。

张说就这样带着激烈的思想斗争迈上了大殿。

武曌迫不及待地问他，是否听过魏元忠的大逆不道之言。张说正在沉吟，还没来得及说话，魏元忠就冲着他喊："张说，你打算和张昌宗联手陷害我吗？"

张说白了他一眼，没好气地说："你这个宰相说话怎么跟市井小民一个口气，怎么听风就是雨？"

张昌宗在一旁催逼他废话少说，赶紧作证。

这时候张说已经打定主意：必须把眼光放长远，宁可吃些眼前亏，也决不能把身家性命和仕途前程寄托在随时有可能垮台的二张身上。

后来的历史证明，张说的选择是正确的。他虽然因此暂时遭到了贬谪流放的命运，但是很快就重返朝堂，在后半生中三度出任宰相，可谓位极人臣，被世人誉为玄宗开元年间的"一代文宗"。

决心已定，张说看都不看张昌宗一眼，仰头对着武皇说："陛下请看，在陛下面前，张昌宗尚且如此逼迫，何况在外呢？臣今日在大庭广众之中，不敢不据实回答，臣实在没有听见魏元忠说什么话，完全是张昌宗逼臣作伪证！"

此言一出，旁听众人顿时哗然，没有人想到张昌宗自己找来的证人居然临阵倒戈。

二张暴跳如雷，厉声高喊："张说也参与了魏元忠的谋反，他们都是反贼！"

这下连武皇也懵了，她脸色一沉，说："这到底怎么回事？"

二张气得脸红脖子粗，一人一句抢着说："张说曾经说过魏元忠是伊尹、周公，伊尹放太甲，周公代王位，不是想造反是什么？！"

二张话音未落，张说旋即发出几声冷笑："你们这两个不学无术的小人，只听过伊尹、周公之事，何尝得闻伊尹、周公之道！没错，魏元忠荣任宰相之日，臣确曾前往道贺，并勉励他以伊尹、周公为楷模，只因伊尹辅商汤，周公辅成王，皆为臣至忠，古今仰慕！陛下任用宰相，不教他效法伊尹、周公，教他效法谁？臣岂不知今日附张昌宗立可拜相，附魏元忠立致族灭！但是，臣畏惧魏元忠冤魂不灭，故不敢任意诬陷。”

“张说！”武皇歇斯底里地喊，“你这个反复无常的小人，应该和魏元忠一起被扔到监狱里！”

几天后，武曌又传唤张说，他还是那些话。武曌怒不可遏，命各宰相会同河内王武懿宗一起审理，张说仍然坚持初供。

魏元忠被诬下狱，张说因不作伪证也身陷囹圄，朝野上下顿时群情哗然。正谏大夫兼宰相朱敬则当即上疏抗辩：“元忠素称忠正，张说所坐无名，若令抵罪，失天下望。”那个曾劝武皇还政李唐的平民苏安恒也再次上书，依然是一副毫无顾忌的口吻：“陛下革命之初，人以为纳谏之主；暮年以来，人以为受佞之主。自元忠下狱，里巷恟恟，皆以为陛下委信奸宄，斥逐贤良。……窃恐人心不安，别生他变，争锋于朱雀门内，问鼎于大明殿前，陛下将何以谢之，何以御之？”（《资治通鉴》卷二〇七）

正所谓位卑未敢忘忧国，苏安恒一介平民，却敢于三番五次上书直谏，触逆龙鳞，除了个人的忠义和胆识之外，也足见长安确实是李唐的命脉所系之地。生活在这片土地上的百姓，一日也不曾忘却李唐。

二张看到苏安恒的奏书时，不禁勃然大怒。一个小老百姓，居然也敢用这种口气跟皇帝说话，还说什么“争锋于朱雀门内，问鼎于大明殿前”，这不是公然煽动百姓造反吗？二张随即力劝武皇诛杀苏安恒，幸得朱敬则和凤阁舍人桓彦范等人力保，苏安恒才免于一死。

这年九月，闹得沸沸扬扬的魏元忠案终于尘埃落定。武曌颁下一道敕令，将魏元忠贬为高要（今广东高要市）县尉，将张说流放岭南。

这个结果当然令二张很不满意。

他们的目标是要一举置魏元忠于死地，如今只不过是贬官，日后一旦复出，岂不是要找他们算账？

数日后，魏元忠启程前往贬所，东宫官员崔贞慎等八人在郊外为他饯行。二张抓住最后的时机，再次诬告崔贞慎等人与魏元忠同谋造反。武曌命监察御史马怀素审理此案，特意交待说：“此案证据确凿，随便审一下，马上结案上报。”马怀素审问之后，认为查无实据。武曌大怒：“你是不是想包庇谋反之人？”马怀素面不改色地说：“臣不敢包庇谋反者。但是魏元忠以宰相身份贬官，几个同僚出于旧情为他饯行，若说这就是谋反，臣不敢定案。陛下手操生杀之柄，欲加之罪，大可圣衷独断；若命臣审理，臣不敢不据实奏报！”

武曌真的没有料到，一个魏元忠的案子，竟然让朝野上下如此同仇敌忾，把矛头全部对准了她宠爱的人，并且还隐隐指向了她。

其实武曌并不是没有办法对付这些不听话的朝臣，她只须再起用一两个酷吏似的人物，就足以让这些人全部钳口了。但问题在于，今日的女皇已经没有那份心力，也没有那份狠劲在朝堂上重新掀起一场血雨腥风了。更何况当初是为了篡唐称帝，巩固政权，因而不得不杀戮立威，可如今不过是两个小情人在耍脾气，实在没必要大动干戈。武曌固然是宠着他们，但她并不希望因此把自己摆在大多数朝臣的对立面上。

最后，案子不了了之，除了魏元忠与张说被贬谪流放之外，其他人一概不予追究。

魏元忠一案虽然就此了结，没有给朝廷带来更大的危害，最后也没有牵连到太子李显，但却导致了一个所有人都意料不到的结果——这年十月，武曌突然带着文武百官离开长安，又回到了洛阳。

这究竟意味着什么？

是什么原因导致武皇不顾病体和旅途颠簸，决意重返武周王朝的大本营呢？

拥护李唐的朝臣们顿时产生了一种强烈的不安和困惑。本来一心盼望武皇能够在长安进行权力交接，正式还政于李唐，没想到让二张这么一折腾，武皇与太子、朝臣之间的关系陡然变得紧张起来，回归李唐的进程也随之中断。

接下来，太子能否顺利继位？李唐能否顺利复国？二张还会干出什么出格离谱的事情？拥李派的大臣又将如何应对？

这些问题就像一团迷雾一样笼罩在人们的心头……

大臣与男宠的博弈

在武皇的庇护和纵容下，二张的私欲和野心就像春天里无人修剪的藤蔓一样疯狂滋长。回到洛阳之后，他们不仅变本加厉地贪污受贿，卖官鬻爵，而且包揽朝廷的大型土木工程，营私舞弊，上下其手，从中获取的非法所得不可胜计。与此同时，他们的几个兄弟也再度鸡犬升天——原洛阳县令张昌仪升为尚方少监，曾被魏元忠阻挠而未获升迁的张昌期出任汴州刺史，还有一个哥哥张同休也升为司礼少卿。

真可谓一门贵盛，举世无匹。

看着这帮鲜衣怒马、年少轻狂的张氏兄弟，世人的目光无比复杂，既充满了痛恨和不齿，也饱含着羡慕和嫉妒。

是的，少年得志确实是很多人梦寐以求的事情。高官显爵，豪宅香车，钟鸣鼎食，肥马轻裘，醇酒美人，艳舞笙歌，还有每日每夜释放不尽的激情，外加大把大把挥霍不完的青春……如此种种，自然惹人艳羡。然而，正所谓“天欲福人，先以微祸警之；天欲祸人，先以微福骄之”。年轻人未被老天打过“微祸”的预防针，不知世路艰辛，不懂人生无常，所以一朝富贵，便极易产生天之骄子的错觉，从而迷失自我，任凭欲望泛滥，因此弥天大祸也就随之俱来。从这个意义上说，如今的张氏兄弟们仿佛就是在一把名叫“灾祸”的刀子上，舔着一种名叫“富贵”的蜜，只是年少轻狂的他们何尝想过，这种刀头之蜜舔得了一时，又岂能舔得了一世?

其实，洛阳的百姓就曾向张昌仪发出过类似的警告和质问。当时张昌仪在大肆贪贿之后用不义之财盖起了一座美轮美奂的豪宅，其奢华程度远远超越了亲王和公主的府邸。张昌仪为此得意非凡，有一天早上醒来，却赫然发现朱漆大门上被人写了这样一行字：一日丝能做几日络?

“丝”与“死”谐音，“络”与“乐”谐音，所以这句话的意思就是：一日死能做几日乐？你随时会完蛋，还能快乐几天?

张昌仪很清楚这句话的意思，然而他读不懂背后那种祸福无常的道理。他站在那儿翻了一会儿白眼，就命下人把字擦掉了。第二天，这行字又出现了，张昌仪又命人擦掉。可第三天，第四天，第五天……同样的字天天出现，写字的人非常执著，似乎要跟张昌仪耗到底。第七天，张昌仪支着下巴在门口站了半天，最后提笔写了四个字——一日亦足！

张昌仪的办法果然奏效。不知道是写字的人厌倦了这场无聊的游戏，还是他终于看透了张氏兄弟无可救药的卑劣本性，总之，自从张昌仪给出这个无知无畏的答案之后，那行字就再也没出现了。

张昌仪说：快乐一天就够！

这是张氏兄弟的心里话吗？

当然不是。

他们这是在向洛阳百姓和朝中大臣示威——俺们就是要把快乐进行到底，有种你们就放马过来！

对于恃宠擅权并且严重阻碍李唐复国的张氏兄弟，拥护李唐的朝臣们当然不会没有办法。这几年来，他们一直在暗中搜集张氏兄弟贪赃枉法的证据，只等着证据确凿后对他们发起致命一击。

长安四年（公元704年）七月十二日，张氏兄弟的所有犯罪事实突然被全部曝光。在铁证如山的情况下，武皇只好让有关部门逮捕了张昌仪、张同休、张昌期，命左右御史台共同审理。数日后，朝臣们又发出了对张易之和张昌宗的指控。迫于压力，武曌最后不得不同意对二张立案审查。

然而，总有一些软骨头是照着女皇的旨意行事的。十八日，司刑正（相当于最高法院大法官）贾敬言拿出了一份判决，说："张昌宗强买别人田地，应罚铜二十斤。"

亏这位贾兄想得出来！一起重大的贪污受贿案到他这里就成了轻描淡写的强买田地，而且惩罚手段轻得连屁都不算，什么二十斤铜，就算两百斤黄金对张氏兄弟来讲也只是九牛一毛，遑论二十斤铜！

武皇对这个结果显然非常满意，赶紧朱笔一挥：可！

倒张派大臣当然不会让二张就这么逍遥法外。在数日后举行的朝会上，御史大夫李承嘉、御史中丞桓彦范（发动神龙政变的五大臣之一）拿出了一份完全不同的判决："张氏兄弟贪污的赃款共计四千余缗，应该依法将春官（礼部）侍郎张昌宗免职。"

张昌宗当场跳了起来，面对武皇大喊："臣有功于国，所犯不至免官。"

此言一出，满朝文武纷纷窃笑，一个靠床上功夫得宠的家伙也敢在大庭广众之下说什么“有功于国”，简直是滑天下之大稽！

武皇也略微有些尴尬，只好把脸转向几个亲附二张的宰相，说：“昌宗是不是有功？”

一代摇尾宗师，江湖人称两脚狐的杨再思马上抢着说：“张昌宗研制神丹，圣躬服之效用显著，此乃莫大之功！”

武曌笑了，要的就是这句话。随后她便赦免了张昌宗，让他官复原职，同时也作出了适当的妥协，把张昌仪贬为博望县丞，张同休贬为岐山县丞，希望以此平息倒张派大臣的愤怒。

但是，开弓没有回头箭，倒张派大臣绝不会就此收手。不久，宰相韦安石和唐休璟又对张易之提出了指控。这两个人可谓倒张集团的重量级人物，因为他们不仅是宰相，而且还兼任东宫的左庶子和右庶子，属于拥护李唐的核心力量。他们一出手，事态顿时有扩大升级的倾向。武曌感到苗头不对，干脆颁下一纸诏书，把韦安石贬为检校扬州长史，命唐休璟出任幽州都督兼安东都护。

倒张派大臣接连发动了好几波攻势，最后只是除掉了二张的两只手臂，自己反倒丧失了两员大将，实在是得不偿失。然而，只要李唐一天没有复国，只要二张仍然在帝国的政治舞台上呼风唤雨，拥护李唐的大臣们就不能停止战斗。

唐休璟临行之前，特意跟太子李显进行了一番密谈。最后，他目光凝重地对太子说了一句话：“二张恃宠不臣，必将为乱。殿下宜备之。”（《资治通鉴》卷二〇七）

毫无疑问，在接下来的日子里，拥李派大臣与二张的博弈必将越演越烈……

长安四年冬天，八十岁的女皇武曌病势日渐沉重，一连数月躺在长生殿里没有上朝，宰相们都没有机会和她照面，只有张易之、张昌宗兄弟日夜陪在她的身边。

女皇已经没有多少日子了。

宰相崔玄暐（发动神龙政变的五大臣之一）觉得，在这微妙的时刻让这两兄弟隔绝内外绝对不是好事，于是上奏武皇说：“太子与相王仁厚孝顺，足可在陛下身边侍奉汤药。宫禁大事非比寻常，不宜让皇家以外的人出入。”武皇回道：“你的厚意朕心领了。”然后就没了下文。

这些日子，二张的神经也是时刻紧绷着。他们知道，女皇一旦撒手西去，他们必将大祸临头。于是二张一边悉心侍奉武皇，一边也与亲附他们的朝臣暗中联络，相互引为奥援，准备随时应付突发事件。

就在这个节骨眼上，拥李派大臣再次出手了。

这一次，他们不再纠缠于贪赃问题，而是下了重手，派人在洛阳的街市坊间到处散发、张贴匿名传单，写着六个大字：易之兄弟谋反！

每天都有人就此事上奏武皇，可老太太硬是装耳背，理都不理。

眼看匿名传单不能奏效，拥李派大臣急了，终于使出了一记狠招。

这一年十二月二十日，突然有许州人杨元嗣举报说："张昌宗曾经召见术士李弘泰占卜看相，李弘泰说张昌宗有天子之相，并声称只要他在定州建造佛寺，就可得到天下人的拥戴。"这次指控远非匿名传单可比，不但有人出面举报，而且性质非常严重。武皇再也回护不了，只好命凤阁侍郎韦承庆、司刑卿崔神庆、御史中丞宋璟组成联合调查组会审此案。

女皇虽然已是风烛残年，重病在身，可她的心思依然精明。她挑的三个主审官有两个是亲附二张的。韦承庆和崔神庆装模作样地审了一下，马上得出结论说："张昌宗供称，李弘泰说的那段话不久前就已禀明陛下了。依照法律，自首的可以免罪。至于李弘泰这个人，纯属妖言惑众，应即刻逮捕法办。"

可宋璟却紧追不放，上奏说："张昌宗已经受到陛下极大的荣宠，还召术士看相，他居心何在？李弘泰说占卜得出'纯乾卦'乃天子之卦，张昌宗既然知其为妖言，当时为何不将他绑起来送交衙门？纵然他自己说曾禀明陛下，可终归是包藏祸心，依法当处斩抄家！请将他收押并彻底追查！"

老太太又装起了耳背，不回话。

宋璟不依不饶，再次上奏："若不立即收押，恐怕会动摇民心。"

武曌干脆取消了他的主审官资格，发话说："你暂时停止调查，等待进一步搜集详细证据。"数日后，武曌挖空心思地给宋璟找了一大堆差使，目的只有一个：把他支出朝廷。先是命他去杨州调查一些陈年旧案，宋璟拒不奉诏；接着又命他去幽州，调查前任幽州都督的贪污案，又被宋璟顶了回去；最后又命他前往陇、蜀（甘肃南部及四川省）一带去安抚百姓，宋璟再次拒绝。

女皇一连下了三道敕令，可硬骨头宋璟死活就是不挪窝。他上疏一一解释说："首先，依照成例，州县官犯罪，官阶高的由侍御史去审理，官阶低的由监察御史去审理，所以扬州旧案不必由臣出面调查；其次，若非军国大事，御史中丞不该出去办案，所以幽州都督贪污案也不在臣的职责范围内，臣不便前往；最后，如今陇蜀地区并没有变乱，不知陛下派臣去干什么？臣不敢奉诏！"

武曌被气得浑身哆嗦，可宋璟所言句句都是典章制度所规定的，她根本无由反驳。

与此同时，宰相崔玄暐、司刑少卿桓彦范、左拾遗李邕等一干朝臣也频频进谏，坚持认为应将张昌宗交给凤阁、鸾台及三司（刑部、大理寺、御史台）作彻底调查。武曌一见倒张的声势如此浩大，为了缓和局势，就表示可以让司法部门讨论一下张昌宗的案子。崔玄暐的弟弟、司刑少卿崔升马上提出了司法部门的意见——应将张昌宗处以极刑！

武曌一听，赶紧又缩了回去，不予答复。

宋璟最后横下一条心，直接闯进长生殿，再次奏请逮捕张昌宗。武曌有气无力地说："昌宗不是早就向朕自首了吗？"

宋璟说："张昌宗是被匿名传单所逼，万般无奈才自首的，并非真心悔过。何况谋反是大逆之罪，绝不能因自首而被豁免。如果张昌宗不受到极刑的制裁，还要国法干什么？"

这一刻，病榻上的武曌顿时脸色大变，心头的怒火猛然升腾而起。

你小子真的是活腻了，敢跟老娘这般面折廷争！要放在以前，你小子的脑袋早就搬家了！

武曌的心里火焰窜动。

可奇怪的是这股火焰只是扑闪了几下就忽然熄灭了。

武曌在心里苦笑。

她知道，自己是心有余而力不足了。

武曌最后冲着宋璟笑了笑，温和地劝了他几句，试图化解僵局。可宋璟一点面子都不给，反而声色俱厉地说："张昌宗受到陛下非份的恩宠！臣知道说这番话必定会招致大祸，但是正义激荡在心中，虽死不恨！"

站在一旁的宰相杨再思闻见了越来越浓的火药味，赶紧替武皇挡驾，高声宣旨命令宋璟退下。宋璟白了他一眼，厉声说："圣上在此，用不着宰相擅自宣旨！”

武曌长叹一声：“朕准了，让昌宗去应讯吧。”

女皇武曌的声音苍老而喑哑，可在宋璟听来却无比响亮。他以为武皇终于妥协了，不禁大喜过望，立刻把张昌宗带到御史台，连堂都不升了，站在庭院中就开始了审讯。

可宋璟根本没有料到，审讯刚刚开始，宫里的宦官就带着武皇的圣旨来了。

宦官宣布将张昌宗特赦。

被武皇耍了！宋璟在心里狠狠地咒骂着：“不先击小子脑裂，负此恨矣！”（《资治通鉴》卷二〇七）没有抓住机会先击碎这小子的脑袋，此恨难消啊！

至此，这场声势浩大的倒张行动彻底失败。

拥李派大臣终于看清了一个无奈的事实——只要武皇在一天，二张就一天不会倒。

而且，他们最终还明白了一件事——试图用法律手段扳倒二张，只能是一种幻想。

既然不能靠法律来解决问题，那要靠什么？

这时候，有人提出了一个一劳永逸的解决方案。这个方案不但可以一举除掉二张，而且可以一举光复李唐！

他的方案可以用四个字来概括：兵谏逼宫。

提出这个方案的人是一个须发皆白的八旬老人，两个月前刚刚就任宰相。

他就是张柬之。

神龙政变

张柬之是个典型的大器晚成的人物。他是襄阳（今湖北襄阳县）人，生于武德末期，少时就读太学，涉猎经史，稍长进士及第，授青城县丞。按理说，这种人生起点不能算低，如果正常升迁的话，他这辈子无论如何也跟“大器晚成”这四个字沾不上边。可老天爷偏偏和他过不去，让他在这个小小的县丞职位上一待就待了四十多年，直到永昌元年（公元689年），武曌开制举广纳人才，张柬之才以六十多岁高龄参加贤良科的会试，终于在一千多名年轻的竞争者中脱颖而出，独占鳌头，被擢为监察御史。此后张柬之又在朝廷奋斗了将近十年，才慢慢升到凤阁舍人的职位。

圣历年间，武皇受到东突厥默啜可汗要挟，不得不让亲王武延秀与可汗之女和亲，张柬之认为有辱国体，上疏反对，从而忤旨，被贬到外地担任刺史，后又转任荆州都督府长史。此时的张柬之已经七十多岁，本以为这辈子就这样到头了，没想到在狄仁杰的大力举荐之下，他的人生再次出现了戏剧性的转折。长安初年，张柬之重新回朝，历任洛州司马、司刑少卿、秋官（刑部）侍郎。

张柬之二度入朝的时候，狄仁杰已经去世，如果没有其他贵人的帮助，武曌不见得一定会提拔他为宰相。他的第二个贵人就是姚崇。长安四年十月，武曌命宰相姚崇出任灵武道安抚大使，同时让他举荐朝臣为相，姚崇说："张柬之沉厚有谋，能断大事，但其人已老，陛下应该尽快擢用他。"就这样，在两位能臣良相的先后举荐之下，武曌终于让张柬之入阁为相。

这一年，张柬之已经年届八旬。

八十载的沧桑岁月彻底染白了老人的须发，但却不曾湮灭他的匡复李唐之志。

烈士暮年，壮心不已。拜相的那一天，前来道贺的文武百官看见张柬之的脸上迸发出了一种异样的光芒。

那些拥李派大臣都知道，只有内心具有使命感的人，才可能"诚于中而形于外"，焕发出这种震撼人心的光芒。

公元705年阴历正月，大周王朝的女皇武曌宣布改元神龙，同时采纳宰相崔玄暐和司刑少卿桓彦范的建言，宣布将文明元年（公元684年）以来所有在押或流放的政治犯，除扬州叛乱与诸王叛乱的魁首之外，其他人全部赦免。

文明元年是武曌废黜中宗，软禁睿宗，正式临朝称制的那一年，也是武曌全面掌控帝国的开始，所以这道大赦令的意义自然非比寻常。它意味着风烛残年的女皇武曌已经决意采取宽恕与和解的政治姿态，了结过去的恩怨纠葛，实现政权的顺利交接与平稳过渡。

但是，八十一岁的女皇武曌做梦也不会想到，一场旨在推翻武周政权，匡复李唐社稷的政变行动已经在紧锣密鼓的策划中了。

张柬之计划的第一步，是确立政变的核心力量。刚一拜相，张柬之便在拥李派大臣中迅速物色了四个人，作为此次政变的领导小组成员。他们是宰相兼太子右庶子崔玄暐、中台右丞敬晖、司刑少卿桓彦范、相王府司马袁恕己。

之所以会选择这四个人，原因如下：

一、此次政变的主要目标就是匡复李唐社稷，因而太子李显自然成为此次行动最重要的一面旗帜，但是他身份特殊，不便亲自参与策划，所以才由身为宰相兼东宫属官的崔玄暐出面，其身份相当于太子派出的代表；

二、敬晖、桓彦范与张柬之不仅曾有过同僚之谊，相互之间知根知底，而且都是狄仁杰举荐入朝的，大家同出狄公门下，意气相投，立场一致；

三、袁恕己的情况与崔玄暐类似，也是因为相王李旦不便亲自出面，所以就由他作为相王的代表参与到领导小组中来。

计划的第二步，也是最关键的一步，就是掌握禁军。枪杆子里面出政权，这是放诸四海而皆准的真理。当时的禁军力量分成两支：一支是北衙禁军，驻守皇宫的北正门玄武门，负责保卫皇帝和皇宫的安全（七十九年前秦王李世民发动的那场政变，也是因为直接掌握了玄武门的禁军，才保证了政变的成功。虽然当年是在长安的玄武门，这里是东都洛阳的玄武门，但二者同属北衙禁军的驻地，因而其地位与作用一般无二。在日后的唐朝历史上，玄武门还将数度喋血，所以有学者认为，在初唐历史上不止发生过一场玄武门之变，而是有“四次”玄武门之变，神龙政变就是其中之一）；除了北衙禁军，还有一支南衙禁军，驻守宫城以南的皇城。皇城是中央政府机构所在地，所以南衙禁军的职责就是保卫宰相和文武百官的安全，同时也负有保卫京师之责。

北衙禁军的最高统帅是左右羽林卫大将军，当时的右羽林卫大将军是李多祚。他是靺鞨人，曾追随名将裴行俭出征西域，在高宗时代便已崭露头角，所以一直感念高宗的知遇之恩。张柬之首先找到他，开门见山说：“将军今日的富贵，是谁给的？”李多祚感怀泪下，说：“大帝

（高宗李治）。”张柬之当即亮出底牌：“今大帝之子为二竖（二张）所危，将军不思报大帝之德乎？”李多祚收起眼泪，指天盟誓：“苟利国家，惟相公处分，不敢顾身及妻子。”（《资治通鉴》卷二〇七）

成功策反李多祚后，张柬之旋即用最快的速度将一批心腹安插进了北衙禁军，分任左、右羽林将军，他们是敬晖、桓彦范、右散骑常侍李湛（李义府之子）、荆州长史杨元琰。杨元琰是张柬之荆州长史之职的继任者，也是他的好友。当年二人在荆州办理职务交接时，曾相约于长江上泛舟，杨元琰当时便慨然吐露了匡复李唐之志。所以此次张柬之将其调任右羽林将军时，特地叮嘱他说：“杨君还记得在长江上说过的话么？今天给你的职位，不是随便给的！”

在短短两个月的时间内，张柬之就一连作出了这么多重大的人事任命，自然引起了二张的疑惧。为了消除二张的猜疑，避免打草惊蛇，张柬之就把他们的党羽、建安王武攸宜任命为左羽林卫大将军，从而稳住了二张。张柬之之所以敢把北衙禁军的一半指挥权交给武攸宜，是因为他事先已经在左、右羽林军中安插了多名中层将领，因此他完全有把握将武攸宜架空，让他变成光杆司令。

至此，北衙禁军基本上已经全部掌控在张柬之的手中，而南衙禁军则不用费张柬之任何功夫，因为其最高统帅左卫大将军正是相王李旦担任的，如果行动开始，整个皇城和外围京城的局势都可以交由李旦和袁恕己掌控，因而根本不用担心。

计划的第三步，是让太平公主负责策反武皇身边的宫女，让她们隔绝宫内外的消息，同时监视武皇和二张的一举一动。据有关学者对近年出土的相关墓志的研究，当时确有一部分九品至七品的宫女参与了神龙政变，比如她们的墓志中就记载了“遂使有唐复命，我皇登基”等语。

经过这一系列周密部署，计划基本上是万无一失了。当时姚崇推荐张柬之时曾说，此人“沉厚有谋，能断大事”，如今看来，张柬之的表现果然如其所言。

一切就绪之后，张柬之等人把行动时间定在了神龙元年（公元705年）正月二十二日。

帝国未来的命运，将在这一天见出分晓……

政变当日，张柬之兵分三路：第一路，由他本人与崔玄暐、桓彦范、左威卫将军薛思行等人率五百多名羽林军士兵直扑玄武门，控制这个宫禁重地；第二路，派李多祚、李湛和驸马都尉王同皎（太子李显的女婿）前往东宫迎接太子，然后前往玄武门会合；第三路，由相王李旦及其司马袁恕己率南衙禁军控制政事堂和朝廷各部，进而逮捕二张在外朝的党羽，同时稳定整个京畿的局势。

行动开始后，这三路中只有李旦和袁恕己的第三路进展最为顺利。他们率兵包围政事堂后，立刻逮捕了二张的三个心腹，宰相韦承嗣、房融、司礼卿崔神庆，然后迅速封锁皇城，并且全面控制了整个京师。

尽管整个政变计划滴水不漏，但是前两路却都遭遇了意想不到的困难，差一点导致整个行动的流产。李多祚这一路来到东宫后，本以为太子李显已经整装待发了，没想到事情大大出乎他们的意料之外。

面对这群全副武装、摩拳擦掌的政变将士，李显却耷拉着脑袋，脸色苍白，虚汗直冒，并且一直躲避着他们的目光。虽然对此次行动早已有了思想准备，而且貌似也下定了决心，但是事到临头，这个四十九岁的老太子还是感到了一阵强烈的恐惧。

已经二十一年了，他似乎仍然活在被废黜的阴影中。这么多年来，那个瑰丽的天子梦虽说尚未死亡，可一直蜷缩在他内心最隐蔽的角落里，在年复一年的沉睡中日渐萎靡，日渐苍白。李显偶尔打开自己的内心，往里窥探那个苟延残喘的天子之梦，似乎总能闻到一股陈年霉味的气息。

李显既担心它在日复一日的禁锢中悄然死去，更害怕它有一天突然醒来。

因为他委实不知道自己该如何面对这个昔日的梦想。

可就在今天，它居然真的被唤醒了。

多年以后，梦想归来……可李显却呼吸沉重，情怯不已。

将领们面面相觑，一下子都没了主意。看着表情游移目光闪烁的老丈人，王同皎首先开口了："先帝把神圣的帝国交给殿下，却无缘无故遭到了罢黜，此事人神共愤，至今已二十一年！好不容易等到天意彰显，如今北门与南衙同心协力，必在今日诛杀凶逆，匡复李唐社稷，愿殿下不负众望，速往玄武门！"

李显注视着王同皎，可刹那间他的眼前又闪现出了另一张脸。

那是母亲武曌的脸。

母亲似乎在看着他笑，可那笑容竟是如此狰狞和森冷，让他不寒而栗。许久，李显支支吾吾地说："凶逆诚当夷灭，然而圣上龙体欠安，会不会惊吓到她？依我看，此事不妨延后，当与诸公从长计议。"

将军们再次对视了一眼，感觉一股沮丧之感就像一盆凉水一样把他们从头浇到了脚底。宝贵的时间在一点一滴地流逝，而众人每呼吸一次，就等于是向死亡靠近一步！在这千钧一发的时刻，李湛终于忍无可忍，厉声说："诸位将军和宰相冒着族诛的危险要为社稷尽忠，殿下怎么能把他们推入死地？要罢手可以，请殿下自己出去宣布。"

李显默然良久。

他已经听出了这句话里的威胁意味。如今一干大臣及众将士都和他绑成了一条绳上的蚂蚱，如果此事半途而废，众人一怒之下，说不定就先把他这个太子做了！就算他们不会这么干，但是明日等待他们的，也必将是杀头族诛的命运，而自己最好的结果，很可能也是被母亲武曌下诏赐死！

往前迈一步，生死成败还在未定之天；往后退一步，今日所有参与行动的人都必死无疑！

事情的利弊明摆着，自己还有得选吗？

没得选了。

终于，李显恍恍惚惚地站了起来，迈着沉重而缓慢的步履朝门口走去。众人转怒为喜，马上跟着他出了东宫。王同皎一下子把太子扶上马背，然后与众将士簇拥着太子向玄武门飞驰而去。

此时，张柬之等人正在玄武门前一筹莫展。

他原本以为计划天衣无缝，可偏偏缺失了最重要的一环——今日在此轮值宿卫的不仅有羽林军，赫然还有殿中监田归道和他率领的千骑。所谓千骑，名义上也隶属于羽林军，但其将领却由皇帝直接任命，因此算是一支相对独立的军事力量，其存在意义实际上就是与羽林军相互制衡。此刻，田归道眼见张柬之带着军队杀气腾腾而来，自然是二话不说，关门据守了。

这是张柬之事先完全没有料到的。

百密一疏，百密一疏啊！

张柬之仰头望着这座高大的玄武门，心急如焚，左右为难。想进攻，又担心武皇一旦惊觉，整个京师必然陷入一场混战；不攻，逼宫行动眼看就要功败垂成……

就在张柬之万分焦灼之际，李多祚等人终于拥着太子李显来了。

张柬之长长地松了一口气。

城门上的田归道一见太子驾到，知道自己不开门不行了。他本来也不是二张一党，今日闭门据守只不过是职责所在，如今既然太子来了，那他当然没有理由把未来的天子拒之门外。

张柬之与太子一行从玄武门迅速进入宫中，担任前锋的羽林军将士径直冲到了武皇所居的长生殿。张易之、张昌宗兄弟听见外面人声扰攘，想出来看个究竟，旋即被禁军士兵砍杀于殿外的回廊下。一代绝色男宠就此仆倒在肮脏的血泊中，他们美若莲花的粉面很快就变得乌黑暗紫，恐怖狰狞……

女皇武曌猝然从睡梦中惊醒的时候，看见硕大而孤单的龙床周围站满了人。

虽然视线模糊，让她来不及看清这些人的脸，但她马上就意识到——

该来的还是来了！

"谁人作乱？"众人听见女皇慵懒而疲惫的声音从透明的锦帐中传了出来。

张柬之趋前一步，朗声道："张易之、张昌宗谋反，臣等已奉太子之命将其诛杀！只是担心走漏消息，所以不敢先行奏报。臣等擅自在宫中用兵，罪该万死！"

武曌无声地冷笑着，把太子叫到了面前。

"原来是你？"

李显心头剧烈地一颤，差一点就在这四个字面前颓然跪倒。

"既然人已经杀了，你也可以回东宫去了。"

大汗淋漓的太子悄悄扭过脖子，向众人抛去求救的目光。

桓彦范立刻站了出来，说："太子岂能回去！昔日先帝把爱子托付给陛下，现在他年龄已大，却久居东宫，天意人心，一直思念李家，群臣也念念不忘太宗和先帝之德，故奉太子诛杀贼臣。愿陛下传位太子，以顺天人之望！"

武曌脸上挂着一个寒冷的笑意，目光一直在众人之间来回逡巡，却惟独不看桓彦范，仿佛根本没听到他说的话。

许久，她把目光停留在李湛脸上，说："你也是杀易之的将军吗？我待你们父子不薄，才会落到今天这一步！"

李湛惭悚，无言以对。

接着，武曌又直直地盯着崔玄暐说："其他人都是因人推荐才进入中枢，只有你是朕亲自提拔的，想不到你也在这里！"

崔玄暐坦然自若地说："臣这样做，正是为了报答陛下的大德！"

武曌还想说什么。

可她终究没有再说什么。

她只是静静地躺了回去，重新闭上了眼睛。

神龙元年正月二十二日这一天，女皇武曌生平第一次体验到了一种山河粉碎，日月无光，天空崩裂，大地平沉的寂灭之感。

她发现自己正从尘世间最高的巅峰朝着一个无尽的深渊坠落。

她仰面向天，看见一生中经历的所有往事，都幻化成一幅幅凌乱却又清晰的画面，宛如正月十五的旋转花灯那样，以黑暗的天空为布景，在她的眼前一幕接一幕地闪过。

武曌艰难地伸出了一双瘦骨嶙峋的手。

最后她只抓住了一把虚空……

"一切有为法，如梦幻泡影，如露亦如电，应作如是观。"

软禁了武皇之后，政变军队迅速逮捕了张昌仪、张昌期、张同休，将他们全部斩首，随后与张易之、张昌宗的首级一起悬挂在端门前的洛水桥南岸示众。一夜之间，他们的尸体便被愤怒的百姓割尽剐光，分抢一空。

第二天，武曌被迫下诏，命太子监国，大赦天下。

第三天，武曌传位太子。

第四天，李显第二次登上皇帝宝座，大赦天下，唯张易之一党不赦；同时将周兴、来俊臣等酷吏迫害过的人全部平反昭雪，子女被发配为奴的全部释放；加授相王李旦为安国相王，任太尉、同凤阁鸾台三品，加授太平公主为镇国太平公主；武周一朝所有被发配籍没的李唐皇族全部恢复皇室身份和相应官爵。

第五天，武曌被移送上阳宫，由李湛负责警卫，实际上就是软禁，防范她垂死挣扎。

第六天，李显率文武百官前往上阳宫，向武曌进献尊号，称“则天大圣皇帝”。

第八天，神龙政变居功至伟的五大臣全部拜相：张柬之为天官（吏部）尚书、同凤阁鸾台三品，崔玄暐为内史（中书令），桓彦范、敬晖皆任纳言（侍中），袁恕己同凤阁鸾台三品，五人一律封为郡公；封李多祚为辽阳郡王，王同皎为右千牛将军、琅琊郡公，李湛为右羽林将军、赵国公；其他有功之臣亦相应加官晋爵。

神龙元年二月初四，李显下诏宣布，恢复国号为唐；郊庙、社稷、陵寝、百官、旗帜、服色、文字全部恢复唐时旧制。

神龙革命，李唐归来。

在天地之间矗立了十五年的大周帝国终于在这一刻灰飞烟灭。

尘归尘，土归土。

一个中国历史上空前绝后的女皇时代终于在这一刻落下了帷幕。

神龙元年（公元705年）十一月二十六日，武曌病殁于洛阳上阳宫，终年八十一岁。

武曌在临终前留下了一道遗诏：去帝号，称则天大圣皇后，与高宗合葬乾陵；并将王皇后、萧淑妃、褚遂良、韩瑗、柳奭的亲族子孙全部赦免。

在生命的最后时刻，她选择了宽恕，也选择了回归。

她宽恕了过去的敌人，也宽恕了过去的自己。她放弃了为之奋斗一生的大周帝国的皇帝称号，以李家儿媳的身份回归到了李唐皇室的谱系之中。

从哪里出发，就回到哪里。

生命是一条征途，也是一场轮回。

百年流水尽，万事落花空。

把属于你的都还给你，剩下的都属于我。

武曌走了。

一个独一无二的女人走了。

可她却在中国历史灰暗沉闷的男权叙事中楔入了一段胭脂红粉的想象，留下了一抹令人尴尬也令人神往的暗香。

她辉煌而又暧昧的一生化成了满天猩红的花瓣。

多少个世代过去了，它们依然在枯黄的史册中倨傲而华丽地飞扬。

没有人能够完全读懂这片血雨般的猩红，没有人知道它们隐含了女人武曌多少的激情与梦想，多少的欲望与忧伤。

无论何时回过头去，你总能看见武曌的脸一半落在光明之下，一半浮在黑暗之上。

当千百年后的人们站在乾陵的那块无字碑前指指点点或者浮想联翩的时候，女人武曌正孑然一身地行走在只属于自己的故事里面。

她说那里的时光永不凋谢，美丽永不漫漶。她说那里——

日月当空照着，终年都是春天。

第四章
神龙政局

孤家寡人李显

神龙元年（公元705年）正月，五十岁的李显第二次登上了大唐天子的宝座。

世事的变幻无常让李显充满了感慨。

二十一年前的那个春天，母亲武曌悍然发动嗣圣宫变，把登基不过两个月的李显废为庐陵王，贬黜到了荒凉偏远的房陵；二十一年后的这个春天，李显在五大臣的拥护下发动神龙政变，一举终结了母亲武曌的强权统治，把她软禁在了凄清寂寥的上阳宫……

历史漫不经心地兜了一个圈，人间已然几度沧桑巨变。

看见自己年届半百的生命忽然间严霜落尽，繁花似锦，中宗李显不禁百感交集。二月十四这天，他为妻子韦氏举办了一场隆重的册封大典，将皇后的凤冠再次戴在了韦氏头上，同日追封她的亡父韦玄贞为上洛王、亡母崔氏为王妃。

苦尽甘来的皇后韦氏站在太初宫的门楼上，遥望着广袤而壮丽的帝国山河，俯视着匍匐在脚下的臣民，眼里噙满了喜悦而幸福的泪水。

她激动地品味着这份渴望已久的荣耀与尊严，觉得前半生经历的所有苦难，如今总算有了一份令人满意的报偿。

该如何享受上天的这份馈赠呢？

站在早春二月暖暖的阳光下，皇后韦氏眺望着未来的岁月，不禁有些目眩神迷，心旌摇荡。冥冥中仿佛有一个声音在对她说——女皇武曌曾经拥有的一切，你也可以拥有！

韦后转过脸去，看着朝阳之下满面红光的皇帝，幽幽地说："皇上，还记得您当年说过的那句誓言吗？"

李显微微一怔。

韦后莞尔一笑，说："'如果上天垂悯，让我们重见天日，我一定让你想做什么就做什么，绝不禁止。'皇上可还记得这句话？"

慢慢地，李显终于回忆起来了。

他略显尴尬地笑了笑，看见那些不堪回首的往事重新浮现在了他的眼前……

这么多年过去了，从东都洛阳前往房陵（今湖北房县）的那驾马车依然在他的记忆中辘辘而行。那一年，妻子韦氏已经身怀六甲，那一趟漫长而颠簸的贬黜之旅对她而言不啻于一场痛苦无边的炼狱。李显一路上紧紧拥抱着面无血色的妻子，在心里向上苍发出了至诚至切的呼告，乞求用自己的性命换取她们母子平安。

苍天有眼。就在一片四野无人的荒凉山麓，一个美丽的千金公主终于呱呱落地。

李显脱下自己的锦袍小心翼翼地裹住这个来之不易的小生命。

那一刻他和妻子都忍不住喜极而泣。

他们把这个小公主取名为"裹儿"。

裹儿是个不幸的孩子，从她降生的那一天起，就没有享受过一天锦衣玉食的生活。在李显一家人的记忆中，幽禁于房陵的十四载岁月似乎充满了无尽的凄风苦雨，他们几乎认定这辈子已经没有出头之日了。李显逐渐变得萎靡不振，对未来完全丧失了信心。每当母亲武曌派出的使臣来到房陵，满怀恐惧的李显第一个反应就是想要自杀。

是妻子韦氏一次次把他从崩溃和死亡的边缘拯救了回来。韦氏总是看着李显的眼睛说："祸福无常，大不了就是一死，我们又何必自戕？"

就是这一段相濡以沫的岁月，让李显和韦氏情爱弥笃，也让李显在无形中对韦氏充满了依赖。（《资治通鉴》卷二〇八）

那些日子里，李显不止一次地从韦氏的目光中看到了温暖和希望。

终于有一天，李显一手拉着妻子，一手指向苍天，情不自禁地说：

“如果上天垂悯，让我们重见天日，我一定让你想做什么就做什么，绝不禁止！”

而今，兑现诺言的时刻终于到了。

中宗李显迎着皇后韦氏殷切的目光，轻声问道：“说吧，你想要什么？”

“垂、帘、听、政。”韦后说。

皇后的册封大典过后，百官朝会的大殿上便多出了一道透明的帷幔。帷幔后面赫然多出了一个女人。

这一幕是多么似曾相识啊！

以五大臣为首的文武百官不无痛苦地发现——阴盛阳衰的李唐王朝即便经历了神龙革命的洗礼，却依旧摆脱不了牝鸡司晨的尴尬。

侍中桓彦范第一个挺身而出，向皇帝递上了一道奏章。他开宗明义地引用了《尚书》中的一句名言：“牝鸡之辰，惟家之索。”母鸡在早晨代替公鸡鸣叫，这个家庭就一定会萧条。他说：“臣见陛下每次主持朝会，皇后都隔着帷幔坐在殿上，参预政事。臣观自古以来的帝王，没有哪一个跟女人共同执政而不国破身亡的。而且阴在阳上，违背天理；妇人凌驾丈夫，不合人道。伏愿陛下鉴察古今之戒，以社稷苍生为念，令皇后专居中宫，主持内职女教，不要出来干预朝政。”

奏章呈上，李显瞥了一眼就把它扔到了一边。

每天上朝，桓彦范的眼睛照例要被那一道轻柔而坚固的帷幔深深刺痛。桓彦范百思不得其解，李显明明知道武后当年垂帘听政所带来的灾难性后果，为什么就不能吸取教训呢？为什么还要去重蹈历史的覆辙呢？桓彦范之所以不理解李显，是因为他没有站在李显的角度上思考问题。李显虽然在五大臣的拥立下复辟了，但他却是一个名副其实的孤家寡人。

换言之，他没有自己的政治班底。

五大臣中，只有一个崔玄暐曾是李显的东宫属官，其他四人皆非嫡系。可是，就连这个唯一的老部下崔玄暐，在经过这场改天换地的政变之后，其身份也已从“旧部”变成了“功臣”，所以李显对他的防范自然要多于信任。

除了崔玄暐外，原本朝中还有两个重量级人物也是李显的东宫旧属，一个是魏元忠，一个是杨再思，都曾以宰相身份兼任太子属官。只可惜，魏元忠早在二张得势的时候就遭到陷害，被贬到了岭南，杨再思则是在二张垮台的时候被赶出了东都朝廷，到长安去坐西京留守的冷板凳去了。所以，现在李显的身边根本没有一个真正信得过的大臣。

李显感到了一种强烈的孤独。

除了孤独，他还感到了一种强烈的不安。

因为他不但没有贴心的大臣，而且身边还有两个让他颇为忌惮的人物。他们就是李显的同胞骨肉——相王李旦和太平公主。

先说李旦。尽管他生性淡泊，不喜欢当皇帝，但这并不等于别人不会拥立他当皇帝。事实上在李显看来，李旦似乎比他更有资格戴上这顶帝王冕旒。因为在李显被贬到房陵的十四年里，李旦始终是东宫的主人。虽说李旦也长期处在母亲武曌的严厉控制之下，但名义上毕竟是帝国的皇嗣，论资历、论声望、论朝中人脉、论政治影响力，李旦都远胜于李显。而李显唯一的优势，也许就是比李旦年长、更符合“立嫡以长”的继位原则而已。

但是这样的优势显然也是脆弱的。因为从大唐立国至今，当皇帝的都不是嫡长子。太宗不是，高宗不是，中宗李显自己也不是。所以，李显实在有理由担心——哪天五大臣要是看他不顺眼了，完全有可能再搞一场革命，把他轰下台，把弟弟李旦拱上去！

再来看太平公主。她虽是一介女流，而且在兄弟姐妹中排行最小，但显然也不是一盏省油的灯。从小到大，太平一直就是母亲武曌的心肝宝贝。据《旧唐书》称：“（太平）公主丰硕，方额广颐，多权略，则天以为类己，每预谋议。”也就是说，太平公主不管是身材、长相还是性格都酷似母亲，所以武曌最疼爱这个小女儿，常常让她参预各种朝廷机密。

参政的机会多了，太平自然就从母亲身上学到了很多别人学不到的东西，其政治经验绝非一般公主可比。神龙政变后，太平公主因功被加封为“镇国太平公主”。稍后，中宗又专门派出禁军卫队进驻太平公主的府邸负责警卫，在其府邸周围遍置岗哨，还有全副武装的卫队日夜巡逻，其警卫规格等同皇宫。只此一点，便足以见出太平公主在中宗一朝的地位之高。

除了政治上的强势之外，太平公主还具有一项非同寻常的优势。

那就是她的经济实力。

按照高宗时代的制度规定，亲王一般可以获封食邑八百户，最多不能超过一千户；公主可以获封三百户，最多不能超过三百五十户（所谓食邑，也叫汤沐邑，只有皇亲国戚和功臣元勋才可获享。获得多少封邑，就意味着有多少户人家的赋税不用上缴国库，而是直接进入获封者的私人腰包，相当于就是在自己家里开了一家税务分局）。那么，太平公主的食邑有多少呢？

她首次获封就远远超出了制度规定的范围，达到了一千二百户，后来又加到三千户；神龙政变后，李显论功行赏，又将她的食邑加到了五千户。此外，太平与薛绍生有二男二女，改嫁武攸暨后又生下二男一女，这七个儿女全部都有封邑，加上武攸暨名下的一千户，太平公主一家获享的封邑至少达到了八千户。再加上她在高宗和武周时期先后获得的不计其数的各种财物赏赐，说太平一家富甲天下，一点也不算夸张。假如当时有胡润财富排行榜之类的东西，太平公主一定是当之无愧的上榜首富。

有身份，有头脑，有地位，有财力，这样的女人对帝国政坛所具有的影响力也就不言而喻了。许多朝臣纷纷投靠在她门下，通过她的运作和举荐步步高升。此外，民间的文人墨客和年轻士子也闻风而至，争先恐后地递帖子，拜码头，当门客。太平公主也摆出了一副“大庇天下寒士俱欢颜”的姿态，十分热情地接纳天下士人。尤其是对于那些贫寒落魄的读书人，太平公主更是屡屡慷慨解囊，馈赠金帛，让这些寒士受宠若惊，感激涕零，于是便在人前人后拼命称颂太平公主的美德。久而久之，太平公主“折节下士”的品德和事迹就在朝野上下传为美谈。

眼见太平公主的政治影响力日益扩大，人气指数迅速攀升，中宗李显自然感到了极度不安。

他不止一次地从太平公主的脸上看见了一种东西。

那是一种对权力不可遏止的野心和梦想，就跟当年的母亲武曌一模一样。

很显然，无论是以五大臣为首的功臣集团，还是跟李显一母同胞的相王李旦和太平公主，都拥有异常强大的政治能量，这就不可避免地对李显构成了威胁。

在这种“君弱臣强”的局面下，李显当然不能无所作为。让韦后垂帘听政，其实就是李显在君臣博弈的棋盘上走出的第一着棋。他的目的就是要让韦后以最快的速度介入帝国政治，以便增强自身的实力，跟这些威胁皇权的势力抗衡。

所以说，如果有人以为李显让老婆垂帘听政纯粹是出于夫妻情深，或者纯粹是为了兑现当初的诺言，那就把问题看得太简单了。

而桓彦范恰恰就在这里犯了简单化的毛病。

他反对女人干政的那套大道理李显又何尝不懂？他强调的“牝鸡司晨”的历史教训李显又何尝不明白？可问题的关键并不在这里，而是在于孤掌难鸣的李显要想保住刚刚失而复得的皇权，就必须想方设法从“君弱臣强”的政治格局中突围，一如当年的高宗李治不得不从长孙无忌的权力之网中突围一样。

这才是李显的当务之急。至于以后会怎么样，李显根本来不及去思考。退一步讲，就算李显明知道让韦后垂帘听政有可能导致自己大权旁落，他也在所不惜。因为他宁可把大权旁落给老婆，也不会把它旁落给宰相。

在这一点上，中宗李显的思维方式显然跟他的父亲李治如出一辙。

历史在这里又出现了某种惊人的相似性。

可这实在是没有办法的事。谁叫李治和李显的出生顺位都那么靠后呢？当初要不是因为太子承乾和魏王泰在夺嫡大战中打得两败俱伤，也轮不到李治当皇帝；同样的道理，要不是因为武后一路拼命“摘瓜”，把李弘和李贤先后送进了鬼门关，皇帝的桂冠也不可能落到第三条“黄瓜”李显的头上。所以说，李治和李显的帝王资格本来就是先天不足的。正因为先天不足，所以他们必然要在很大程度上依赖于强势的功臣（宰相）集团。

因此，当他们上位之后，也必然要面临同一个棘手的问题，那就是——如何处理与功臣集团的关系。

在中国历史上，凡是出现这种“君弱臣强”的局面时，一般会导致三种结果：第一种，也是最好的结果——功臣主动引退，把权力还给君主，双方相安无事。后两种则都是不幸的——要么是功臣坐大，变成权臣，最终架空（甚至篡夺）君权；要么是君主引进其他力量与功臣集团抗衡，待时机成熟，再出手将其铲除。

当年的长孙集团就是因为出现了架空君权的倾向，才迫使高宗李治不得不痛下杀手。而如今的五大臣集团，又会作出怎样的选择呢？

他们是功成身退，把权力还给李显，以求君臣相安无事，还是步长孙无忌之后尘，任手中的权力日渐膨胀，最终把自己推向死亡的深渊？

很不幸，答案是后者。

武三思东山再起

神龙政变后，张柬之、桓彦范等人仿佛都陶醉在了成功的喜悦中，根本没有意识到他们已经身处“功高震主”的危险境地。尤其是桓彦范，不仅没有及时收手，反而把手伸得比谁都长。政变成功后，他又拜相，又封爵，又赐食邑，本来已经赢了个钵满盆满，可还不满足，又奏称他的大舅子赵履温也参与了政变谋划，要求皇帝论功行赏。

这个要求实在是不太靠谱。当时赵履温在易州（今河北易县）当刺史，与东都洛阳远隔千里，政变前夕也没听说他回过洛阳，他如何参与谋划？这不是忽悠人吗？

李显大为窝火。

可他很清楚，现在还不是和五大臣翻脸的时候，所以他什么话都没说，立刻把赵履温调入朝廷，任他为司农少卿。

赵履温乐坏了，一上任就赶紧给妹夫桓彦范送去了两个大美女作为酬谢。

在赵履温这件事上，李显算是给足了桓彦范面子。

他相信，桓彦范也会还他一个面子。

可李显错了。

桓彦范丝毫没有领他的情。

这位仁兄一边拉着大舅子升官发财（顺便还笑纳了两位美女），一边却摆出一副忧国忧民的姿态，义正词严地数落李显不应该让韦后垂帘听政。

李显顿时火冒三丈。

哦，只许你桓彦范拉着大舅子一块儿升官发财，就不许我李显带着老婆一块儿上朝听政？我一个堂堂天子还不如你桓彦范？

好像是为了跟桓彦范较劲，李显把老婆推上金銮殿后，紧接着又提拔了一批新人。为首的是胡僧慧范、术士郑普思，还有惯以“妖妄之言”讨好皇帝的尚衣奉御叶静能等人。

在五大臣眼中，这些人显然都属于上不了台面的旁门左道，其中尤以胡僧慧范最让他们看不顺眼。这个外国和尚几年前来到洛阳，别的事没干，只一心一意交结权贵，不久就攀上了高枝，投靠了张易之、张昌宗兄弟。按理说二张被诛后，这种人早就该被法办了，可出人意料的是，政变之后，这个胡僧慧范不仅安然无恙，反倒被中宗夫妇奉若上宾，混得比以前更为滋润。

尤其具有讽刺意味的是，李显提拔慧范的借口居然跟桓彦范推荐赵履温的理由一模一样，说他也参与了诛杀二张的计划。以此借口，中宗不仅加封慧范为银青光禄大夫，赐爵上庸县公，给了他自由出入宫禁的特权，而且中宗本人还经常微服出行，屈尊到慧范的府上做客，好像成心要刺激五大臣似的。

桓彦范再次上疏，声称慧范以旁门左道乱政，请求中宗将其诛杀。

李显看着他的奏疏，唯一的答复就是报以几声冷笑。

不久，李显又任命术士郑普思为秘书监（相当于中央办公厅秘书长），擢升叶静能为国子祭酒（相当于国立中央大学校长）。自从大唐开国以来，这两个职位通常都是由硕学鸿儒担任的。比如贞观时期，魏徵、虞世南、颜师古都曾出任秘书监，担任国子祭酒的则是孔颖达，这些人都是名重一时的饱学之士。可眼下中宗竟然把这两个职位给了术士和佞臣，不禁让朝臣们大跌眼镜。桓彦范再度上疏，称郑、叶二人纯属“方伎庸流”，说中宗这么做是“官不择才，滥以天秩加于私爱……”（《旧唐书·桓彦范传》）

奏疏呈上后，中宗李显照旧置若罔闻。

其实，李显并不是笨蛋。他当然知道，这些和尚道士不可能帮他治理朝政。

李显的目的本来就不在此。

他之所以擢用他们，无非是想利用这些人在宗教界和民间的影响力，为自己打造更广泛的统治基础而已。就像当年武曌以周代唐之际，也曾不遗余力地利用宗教来增强她的政权合法性一样。

明智的统治者从来都很清楚宗教的力量。在他们看来，宗教虽不一定有助于净化他们的灵魂，但却一定有助于强化他们的统治。

只要利用得当，这一点是毋庸置疑的。

李显对这帮和尚道士的宠幸，本来就已经让五大臣感到愤愤不平了，而他接下来重用的这个人，则无疑让五大臣在极度悲愤的同时又感到了极度惊愕。

这个人就是武三思。

早在神龙政变爆发后不久，洛州长史薛季昶就曾向张柬之他们发出警告："二张虽已诛除，可吕产、吕禄（西汉初年的外戚，借指武三思一党）还在，斩草不除根，终当复生！"

张柬之等人却不以为然："大局已定，他们不过是砧板上的肉，还能有何作为？况且，血已经流得够多了，该适可而止了。"

薛季昶仰天长叹，忽然说了一句让张柬之等人莫名其妙的话——"我不知自己将葬身何处！"

过后，又有一个叫刘幽求的朝邑县尉直言不讳地对桓彦范等人说："武三思还在，诸公恐将死无葬身之地；如果不早点动手，到时候必定追悔莫及。"

后来的事实证明，薛季昶和刘幽求的担忧是对的——武三思一朝咸鱼翻身，五大臣果然都死得很难看。

可张柬之等人早已被胜利冲昏了头脑，根本没把薛、刘的警告当一回事。他们自以为替中宗李显的复辟立下了汗马功劳，手中又握有宰相大权，天底下再没有谁动得了他们。况且武周王朝已经玩完，武三思彻底失去了靠山，能留着一条命苟延残喘已属不易了，还能翻得了什么大浪？然而，五大臣错了。

单凭武三思个人的力量确实做不了什么，可要是加上中宗李显的力量，五大臣就要吃不了兜着走了。

可是，一直以来，武氏集团无疑都是李唐皇族最主要的政敌，如今好不容易把武家势力打趴下了，李显为什么还要重新起用武三思呢？

原因有二：一、他需要一支老牌的政治力量来制约五大臣。在李显看来，无论是妻子韦后还是胡僧慧范等人，在朝中都没什么根基，要想和五大臣斗，他们都太嫩了，力量明显不足。而武三思则不同，自从上元元年（公元674年）和武承嗣一起被召回朝廷后，他和武承嗣就成了诸武的当然代表，数十年来深深地介入了帝国政治。武承嗣死后，武三思就成了诸武唯一的领头羊，在政坛上拥有广泛的人脉和盘根错节的关系网，虽然神龙政变后武家失势，但是李显一旦重新起用武三思，他原本的人脉关系必定会迅速恢复，从而形成一股堪与五大臣匹敌的政治力量；二、众所周知，以武三思为首的诸武是神龙政变最直接的利益受损者，所以五大臣自然成了诸武的眼中钉和肉中刺。鉴于“敌人的敌人就是我的朋友”这一政治法则，李显当然有理由把五大臣的敌人武三思变成自己的盟友，然后充分利用武三思对五大臣的仇恨，来逐步削弱功臣集团的力量，最终将他们铲除。

神龙元年二月，也就是武周王朝覆灭的短短一个月后，武三思就重新活跃在了人们的视线中。细心的人们不难发现，武三思之所以这么快就东山再起，最根本的原因固然是中宗李显在政治上需要他，但是在武三思咸鱼翻身的过程中，却有另外几个人给他提供了莫大的助力。

那是三个女人。

第一个是中宗的小女儿——安乐公主李裹儿。

当年女皇武曌亲自主婚，把她嫁给了武三思的儿子武崇训。正是因为这层亲家关系，安乐公主就成了武三思和李显之间的第一联络人。前文说过，安乐公主是李显夫妻在贬黜途中所生，其诞生的过程颇为惊险，而且整个童年和少年时期都是在荒凉的房陵度过的，从一出生就没有享受过一天好日子，直到十五岁跟随李显回到东都，才获得了一个公主应有的尊严和待遇。所以李显一直对这个小女儿心怀歉疚，因而也就对她宠爱有加。有了这个李裹儿在武三思和李显之间牵线搭桥，双方自然就容易接近。

给武三思提供助力的第二个女人，就是唐朝历史上的著名才女——上官婉儿。

上官婉儿是高宗时期的宰相、著名诗人上官仪的孙女。麟德元年（公元664年），上官仪因替高宗起草废黜武后的诏书，事败后被武后所杀，家族籍没。尚在襁褓之中的上官婉儿随母亲郑氏一同配入掖庭为婢。虽然身份和地位一落千丈，但郑氏还是没有放松对上官婉儿的培养。在她的精心调教下，上官婉儿从小就熟读诗书，博涉文史，而且工于文词，明习吏事，在各方面都表现出了非凡的才华。

仪凤二年（公元677年），十四岁的上官婉儿受到武曌赏识，被免去奴婢身份，专门掌管宫中诏命，从此步入政坛。上官婉儿天生聪慧，而且善于察言观色，所以很快成为女皇武曌身边最得宠的女官。但是人总有疏忽的时候，有一次上官婉儿不知何故触怒了武曌，论罪当诛，差一点就被砍了脑袋，所幸武曌惜其才华，赦免了她的死罪，只在她额上刺了一个印迹（黥面）以示惩戒。

上官婉儿犯错的具体事由史书无载，但是民间却长期流传着一个颇为香艳的八卦故事。说的是武曌晚年公然宠幸二张，云雨交欢也不避宫人耳目，上官婉儿因职务之便出入女皇寝殿，每每在无意中撞见A片的现场直播，刚开始自然是又惊又羞掩面而走，次数多了就不免春情荡漾浮想联翩。后来，婉儿便与张昌宗开始眉来眼去。有一天，两人正在一处僻静所在打情骂俏，女皇武曌突然出现。暴怒的武皇二话不说，抽出一把金刀刺向上官婉儿，当即割伤了她的左额，同时厉声咆哮："汝敢近我禁脔（男宠），罪当处死！"

二人吓得面无人色，慌忙跪倒在地，拼命求饶，张昌宗更是替婉儿百般求情，武皇最后悻悻作罢，赦免了婉儿。虽然免于一死，但是那块伤疤却从此留在了婉儿的额上。为了掩盖伤痕，聪明灵巧的婉儿便在伤疤处刺了一朵红色的梅花，没想到这朵遮丑的梅花却让她变得更加妩媚。宫女们皆以为美，遂偷偷以胭脂在前额点红效仿，从此这种"红梅妆"便渐渐流传开来，成了唐朝女性特有的一种时尚。

从此以后，上官婉儿更加小心谨慎，处处曲意逢迎，总算挽回了武皇的欢心。自圣历元年（公元698年）起，年迈的武皇又让上官婉儿处理百司奏表，参决政务。上官婉儿从此专秉内政，权势日盛，人们纷纷称其为"女中宰相"。

中宗即位后，看上了婉儿的美色和才华，遂将其纳为婕妤，仍旧让她专掌诏命。大约就在这个时候，上官婉儿开始替武三思穿针引线，频频寻找机会让他出入宫禁，与中宗夫妻交流思想，培养感情。

上官婉儿凭什么帮武三思呢？

原因很简单，早在武周时期，婉儿就是武三思的情妇，所以这个忙她肯定要帮。

就这样，通过安乐公主和上官婉儿的引荐，武三思就像一条鱼一样游到了第一家庭的身边。这时候，又一个女人热情地接纳了他。

她就是当今大唐的第一夫人——皇后韦氏。

中宗李显接纳武三思，是出于箝制五大臣并巩固皇权的考虑；而皇后韦氏则是因为武三思的到来可以给她的后宫生活增添一些新的情趣。

神龙元年的春天里，武三思频频造访第一家庭。他经常和韦后玩一种叫“双陆”的博弈游戏。李显在的时候，就主动在旁边替他们计算输赢的筹码，三个人时常响起一阵阵的欢声笑语；而如果李显不在的时候，韦后就会很自然地与武三思玩起了另一种事关云雨的游戏。

后者才真正引发了韦后的激情。

在每一度酣畅淋漓的云雨之后，韦后都会洋洋自得地发现——自己又拥有了一种与女皇武曌相同的生命体验。

她喜欢这种体验。

就这样，安乐公主、上官婉儿、皇后韦氏——这三个在帝国政坛上举足轻重的女人，就这样联袂书写了武三思在这个春天里的风生水起。

武三思在这年春天里的行踪当然没有逃过五大臣的眼睛。

至此，他们终于意识到了神龙革命的不彻底性，也终于意识到薛季昶和刘幽求的担心绝非杞人忧天。

以张柬之为首的五大臣屡屡向中宗上疏，要求诛杀武氏一党。

可这样的要求无异于痴人说梦，中宗当然不予理睬。

张柬之等人万般无奈，只好退而求其次，对皇帝说：“武周革命之际，李唐宗室几乎被屠杀殆尽。而今依赖天地神灵，陛下得以重返正位，武氏一党却仍窃据高官显爵，这岂是天下人所希望的？请削除他们的官爵禄位，以此告慰天下！”

告慰天下？

李显心里一声冷笑：你们是希望朕贬黜诸武，好告慰你们吧？别以为朕不知道你们的心思，你们不就是想把朕变成一个孤家寡人，好称心快意地独霸朝纲吗？告诉你们——想都别想！

中宗马上作出了答复——不准。

张柬之等人彻底失望了。

每当这些革命功臣齐集一堂的时候，一股巨大的悲愤就会在他们中间汹涌激荡。他们“或抚床叹愤，或弹指出血”（《资治通鉴》二〇八），最后也只能仰天长叹：“皇上从前当英王的时候，人们称颂他勇敢英烈，我们之所以不杀诸武，是想让皇上亲自动手以便杀戮立威，没想到结果反而是这样……大势已去，我们还能怎么办？”

是的，他们已经没有办法了。

兔死狗烹，鸟尽弓藏。

这是千古不易的真理。

不可否认，当初他们发动政变，动机确实是高尚的，那时候他们内心的确怀有一种“匡复李唐，重振朝纲”的理想和信念。然而当政变成功之后，他们却被迅速到来的胜利冲昏了头脑，过度贪恋权力和富贵，以致忘记了政治斗争的残酷，忘记了功成弗居，福祸无常的道理……

五人之中，尤以桓彦范的表现最为典型。因为他基本上可以说是一个“只许自己放火，不许皇帝点灯”的功臣。试问，自古以来，有哪一个皇帝可以容忍这样的功臣呢？

身后有余忘缩手，眼前无路想回头。

这是人性根深蒂固的弱点。

无法战胜这种弱点的人，最后只有一条路可走——

死路。

功臣集团的垮台

随后的日子，中宗不仅对五大臣的谏言充耳不闻，而且还多次微服私访武三思，在他府上宴饮作乐，推杯换盏，摆明了就是要刺激五大臣敏感的神经。没过多久，中宗又突然擢升武三思为司空、同中书门下三品，擢升武攸暨为司徒、晋爵定王。

五大臣目瞪口呆。

他们很清楚，天子李显重用武三思的目的就是为了对付他们。

可明知如此又能怎样？难不成再搞一场政变，把李显废掉，让相王李旦取而代之？

不能说五大臣绝对没有动过这个心思。因为他们已经听到了李显和武三思磨刀霍霍的声音。但是，眼下的形势已经跟神龙革命之前迥然不同了。当初大多数朝臣之所以拥护他们发动政变，目的是为了推翻武周，匡复李唐，如今目标既已达成，人心普遍渴望安定，谁又会提着脑袋跟他们再闹一场革命呢？

不可能了。

所以，明知道一张死亡的大网已经朝着头顶笼罩下来，他们也无可奈何。

也许是察觉到了朝堂上越来越紧张的斗争气氛，相王李旦感到了一种强烈的不安。他意识到五大臣和三哥李显之间迟早会有一场对决。出于明哲保身的考虑，历来不喜欢权力斗争的李旦随后便向中宗提出，辞去太尉和宰相（同中书门下三品）之职。

中宗正中下怀，当即表示同意，紧接着又装模作样地要封李旦为“皇太弟”。李旦当然是坚决辞让了。

数日之后，武三思和武攸暨也非常高姿态地推掉了皇帝给他们的新官爵。

武三思很聪明。他知道，对诸武心怀不满的人绝不止五大臣，如果他现在表现得太过张扬，就有可能成为众矢之的，这显然是不明智的。因此，目前最好的策略就是尽量保持低调，然后集中精力铲除五大臣。等做完这件事，朝政大权自然会落到自己手上。

武三思对此满怀信心。

这年初夏的某个早晨，有一个人从岭南风尘仆仆地回到了东都。

他就是魏元忠。

早在李显即位的当天，就已经派专人前往高要（今广东高要市）去征召魏元忠了。如今，经过几个月的长途跋涉，这个昔日的嫡系大臣终于回朝了。李显当天就任命魏元忠为卫尉卿、同平章事。

七天后，李显又迅速擢升魏元忠为兵部尚书、同中书门下三品；同日拜相的大臣还有韦安石、李怀远、唐休璟、崔玄暐、杨再思、祝钦明。明眼人都看得出来，这七个人之所以在同一天拜相，是因为他们拥有一个相同的政治背景——七个人都是天子李显的东宫旧僚。

至此，李显终于摆脱了即位之初那种孤立无援的尴尬处境。现在的宰相班子中已经有七个人是他的嫡系。就算把具有双重身份的崔玄暐剔除出去，划入功臣集团，也还有六个宰相是李显的旧日班底。

六比五，中宗的实力已经超过了五大臣，完全掌握了政治斗争的主动权。现在，只要他动一根指头，随时可以让五大臣卷铺盖滚蛋。

神龙元年五月，中宗李显再度做出了一个令五大臣啼笑皆非的举动。他居然声称武三思、武攸暨、术士郑普思等人也都参与了神龙政变，因此把他们与张柬之等人并列为革命功臣，赏赐给他们“免死铁券”（持免死铁券者，除谋逆大罪外，一般死罪可赦免十次）。

中宗的赏赐诏书颁下，五大臣就像是被人扇了一记火辣辣的耳光。在他们看来，和武三思、郑普思这帮人为伍，简直是在侮辱他们的人格。他们忍无可忍，立刻发动文武百官联名上疏，对诸武同受赏赐之事表示了强烈的愤慨，并再次要求贬黜诸武。

虽然这一次他们纠集了满朝文武一起发飙，把抗议活动搞得声势浩大，可中宗李显却丝毫没有让步。

因为他知道，朝中的多数官员其实是碍于五大臣的宰相身份，迫于无奈才和他们掺和在一块的。换言之，哪一天要是摘掉五大臣头上的宰相乌纱，群臣立马会跟他们划清界限。况且，越是虚张声势，就越是表明五大臣已经黔驴技穷了。除了上奏章、发牢骚、提抗议、搞串联，他们还能干什么？

什么也干不了！

所以，李显一点也不怕他们。

五大臣彻底没辙。

作为臣子，纠集百官联名抗议已经是他们所能做的最极端的事了，再往前迈一步，就是犯上作乱，大逆不道了。

怎么办？

五大臣经过紧急磋商，决定派一名卧底前去监视武三思，随时掌握第一手情报，以便制订防守策略。

他们选中的这个人叫崔湜，是朝中的一名低级官员，曾经跟随他们参与政变。之所以挑上他，是因为此人比较机灵，而且官卑人轻，在从事间谍工作时不容易引起对手怀疑。

五大臣的判断没错，崔湜确实很机灵，也很适合从事间谍工作。可他们却忽略了一个小小的问题——崔湜凭什么替他们卖命？

当初跟着五大臣闹革命，是因为李唐复辟是人心所向，成功的概率很高。现如今呢？只要眼睛没瞎的人都看得见，五大臣已经成为皇帝的眼中钉了，而武三思才是皇帝跟前的第一大红人。为几个过了气的帝国大佬去得罪一个圣眷正隆的政坛新宠，崔湜犯得着吗？

当然，五大臣尽管过气了，可名义上还是宰相，也不能不买他们的账。所以崔湜在接受任务的时候，不仅没有表现出半点抵触情绪，反而信誓旦旦地表示：坚决完成组织上交给的任务。

五大臣很高兴。没想到这位同志的觉悟这么高，本来想好的一大堆鼓舞斗志的话也就免了。可五大臣无论如何也不会料到，崔湜一转身就直接奔向了武三思的府邸，毫不犹豫地把他们卖了。

武三思对这个年轻人弃暗投明的行为表示了高度赞赏，然后告诉他，表面上一切照常，继续从五大臣方面接受指示，不要让他们怀疑。

崔湜心领神会，这是让他当双面间谍。武三思随后便暗中举荐，把崔湜一举提拔为中书舍人。崔湜感恩戴德，从此成了武三思的死党。

对于崔湜的反水，五大臣一无所知。

也许直到死，他们也不知道好同志崔湜早就成了双面间谍。

神龙元年盛夏的某个黄昏，武三思的府上又迎来了一个不速之客。

这是一个衣衫褴褛，蓬头垢面的落魄男人。

第一眼看到他时，武三思差点没认出来。

此人名叫郑愔，曾任殿中侍御史，原是二张的心腹，在神龙革命前跟着二张很是得意了一阵子。二张被杀后，听说他被贬到宣州当了一个芝麻绿豆大的参军，后来又因贪污案而弃官潜逃，没人知道他的下落。

看着眼前的这个负案在逃的家伙，武三思丝毫没有掩饰自己的嫌恶之情。他以为这小子肯定是来蹭饭的，所以打算让他吃顿饱饭就滚蛋。

可郑愔接下来的举动却大出武三思意料之外。

他一看见武三思就开始嚎啕大哭，那悲伤的神情如丧考妣；紧接着又纵声狂笑，笑得屋顶的瓦片差点没震下来。

武三思的第一反应就是——这小子疯了。

然而，当他看到郑愔深陷的眼眶中闪过一道狡黠的光芒时，他马上意识到——这个人没疯，而且肯定有话想对他说。

“说吧，来找我干什么？”武三思盯着他的眼睛问。

郑愔说：“初见大王而哭，是因为大王就要身死族灭；次为大王而笑，是高兴大王终于遇见了我！”

好一个大言不惭的亡命之徒！武三思忍不住在心里发出了一串冷笑。不过他忽然对这个叫郑愔的人产生了兴趣，很想听听他到底要说些什么。

郑愔接着说："大王如今虽然得到了皇上的青睐，可五大臣手中依然握着宰相和将军的权力。他们的胆识和智谋非常人可及，所以当时废黜太后才会如同反掌。大王仔细想想，您拥有的力量与地位较之太后孰轻孰重？五大臣昼夜之中咬牙切齿，恨不得生吃大王的肉，不把武氏一族铲除殆尽不足以逞心快意。大王如果不马上除掉五大臣，则危殆不啻于朝露，而您却自以为稳如泰山，这正是郑愔替大王感到忧惧的地方啊！"

武三思笑了。

他不得不承认，这家伙的眼光很毒，确实一语道破了他的隐忧。

他决定收留这条丧家之犬。对于这样一个走投无路的人，你给他滴水之恩，他必定会报以涌泉。更何况，在即将与五大臣展开的较量中，他正需要这种机智而凶狠的鹰犬。

武三思站了起来，拍拍郑愔的肩膀，把他请到了府中的密室。当天夜里，他就从郑愔那里得到了许多中肯的建议。

数日后，郑愔便和崔湜一样当了中书舍人，从此成为武三思的得力鹰犬。

经过一番精心谋划，武三思终于出手了。

他入宫去见韦后，并和她一起游说皇帝："五大臣依恃自己是复辟功臣，专权跋扈，已经对帝国构成了严重威胁，必须把他们除掉！"

李显问他有何良策。武三思说："依微臣之见，对付他们最好的策略就是明升暗降，将他们封王，同时免除他们的宰相职务，表面上不失为对功臣的尊重，实际上剥夺他们的实权。"

李显深以为然。

五大臣的厄运就此降临。

这一年五月十六日，中宗忽然在朝会上宣布：封张柬之为汉阳王，敬晖为平阳王，桓彦范为扶阳王，袁恕己为南阳王，崔玄暐为博陵王，同时全部罢相，另外赐给他们黄金绸缎、雕鞍御马，规定每月一日及十五日进宫朝见，其余时间不必上朝。

五大臣带着悲哀和愤怒的神色面面相觑。可除了领旨谢恩之外，他们别无选择。

不久，崔玄暐第一个被逐出朝廷，贬为梁州（陕西汉中市）刺史。

这年秋天，八十一岁的张柬之意识到留在朝廷凶多吉少，于是主动上表请求回老家襄州（今湖北襄樊市）养病。中宗立即照准，让他当了挂名的襄州刺史，不主持州事，但仍可享受全额薪俸。

神龙二年（公元706年）春天，五大臣中剩下的三个也都被逐出了东都。敬晖贬为滑州（今河南滑县）刺史，桓彦范贬为洺州（今河北永年县东南）刺史，袁恕己贬为豫州（今河南汝南县）刺史。

随着五大臣的跨台，他们身后的功臣集团也不可避免地遭遇了一场灭顶之灾。

首先罹难的是曾在政变中发挥关键作用的驸马都尉王同皎。

即便他贵为中宗的女婿，可在残酷的政治斗争面前，身份、地位、功劳、亲情，一切的一切，都只能苍白如纸。

自从宫中传出武三思与韦后的秽乱丑闻，王同皎就深恶痛绝，到了五大臣被贬之后，唇亡齿寒的王同皎更是义愤填膺。每次和身边的人论及时政，王同皎总是怒形于色，出言无状。

有道是祸从口出，王同皎虽然只是躲在家中发发牢骚骂骂娘，可还是迅速招来了杀身之祸。

他被两个住在他家里的朋友卖了。

出卖他的人是两个兄弟：老大就是唐朝著名诗人宋之问，老二叫宋之逊。

宋之问对律诗的定型有过重要贡献，其诗歌不仅名重当时，而且享誉后世。“楼观沧海日，门对浙江潮”这一千古名句就是出自他的手笔。宋之问的诗品固然无可挑剔，只可惜他的人品大有问题。

他们兄弟原本是二张的党羽，神龙政变后被流放岭南，后来又悄悄逃回洛阳。王同皎同情他们，把他们收留在家中。没想到二宋为了重获失去的荣华富贵，竟然恩将仇报，把王同皎平日的言行全都记录下来，然后一纸告密状递到了武三思手里。

武三思知道王同皎贵为驸马，单凭这些牢骚话还不足以置他于死地，于是炮制了一桩谋反案，硬是把王同皎定成了死罪。王同皎随即被斩首，家产抄没。因为告密有功，宋之逊、宋之问兄弟旋即恢复京官身份，用朋友兼恩人的鲜血染红了他们的官袍和乌纱。

随后，武三思开始了全面的政治清洗，曾追随五大臣的那些政变功臣全部被视为逆党而遭到贬谪。从此，“三思令百官复修则天之政，不附武氏者斥之（贬谪流放），为五王所逐者复之（官复原职），大权尽归三思矣！”（《资治通鉴》卷二〇八）

武三思轻而易举地扳倒了功臣集团。

神龙政变刚刚过去一年，帝国政坛已经变得面目全非，五大臣拼着身家性命换来的胜利果实彻底付诸东流。

这年春天，霏霏淫雨一直笼罩着东都洛阳，也打湿了许多朝臣山长水远的贬谪之路。

洛阳城外的官道上，每天都有被贬官员的马车黯然驶过，没有人为他们送行，更没有人关心他们将去向何方。

这样的时节，道路两旁的梨花开得正艳。每一场风雨过后，总有一些初生的白色花瓣凄怆地离开枝头，纷纷委落于泥土之中，然后又被缓缓驶过的一辆辆马车轧得粉碎……

五大臣之死

曾几何时，张柬之等人信心满满地认为——武三思只是他们砧板上的鱼肉。

可是现在，武三思却用铁一般的事实告诉他们——你们只是我掌中的玩偶！

在武三思眼中，如今的五大臣就是一群半死不活的耗子。他并不急于把他们一口吃掉，而是要慢慢玩弄，细细品尝那份复仇的快意。

这一年夏天，武三思唆使郑愔，指控五大臣与驸马都尉王同皎串通谋反。于是中宗再度下诏，剥夺了他们的封爵，并将张柬之贬为新州（今广东新兴县）司马，桓彦范贬为泷州（今广东罗定市南）司马，崔玄暐贬为白州（今广西博白县）司马，敬晖贬为崖州（今海南琼山市）司马，袁恕己贬为窦州（今广东信宜市南）司马。

武三思与韦后的龌龊私情已经成为朝野上下公开的秘密，可没有人知道中宗李显对此作何感想。

对于天子头上这顶绿油油的大帽子，满朝文武虽然也都觉得有点触目惊心，但是鉴于皇帝本人是自愿戴上的，所以也不便说什么，只好一个个假装色盲。

然而，当官的喜欢装色盲，并不意味着天下人也都成了瞎子。

有一个叫韦月将的读书人就忍不住站了出来，上书控告武三思秽乱后宫，而且必将作乱。李显被人公然指出了帽子的颜色，顿时恼羞成怒，下令将韦月将逮捕斩首。时任黄门侍郎的宋璟当即提出反对，表示应由司法部门进行审理。

李显一看到宋璟的奏章，越发暴跳如雷，连头巾都来不及裹好，趿拉着鞋子从寝殿的侧门跑了出来，怒斥宋璟说："朕已下令将他斩首，为何还不执行？"

宋璟不慌不忙地说："有人指控皇后和武三思有私情，陛下一句话也不问就把他杀了，臣恐天下人在背后议论。"于是坚持走司法程序，可李显坚决不同意。双方僵持了一会儿，宋璟忽然大声说："必欲斩月将，请先斩臣！不然，臣终不敢奉诏。"（《资治通鉴》卷二〇八）

宋璟是出了名的硬骨头，当初就曾经为了扳倒二张而与女皇武曌面折廷争，武皇一怒之下连下三道敕令，要把他支出朝廷，可硬骨头宋璟却公然违抗敕令，拒不奉诏，最后把武皇搞得没脾气，只好收回成命。

此刻，李显知道跟这个硬骨头死磕也不是办法，只好退了一步，把韦月将交给了御史台。左御史大夫苏珦等人有意保韦月将一命，就推说夏天执行斩刑违背天时，建议流放。李显没辙，便下令杖打韦月将，将其流放岭南。

但是韦月将终究没有逃过一死。

这年秋分一过，天刚蒙蒙亮的时候，负责看押韦月将的广州都督周仁轨就把他杀了。

即使有几个正直的大臣曲意回护，皇帝也只是让这个触逆龙鳞的人多活了一个夏天。

韦月将一案使宋璟不仅触怒了皇帝，也彻底得罪了武三思，所以没过多久，宋璟就被逐出了朝廷，贬为贝州（今河北清河县）代理刺史。

神龙二年秋天，武三思终于厌倦了猫玩耗子的游戏。

因为他在朝中的实质权力已经越来越大，所以他不免会担心——万一李显哪一天觉得他武三思的权力太大了，会不会重新起用五大臣，反过来制约他？

不能排除这种可能。

因此，只有把五大臣干掉，才能永绝后患。

但是，上次指控五大臣与王同皎串通谋反，皇帝也只是把他们贬到岭南而已，这说明皇帝还想留着他们。所以，要彻底翦除五大臣，就必须寻找更有力的借口。

这样的借口在哪呢？

苦思多日后，武三思的脑中灵光一闪，终于有了一个绝妙的主意。

初秋的一个清晨，天色熹微，霜露浓重，洛阳城南的洛水桥上忽然人头攒动。早起的行人们围着一张贴在墙上的传单驻足围观。看客们脸上的表情既神秘又兴奋，并且不停地交头接耳，窃窃私语。

当天，传单上的内容就在洛阳的坊间和街市上不胫而走，并迅速传进了皇宫。

中宗李显被刺激得暴跳如雷。

那张传单用一种绘声绘色的语调详细描述了韦后和武三思的种种淫乱情节，并且强烈要求废黜韦后。李显在暴怒中把一纸传单撕得粉碎，下令御史大夫李承嘉彻底追查此事。李承嘉是武三思的党羽，所以很快就呈上了调查结果，并提出判决意见："这是张柬之等人搞的，表面上说要废黜皇后，实际上是企图谋反，请陛下将五人族诛！"

武三思笑了。

为了让这张传单起到它应有的效果，他可废了不少苦心。虽说是请人捉刀代笔，但具体的行文和细节当然少不了他这个当事人的修改和润色。为了促使皇帝早下决心，武三思一边让儿媳安乐公主进宫劝说李显，一边授意郑愔在朝会上死死咬住五大臣不放。李显遂下令司法部门结案。大理丞李朝隐表示："张柬之等人未经调查审讯，不可随意诛杀。"武三思的党羽，另一名大理丞裴谈马上针锋相对地说："张柬之等人应该族诛，不必调查审讯。"

李显考虑到五大臣手上有他御赐的免死铁券，于是采取了折衷的办法，准许他们不死，但是终身流放：张柬之流放泷州（今广东罗定市南），桓彦范流放瀼州（今广西上思县），崔玄暐流放古州（今越南谅山市），敬晖流放琼州（今海南定安县），袁恕已流放环州（今广西环江县）；五人的宗族子弟，凡年满十六岁以上者也全部流放岭南。

随后，办案有功的李承嘉加封金紫光禄大夫，进爵襄武郡公，裴谈升任刑部尚书。而那个不识时务的李朝隐则被贬为闻喜县令。

没能把五大臣彻底消灭，让武三思颇为不悦。当初靠出卖五大臣换取富贵的崔湜更是惶惶不安，于是向武三思献计："张柬之等人不死，必将后患无穷，不如派人假传圣旨，把他们全部干掉。"

武三思问："谁可以接这趟差使？"

崔湜随即推荐了一个叫周利贞的人。此人曾经和五大臣有过节，神龙政变后被贬为嘉州司马，所以一直对五大臣恨之入骨。五大臣垮台后，周利贞才被重新起用，回朝担任大理正。现在，崔湜的推荐相当于给他提供了一个报仇雪恨的机会，周利贞当然是求之不得，于是欣然同意，马上前往岭南执行这项秘密任务。

让周利贞颇有些遗憾的是，他刚刚启程，五大臣中就已经有两个死在了流放的途中。

那是年已八十二岁的张柬之和六十九岁的崔玄暐。

此刻，死亡对他们而言绝对是一种解脱。

相比之下，其他三个人就没有这么幸运了。

没能亲手杀死张柬之和崔玄暐，让周利贞很有些失落感。所以，当他在贵州（今广西贵港市）终于追上桓彦范时，便把郁积的怒火全都倾泻到了桓彦范身上。周利贞命人削尖了竹子，然后把桓彦范放在竹刺上来回拖曳，直到肉尽见骨，才命人把奄奄一息的桓彦范乱棍打死。

第二个惨死的人是敬晖。周利贞追上他后，命人用刀把他的肌肉片片割下，活活剐死。

最后一个是袁恕已。周利贞又换了一种手法——灌"野葛汁"。野葛是一种剧毒的野草，又名"钩吻"，一旦入口，犹如铁钩钩入咽喉，令人生不如死。袁恕已被灌下毒汁后，忍受不住剧痛，双手不停抓地，以致十指指甲全部脱落，但是挣扎许久却始终没有咽气。周利贞在一旁冷冷地享受着复仇的快感，等他觉得发泄够了，才命手下把袁恕已活活打死。

周利贞圆满完成任务，回朝后立刻被武三思提升为御史中丞。

与五大臣一同落难的，还有当初那个一语成谶的薛季昶。他同样被一贬再贬，最后在岭南的贬所被逼服毒自杀。

以五大臣为首的异己势力全盘铲除之后，李唐王朝几乎成了武三思的天下。看着朝堂上噤若寒蝉的文武百官，不可一世的武三思丝毫没有掩饰自己的得意之情。他经常对身边的人感叹道："我不知世间何者谓之善人，何者谓之恶人；但于我善者则为善人，于我恶者则为恶人耳！"（《资治通鉴》卷二〇八）

当时，兵部尚书宗楚客（武曌的族甥）、将作大匠宗晋卿（宗楚客的弟弟）、太府卿纪处讷（武三思的连襟）、鸿胪卿甘元柬等人皆为武三思死党；御史中丞周利贞、侍御史冉祖雍、太仆丞李俊、光禄丞宋之逊、监察御史姚绍之都是武三思豢养的得力鹰犬，时人送给他们一个绰号——"五狗"。

神龙二年（公元706年）冬天，中宗李显将朝廷迁回了西京长安。

自从永淳元年（公元682年）武后挟高宗东赴洛阳，长安便沦为帝国的陪都。如今，时光之轮走过二十多个春秋后，这座伟大的城市终于再次成为帝国的政治中心。

然而，大唐的臣民们不无遗憾地发现——帝国绕了一个圈，似乎又回到了那个令人不堪回首的原点。如今的中宗时代与当年的高宗时代如出一辙——天子懦弱，妇人干政，武氏当道，百官束手。

无精打彩的帝国马车晃晃悠悠地行走在牝鸡司晨的梦魇之中，没有人知道这样的梦魇何时终结。一个拨弄乾坤的武曌走了，又来了一个雄心勃勃的韦氏。与此同时，一个叫李裹儿的青春玉女也已在阳光下蓬勃地成长起来。她那明亮而宽阔的额头上闪烁着与祖母武曌和母亲韦氏一样自信的光芒，她的胸中激荡着与祖母武曌和母亲韦氏一样的对于权力的无限渴望。几年来，这个叫李裹儿的青春玉女已经以自己的方式深深介入了帝国政治——卖官鬻爵，包揽刑讼，打压异己，培植党羽……"光艳动天下，侯王柄臣多出其门"。（《旧唐书·诸帝公主传》）

这位安乐公主甚至时常根据自己的意愿拟就诏书，然后把内容掩盖住，递到父皇跟前让他签字盖章。笑呵呵的中宗李显总是有求必应，至于那些诏书里面到底写了些什么，皇帝几乎从来没有过问。

李裹儿一次比一次更强烈地体验到了权力带给她的无上快感。

所以这一生，她发誓一定要将伟大的祖母，英明神武的则天皇帝所玩过的权力游戏进行到底！于是终于有一天，安乐公主郑重其事地向李显提出了一个要求——立她为皇太女。

皇太女？

这真是一个空前绝后，匪夷所思的要求。

中宗李显用了好一会工夫才弄明白宝贝女儿的这个要求究竟意味着什么。他笑容可掬地对她摇了摇头。美丽的安乐公主用一种无比幽怨的眼神狠狠瞪了父亲一眼，气呼呼地说："则天太后不过是并州商人的女儿，最后都能当天子，我身为天子的女儿，为何不能当皇太女？"

尽管李显对这个宝贝女儿的溺爱有些过头，可在事关皇位继承权的问题上，李显还是清醒的，因此当然不会同意。

但是李显也舍不得斥责安乐公主。面对她的胡搅蛮缠，李显始终温言劝慰，最后好说歹说，总算把她打发走了。看着宝贝女儿拂袖而去的背影，李显的脸上依旧充满慈爱的笑容。在他看来，这只不过是一贯任性的女儿又一次突发奇想，心血来潮而已，没什么大不了的，就像被宠坏的小孩子吵着要摘天上的星星一样，当不得真，所以他也没把这事放在心上。

可是，李显万万没有料到，这件看上去无关紧要的小事，居然会变成一根导火索，很快点燃了某个人内心深处潜藏已久的恐惧和愤怒，从而引发了一场突如其来的流血政变……

一场突如其来的政变

这个被点燃愤怒的人就是安乐公主的异母兄长，当今的帝国储君——太子李重俊。

中宗共有四个儿子，李重俊排行第三，非嫡非长，本来是没有资格当太子的，可由于中宗长子李重润早在大足元年（公元701年）因得罪二张而被武曌逼杀，次子李重福又在中宗复位之初遭韦后谗毁，被贬出东都，软禁于均州（今湖北丹江口市），所以尽管中宗并不宠爱李重俊，可储君的冠冕还是顺理成章地落到了他的头上。

表面上看，李重俊是幸运的，可实际上，他这个太子当得实在是够窝囊。因为他不是韦后所生，所以韦后从不给他好脸色看；此外，大权独揽的武三思对他这个“未来天子”也是颇为忌恨，一直在暗中排挤他；还有那个骄纵任性的安乐公主，更不把他当一回事，经常和驸马武崇训一起肆意凌辱他，还当面呼他为“奴”；而那个专掌诏命的宫中女官上官婉儿，则时常利用手中的权力推尊武氏一党，这无疑也在一定程度上对他这个当朝储君构成了威胁。

如此种种，无不让李重俊感到深深的孤独，更让他感到了强烈的恐惧。因为这些人都是当今大唐帝国最有权势的人，并且还在处心积虑地向更高的权力巅峰迈进，而李重俊的太子身份则使他不可避免地成了他（她）们前进道路上的障碍，因而也就必然成为他（她）们的眼中钉和肉中刺。

所以，与其说这顶储君的冠冕象征着地位和荣耀，还不如说它其实是一个巨大的魔咒。从它戴在李重俊头上的那一刻起，李重俊就感觉自己被一片莫名而可怕的阴影笼罩住了，因而食不甘味，寝不安枕，整天都活得战战兢兢。

随着武韦一党的权力越来越大，李重俊也越来越强烈地预感到——自己迟早有一天会被这些人废掉，甚至死在这些人手上。

而当安乐公主公然向中宗提出立她为“皇太女”时，李重俊更是被一种末日将临的恐慌彻底攫住了。虽然中宗拒绝了安乐公主的要求，但这并不等于她会从此善罢甘休。据李重俊所知，驸马武崇训天天都在怂恿安乐公主，让她想办法迫使中宗废黜太子。照此情形发展下去，无论安乐公主最后能不能当上皇太女，李重俊今后的日子都绝对不会好过。

怎么办？难道就这样坐以待毙？

李重俊听见自己内心有一个愤怒而绝望的声音在喊——不！

与其这样无所作为，任人宰割，还不如铤而走险，拼个鱼死网破！

决心已定，李重俊开始寻找同盟。

他首先找到了左羽林大将军李多祚。此人是神龙政变的主要功臣之一，当初就是因为他在军事上提供了强大的助力，才保证了政变的成功。可是这几年来，以张柬之为首的功臣集团却被武三思铲除殆尽，神龙政变的胜利果实也轻而易举地落入武三思手中，这一切，无不让李多祚感到义愤填膺。虽然他暂时还没有被武三思列入打击范围，但是唇亡齿寒的忧惧却时刻缠绕着他，让他惶惶不可终日。所以，当太子李重俊暗中找到他，向他提出发动政变，诛杀武氏一党的计划时，李多祚当即毫不犹豫地答应了。

李重俊找到的第二个人是成王李千里。他是吴王李恪之子，时任左金吾大将军。当年武曌篡唐时，李唐宗室遭遇了灭顶之灾，李千里是少数劫后余生的亲王之一。神龙政变后，李千里和其他硕果仅存的宗室亲王一样，以为可以重见天日，扬眉吐气了，没想到武氏一党转眼又把持了朝政大权。现在的大唐江山表面上虽然是李家的，但真正的幕后推手却是武三思和他的姘头韦后。这样的局面对残存的李唐宗室而言，显然是极大的威胁。因此，对武氏一党的共同愤恨让成王李千里和太子李重俊很自然地走到了一起。经过几次试探性的接触之后，双方迅速达成了共识。他们决定并肩作战——为了消灭共同的敌人，为了赢得一个更安全、更广阔的生存空间而拼死一战！

除了李多祚和李千里这两个手握禁军的大将外，参与政变计划的人还有李多祚的部将李思冲、李承况、独孤祎之、沙吒忠义，以及李多祚的女婿野呼利、李千里的儿子天水王李禧等。如果单纯从军事角度来看，这样的阵容无疑是强大的。然而，一场政变能否取得成功，并不单纯取决于军事力量的大小。换句话说，在政治的角斗场上，拳头固然重要，但是比拳头更重要的却是头脑。可惜在这一点上，李重俊和他的战友们显然都有些认识不足。

参与政变的人员确定后，李重俊等人开始制订行动计划。他们决定兵分两路：一路由李重俊、李多祚率领，直扑武三思宅邸，一举消灭这个最主要的敌人；另一路由李千里父子率领，分兵把守太极宫的各座宫门，封锁宫廷内外的交通。待诛杀武三思后，第一路人马迅速回头攻进内廷，捕杀上官婉儿；第二路人马则杀入朝堂，铲除武三思在朝中的党羽（兵部尚书宗楚客、左卫将军纪处讷等人），最后再与太子合兵一处，彻底控制整个太极宫的局势。

计划看上去似乎是完美的。

可是，它真的是完美的吗？

神龙三年（公元707年）七月初六，蓄谋已久的李重俊终于出手了。他伪造了一道皇帝诏书，调集羽林军士兵三百多人，和李多祚、野呼利、李思冲、李承况、独孤祎之、沙吒忠义等人一起，径直杀向休祥坊南门内的武三思宅邸。休祥坊位于长安城的西北角，与宫城之间仅隔一个辅兴坊，所以政变军队一从宫城西侧的安福门杀出，不消片刻便可冲到武三思的宅邸前。

这是一个天高云淡的初秋早晨，武三思和他的儿子武崇训正在书房中品茗聊天。清晨的薄雾还未散尽，空气中飘荡着缕缕沁人心脾的花香。武三思有一搭没一搭地和儿子说着话，眼睛半睁半闭，嘴里呷着香茗，鼻中嗅着花香，浑身的每一个毛孔都在尽情享受着这一份恬静、安逸与祥和。

然而，末日就在这一瞬间降临了。

死神就这样毫无预兆，猝不及防地来到了武三思父子的面前。

武三思最初是听见一阵刺耳的喊杀声像潮水一样由远而近地漫了过来，紧接着，太子李重俊挥舞佩刀左劈右砍的画面就映入了他的眼帘。他看见太子怒目圆睁，表情狰狞，身后紧跟着一群杀红了眼的禁军官兵。他们顺着后花园的那条碎石甬道飞快地向书房扑来。在甬道两侧，武府的人一个接一个地仆倒在血泊中。武三思想喊，可喉咙却被什么东西堵住了，一丝声音也发不出来；他想跑，可双脚却像灌了铅一样，无法挪动半步。而他的儿子武崇训也跟他一模一样，无比惊愕地张大着嘴巴，不敢相信眼前发生的这一切都是真的……

刹那间，凶神恶煞的太子就冲到了他们眼前。一道寒光闪过，武三思看见儿子武崇训的头颅瞬间飞离了身躯，一柱鲜红的血光立刻从肩膀中间的窟窿中喷射而出，一下子染红了武三思的目光……

这是武三思在这个世界上看见的最后一幅图景。继而他感觉自己的脖子一凉，眼前一黑，整个世界就彻底陷入了黑暗。

李重俊和李多祚等人杀死武三思父子及亲党十余人后，又按计划杀回皇宫，率兵从肃章门斩关而入。肃章门是分隔“外朝”与“内廷”的一道重要宫门，一旦杀进这道门，就意味着政变的性质已经不仅是“清除奸党”，而是公然与皇帝为敌了。不管太子的主观目的为何，至少在客观上，他已经把皇帝和自己同时逼上了绝路。李重俊等人一路冲进内廷，沿途撞开多处殿阁，高喊着要逮捕上官婉儿。与此同时，李千里父子也率兵扑向右延明门，准备从这里攻入位于太极殿东侧的门下省，砍杀正在朝堂办公的宗楚客、纪处讷等武氏党羽。

上官婉儿听到外面杀声震天，正在手足无措之际，又听见宫人飞报，说变军口口声声要抓她，当即吓得面无人色。不过她毕竟在宫中多年，多少还是练就了一点临危不乱的定力，所以很快就冷静了下来。她知道，要想保住性命，唯一的办法就是跟皇帝皇后绑在一块。太子要是连皇帝也敢杀，那就只好跟着皇帝一起死；倘若太子不敢杀皇帝，那自己就能躲过这一劫。上官婉儿心里这么想着，人已经飞快地冲向皇帝的寝殿。

此时，李显、韦后和安乐公主也已乱成一团（安乐公主昨夜恰好在宫中留宿，没有回家，所以侥幸躲过了刚才的那场屠杀）。当李显等人看见鬓发散乱的上官婉儿冲进来时，赶紧问她外面情形如何。上官婉儿一边喘息一边对着他们大喊："太子是想先抓我，然后抓皇后，最后再抓皇上！"

李显脸色煞白，豆大的汗珠不停地从额头和鼻尖往外冒。

他断然不会想到，这个平时沉默寡言的太子居然会起兵造反！

不过，现在想什么都没用了，只有逃命要紧。变军是从皇宫南边杀过来的，所以眼下最安全的地方，就只有北面的玄武门了。因为玄武门是禁军的屯驻地，可以调动部队阻遏变军，而且此门建于龙首原的余坡上，地势较高，站在城楼上可以俯瞰大半个宫城，便于观察形势，无疑是整个太极宫中最好的避难所。思虑及此，李显赶紧带着韦后、太平公主和上官婉儿，在一群宦官宫女的簇拥下，仓惶跑到玄武门，立刻登上城楼，同时命右羽林大将军刘景仁率百余名士兵在城楼下护驾，结阵抵御变军。

李显前脚刚登上玄武门，太子和李多祚后脚就杀到了。面对眼前这种剑拔弩张的形势，李重俊顿时犯了踌躇。因为在他的计划中，并没有与皇帝开战的打算，所以他实在拿不准下一步该怎么办。迟疑了片刻，他只好下令士兵暂停进攻，等着看皇帝接下来会如何表态。

双方就这样在玄武门下对峙着。

这场政变走到了一个最微妙的关头。

太子的变军有三百多人，皇帝这边仓猝集结的士兵只有一百多人，如果太子一鼓作气，下令强攻，胜利多半是属于他的。可是，他偏偏就在这节骨眼上莫名其妙地停手了。

这显然是个不可饶恕的错误！

趁着太子这边犹豫的间隙，皇帝身边一个叫杨思勖的宦官意识到有机可乘，立刻向皇帝请命，主动要求下去攻击。一般的宦官都是苍白瘦弱之人，可这个杨思勖却与众不同，不仅身材魁梧，而且一脸勇武之色。李显大喜过望，当即首肯。杨思勖旋即冲下城楼，飞身上马，独自一人朝变军驰去。

李多祚的女婿野呼利是一员勇将，此时担任变军的前锋将领。他眼见对方单枪匹马杀来，心中不禁冷笑，当即上前迎战。双方在阵前交手，三五个回合后，杨思勖故意卖了一个破绽，野呼利不知是计，挥刀便砍，杨思勖侧身躲过，反手一刀，立时将野呼利斩于马下。

凝神观战的两军士兵不约而同地发出一阵高呼，只不过皇帝这边是高声欢呼，而太子那边却是一片惊呼。

变军人人骇异，士气顿时大挫。李重俊、李多祚和其他几个将领也都是满脸惊惶。

城楼上的李显一见杨思勖得手，马上抓住时机，倚着栏杆向变军士兵喊话："你们都是朕的宿卫之士，何苦追随李多祚造反？只要你们斩杀叛贼，不必担心没有富贵！"

变军士兵面面相觑。

只犹豫了短短的一瞬间，他们便不约而同地把刀枪转向了自己的将军们。

李多祚、李思冲、李承况、独孤祎之、沙吒忠义当即被一部分倒戈的士兵乱刀砍杀。太子李重俊见大势已去，慌忙带着亲兵一百余人夺路而逃，其余的部众各自作鸟兽散。

一场胜利在望的政变，就这样功亏一篑。

太子李重俊的这路人马一败涂地，而成王李千里的那一路也不比他们幸运。

当李千里父子率兵进攻右延明门时，早有防备的宗楚客、纪处讷已经调集了二千余名禁军闭门拒守。双方展开激战。由于宗楚客一方占据城楼，居高临下，弓箭兵可以发挥很大的优势，而李千里一方则处于被动挨打的地位，只能变成对手的活靶子，所以他们很快就输了。李千里和儿子李禧双双阵亡，余众或死或降，行动彻底失败。

一百余名骑兵跟着太子李重俊狂奔出城，准备亡命终南山。可是，跟着这样一个穷途末路的主子混，还有什么富贵和前途可言呢？

一路上，皇帝承诺富贵的那番话始终在他们的耳边回响。于是不断有人偷偷勒住缰绳，掉转马头往回跑。等到李重俊逃到鄠县（今陕西户县）附近的树林中时，身边只剩下最后的几名亲信。筋疲力竭的李重俊翻身下马，跌坐在一棵老树下，背靠着树干大口大口地喘气。

他耷拉着脑袋，生平第一次感到呼吸是一件这么困难的事情。

不过，他很快就不会觉得困难了。

因为几名亲信已经拔出佩刀，正慢慢朝他逼近。几秒种后，他就永远也不需要呼吸了。

当李重俊重新抬起头来的时候，刚好看见几把钢刀同时向他的头顶劈了下来……

李重俊输了，输得干干净净！不仅搭上了自己的性命，还搭上了李多祚翁婿、李千里父子等一大帮人的性命。

他们为什么会败得这么惨？究其失败的原因，大致有以下三点：

第一，政变领导者的素质有问题。

表面上看，太子亲自领导政变，下面又有李多祚这样的前期政变功臣和军方高层将领，还有李千里这种老牌的李唐宗室亲王，其号召力和战斗力似乎都是毋庸置疑的。只可惜，实际情况并非如此。

先来看李重俊。他虽然贵为太子，但是年纪太轻，缺乏相应的人生阅历和政治历练，入主东宫的时间又太短（政变前一年七月刚被立为太子），而且东宫官属又大多是一些权贵子弟，根本没有德行和能力辅佐他，“唯以蹴鞠猥戏取狎于重俊，竟无调护之意”。（《旧唐书·中宗诸子传》）所以，李重俊在政治上其实是非常幼稚的。

再来看李多祚。虽然他是禁军的高级将领，但充其量也只是一介武夫。尽管他在神龙政变中发挥了很大作用，可那也要归功于张柬之等五大臣的谋划有方和调度得当。说白了，李多祚只是一把刀，好不好使的关键不在于刀，而在于使刀的人。碰上五大臣，李多祚就是一把屠龙刀；可碰到李重俊，他就只能是一把切菜刀。

最后来看李千里。他虽然是李唐宗室中硕果仅存的人物，但这并不是因为他能力超群，让武曌舍不得杀他。恰恰相反，史称“武后诛唐宗室，有才德者先死”，而李千里“偏躁无才”，加之善于谄媚武曌，

“数献符瑞”（《资治通鉴》卷二〇八），所以才逃过了那场灭顶之灾。此外，李千里虽然担任左金吾大将军，握有禁军兵权，但任职时间短（中宗复位时才被授予这个职务），因此难以真正获得将士的拥戴。

由上可知，无论是太子李重俊，左羽林大将军李多祚，还是宗室亲王李千里，显然都缺乏成功的领导者所需的素质，尤其缺乏政变所需的谋略和政治智慧。所以从一开始，这场政变的结局就已经注定了。进而言之，这场政变更像是一次单纯的军事行动，算不上是一场真正意义上的政变，因此无论成功与否，都不可能产生任何积极的政治后果。

第二，政变缺乏合法性依据与有效的利益驱动。

由于领导者缺乏政治头脑，所以这场政变既没有提出煽动人心的政治口号，也没有一套行之有效的政治纲领，这就极大地制约了成功的可能性。

关于此，我们可以通过一个至关重要的细节看出来。太子和李多祚在征调三百余名羽林士兵时，居然不是由太子进行政治动员，也不是由李多祚下达军事命令，而是采用名不正言不顺的“矫诏（假传诏书）”手段！

如果李重俊稍微有点政治头脑，或者身边有得力的政治幕僚的话，那他绝不会采取这种愚蠢的“矫诏”方式，而会像历朝历代那些成功的政变者所做的那样——首先指出奸党（武氏一党）对朝政的危害，阐明此次行动的正义性，激发士兵的斗志和血性；其次许诺功名富贵，用利益来驱动人心；最后进行一定程度的威胁恐吓，宣称大家都是一条绳上的蚂蚱，只许前进，不许后退，倘有异心，立斩不赦等等。以李重俊的储君身份，完全可以堂而皇之地做这样一番动员，接着再让禁军长官李多祚出面，和官兵弟兄们套套近乎，说些“有福同享有难同当”之类的煽情话，然后一人一大碗酒，指天为誓，歃血为盟，最后就可以激情澎湃地拿起刀枪，大义凛然地干革命去了。

假如政变是这样发动的，那么当他们在玄武门下与保护皇帝的军队对峙时，士兵们就不会轻易背叛。因为就当时的形势而言，太子这边的实力还是要比皇帝那边强得多。然而，变军士兵之所以听了皇帝李显的一句话就阵前倒戈，最根本的原因，就在于太子和李多祚是以一纸伪造的诏书骗他们起来造反的，这就严重地削弱了他们的忠诚度和积极性。如果政变行动自始至终都很顺利，大家事后都有好处，那当然没话说；

可当形势发生变化的时候，士兵们当然宁可听皇帝的，也不肯再为太子卖命。因为他们本来就是听从“皇帝命令”才行动的，如今既然知道那命令是假的，而皇帝在城楼上说的金口玉言则是千真万确的，结果自然是把枪口掉转过来对准太子他们了。

反观神龙政变，自始至终，以五大臣为首的领导集团都有一个鲜明的行动纲领和政治口号，那就是——诛杀二张，推翻武周，匡复李唐社稷，拥立李显复位。有了这样的指导思想，才能团结大多数文武官员，从而整合各种政治力量，最终赢得胜利。而李重俊等人策划的这场政变却全然没有类似的东西，只是把整个行动建立在一张假造的皇帝诏书之上，如此政变要是能成功，那就是老天爷瞎了眼了。

第三，没有为政变设定一个高端的政治目标。

李重俊等人发动政变的目的仅仅是为了清除武氏一党，为自己赢得更安全的生存空间，除此之外，似乎再也没有更高的政治诉求，这就决定了他们只能搞一场“半拉子”政变。

李重俊之所以会在玄武门下产生迟疑，按兵不战，就是因为他只想捕杀武氏党羽、上官婉儿，而不愿意与皇帝刀兵相见。我们说过，这是一个不可饶恕的错误。李重俊此举，充分暴露了他在政治上的幼稚和愚蠢。他似乎以为，只要除掉武氏一党就万事大吉了，而丝毫没有意识到——对于任何一个皇帝来讲，不管太子是否有颠覆皇权的意图，只要他胆敢把军队开进内廷，就是十恶不赦的大逆之罪！

如果李重俊具有成熟的政治经验，那他在制订政变计划的时候就应该想到这一点。也就是说，除非不发动，一旦发动，就必须以“控制皇帝，夺取政权”为最终目标。只要这个目标实现，就可以不费吹灰之力地除掉任何他所认定的“奸党”！因此，对于李重俊来说，就算他没有弑君篡位的想法，至少也应该用武力把中宗李显控制起来，迫使他下诏诛杀所有武氏余党，同时授命太子监国。如此一来，他才能一方面达到清除政敌的目的，一方面又防止皇帝秋后算账。只有这么做，他才能真正保障自身的安全。

这才是一场成功的政变应该做的事情。

然而，李重俊并没有这么做。所以，他的失败是必然的。

经过这场突如其来的流血政变，中宗李显虽然毫发无损，但是也饱受了一场虚惊。

当李重俊的尸体和首级被运回长安后，惊魂甫定的李显毫不掩饰他的愤怒之情，即刻命人用太子首级祭祀了太庙和武三思父子，随后又将其悬挂在朝堂上示众。

同时，李显把成王李千里的姓改为“蝮”，将他的党羽全部逮捕诛杀；被变军攻破的各道宫门的守卫官兵，皆因失职之罪被判处流放；平乱有功的宫闱令杨思勖则被擢升为银青光禄大夫、内常侍。稍后，李显又追赠武三思为太尉、梁宣王，追赠武崇训开府仪同三司、鲁忠王。

这一年九月，朝廷改元景龙。

一个动荡不安的神龙时代就这样匆匆画上了句号。

这个时代虽然短暂，历时不过三年，但是却发生了太多让人始料未及的变故。先是五大臣一举推翻了女皇武曌，继而武三思又整垮了功臣集团，如今，太子李重俊又悍然发动政变，诛杀了一手遮天，权倾朝野的武三思，然后本人也死于非命……如此种种，真是令大唐臣民们心惊肉跳，欷歔不已。

现在，波谲云诡的神龙政局终于落下了帷幕。

接下来，帝国政坛势必要重新洗牌。在即将展开的又一轮惊心动魄的政治博弈中，谁又将成为下一个出局者?

第五章
一团糜烂的政治

皇后一党崛起

武三思一死，失去靠山的宗楚客、纪处讷等人纷纷向皇后韦氏靠拢，迅速缔结了一个以韦后为核心的“后党”。

李重俊政变后，中宗李显采取了严厉的打击政策，命司法部门大力搜罗太子余党，大有“宁可错杀三千，不使一人漏网”之势。后党意识到这是一个铲除异己的良机，立刻把矛头对准了相王李旦和太平公主。

在安乐公主、宗楚客的授意下，侍御史冉祖雍等人随即对相王李旦和太平公主发出弹劾，指控他们是李重俊同党，应该逮捕归案。李显看到奏疏后，二话不说，即命吏部侍郎兼御史中丞萧至忠立案审查。

一接到指控马上就走司法程序，这分明是一副法不容情的姿态。明眼人都看得出来，皇帝之所以摆出这种姿态，无非是在暗示司法部门——一切秉公办理，不必忌讳他们的皇亲身份！

朝臣们不禁替相王李旦和太平公主捏了一把汗。接下来，他们将会遭遇怎样的命运，关键就要看主审官萧至忠了。准确地说，是要看萧至忠的政治立场。

不过大多数朝臣对此并不乐观。因为一直以来，萧至忠都是武三思的人。神龙之初，萧至忠不过是一个小小的吏部员外郎，随后因为依附武三思，便在短短的两年多时间里青云直上，爬至吏部侍郎兼御史中丞的高位。虽说现在武三思死了，但武氏一党基本上都投靠了韦后，人们相信这个萧至忠肯定也已经变成后党了，否则皇帝李显凭什么挑他当主审官？

因此，很多人都悲观地认为——相王李旦和太平公主这回八成是死定了！

然而，这个世界总是充满了意外。

萧至忠非但没有依照皇帝的旨意去搜罗李旦和太平公主谋反的证据，反而跑去做皇帝的思想工作，拼命替李旦和太平公主说话，说到动情处甚至声泪俱下："陛下富有四海，竟然容不下一弟一妹，要眼睁睁看着他们被人罗织陷害吗？当年相王身为皇储时，曾一再向则天皇后请求，愿将天下让给陛下，为此数日饮食不进，此事海内共知，奈何如今却要以冉祖雍的一句话而猜忌他？"

李显懵了。

他顿时感觉眼前的情景有些荒诞。原本以为钦点萧至忠为主审官，应该能把这件案子办成铁案，没想到却自摆了一回乌龙。

那么，萧至忠为什么会悄然改变他的政治立场呢？

李显百思不得其解。

实际上，萧至忠并未改变立场。他确实已经投靠了韦后，但这不等于他一定要以相王李旦和太平公主为敌。

说白了，他之所以替相王李旦和太平公主说话，并非出于政治立场，更非出于道德良知，而纯粹是为了给自己留条后路。在他看来，大权独揽的武三思一死，朝中的政局就变得扑朔迷离了。韦后这个格局狭小，轻浅浮躁的女人能否斗得过器识深远，机智沉稳的太平公主？能否迅速填补武三思留下的权力真空，并且稳定地、持久地掌控朝政？这一切都还是未知数。所以，在形势尚不明朗的情况下，萧至忠绝不愿像宗楚客和纪处讷那样，把宝全押在韦后那一头。他宁可暂时采取骑墙态度，两边都不得罪，静观事态发展。他相信，等尘埃落定之后，再选择自己的政治队列也为时不晚。

后来的事实证明，萧至忠的这种骑墙态度确实很明智。几年后韦氏一党垮台，睿宗李旦即位，太平公主用事，他被贬出朝廷，外放为地方刺史。但他凭借此次替李旦和太平公主开脱的功劳，轻而易举地攀上了太平公主，旋即回朝担任刑部尚书，不久又复任中书令，一度成为帝国政坛的不倒翁，并且被太平公主视为心腹股肱，让很多人艳羡不已。只是萧至忠千算万算，怎么也算不到，太平公主居然那么快就被她的侄子李隆基给收拾了。而萧至忠作为太平公主的死党，最终也没能逃过身首异处的可悲下场。

当然了，这些都是后话。

就在萧至忠极力替李旦和太平公主开脱的同时，右补阙吴兢（《贞观政要》的作者）也上疏说："自古以来，因委任异姓，猜忌骨肉而导致国破家亡者不知有多少，陛下岂可不鉴察？如今，陛下身边的宗室至亲已经所剩无几，且登基不久，便有一子因故贬窜，一子弄兵被诛，惟余一弟朝夕侍奉左右，陛下不可不慎啊！"

李显顿时产生了莫大的迟疑。

问题倒不是萧、吴二人的劝谏果真唤醒了李显的骨肉之情，而是他们的话提醒了他——李旦和太平绝非一般人。他们所拥有的身份、地位、资历、功勋、声望，放眼当今天下，几无一人能及。不要说满朝文武和王公大臣，就是他李显本人在这些方面也比不上这两个弟弟妹妹。

这些年来，太平公主利用她特殊的地位，卓著的声望和雄厚的财力，已经在朝中建立了一个庞大的人脉关系网，谁也说不清哪个朝臣曾受过她的提携，或者得到过她的什么好处。正因为此，李显才会一不留神就钦点了一个极力替嫌疑人说话的主审官，闹出一个自摆乌龙的笑话。虽然，没有证据表明萧至忠曾经受过太平公主的恩惠，但是起码有一点可以肯定——萧至忠对这个神通广大的女人心存忌惮。

基于上述理由，李显不得不重新考虑，倘若执意对李旦和太平公主下手，会不会激起难以意料的变故？他们会不会像太子李重俊那样，跟他李显拼一个鱼死网破，玉石俱焚？

李显觉得，这种可能性很大。

而且，还有一个促使李显重新考虑的因素就是——指控李旦和太平公主参与政变的理由本来就很难成立。

众所周知，李旦和太平公主是拥立李显复位的功臣，神龙政变后，他们的政治待遇和威望都已达至人臣顶点，若说他们参与李重俊政变，那他们的动机是什么？能从中得到什么好处？就算政变成功了，他们也不过是再当一回功臣而已，不可能得到比现在更大的利益；而一旦失败，他们便会丧失所有。在这样的利弊权衡之下，他们还会参与李重俊的政变吗？

这种可能性微乎其微。

所以，若要强行将他们定罪，不仅不能让满朝文武和天下人信服，而且还有可能迫使他们铤而走险，拔刀相向。倘若真的逼得他们动手，那后果绝不会像李重俊政变那么简单，而极有可能是第二次神龙政变。

想到这里，李显不禁惊出了一身冷汗。

罢了罢了，还是谁也别玩火，大家相安无事的好。

随后，李显马上作出一副幡然醒悟的样子，撤销了对李旦和太平公主的指控，宣布从此不再追究此事。

没能扳倒相王李旦和太平公主，韦后一党很不甘心。不过他们其实也很清楚，以他们目前的实力而言，要想把这两个功高望重的帝国大佬一举置于死地，似乎还欠些火候。所以当务之急还是要尽快壮大实力。

为此，他们随即把矛头转向了时任右仆射兼中书令的魏元忠。

只有除掉此人，韦后一党才能彻底把持帝国的权力中枢。

魏元忠位居百官之首，按理说权力应该很大，可实际情况却远非如此。自从回朝复相的那天起，魏元忠就一直受到武三思一党的打压，表面上贵为首席宰相，实则根本无力制约武氏一党，以致朝野上下的正直之士都对他颇为失望，认为他尸位素餐，不堪为百官表率。河南的一个低级官吏甚至专门写信骂他，并历数当今朝政十大阙失，说他必须为此承担责任。

魏元忠一边受到武党的打压，一边又被士人们在背后戳脊梁骨，就像风箱里的老鼠两头受气，内心大为郁闷。直到李重俊政变爆发，武三思被杀，他才有了一种重见天日之感。

但是，这场政变也给魏元忠带来了巨大的伤害。

因为他儿子死了。

李重俊发动政变时，魏元忠之子、太仆少卿魏升遭到胁迫，无端卷入其中，事后又被乱兵所杀，不仅死得稀里糊涂，而且还背上了一个“勾结逆党”的罪名。魏元忠悲愤难当，于是四处扬言：“元凶首恶已死，现在就算把我拿到油锅里炸了，我也死而无憾，只可惜太子英年早逝，死得太不值得！”

魏元忠这句话，既是在为太子鸣冤，又是在替自己的儿子叫屈，显然是“大逆不道”之言。中宗念在魏元忠是三朝元老，而且又是自己的东宫旧属，所以不予追究。然而，后党骨干宗楚客、纪处讷等人却死死抓住魏升参与政变的把柄，指控魏元忠与太子通谋，奏请中宗“夷其三族”。当然，李显马上否决了宗楚客等人的奏议。

虽然有皇帝保他，可魏元忠还是强烈意识到了自己处境的危险。为了让自己的“三族”数百口人免遭灭顶之灾，魏元忠不得不主动递交了辞呈。

李显知道魏元忠老了，再把他留在朝中也没多大意义，所以没有挽留他，而是让他以特进（正二品散官）的官职致仕，并保留每月初一、十五两次进宫朝见的权利，算是给了他相当高的离休待遇。

首席宰相魏元忠一倒，后党的势力立刻崛起。

太子政变后不过两个月，宗楚客、纪处讷便同时拜相，进入了帝国的权力中枢。

由于担心魏元忠卷土重来，宗楚客等人随后一再上奏中宗，一意要置魏元忠于死地。

率先出招的是刚刚被宗楚客提拔为御史中丞的姚廷筠。他在奏疏中说：“想当年，侯君集虽然是开国元勋，可当他谋反的时候，太宗向群臣求情想饶他不死，群臣坚决不同意，太宗也只好含泪将他处斩；其后房遗爱、薛万彻、齐王李祐等人叛乱，虽是至亲，皆依国法处分。元忠功勋不及君集，身份不属国戚，儿子名列叛党，自该满门抄斩，把家宅夷为池沼！陛下仁慈，难免受其迷惑，故一再掩饰他的罪过。臣今日不惜触犯龙麟，忤逆圣意，实在是因为此事关系到社稷大业！”

姚廷筠的一番话说得有理有节，大义凛然，李显无力反驳，只好退了一步，命大理寺收押魏元忠，随后贬为渠州（今四川渠县）司马。

紧接着，已升任给事中的冉祖雍再度发飙，上奏说：“魏元忠既然犯了大逆不道之罪，就不应该授予他渠州司马的官职。”与此同时，同为后党成员的侍中杨再思和中书令李峤也随声附和，要求严惩魏元忠。

李显忍无可忍，终于发火：“元忠为国效力多年，朕才特意赦免他，诏书已经发布，岂能一改再改？更何况，裁决之权理应在朕的手中，你们上奏个没完，是不是成心为难朕？”杨再思等人从来没看过皇帝发怒，顿时大为惶恐，一再磕头谢罪。

然而，魏元忠一日不死，宗楚客便一日不肯善罢甘休。不久，他再次授意监察御史袁守一上疏：“重俊是陛下的儿子，尚且加以罪刑昭明国法；元忠既非元勋亦非国戚，岂能单独逃脱法网？”

这句话显然戳到了李显的痛处。

他不得不再退一步，把魏元忠贬为务川（今贵州沿河县）县尉。

尽管一退再退，可李显的底线也非常明确——无论如何都要保住魏元忠一条命。

宗楚客仍不死心，命令袁守一再奏：“则天太后当年卧病上阳宫，狄仁杰请求由陛下监国，可魏元忠却上密奏反对，这证明魏元忠心怀逆谋，为时已久，请将他处以极刑！”

李显没好气地说：“依朕看来，人臣事主，必须一心，岂有主上小疾，就马上请太子主持政务？这是狄仁杰想讨好我，不见得魏元忠有错，你袁守一怎么可以借以前的事情陷害他？”

就这样，中宗李显再次把诛杀魏元忠的声浪压了下去。

可是，魏元忠最后还是死了。

因为他已经年迈体衰，再也经不起这种一贬再贬的折腾了。魏元忠没有走完他的贬谪之路，而是中途死在了涪陵（今重庆涪陵区）。

目睹老臣魏元忠的凄凉结局，正直的朝臣无不感到义愤填膺。

然而，他们也只能敢怒不敢言。

因为，韦后一党的强势崛起已经没有任何力量可以阻挡。

韦后的政治模仿秀

景龙二年（公元708年）春天，桃红柳绿，百花盛开，繁华的长安就像一位富丽雍容的贵妇一样在世人面前展现出娇美灿烂的容颜。在这样一个万象更新，生机盎然的季节里，大唐帝国的皇后韦氏感觉自己的人生仿佛也迎来了第二次青春。

是的，尽管她已人到中年，但是谁规定“青春”只能用生理年龄界定，而不能用心理状态衡量呢？谁说一个饱经风霜的女人就不可以拥有青春常驻的生命状态呢？

至少在韦后的记忆中，这世上就曾经有一个女人青春了一辈子。

准确地说，是用一种年轻的心态活过了一辈子。

这个女人就是武曌。而现在，韦氏发誓自己也要成为武曌这样的女人。她要让自己拥有跟她一样的心态和人生，也要拥有跟她一样的权力、地位和无上的尊严！

是的，没有谁可以阻挡她成为这样的人。

武曌曾经是母仪天下的皇后。这一点，韦后做到了。

武曌曾经是垂帘听政的皇后。这一点，韦后也做到了。

武曌曾经让自己的党羽遍布朝廷，位居要津，牢牢掌控了帝国权柄。这一点，韦后正在努力，很快就会大功告成。

武曌曾经制造了许多美丽的政治神话，让天下人都相信（或者被迫相信）她是上天派来的造福社稷，利益苍生的旷世女主。

这一点，韦后还没开始做。所以，她必须马上着手。

事不宜迟，时不我待。

在中国几千年的政治舞台上，美丽的政治神话总是层出不穷，有多少帝王君临天下，或者有多少想当帝王的人准备君临天下就有多少政治神话横空出世。在历史上，这些神话通常都有一个专用名词——祥瑞。

一心一意要上演政治模仿秀的韦后，当然也要拥有自己的祥瑞。

早春二月的某一天，皇后寝殿中，一群宫女正在伺候韦后更衣。忽然间，某个宫女爆出了一声惊叫。众人吓了一跳，循声望去，只见该宫女毕恭毕敬地捧着一条裙子，眼睛和嘴巴都张成了一个圆，口中激动地喃喃自语："祥云，祥云，多么美丽的五彩祥云啊……"

裙子是皇后的，刚刚从衣箧中取出。宫女所说的祥云并不是指裙子上的图案，而是说她看见了一团五彩祥云正在皇后的裙子上飘飞缭绕。顷刻间，众宫女齐齐跪倒，频频向皇后祝福：恭喜皇后，贺喜皇后，恭喜皇后，贺喜皇后……

笑容像一朵鲜花一样在韦后的脸上粲然盛开。很快，皇后裙上生出五彩祥云的消息便传遍了整座太极宫，并传进了皇帝李显的耳中。

李显又惊又喜，立刻起驾前去观赏。

当然，皇帝来迟了一步，没有亲眼目睹这一人间稀有的祥瑞。

不过没关系，宫中多的是技艺一流的画师，让他们拿出看家本领，让现场目击的众宫女都来作证和描述，依然可以还原出一幅绝无仅有的"五彩祥云图"。

画作一成，李显眯着眼睛看了又看，不停地欢喜赞叹。独乐乐不如众乐乐，李显随后便召集文武百官，在宫中举办了一次画展，让臣工百僚大饱了一回眼福，也分享了这份稀有难得的喜悦。侍中韦巨源（韦后亲族）立刻向皇帝提议，应该临摹更多的“五彩祥云图”，然后流布天下，让天下万民都来瞻仰膜拜。李显龙颜大悦，当即照准。

中国人历来笃信天人感应之说，所以“祥瑞”总是很有市场。如果说祥瑞代表的是天意，那么有一种与祥瑞类似的东西，则既有天意的成分，也可以代表民心，它在历史上也有一个学名，叫做“谣谶（chèn）”。每当改朝换代之时，总有各式各样的谣谶满天飞。虽然绝大多数谣谶都是旋生旋灭的肥皂泡，但只要其中一个应验了，人们就会说：这则谣谶真是太准了！至于那百分之九十九不准的，则再也没人提起。

几乎在“五彩祥云”的祥瑞诞生的同时，长安坊间便开始盛传一则《桑条韦》的谣谶了。据说《桑条韦》早已有之，但却是到了最近才忽然流行起来。人们时常可以看见里坊小儿三五成群地聚在一起，唱什么“桑条韦也，女时韦也……”之类的古怪歌词。跟古往今来所有的谣谶一样，这首《桑条韦》的特征也是：文字通俗，语意却非常神秘；内容简单，含义却极为丰富。所以很多人不太明白它究竟在唱什么。

因此，谣谶往往需要有人去解说。

有个叫迦叶志忠的朝臣，就主动承担了这项解释工作。他非常用心地呈上了一道奏疏，首先对现当代的一些著名谣谶与实际政治的对应关系作了一番讲解，大意是说：隋朝末年，天下大乱，群雄逐鹿，最终由唐国公李渊定鼎天下，这是为什么呢？这是因为当时天下盛唱《桃李子》；大唐开国后，秦王李世民原本并不是太子，可他最终却能入继大统，这是为什么呢？这是因为当时军中盛唱《秦王破阵乐》；高宗李治原本也不是太子，可照样继位为帝，这是为什么呢？因为当时天下流行一首名叫《堂堂》的乐曲；则天皇后是妇人，却能以女主之身君临天下，这又是为什么呢？这是因为自隋朝以来，天下到处都在歌咏《妩媚娘》……

说完大唐历代天子与谣谶的关系，迦叶志忠就隆重推出了当今的皇帝和皇后。他说，当今圣上之所以得到天命，是因为早在他当英王时，就已经有一则名叫《英王石州》的谣谶广为传唱了。如今，天下又盛唱《桑条韦》，这又意味着什么呢？

这分明意味着，皇后韦氏之所以能够母仪天下，完全是天意使然！所谓“桑条韦也，女时韦也”，正是韦后主持养蚕种桑的写照，是对韦后国母风范的传扬和歌颂。

最后，迦叶志忠郑重其事地向皇帝献上了由他本人创作的《桑条韦》升级版——《桑韦歌》十二篇，请求皇帝将其流布天下，让老百姓广为传唱，并且编入乐府，以备韦后每次祭祀蚕神时演奏。

迦叶志忠的奏疏和《桑韦歌》呈上后，皇帝李显非常高兴，当即赏赐给他田庄一处、彩缎七百匹。一见皇上如此喜欢，太常卿郑愔（就是当初被武三思收为鹰犬的那个逃犯，现在居然成了负责朝廷礼乐和宗庙祭祀的一把手）马上组织乐工对《桑韦歌》进行编曲配乐，组织舞者练习彩排。皇帝十分满意，马上也给了他一笔丰厚的赏赐。

祥瑞有了，谣谶有了，韦后对武曌的克隆越来越像模像样，但是还有最后的画龙点睛之笔，韦后还没有完成。

这最后一笔，就是参与某项国事大典，以此提升政治威望。

要论最顶级的国事大典，那当然要属“泰山封禅”了。“封”是祭天，“禅”是祭地，“封禅”就是天子率领文武百官前往泰山祭祀天地的典礼。众所周知，这是中国古代帝王最重视的一项祭祀大典，因为它是天下太平和帝业鼎盛的象征。高宗李治曾经在麟德二年（公元665年）举行过泰山封禅，而当时武曌就是以皇后身份主持了大典中的“亚献”（第一轮献礼称为“初献”，第二轮献礼称为“亚献”），从而一举打破自古以来没有皇后主持亚献的纪录，极大地提升了她个人的政治威望。

如今的韦后，当然是做梦也想来这么一回。

不过，中宗一朝的文治武功稀松平常，要想举行泰山封禅是绝对不可能的。所以韦后只能退而求其次，打算在即将举行的“南郊”祭祀中主持亚献。

南郊祭祀是帝王率领文武百官前往京师南郊祭天的典礼，比泰山封禅低一个级别。虽然典礼的级别比封禅低，但是按照《周礼》规定，皇后还是没有资格参与主持，顶多只能参与更低一级的祖宗祭祀而已。

可韦后决意要突破礼制。

武曌破得，我为何破不得？

其实，不管是当年的武后还是现在的韦后，对祭祀活动本身都不可能有什么兴趣。她们真正想要的，只是对礼制的突破而已。

因为只有突破礼制，才能最大程度地凸显她们的个人权威。

于是，在韦后的授意下，国子祭酒祝钦明等人随即提出动议，认为应该由皇后在南郊祭祀中主持亚献。但是此议立刻遭到太常博士唐绍等人的反驳。双方为此大打口水仗，各自引经据典，一时间竟也相持不下。不过，无论是国子祭酒还是太常博士，都只能提提建议而已，根本作不了主。最后的裁定权，还是在负责制订礼仪规程的宰相手里。

而这个宰相，就是侍中韦巨源。所以这场口水仗的结果也就可想而知了。韦巨源随即向皇帝提出，应该由皇后主持亚献。李显当然马上就批准了。

紧接着，祝钦明等人又得寸进尺，居然提出由安乐公主主持“终献”（第三轮献礼）。唐绍等人怒不可遏，再次据理力争。最后祝钦明等人自知理屈，只好悻悻作罢，结果是由韦巨源主持终献。

景龙三年（公元709年）十一月十三日，韦后梦寐以求的祭天大典终于在长安南郊举行了。

她站在高高的祭坛上，想象着武曌当年参与泰山封禅的情景，内心深处泛起一种前所未有的激动、喜悦和满足。极目望去，深冬时节的少陵原满目萧瑟，万物凋零，但是韦后的心中却是一派春意盎然，脸上也荡漾着一片傲人的春光。

终于走到这一步了！

再往前迈一步，就是人间的极顶，就是帝国的巅峰，就是武曌当年曾经缔造过的那片旷古未有的女主乾坤！

那里有着怎样异乎寻常的山河日月，又有着怎样撼人心魄的生命体验呢？

北风在天地间奔涌呼啸，祭坛上的韦后神思迷离，裙裾飘飘。她恍惚觉得自己立刻就要迎风而起，振翅飞翔，遨游在那片崭新而神奇的国度之上……

那里有一种激情像火焰一样熊熊燃烧。

那里有一种梦想像鲜花一样灼灼绽放。

韦后醉了，彻底醉了。

有人说过，权力的美酒比世上的任何佳酿都更能使人迷醉，也更易使人疯狂。

安乐公主：新女性的代表

没有人会否认，几千年来，中国一直是一个男尊女卑的社会。在古代中国，男性垄断了政治、经济、文化等方方面面的社会资源，制定了一套男权至上的意识形态和游戏规则，而绝大多数女性只能沦为男人的附庸，连受教育的权利都没有，更不用说参政议政了。

然而，武曌却颠覆了这个传统。

虽然她不是一个女权主义者，也无法用她掌握的权力改变当时的社会结构，更谈不上提高女性的社会地位，但是，她却用她的实际行动告诉世人——女人并非天生是男人的附庸，也并非注定与权力无缘；女人也有能力统治天下，也有资格统治男人！

尽管在当时的历史条件下，武曌对男权社会的颠覆只能是一种个人行为，不可能具有制度变革的性质，但她的行为足以对后来的女性形成强大的诱惑力。在她之后，许多女性对权力的热望便被不可遏止地撩拨了起来，从此一发不可收拾。

就像春天里疯狂生长的藤蔓，又像冬眠中被猝然惊醒的蛇一样，那种潜藏在她们内心的权力欲望一旦被唤醒，就再也无法被压抑和禁锢了……

榜样的力量是无穷的。在后武曌时代，把武曌的人生故事视为励志教材和成功宝典的，绝不仅仅只有皇后韦氏一人。人们不难发现，在著名政治女性如太平公主、安乐公主、上官婉儿等人身上，都或多或少地闪现着一些武曌的余光魅影，也都不同程度地折射出对最高权力的野心和渴望。

除了一线的这些政治女性，中宗一朝的政坛上还活跃着一群极度热衷权势的女人，她们是长宁公主（安乐公主的姐姐），郕国夫人（韦后的妹妹），沛国夫人郑氏（上官婉儿的母亲），内宫女官柴氏、贺娄氏，女巫第五英儿，陇西夫人赵氏等等。

景龙年间，以安乐公主、上官婉儿为首的这群女人恃宠弄权，卖官鬻爵，俨然组成了第二个帝国政府，与大唐吏部同时行使职权，有时甚至凌驾于三省六部之上。一时间，无论你是杀猪的屠夫，卖货的小贩，还是卑贱的奴仆，只要能凑够三十万钱孝敬这些神通广大的女人，马上就有一张写着你名字的任命状递进中书省，时人称之为“斜封官”（双关语：一指任命状的封口是斜的，一指由特殊渠道任命）。

从此，形形色色的另类乌纱开始在大唐官场漫天飘飞。诸如“员外官”“同正官”“试官”“摄官”“检校官”“判官”“知官”等各式花样纷纷出炉，任君选购，不仅琳琅满目，品种齐全，而且明码标价，童叟无欺。

由于“斜封官”的销售形势太过火爆，花钱买官等待任命的人太多，大唐吏部不得不在长安和洛阳各设两个吏部侍郎，一年遴选四次。可即便如此，每年排队等待任命的人还是有数万之多。后来，安乐公主等人干脆绕开中书省和门下省，直接把任命状下达各部司。两省的主管官员也不敢过问，只能任由这些乌七八糟的斜封官直接到各级衙门走马上任。

景龙年间，由于后党正处于权力的上升期，气焰极为嚣张，所以太平公主不得不暂时收敛锋芒，尽量不与后党正面抗衡。职是之故，一直把太平公主视为潜在对手的安乐公主便越发得意忘形，有恃无恐，其影响力一度超越了太平公主，俨然成为新一代政治女性的代表。

在中宗李显的宠爱和纵容下，安乐公主几乎成了一个无冕宰相，朝中宰相以下的各级官员，超过半数以上出自她的引荐。除了大力培植党羽，左右朝政之外，安乐公主还极力在世人面前炫耀自己的富贵。其具体表现形式，是与姐姐长宁公主斗富。斗富的主要手段，是大兴土木，修建豪宅。在她们的竞赛活动中，一座比一座更堂皇的府第，一处比一处更富丽的别墅，争先恐后地拔地而起，傲然屹立在瞠目结舌的世人面前。当时的人们都说，两位公主的豪宅虽然规模不比皇宫大，但是其奢华和精巧的程度，却比皇宫有过之而无不及！

除了进行豪宅大赛，安乐公主和长宁公主还有一项别出心裁的竞技活动，那就是——光天化日之下在大街上抢人。

准确地说，是两位公主竞相放纵自己的家奴，把人抢回来当奴婢和仆役。

看谁抢的人数多，质量好，看谁抢的模样俊，块头大！

有一个叫袁从之的侍御史实在看不过眼，就秉公执法，将公主那些为虎作伥的家奴逮捕治罪。两个公主立刻向父皇告状。中宗李显赶紧下达手谕，命袁从之放人。袁从之上疏说：“陛下放纵公主的家奴掳掠良家子女，如何治理天下？”

可是在中宗李显看来，能让两个宝贝女儿快乐才是最重要的，几个百姓的子女又算得了什么？真是小题大做！

最后，李显还是坚持让袁从之释放了公主的家奴。

就在“豪宅大赛”和“抢人比赛”如火如荼地进行了一段时间后，安乐公主就觉得不过瘾了，因为这样很难分出胜负。最后安乐公主灵机一动，就去找父皇李显，开口就要父皇把长安城内最著名的风景区之一——“昆明池”赐给她。

李显顿时吓了一跳。

这昆明池可不是一般的小池塘，它是大有来历的。

据班固在《汉书》中记载，西汉元狩三年（公元前120年），汉武帝“广开上林……穿昆明池象滇河”。亦即仿造昆明的滇池，在上林苑开凿了方圆数十里的昆明池。汉武帝之所以开凿这个人工湖，并非出于娱乐目的，而是出于军事用途。如《史记·平准书》记载：“越欲与汉用船战逐，乃大修昆明池，列观环之。治楼船，高十余丈，旗帜加其上，甚壮。”这就是说，当时南越（今越南）欲与汉军在海上进行船战，汉武帝为了训练士兵的水上作战能力，便修建了昆明池，让士兵在此用楼船演习水战。只是到了后来，昆明池不再专门用于军事训练，而是逐渐具有了旅游、养鱼、蓄洪等多种功能。

到了唐朝中宗年间，昆明池不但成了历史悠久的人文古迹和风景名胜，而且还是附近许多百姓打渔捕虾赖以维生的地方。如果把它赐给安乐公主，成了她的私人领地，不仅长安官民失去了一处踏青休闲的游览胜地，而且断了附近百姓的生计。中宗李显思来想去，最后还是拒绝了这个要求。

安乐公主大为懊恼，一怒之下，竟然强占了长安城南方圆四十九里的民田，然后仿照昆明池，开凿了一个比它更大的池子，取名“定昆池”（顾名思义，就是要压过昆明池一头的意思）。池子凿好后，安乐公主又命人仿造华山形状，在池中央修筑了一座巨大的假山，并引水到山巅，使其形成一道瀑布飞泻而下，远远望去，状若银河；同时又在山上修路、筑亭、造桥，“飞阁步檐，斜桥磴道，衣以锦绣，画以丹青，饰以金银，莹以珠玉……穷天下之壮丽”。（《朝野佥载》卷三）

比之昆明池，定昆池果然是青出于蓝而胜于蓝，所以当即引来了无数百姓的赞叹，也吸引了许多达官贵人既羡且妒的目光。

这一切，无不让安乐公主的虚荣心得到了极大的满足。

面对烟波浩渺，穷极壮丽的定昆池，长宁公主也只能甘拜下风，自愧弗如。

然而，安乐公主的炫富行动并未就此终止。

很快，她又作出了一个令世人瞠目结舌的举动，挖空心思地打造了一条史上最贵的裙子——百鸟羽毛裙。

据史书记载，这条裙子价值一亿钱！之所以如此昂贵，一是制作材料非常特殊，二是人工成本出奇高昂。

为了凸显自己的与众不同，安乐公主命人专程到各地捕杀各种珍禽异鸟，采集它们身上的羽毛，然后精心挑选出其中最惊艳、最绮丽的一小部分，命能工巧匠用手工编织在裙子上。这样做成的裙子，据说“正视旁视，日中影中，各为一色”（《资治通鉴》卷二〇九）。意思是说，从正面看，从侧面看，在阳光下看，在阴影中看，这条价值连城的裙子就会焕发出四种不同的色彩。如果再仔细看，会发现上面绣的花鸟虫鱼、飞禽走兽的图案都极端小巧，只有米粒大小，而且活灵活现，栩栩如生。

如此材料，如此工艺，如此效果，当然可以称得上巧夺天工，令人叹为观止了。所以百鸟羽毛裙一问世，立刻在长安引起轰动。从此，无论是王公大臣还是士绅百姓家中的女眷，都纷纷效仿，争做百鸟裙。一时间，“山林奇禽异兽，搜山荡谷，扫地无尽，至于网罗杀获无数”。（《朝野佥载》卷三）

这是一条裙子引发的生态灾难。那时候还没有动物保护法，所以乱捕滥杀也没人来管，很多珍稀鸟类很可能就这样灭绝了，或者变成了濒危物种。

景龙年间，安乐公主无比自豪地发现——自己已经毋庸置疑地成了大唐帝国最夺人眼球的女人！

无论是与长宁公主进行豪宅大赛，还是在大街上进行抢人比赛，或者是定昆池的修建，再或是百鸟羽毛裙的问世，都一再证明了她的与众不同与至尊无敌，也无不让她成为舆论的焦点和时尚的风向标。

到了景龙二年冬天，安乐公主又独领风骚地火了一把，再度成为长安百姓街谈巷议的热门话题。

冬天里的这把火是安乐公主的第二次婚礼。中宗李显似乎是为了抚慰她一度孀居的不幸，所以特地为她举办了一场空前盛大的婚礼，其规格、排场和轰动效应，都远胜于第一次。

公主的新驸马，是前夫武崇训的堂弟——武延秀。

说起这个武延秀，也是知名度颇高的一个人物。他是长安城内数得着的美男子，曾在圣历年间被武皇远“嫁”东突厥，与默啜可汗之女和亲，没想到默啜有意刁难，说他想要的女婿是李唐的皇族贵胄，不是身份低微的武氏小儿，硬是把他给“退货”了。

武延秀虽然没当成可汗的女婿，但是去塞外走了一遭，却学会了突厥舞。回国后，每逢大小宴会，武延秀都会秀一把他的异域风情。俊美的容颜加上曼妙的舞姿，使他更显得风流倜傥。后来他堂兄武崇训与安乐公主成婚，武延秀又在宴席上淋漓尽致地表演了一回，顿时赢得满座喝彩。

武延秀没想到，就是这次献舞，竟然成了他生命中的一大转折点。

因为安乐公主无可救药地爱上了他。

从此，安乐公主就经常借故让武延秀到她府上去玩。大家都是成年人了，很多事情心照不宣，所以一来二去，叔嫂二人就把好事办了，只是碍着有武崇训在，不得不偷偷摸摸。后来武崇训一死，两人就完全没了顾忌，成天出双入对，卿卿我我，从一对野鸳鸯变成了一对人所共知的“无证夫妻”。中宗李显一见孀居的女儿又有了新爱人，赶紧给他们发结婚证，让他们有情人终成眷属。

皇帝为安乐公主举办的这场婚礼异常高调，不仅派出了皇后的仪仗队，而且动用了禁军作为护卫，甚至命令相王李旦亲自护送公主的花轿，以彰显婚礼的隆重。成婚翌日，李显宣布大赦天下，并擢升新驸马武延秀为太常卿兼右卫将军，随后又召集文武百官，在两仪殿举行了盛大的庆祝活动。

席间，李显让安乐公主起身拜谢公卿，可公卿们哪敢接受这个天下第一跋扈公主的拜礼，未等她起身离席，就全都趴在地上叩拜如仪了。

看着满朝文武诚惶诚恐，毕恭毕敬的表情和动作，安乐公主毫不掩饰自己的得意之情，无遮无拦地笑了。而尤其让她感到万分得意的是，一直与她明争暗斗的姑母太平公主，竟然也在这时候向她露出了一个带有奉承意味的微笑。

不仅如此，这个昔日高傲无比的太平公主还携夫君武攸暨起身离席，为众人献上了一支双人舞。虽然太平公主嘴上说是要把这支舞献给皇帝，祝皇帝天寿永享，但是安乐公主看得出来——太平公主这是在向她示好。

权势真是一个好东西。一旦你拥有权势，人人都会向你示好，就连对手也要向你露出谄媚的微笑！假如拥有至高无上的权势，情形又会变成怎样呢？

安乐公主禁不住浮想联翩。

要怎么才能获得至高无上的权势呢？

“和事天子”李显的幸福生活

古代中国是一个典型的皇权专制的国家，正所谓“普天之下，莫非王土；率土之滨，莫非王臣”。虽然始终有一个庞大的文官集团在代表皇帝履行统治职能，但是从根本上讲，国家一切事务的最高裁定权和最终解释权，还是掌握在皇帝手中。换句话说，文官政府充其量就是这个国家的躯干和四肢，惟独皇帝才是这个国家的“灵魂”。所以，如果这个灵魂的品格、才智和能力是上乘和优秀的，那么他所领导的文官政府就较有可能体现出廉洁、高效和睿智的品质；反之，帝国政治就会在很大程度上陷入腐败、混乱和黑暗。

用黑格尔的话说，古代中国的这种统治模式是“基于家长政治的原则”，所以“臣民都被看作还处于幼稚的状态里”。既然如此，那么作为“家长”的皇帝当然就“必须担任那个不断行动，永远警醒和自然活泼的‘灵魂’”。“假如皇帝的个性竟不是上述的那一流——就是，彻底道德的、辛勤的、既不失掉他的威仪而又充满了精力的——那么，一切都将废弛，政府全部解体，变成麻木不仁的状态”。（黑格尔《历史哲学》）

正是由于这种“家长制”的政治传统几千年延续不断，中国的老百姓才会像嗷嗷待哺的幼儿一样，把社会的清明和自身的福祉全都寄望于“圣主明君”的降临。

然而遗憾的是，这样的寄望通常都会落空。

因为老天爷降下圣明天子的概率通常不会比我们今天中彩票的概率高。像唐太宗李世民这种世所公认的英明帝王，在中国历史上即便不说独一无二，至少也是千载难逢。大多数时候，老百姓殷切盼来的天子，在才智和能力方面往往只能归于平庸一类，其道德品质也不见得比一个普通百姓更加高尚（甚至有可能更加卑下）。因为皇帝的权力归根结底是不受制约的，所以他的欲望就更有机会膨胀，他的品质也就更有可能败坏。

比如眼下的大唐皇帝李显，就绝对不属于“不断行动，永远警醒”“道德的、辛勤的”那一流。他治下的帝国政府虽然还没有败坏到“一切废弛，全部解体”的地步，但也早已是腐败丛生，一团糜烂了。也许是房陵那十几年的幽禁生涯让李显受够了苦日子，所以景龙年间的李显很像是要把失去的享乐拼命捞回来的样子，几乎从不把心思放在朝政上，天天都在变着花样地寻欢作乐。

除了时常召集一帮佞幸之臣嬉戏宴游之外，李显还在内宫开辟了一块“集贸市场”，让宫女们扮成商家，开设各种店铺，再让公卿百官扮成商贩，和她们做生意，谈买卖，用市井俚语讨价还价，甚至用污言秽语吵架谩骂。而李显和韦后则在一旁兴致勃勃地观赏这种原生态的“市井生活”，经常被逗得哈哈大笑，乐不可支。

李显还喜欢体育活动，最热衷的项目当属打马球。在天子的示范效应下，当时朝野上下的马球运动蔚然成风。安乐公主的前夫武崇训、长宁公主的驸马杨慎交等人，包括青少年时代的李隆基，都成了马球高手。据说有一次吐蕃组团来长安与唐人比赛，武崇训、杨慎交、李隆基就曾以四人组队迎战对方的十人队，结果还大获全胜。

李显本人爱好运动，当然也希望人人跟他一样，所以经常举办群众性的拔河比赛。一般参加这种比赛的都是年轻活泼的宫女，可这样的比赛看久了，李显不免厌烦。于是有一次他突发奇想，就把朝廷三品以上的大员全部召集到了球场上，命他们分组进行拔河。可怜这些当朝大员大多已老态龙钟，比如宰相韦巨源、唐休璟等人，都已是年逾八旬的耄耋老人，可君命难违，也只好硬着头皮参赛。结果比赛开始后，绳子刚一拉，韦巨源、唐休璟等人就摔得四仰八叉，一把老骨头几乎散架，趴在地上半天起不来。每当这个时候，观众席上就会响起天子李显、皇后韦氏、安乐公主以及一大群嫔妃宫女的笑声。

她们的笑声是如此欢快，可在这些老臣听来却无比刺耳。

碰上这样的昏庸天子，这些帝国大佬的权力和富贵固然没什么失落的危险，可他们的人格和尊严就只能扫地殆尽了。

没办法，凡事总有代价。倘若他们希望保住权力和富贵，就只能割舍人格和尊严。二者必居其一，不可能鱼和熊掌兼得。

所以，别说天子喜欢看他们拔河，就算天子喜欢看他们裸泳，这些老家伙估计也会扒光了衣裤往水里跳。

在李显眼中，他统治下的大唐帝国虽然没什么骄人的文治武功，但却足以称得上是一个人人安居乐业的小康之世。尤其是李重俊政变后的这几年，他觉得到处是一派歌舞升平，整个世界都洋溢着欢乐祥和的气氛。在这种时候，他当然会本能地抵拒一切不和谐的事物。

然而，有一天在朝会上，一件不和谐的事情还是发生了。有一个叫崔琬的监察御史，突对两个朝廷高官发出了严厉的弹劾。

他弹劾的是后党的核心成员、当朝宰相宗楚客和纪处讷。崔琬指控他们暗通西突厥，收受重贿，导致边境不安，请求皇帝予以严惩。这个罪名非同小可，而且遭到弹劾的又是两个最得势的宰相，所以文武百官不免暗暗心惊，预料到帝国政坛必将因此掀起一场死斗。

依照大唐律法，大臣在朝会大殿上遭到弹劾时，应该俯首弯腰退出大殿，到自己的衙门中听候处理。可恼羞成怒的宗楚客竟然无视朝规，不仅不退下，而且厉声辩白，大骂崔琬诬陷。

在正常情况下，皇帝无论多么偏袒宰相，也应该让他们以身作则，先依照惯例退下，过后再慢慢找借口替他们开脱。如此，才既不会坏了朝廷规矩，又能保住自己的宠臣。

然而，李显根本没这么做。

他为了保持和谐，非但不做追究，反而当场命令崔琬与宗楚客结为兄弟，握手言和。于是，这件令人心惊的弹劾案就稀里糊涂地了结了。

如此荒诞的一幕，顿时令满朝文武啼笑皆非。

崔琬与宗楚客最后到底有没有结成兄弟没人知道，但是人们却因此给皇帝李显送了一个绰号——“和事天子”。

和事天子喜欢和稀泥，所以不仅对朝政的黑暗视而不见，对自己生活中的许多事情也显得出奇地宽容。比如他头上帽子的颜色，就绿得触目惊心，可他却不以为意。

古代皇帝的后宫泛称“三千佳丽”。按照唐制，李显拥有一皇后、四妃、九嫔、九婕妤、九美人、九才人、二十七宝林、二十七御女和二十七采女，除了这八级，一百二十一个人之外，还有成千上万的普通宫女。

然而，老婆太多也不见得是件好事。因为普通百姓的老婆只有一个，万一老婆红杏出墙，绿帽子顶多也就戴个一顶两顶，可皇帝的老婆群一旦红杏出墙，那绿帽子可就数以千计，蔚为壮观了。

很不幸，中宗李显正是这样一个拥有壮观绿帽的皇帝。

首先来看他的第一夫人——皇后韦氏。

自从武三思死后，韦后的凤榻就比以前寂寞和冷清多了。但是这样的日子并没有持续太久。很快，她的身边就出现了两个年轻貌美的男人：一个是精通医术的散骑常侍（宫廷高级顾问官）马秦客，一个是善于烹饪的光禄少卿（宫廷膳食部副部长）杨均。

每当韦后身体有某种不适，她就会频频传唤马秦客，而医术高明的马秦客当然不会令她失望，总是能够“药到病除”。每次马秦客离去之后，太监和宫女们总能看到韦后脸上焕发出一种异样的神采。除此之外，韦后还忽然喜欢上了饮食营养学，所以时常单独召见杨均，和他在一起切磋一些营养保健方面的学问。切磋既久，自然效用显著。韦后的容颜便愈加散发出一种少女般的光泽。所以，一些侍奉过则天皇后的老太监都说，如今韦后的精神状态真的跟当年的武后如出一辙，貌似越活越年轻了。

不仅第一夫人的宫闱生活多姿多彩，李显的其他妃嫔在这方面也不遑多让。

由于李显毫无原则的纵容，上官婉儿和后宫的一些得势嫔妃悍然打破自古以来的宫廷规矩，纷纷在宫外建立私第，而且多数时间都住在私第里，什么时候入宫，什么时候出宫都没人管束，简直称得上是中国几千年历史上自由度最高的后宫嫔妃。和历朝历代那些“一入宫门深似海”的深宫怨妇比起来，上官婉儿等人几乎不能叫嫔妃，而应该称为唐朝后宫的高级白领。

甚至从某种程度上说，她们比现代的职业女性更自由，也更幸福。因为她们上下班都不用打卡，不想去还不用请假，同时又没有业绩压力，各种福利待遇还高得没边，实在是让人羡慕死了。

既然这些白领丽人兼有美色和权势，而且大多数时候都住在宫外，那她们身边当然不会缺男人。朝中的一些官员如蚁附膻，纷纷拜倒在她们的石榴裙下，“从之游处，以求进达”。（《资治通鉴》卷二〇九）

这种时候，要说这些女人还会自觉自律地抵拒诱惑，为皇帝李显守身如玉，那显然就是扯淡了。比如上官婉儿身边，就经常有一个美男子朝夕相伴。这个男人就是当初武三思的鹰犬崔湜。

既然上官婉儿等妃嫔大多时候都住在宫外，那她们身边必然会有一大批侍候起居的普通宫女。可以想见的是，这些寂寞难耐的宫女一旦有机会在宫外生活，一颗颗驿动的芳心自然也会去寻找各自停泊的港湾。

史书中有一则“后宫红杏集体出墙”的记载，就足以从侧面证明这一点。

那是景龙四年（公元710年）元宵节的晚上，李显携韦后微服出行，到闹市去观赏花灯，同时把几千名宫女放出宫去游玩，没想到大多数宫女竟然集体失踪，从此一去不回，让李显目瞪口呆，懊悔不迭。

这几千不辞而别的宫女到底上哪去了呢？

首先有一点可以肯定，她们绝对不敢回自己的家乡，因为她们当年入宫都是登记在册的，逃回老家的唯一结果就只能是抓回来治罪。所以，唯一的可能就是——她们从此隐姓埋名，改头换面，毅然决然地追求自己的终身幸福去了。

当皇帝当到李显这份上，被自己的妻妾戴上数以千计的绿帽，也算古往今来只此一个了。

唐中宗李显连自己的老婆们都管不住，自然很难希望他管好手下的文武百官。所以他在位时的大唐朝廷，可以说是开国将近一百年来最腐败、最混乱、最糜烂的一届政府。

景龙年间的帝国政坛上，不仅有一大群政治女性恃宠弄权，贪赃枉法，搞得斜封官满天飞，而且掌管大唐吏部，本身也不是什么好鸟。

在不算太短的时间内，朝廷两个握有实权的吏部侍郎居然都是武三思当年的鹰犬：一个是崔湜，一个是郑愔。

武三思死前，崔湜只不过是个中书舍人，可自从成为上官婉儿的情人后，就开始飞黄腾达了，先是升任中书侍郎，很快又兼任吏部侍郎、同平章事，赫然进入了宰相行列。郑愔也差不多同时擢任吏部侍郎、同平章事。

这两个沆瀣一气，狼狈为奸的政治投机客共同执掌朝廷的吏部后，便利用手中的人事大权，倾力交结权贵，大肆贪赃受贿，所录用的官员经常超过原定的编制；有时因收受重贿，职位缺额又不够，就寅吃卯粮，提前支取后三年的缺额，把大唐的选官制度败坏得一塌糊涂。

有道是一人得道，鸡犬升天，崔湜得势后，他老爸也不甘寂寞，硬是捞了一个国子司业的官，然后整天正事不干，专门帮着儿子卖乌纱。

当然，乌纱都是由儿子给，钱却是落入老崔自己的腰包。有一阵子生意太好，老崔光顾着收钱，把人家托付的事给忘了，没跟儿子打招呼。那个买官的仁兄兴冲冲地交了钱后，左等右等，却始终等不到官做，就去找崔湜告状，说："崔大人，您有个亲戚收了我的钱，为什么不给我官做？"

崔湜勃然大怒："哪个亲戚收了你的钱？看我不把他乱棍打死！"

那人冷笑："千万别，您要是把他打死了，可得守孝三年啊！"

崔湜闻言，才知道是他老爸干的好事，顿时满脸通红，恨不得找个墙缝钻进去。

崔湜和郑愔如此丧心病狂地大搞腐败，自然引起了少数正直朝臣的愤慨。几个御史暗中搜集了一堆铁证，在一次朝会上突然对他们发起了弹劾。

看着御史呈上来的这些确凿无疑的证据，李显终于如梦初醒，慌忙将二人逮捕下狱，命监察御史裴漼审理。

眼见后党的两个骨干一下子被告倒了，安乐公主马上跳了起来，亲自出马去找裴漼，又是威胁又是利诱，让他识相一点，将崔、郑二人从宽发落。没想到裴漼根本不买她的帐，反而在次日朝会上弹劾她妨碍司法公正，并且当天就判处郑愔死刑、崔湜流放。

关键时刻，李显再次和起了稀泥。他匆忙下旨，将判为死刑的郑愔赦免，改判为流放吉州（今江西吉安市）；将判为流放的崔湜赦免，贬为江州（今江西九江市）司马。

可即便如此，后党的人还是不依不饶。

尤其是上官婉儿，一看自己的情夫要被贬到那鸟不拉屎的边瘴之地，马上和安乐公主、驸马武延秀一起去找李显，拼命为崔、郑二人求情辩护。李显不愧是天下第一和事佬，赶紧又作出改判，让崔湜当襄州（今湖北襄樊市）刺史，郑愔改任江州司马。

一件证据确凿的铁案，居然被皇帝如此轻描淡写地了结了；两个罪行昭彰的败类，居然如此轻易地逃脱了法律的制裁。

御史们义愤填膺，但是却无可奈何。

而更让人们愤怒和无奈的是，没过多久，崔湜就大摇大摆地回到长安，官复原职了。原来皇帝对他的贬谪，纯粹是做做样子而已。

朝政腐败到了这个程度，人们夫复何言？

幸福的日子总是过得特别快，一转眼中宗李显已经五十五岁了。在他这个年纪，祖父太宗皇帝已经作古四年，父亲高宗皇帝也已经病入膏肓，即将不久于世，惟独李显在这个岁数上还是身心康泰，无病无殃。

李显甚感欣慰。

他觉得，照自己这个精神头，起码再活个二三十年不成问题。

然而，此时的李显绝对没有想到——他的好日子到头了。

他幸福的生活将在这一年戛然而止，他健康的生命也将在这一年无疾而终。

按照佛教的说法，每个人的福报，亦即每个人应该享有的幸福、快乐、成功、寿命等等，就像是银行的一个存款账户。你如果懂得珍惜生命，善待他人，并且懂得利乐人群，造福社会，那么你就等于是在向账户里头存进更多款项；而假如你耽于声色，纵情享乐，对自我、他人和社会都产生了太多负面作用，那么你就是在拼命支取你的银行存款，等到账户余额显示为零的时候，对不起，福报享尽，你这一生的游戏也就结束了。

而李显在这些年里的所作所为，显然是把自己的福报当成了一座取之不尽，用之不竭的金山银山，于是拼命挖掘，尽情挥霍……

所以，在五十五岁这一年的夏天，他的生命终于走到了尽头。

丧钟为谁敲响？

自从几个不畏权贵的御史弹劾宗楚客和崔湜相继失败后，朝中少数仍抱有正义感的官员对时局就心灰意冷了。因为有这样一个黑白不分，稀里糊涂的天子在位，帝国政治就只能是乌烟瘴气，一团糜烂，所以那些正直的朝臣到头来也只能独善其身而已，再也没有针砭时弊，激浊扬清的动力了。

然而，就在满朝文武都在令人失望的现实面前保持沉默的时候，帝国的底层却传来了几声微弱却又清晰的呐喊。

首先，一个叫郎岌的定州士人大胆上书皇帝，说出了朝野上下人人想说而不敢说的话："韦后和宗楚客等人擅权乱政，迟早会谋逆作乱！"

听到如此强烈而直接的指控，韦后顿时暴跳如雷。她马上去找皇帝告状，要求杖杀上书者。李显二话不说，立刻命人将郎岌乱棍打死。

可是，有道是"位卑未敢忘忧国"，布衣郎岌刚刚因为说真话掉了脑袋，随即又有一个叫燕钦融的低级军官再度上言："皇后淫乱，干预朝政，致使外戚坐大；安乐公主、武延秀、宗楚客这些人，都有危害社稷的图谋！"

这一次，中宗李显终于觉着有些不对劲了。

如果说布衣郎岌胆敢大放厥词是因为他脑子坏了，那么燕钦融明知道这么干只有死路一条，为什么还要往刀口上撞？难道他们都疯了？

李显想了好几天也想不出一个所以然，最后决定亲自召见燕钦融，听听他到底想说些什么。

景龙四年（公元710年）五月中旬的一天，在许州担任司兵参军的小官燕钦融，破天荒地得到了天子的召见，来到了长安。

在皇帝面前，燕钦融面不改色，侃侃而谈，一一指陈朝政的弊端，并且毫无惧色地对韦后一党进行了严厉的抨击。李显听完后，沉默了很长时间。最后他无力地摆了摆手，示意燕钦融退下，既不作任何表态，也不对他作任何追究。

就在天子接见燕钦融的同时，宰相宗楚客也寸步不离地守在殿外。

燕钦融一退下，马上就有眼线向宗楚客通报了刚才发生的一切。宗楚客立刻感觉有些不妙。因为皇帝虽然没有表态，但他对燕钦融的那番“大逆不道”之言居然保持沉默，而且又没有治他的罪，这足以说明——皇帝已经默认了燕钦融对后党的指控。

这还得了！假如皇帝真信了他说的话，那岂不是大祸临头了？更何况，一个小小的司兵参军，竟然敢在皇后、公主、驸马、宰相的头上屙屎屙尿，而且还能毫发无损地走出太极宫，这样的事一旦传开了，朝中的谏官一定会趁此机会对后党群起而攻，他宗楚客日后还怎么混？

不行，决不能放过这小子！

可皇帝摆明了就是要放他一马，自己一时间又找不到什么借口收拾他，怎么办？难道就这么眼睁睁地看着他走出太极宫，走出长安城？

不，老子今天就算得罪皇帝，也一定要把你小子灭了！

一想到这里，宗楚客就再也坐不住了。他立即假造了一道皇帝诏书，然后飞身而起，跑到飞骑营召集了一帮禁军侍卫，最后终于在宫门附近截住了即将离去的燕钦融。

一追到人，宗楚客马上命令禁军开打，十几个人拳脚齐下，很快就把燕钦融打了个半死。接着，宗楚客又命人抓住他的脑袋往石头上撞，最后当场扭断了他的脖子。

看着桀骜不驯的燕钦融终于像一条破麻袋一样瘫软下去，宗楚客忍不住大呼痛快。

宗楚客固然是痛快了，可有一个人却很不痛快。

他就是天子李显。

光天化日之下，当朝宰相居然敢在皇宫中杀人，而且还是矫诏杀人，这也太无法无天了！你宗楚客还有没有把我这个天子放在眼里？暂且不论你的矫诏之罪，也不论你知法犯法之罪，单单看你的杀人动机，就够耐人寻味了。你为什么非要打死燕钦融不可？这不恰好证明你做贼心虚吗？如果燕钦融的控告纯属诬陷，你大可以在大唐律法规定的范围内，启动正常的司法程序，定他一个诽谤罪，按“反坐法”来惩治他，同时还你自己一个清白。可你偏偏不这么做，而是恼羞成怒地杀人灭口，这不是不打自招吗？这不是恰好坐实了燕钦融对你的指控吗？

李显越想越不爽，巴不得马上拿宗楚客问罪。

可是，这件事情牵扯太大，远不是宗楚客一个人的问题，假如拿他开刀，皇后和裹儿肯定会站出来阻挠……一想起自己的妻子和宝贝女儿，多年前患难与共，生死相依的那一幕马上又浮现在李显的眼前。

想到这里，李显的满腔怒气顿时消失了大半。

说到底，他还是太爱她们了。所以，他永远不希望和她们发生任何意义上的不愉快。假如对燕钦融一案穷追不舍，结果证明他所指控的都是事实，那李显该怎么办？当所有事情全部掀开，一切都暴露在阳光底下，李显有勇气直面真相吗？

没有。

与追究真相比起来，李显似乎更在乎与妻女保持一贯的和睦关系，同时也更在乎眼下的幸福生活——即便为了保持这种关系和这种生活，他要以一定程度的“无知”作为代价。

燕钦融被杀之后，李显虽然没有对宗楚客等人作任何追究，但内心难免“怏怏不悦”（《资治通鉴》卷二〇九），因而脸上便不由自主地罩上了一层阴霾。

这是一种从未有过的阴霾。韦后和宗楚客等人看在眼里，顿时感到了深深的忧惧。

他们知道——皇帝被惹恼了。

虽说这是一个一贯温柔得像头绵羊的皇帝，可兔子逼急了还咬人呢，何况是手中仍然握有生杀大权的皇帝。

自从“燕钦融事件”后，韦后便隐隐感到皇帝注视她的目光中，似乎多出了一丝狐疑和闪烁。虽然她并未因此中断与马秦客和杨均的暧昧关系，但是每当和他们云雨交欢时，韦后却总有一种如芒在背之感。

黑暗中，似乎有一双冷冷的眼睛在窥视着她。

那是一双遭遇背叛的丈夫的眼睛。

一旦这双眼睛蓦然浮现，韦后便会从快乐的巅峰直接坠入不安的深渊。每当这种时候，她总是会猛然推开身上的马秦客或是杨均，一丝不挂地走到铜镜前。

借着微弱的烛光，她看见了一个鬓发散乱，脸色苍白，肌肉松弛的女人。

岁月不饶人啊……她看见铜镜中的这个女人分明有了人老珠黄的迹象，可那个光芒万丈的女皇梦，却还距离她如此遥远。

还要等待多久，她才能拥有跟武曌一样的自由、快乐和权力呢？三年，五年，十年，二十年？

韦后不知道。

她只知道，自己的老公李显还活得十分健康，他分明遗传了他母亲武曌的体质，一点都不像他那个一辈子都病恹恹的父亲李治。按照李显目前仍然良好的身体状况来看，再活个二三十年似乎都不成问题。倘若如此，自己十有八九会死在他的前面，还做什么女皇梦呢？还侈谈什么母临天下，女主乾坤呢？

所以，不能再等下去了。韦后想，如果不能主动敲响李显的丧钟，就只能坐等自己的丧钟敲响！

别无选择！老娘豁出去了……

决心已定，韦后第一时间找到了女儿安乐公主。

韦后知道，天下没有第二个人像她女儿这么迫切渴望她当上女皇。

因为，只有她当上女皇，安乐公主才能顺理成章地成为皇太女。

所以，为了共同的利益，她们没有理由不走到一起，更没有理由不联手行动。

此时此刻，在韦后和安乐公主眼中，夫君已经不再是夫君，父皇也已不再是父皇，而是横亘在她们权力之路上的一个障碍——一个亟待粉碎的巨大障碍。

此时此刻，对这两个野心勃勃的女人来说，所谓的爱情和亲情已经变成一种既可笑又脆弱的东西。在巨大而真实的权力面前，爱情和亲情又算什么呢？除了让人变得优柔寡断，无所适从，变得软弱愚蠢又不堪一击之外，还能给人带来什么呢？

在这一点上，她们一致认为，当年的女皇武曌就做得很好。别人都背负着感情的锁链，惟独武曌抛弃了这个沉重的负担。所以，只有她才能掌控自己的命运，并且掌控所有人的命运。

这些年来，韦后和安乐公主一直在锲而不舍地思考一个问题——武曌能够做到的事情，她们难道就不能做到吗？在这个帝国，难道就只能出现一个名叫武曌的女皇吗？

现在她们终于可以大声地作出回答：我不相信！

于是这一年夏天，便有了一碗汤饼（唐朝流行的面食，类似于现在的面条）与两双手的相遇。

汤饼是看上去很普通的汤饼。

手是两双看上去很纤弱的手。

可当这碗汤饼和这两双手相遇之后，汤饼就不再是普通的汤饼，手也不再是纤弱的手。

因为这碗汤饼毒死了一个皇帝。

因为这两双手，从此紧紧扼住了帝国的咽喉……

中宗暴崩

景龙四年六月初二，唐中宗李显吃过一碗汤饼后，忽然七窍流血，暴崩于太极宫的神龙殿。

韦后秘不发丧，于次日召集宰相们进入内宫，小范围通报了皇上宾天的消息。还没等宰相们回过神来，韦后旋即有条不紊地发布了一系列命令：

从京师附近紧急征调五万名府兵进入长安戒备，同时把这支部队的兵权分别交给了驸马都尉韦捷（韦后侄子，娶李显女儿成安公主），韦濯（韦后侄子，娶李显女儿定安公主），卫尉卿韦璿（韦后的族弟），左千牛中郎将韦琦（韦后侄子），长安令韦播（韦后侄子），郎将高嵩（韦后外甥）；其次，命中书舍人韦元（韦氏族戚）率兵在长安城内巡逻，维持治安；最后，命左监门大将军薛思简率五百人迅速进驻均州（今湖北丹江口市），严密控制软禁在此的李显次子谯王李重福。

尽管天子暴崩的消息让宰相们感到了无比的震惊，但是此时的宰相班子绝大多数是后党成员，所以韦后的命令当即得到了执行。

全面控制住京师长安的局势后，韦后又在同一天，将五名后党成员全部擢升为宰相，以加强对政治中枢的控制。这五人分别是：刑部尚书裴谈、工部尚书张锡、吏部尚书张嘉福、中书侍郎岑羲、吏部侍郎崔湜。其中，裴谈和张锡原本都在东都担任留守，韦后此次没有调动二人的岗位，只是在他们的原职务上又加了同中书门下三品的宰相衔，其用意非常明显，就是通过对这两个留守的笼络，加强对东都洛阳的遥控。

做完这一切，韦后终于牢牢掌控了帝国的最高权力。

接下来，韦后需要考虑的问题就是——如何让刚刚到手的巨大权力合法化，并且常态化？

换言之，韦后必须扶植一个人来当傀儡天子，然后像当年的武后那样，以皇太后身份临朝摄政，其权力才能得到巩固，才能在此基础上向女皇之位发起冲刺。

那么，要挑选谁来充当这个政治花瓶呢？

当然只能从李显的儿子中来选。

李显一共生有四个儿子，老大李重润和老三李重俊都死了，所以剩下的人选只有两个。一个是流放均州的老二，时年三十一岁的谯王李重福；再一个就是李显的幼子，年仅十六岁的温王李重茂。

按照立嫡以长的古代政治传统，李重福绝对比李重茂有资格入继大统。然而，韦后绝对不会选他。原因有二：其一，他已年长，不易控制，当然不适合当傀儡；其二，韦后跟李重福有血海深仇。

韦后为什么跟他有仇？

这就要从多年前的一桩公案说起。

李显的长子李重润是韦后亲生，当年一出生就深受高宗李治的宠爱，还不到一岁就被立为皇太孙，并且开府置僚属，这无疑是早早确立了他的皇位继承人身份。当时的韦后欣喜万分，因为有这样的儿子做靠山，她后半生的权力和富贵就有了保障。然而，让韦后万万没有料到的是，李重润十九岁那年，因对二张乱政不满，在背后肆意抨击，结果被人一状告到武曌那里。武曌勃然大怒，当即向李显施加压力，迫使他逼杀了李重润。

和李重润一起罹难的，还有妻子永泰郡主，以及她肚子里尚未出生的孩子。

这场变故对韦后而言，无疑是一个致命的打击。所以，她自然就把满腔怒火对准了那个出卖他儿子的告密者，恨不得食其肉，寝其皮！

在韦后看来，这个杀千刀的告密者，正是李显的次子李重福。

韦后之所以咬定李重福是罪魁祸首，是因为她相信，李重福比任何人都更具备告密的动机。首先，他排行老二，只要抓住机会整死老大，他就最有资格成为太子；其次，他老婆是张易之的外甥女，作为二张得势的受益者，他们夫妻俩自然容不得别人非议二张。

虽然没有确凿的证据表明李重福就是这个十恶不赦的告密者，但这并不影响韦后的上述判断。于是从李重润死的那一天起，李重福就成了韦后不共戴天的仇人。所以到了神龙元年，李显刚一复位，韦后就迫不及待地把李重福流放到了均州。

综上所述，无论从哪个角度来说，韦后都决不可能扶立李重福。

因此，年幼的温王李重茂就成了傀儡天子的不二人选。

然而，废长立幼不合礼制，如果以韦后的懿旨强行拥立李重茂，势必招惹非议。为了解决这个问题，韦后决定假造一份天子遗诏，在遗诏中宣布由温王李重茂即皇帝位，并由她以太后身份临朝摄政，这样就没人敢说三道四了。

韦后把这个伪造遗诏的任务，交给了她信任的后党成员，专门负责宫中诏命的“女中宰相”——上官婉儿。

接到任务的那一刻，上官婉儿马上意识到，这是决定帝国命运的重大时刻，也是决定她个人后半生命运的关键时刻。换言之，她如果全盘按照韦后的授意来草拟这份遗诏，那就是彻彻底底地把自己跟韦后绑在一起了，日后一荣俱荣，一损俱损，再也没有了半点退路。

这么做妥当吗?

上官婉儿很清醒地告诉自己——不妥。

道理很简单，韦后并不像看上去，或者像她自己认为的那样强大。

在帝国宫廷这个天下最险恶的角斗场上浮沉了大半生，上官婉儿已经炼就了一种鉴人识人的深刻洞察力。她看得非常清楚，如今的韦后虽然一门心思想当武曌第二，但她的智慧、城府、能力、谋略、胆识，包括政治根基和执政经验，跟当年的武后根本不可同日而语。

武后三十六岁就开始临朝听政，一直到六十六岁才登基称帝，时隔整整三十度春秋。也就是说，她为了实现自己的女皇梦，整整花了三十年时间来做准备工作，其间耗费了无数的精力和心血，付出了常人难以承受的种种代价。然而，很多人往往只盯着她那眩人眼目的巨大成功，却无视她走过的那条充满了荆棘和血泪的艰辛历程。

反观韦后，从神龙元年开始垂帘听政，迄今也不过五年，而且其中有一段时间，真正大权独揽的是武三思，并不是她韦后。所以，无论是在收拾人心，培植党羽方面，还是在打击异己，铲除政敌方面，抑或是在积累政治经验，锻炼执政能力方面，韦后都还做得非常不够。

一分耕耘一分收获。在这个世界上，任何一座值得攀登的巅峰都没有捷径可走，任何一处绝美的风光都隐藏在人迹罕至的地方。所以，只有让自己变得足够强大，去征服一切艰难险阻，你最终抵达的地方才是别人无法逾越的极顶。

从这个意义上来说，如果韦后要自作聪明，想抄一条近路达到目标的话，那别人也同样可以轻而易举地越过她，并很快把她踩在脚下。说白了，速成的结果只能是速败，捷径的同义词只能是短路。韦后倘若一味急功近利，心存侥幸的话，其结果很可能是自取灭亡，并且徒然授人以笑柄。

所以，要是把自己的后半生绑在这么一个女人身上，上官婉儿觉得风险太大。

因此，眼下最妥当的办法，就只有利用草拟遗诏的这个机会，为自己留一条后路。准确地说，就是采取骑墙态度，在不得罪韦后的前提下，为自己多找一座政治靠山。而这样一座靠山，当然就是以相王李旦和太平公主为代表的李唐宗室。

这几年来，尽管随着韦后一党的强势崛起，相王李旦和太平公主都表现得很低调，可他们的政治能量并没有因此而减损。在上官婉儿看来，与其说这两个李唐宗室的代表人物是怕了韦后和安乐公主，还不如说他们是在避敌锋芒，保存实力。暂时保持低调，韬光养晦，是聪明人在眼下最好的选择。

上官婉儿知道，以相王李旦的身份、资历和名望来说，他其实比李显的儿子们更有资格入继大统。因为他毕竟是高宗和武后唯一在世的儿子，而且已经当过一任皇帝，更当过很长时间的帝国储君。无论李旦本人如何淡泊寡欲，谦恭自持，他始终是一面足以凝聚天下人心的政治旗帜。因此，一旦形势有所变化，别人就完全有可能再度拥立他为天子。

那么，哪些人有可能拥立相王呢？

在上官婉儿看来，满朝文武虽然表面上慑于韦后之淫威，其实心向李唐的人还是占了大多数，所以，不排除一些朝臣会拥有跟当年五大臣一样的志向。此外，一直与后党明争暗斗，在朝中拥有极大势力的太平公主，也不会眼睁睁地看着李唐的江山社稷落入韦后一党的手中，所以，她也完全有可能挺身而出，帮他的四哥夺回天子宝座。还有，相王李旦的五个儿子也都长大成人，其中颇有英武果敢之辈（比如相王第三子临淄王李隆基，就绝不是一盏省油的灯），假如后党要对相王动手，李隆基等人为了自身的安危荣辱，就必然会奋起抗争，拥立他们的父亲即位。

上官婉儿之所以会对相王的这几个儿子如此刮目相看，实在是与近日在长安坊间传得沸沸扬扬的一则预言有关。

长安城的东北角上，有一个隆庆坊，相王的五个儿子就居住在这里。据说在武周时期，这里有一口普通水井有一天忽然往外冒水，而且一冒就不可收拾，到最后竟然把方圆数十顷的地方淹成了一口大水池，时人称其为“隆庆池”。

这池子的来历本来就甚为古怪，到了中宗年间，相王的五个儿子在池的北面建立宅第之后，更奇怪的事情就发生了。

有一天，一个道行高深的风水师路经此地，偶然望见隆庆池上空缭绕着一团奇异的云气，忽然间神色大变。随后的日子，风水师天天都到隆庆池边长久伫立，遥望相王五子的那片宅第，心中若有所思，脸上的神色越发凝重而怪异。最后，隆庆池附近的居民听到风水师说出了这么一句话：“（此地）常郁郁有帝王气，比日尤甚！”（《资治通鉴》卷二〇九）

很显然，风水师所指的“帝王气”，正是针对住在隆庆池北面的相王五子而言。

此言一出，顿时不胫而走，很快就传遍了长安坊间，并且传进了中宗李显的耳中。

开什么玩笑！有道是“天无二日，国无二主”，朕还好端端地坐在金銮殿上，隆庆池居然敢冒出什么“帝王气”！

李显大为不快。尤其让他感到惴惴不安的是，相王李旦本来就是皇位的潜在争夺者，如今他儿子们的宅子上竟然又冒出了帝王气，这让李显如何能安心？

不行，一定要想办法把这股“邪气”压下去！李显马上召来宫中术士，命他们提出禳除的办法。

当然，办法很快就有了。

景龙四年四月中旬，也就是李显暴崩的一个多月前，他率领一大群侍臣、术士、宦官、宫女，浩浩荡荡地驾临隆庆池，命人用彩缎搭起一座楼台，在此大宴百官，接着又在隆庆池上泛舟，最后又牵出几头大象，绕着隆庆池踩了好几圈。

这样一场热热闹闹的活动搞完，李显心里的一块大石头才落了地。

按照宫中术士的说法，如此一来，就足以把威胁天子的那片帝王气化解掉了。

然而，令人意想不到的是——短短一个多月后，中宗李显就平白无故地暴崩了。所以，在此时的上官婉儿看来，这则有关“帝王气”的预言，其应验的可能性还是非常大的。

既然如此，她当然更有理由向相王李旦和太平公主示好了。

如何示好呢？

上官婉儿想，最好的办法，就是暗中邀请太平公主来共同草拟遗诏。换言之，就是不能让后党独吞这块巨大的权力蛋糕，而应该让李唐宗室也来分享。

李显暴崩次日，一份由上官婉儿和太平公主联手炮制的“天子遗诏”就出炉了：“立温王李重茂为皇太子，皇后知政事，相王旦参谋政事。”（《资治通鉴》卷二〇九）

遗诏的前两项内容，显然是按照韦后的授意拟定的；而第三项，则分明是出自太平公主的意志。假如这份遗诏得到执行，相王李旦就能在一定程度上对韦后形成制约，从而在李唐宗室和后党之间达成一种政治平衡。

可想而知，这样的设计自然会遭到后党的强烈反对。

诏书一送到中书省，后党的核心成员、时任中书令的宗楚客马上就跳了起来。

这块权力蛋糕明明是后党千方百计挣来的，凭什么让相王李旦来分享？宗楚客急忙找到韦后的兄长韦温（时任太子少保、同中书门下三品），说：“由相王参与辅政，在道理上说不过去；况且，相王和皇后是叔嫂，自古以来，叔嫂之间就不便共事，今后在朝会上裁决政务，二者要依何种礼节相处？”

韦温深以为然，随后便与宗楚客共同牵头，率领所有宰相联名上表，请皇后临朝摄政，同时罢除相王李旦的辅政之权。当时，有一个叫苏瑰的宰相不属于后党成员，于是怯生生地嘀咕了一声：“既然是遗诏，能随便更改吗？”韦温和宗楚客当即怒目而视，苏瑰吓得不敢再多说半句。

上官婉儿和太平公主精心设计的平衡构想，就这样被后党轻而易举地推翻了。上官婉儿并没有因此感到不愉快。因为她已经尽了最大努力，向李唐宗室表达了自己的忠心和诚意。如今个人目的既已达到，那么最终结果如何，当然就与她无关了。

至于此事的当事人相王李旦，似乎也没有表现出任何不满。因为他本来对权力就毫不热衷，现在多一事不如少一事，他自然乐得继续做他的逍遥王爷。

只有太平公主对此结果愤愤不平。这几年来，她一直对韦后和安乐公主忍气吞声，原本就活得十分压抑，如今三哥李显又死得不明不白，后党又如此嚣张跋扈，一手遮天，她和四哥李旦今后的日子，又怎么可能好过?

一贯自视甚高的太平公主绝不会就这样无所作为，束手待毙。

此刻，太平公主比以前任何时候都更加强烈地意识到——自己已经无路可退了。

除了防守反击，没有别的选择。

六月初四，韦后召集文武百官，正式发布中宗李显驾崩的消息，同时发布遗诏，立温王李重茂为太子，由韦后临朝摄政，同日大赦天下，改元唐隆。为了安抚李唐宗室，韦后同时擢升相王李旦为太尉，进封雍王李守礼（李贤的次子）为豳王，寿春王李成器（李旦的长子）为宋王。最后，韦后又让自己的兄长韦温“总知内外守捉兵马事”，亦即让他掌握全国武装部队及京师内外的所有警备力量。

六月初七，太子李重茂登基，尊韦后为皇太后。

六月十二日，韦后命侍中纪处讷秉持符节巡抚关内道（陕西省中部和北部），命中书侍郎岑羲巡抚河南道（黄河以南地区），命吏部尚书张嘉福巡抚河北道（黄河以北地区）。

这是大唐帝国新一任女主人在向四方的臣民宣告她的登场，昭示她的权威!

在此时的韦后看来，那顶金光灿烂的女皇冠冕似乎已经触手可及了。只要再迈一步，就那么一小步，她就将登上权力的巅峰，实现所有的梦想！然而，此时的韦后并不知道——这一小步，她永远也迈不过去了。因为有两个人挡在了她的前面。

一个是太平公主。

另一个就是临淄王李隆基。

第六章
睿宗李旦复辟

李隆基登场

中宗李显死后的那些日子，假如那个曾望见“帝王气”的风水师再度驻足隆庆池，肯定会惊讶地发现，相王五子宅第上空的帝王气正愈积愈浓。如果更仔细地观察，他肯定还会发现，那股龙气正准确地聚集在其中一位亲王的宅邸上空。

这个亲王就是李隆基。

李隆基，相王李旦第三子，于垂拱元年（公元685年）八月初五生于东都洛阳，生母是相王的侧妃窦氏。他出生的前一年，李旦刚刚被武曌推上傀儡皇帝的位子。李隆基六岁时，武曌以周代唐，正式登上女皇宝座，李旦被降为皇嗣，并受到严密监管。以当时李旦所处的政治境况而言，加之李隆基的“庶出”身份和相对靠后的出生顺位，绝对没有人想到，这个孩子日后竟然会当上皇帝；更不会有人想到，他将终结一个“牝鸡司晨”的时代，并且最终缔造一个中国历史上少有的太平盛世。

史称李隆基聪明颖悟，多才多艺，尤其在音乐方面具有很深的造诣，而且“仪范伟丽，有非常之表”。除了才艺出众，相貌堂堂之外，李隆基身上很早就显露出了一种英武果敢的王霸之气。据说他从小就崇拜汉末枭雄曹操，因而宫人都称呼他为“阿瞒”（曹操小名）。此外，史书还记载了他童年时代的一个故事，颇能表明他的与众不同之处。

这个故事发生在他七岁那年。有一次，李隆基带着一队衣甲鲜明的侍卫入朝，要去觐见祖母武曌，刚好在宫门口碰见正在当值的金吾将军武懿宗。武懿宗是武曌的族侄，一贯恃宠骄横，看见李隆基小小年纪却派头十足，就想杀一杀他的威风，于是上前大声喝斥，并动手驱赶他的侍卫和仪仗。就在随从们不知所措之际，李隆基却镇定自若地走到武懿宗面前，突然指着他的鼻子破口大骂："吾家朝堂，干汝何事？敢迫吾骑从！"（《旧唐书·玄宗本纪》）

武懿宗万万没想到，这个乳臭未干的小孩竟然有如此震人心魄的威严和霸气，竟当场愣在那里，一句话也说不出来，只好眼睁睁地看着李隆基和他的侍卫队扬长而去。武曌听说这件事后，惊讶于这个孙儿小小年纪却有如此过人的胆色，不仅没有责怪他，反而"特加宠异之"。

李隆基这种刚毅果敢的性格，和他父亲李旦谦柔冲淡的性情恰好相反，和祖父李治也完全不同，倒是和曾祖父李世民、祖母武曌颇有几分相似。也许这样的秉性，就注定了他日后会有一番经天纬地的宏大作为。

在李隆基的青少年时代，帝国的政治高层风云变幻，朝堂上无时无刻不在进行着激烈的权力斗争，而他父亲李旦身为皇嗣，更是长期处于各种政治斗争的旋涡中，几度险遭毒手。李隆基九岁那年，他的生母窦德妃就因遭到宫人陷害而被武曌暗杀，死后连尸骨都找不到。这样的环境和人生遭遇，无疑让他过早地体验了政治的可怕和残酷，但是与此同时，也将他的性格磨砺得更为沉毅和坚忍。

随着李隆基的日渐成长，帝国政局越发动荡不安。他二十一岁那年，神龙政变爆发，实行铁腕统治的祖母武曌被赶下了台，武周王朝在一夜之间灰飞烟灭；没过多久，功高权重的五大臣又被强势崛起的武三思彻底整垮，并且一一迫害至死；紧接着，太子李重俊又发动了一场政变，诛杀了武三思，却又因决心和行动不彻底而功亏一篑，事败被杀；到了李隆基二十六岁这一年，中宗李显又在毫无预兆的情况下突然驾崩，死因异常蹊跷，而韦后一党则迅速拥立少帝李重茂，并一举攫取了朝政大权……如此种种，无不让李隆基的内心受到了强烈的震撼。

从生存角度而言，"现实"永远是世界上最好的老师，从现实人物的成功和失败中汲取各种经验教训，永远是最直接、最生动、最有效的生存教育。

在这样一个极端险恶、危机四伏的"政治丛林"中长大成人，面对一系列用死亡和鲜血书写的案例和教材，李隆基自然而然地学会了许多丛林生存的法则，也谙熟了各种权力斗争的路数和技巧。尤其是“军事政变”这种极端的政治斗争形式，更是引起了李隆基极大的关注和思考。他十分清醒地意识到，要在帝国宫廷这一尔虞我诈，你死我活的角斗场上生存发展并且出人头地，就必须随时做好武力相争的准备。也就是说，在对手有可能向你挥起屠刀之前，你就必须毫不犹豫地亮剑！

而要做到这一点，首先当然要拥有自己的武装力量。

从十七八岁起，李隆基便开始在朝中任职，曾先后担任右卫郎将、尚辇奉御、卫尉少卿等职，此后又在潞州（今山西长治市）担任了一年多的地方官。随着人生阅历的增长和社交圈的扩大，李隆基一直在不遗余力地暗中打造自己的势力，尤其注重结交北门禁军“万骑营”的人。

万骑营是大唐天子的近卫部队，其前身是“百骑”，组建于唐太宗时期，最初只有百人左右，是由官奴和少数民族中精心挑选出的骁勇之士组成。因为是皇帝的贴身侍卫，这些人的衣着和装备自然就比较拉风——身上穿的是虎皮纹的衣服，胯下骑的是豹皮纹的马鞍，一个个威风凛凛，气宇轩昂。每逢天子出游狩猎，他们便前呼后拥，担任开道和护卫的工作；到了猎场上，就张弓射箭，呼啸驰骋，帮助天子围捕猎物。到了武周时期，这支部队进行了扩编，增至一千余人，故改称“千骑”；及至中宗年间，又进行了一次大规模扩编，遂称“万骑”，并专门设置了指挥官。

可想而知，在皇帝和宫廷的安全保卫方面，这支“特种部队”的重要性是自不待言的。谁能够掌握这支军事力量，谁就能在很大程度上控制帝国的政治中枢。

景龙三年冬，李隆基结束了潞州别驾的任期，回到长安。由于暂时别无任用，赋闲在家，他便趁此机会大力笼络万骑营的军官。当时他身边有个奴仆兼侍卫，叫王毛仲，是高丽人，其身份也是官奴，和很多万骑卫士的出身一样，所以李隆基就让他专门负责与万骑卫士的联络。王毛仲为人十分机敏，他很了解李隆基的胸怀和抱负，也知道这些人迟早会派上大用场，便十分卖力地为双方穿针引线。于是，李隆基很快就和万骑卫士们打得火热，“数引万骑帅长及豪俊，赐饮食金帛，得其欢心”。（《新唐书·王毛仲传》）尤其是万骑营的几个中层将领，如葛福顺、陈玄礼、李仙凫等人，都和李隆基结成了莫逆之交。

除了结交禁军之外，李隆基还利用他在朝中和地方任职的机会，先后结纳了一批才俊之士。如朝邑（今陕西大荔县）县尉刘幽求、苑总监钟绍京、尚衣奉御王崇晔、利仁府折冲麻嗣宗等人，都被他引为心腹。其中，刘幽求和钟绍京是李隆基最为倚重的左膀右臂，二人在日后的政变中都发挥了重大作用，并且在政变成功后，双双从默默无闻的官场小吏一跃而为帝国的宰辅重臣。

刘幽求，冀州（今属河北）人，制举出身，武周圣历年间担任阆中（今属四川）县尉，相当于一个山区小县的公安局长。由于官职卑微，当地的刺史没把他放在眼里，总是对他颐指气使。刘幽求是一个自恃甚高之人，受不了这个鸟气，于是愤然辞官，归隐乡里。直到武周末年，朝廷才重新授予他朝邑县尉的官职，可仍然还是个不入流的芝麻官。当时刘幽求已年近五十，眼看半截子入土了，但是仕途前程依然一片黯淡，他大为郁闷，一直在焦急地寻找自己人生的突破口。

不久，神龙政变爆发，帝国政坛发生了天翻地覆的变化，刘幽求顿感时机来临，立刻赶回朝廷晋见五大臣，向他们提出了根除武三思势力的建议，并且郑重警告他们——如果不这么做，很快就会遭到武氏一党的反击，终将死无葬身之地。

毫无疑问，刘幽求的这个提议确实是很明智的，假如五大臣听从他的劝告，帝国日后的政局必将全然不同，五大臣也不会遽然失势，更不会死于非命，而刘幽求更有可能因此献策之功得到提拔和重用。

然而，让刘幽求大失所望的是，五大臣把他的建议和警告完全当成了耳旁风，压根没拿他当回事儿。后来，事情的发展果然不出刘幽求的预料，一度总揽朝纲的五大臣不仅彻底丧失了权力，而且最后都死得很难看。

就这样，刘幽求又一次失去了出人头地的机会。

但是，他并没有完全死心。

因为他相信自己的能力，也相信自己不会永远这么倒霉。

皇天不负有心人，是金子总要发光的。正当年过五旬的刘幽求还在帝国官场的最底层苦苦煎熬的时候，他生命中最重要的贵人，那个年轻有为的临淄王李隆基，终于在不经意间来到了他的身边。

刘幽求顿觉眼前一亮。

他发现，经历了这么多年的压抑和挫折，一贯对他视而不见的幸运女神终于向他抛出了一个迟来的媚眼。他预感到——眼前这个年纪不大，但是志向不小的亲王，日后必将会有一番惊天动地的作为。

而李隆基认识刘幽求之后，也顿生一种相见恨晚之感。因为他看得出来——这个看上去郁郁不得志的朝邑县尉，绝不是一般官场中司空见惯的那种庸碌无能之辈。（据《旧唐书·刘幽求传》记载，几年后已登基为帝的李隆基曾经在一道诏书中盛赞刘幽求，称他“风云玄感，川岳粹灵，学综九流，文穷三变。义以临事，精能贯日；忠以成谋，用若投水”等等，毫不吝惜赞美之辞，足见他对刘幽求的赏识和器重。）

就这样，李隆基和刘幽求一拍即合。

一个是雄心勃勃但是缺少帮手的宗室亲王，一个是经验丰富但是缺乏机遇的低级官吏，就这样为了他们梦想中的远大前程，为了他们心目中的美好愿景，充满信心地走到了一起。

钟绍京，虔州（今江西赣州市）人，小吏出身，最初只是农业部的一名小干事（司农录事），由于写得一手漂亮的书法，受到武曌的重视，随后进入中书省（当时称凤阁），成为女皇的御前秘书。当时，明堂的匾额，九鼎的铭文，包括各座宫殿的牌匾榜文，无一例外，都是出自钟绍京的手笔，可见武皇对有才的人还是相当重视的。

而有才的人通常也都比较自负，所以钟绍京的自我感觉也比较良好。每天看着满朝文武在自己题字的门匾下进进出出，或者在自己书写的铭文前啧啧赞叹，他的虚荣心别提有多满足了。他相信，只要好好为女皇写字，飞黄腾达肯定是迟早的事。

可是，神龙政变后，随着女皇的下台，他的升官梦也在一夜之间烟消云散。

景龙年间，钟绍京被调任皇家园林总管（苑总监）。虽然是五品官，品秩不算很低，但却是典型的清水衙门，手中没什么职权，除了管理一帮花匠园丁，就是伺候一些花花草草，日子过得平淡如水。

后来，钟绍京认识了临淄王李隆基，心境忽然就变得不一样了。尽管此时的钟绍京比刘幽求年纪还大，已经年近六旬，可在他心中沉睡已久的升官梦还是突然被唤醒了，就像一口干涸多年的老井重新泛出了活水一样。

他暗暗下决心要搏他一把——既然不甘心守着眼下这种不咸不淡的日子，那就干脆把脑袋别在裤腰带上，跟着这个年轻有为、胸怀大志的临淄王，搏他一把老来富贵！

对于除了写字就别无所长的钟绍京而言，临淄王能够看上他，是他八辈子修来的福份，他自然不会错过这个机会。而对于李隆基来说，之所以把年过半百的钟绍京也纳入自己的人才队伍，当然不是看上了他的一手好字，而是因为钟绍京能为他提供出入宫禁的便利。

皇家禁苑位于太极宫北部，而苑总监的官舍就位于玄武门附近，所以在李隆基的构想中，日后一旦发动政变，他就可以从禁苑悄悄潜入皇宫大内，利用钟绍京的官舍作为行动指挥部。

到了景龙四年夏天，二十六岁的李隆基已经成功打造了一个完全忠于自己的势力集团。

这是一支召之即来，来之能战的队伍。只要李隆基一声令下，它立刻就会像一支离弦之箭一样，呼啸着射向帝国的政治心脏。

而此时的后党却根本没有意识到危险的临近。

他们并不知道，就在他们自以为完全占领了权力制高点的同时，李隆基已经从他们背后悄然登场了……

绝地反击

唐中宗李显死后不到十天，首席宰相宗楚客、太常卿武延秀、司农卿赵履温、国子祭酒叶静能，还有以韦温为首的诸韦，便一再呈上密奏，“共劝韦后遵武后故事”，并“称引图谶，谓韦氏宜革唐命”。（《资治通鉴》卷二〇九）

武曌六十岁以太后身份临朝称制，直到六十六岁才发动武周革命，其步伐何其沉稳，其心机又是何其缜密；可反观韦后，几天前才刚刚毒死中宗，临朝摄政，现在便迫不及待地授意后党启动了篡唐称帝的计划，准备一鼓作气革掉李唐王朝的命，其浮躁轻狂的浅薄嘴脸可谓暴露无遗。

上帝要使人灭亡，必先使其疯狂。

对于韦后的所作所为，人们或许只能这么理解。

可是，韦后自己是不会这么想的。她自认为此时的大唐帝国已经在她的股掌之中，所以，她想怎么玩就怎么玩，谁也奈何不了她。

在韦后的授意下，后党开始了紧锣密鼓的策划。而李唐宗室的两个代表人物——相王李旦和太平公主，自然也就成了后党准备猎杀的目标……

这一年夏末的某个傍晚，暮色刚刚笼罩大地，一个和尚就匆匆来到了隆庆坊。他的神色异常警觉，一路上不断回头张望。走到临淄王府门前的时候，和尚蓦然停下了脚步。他再次回头观望了一会儿，直到确定无人跟踪，才轻轻扣响了朱漆大门上的铜环。

片刻后，大门打开了一条缝，王府的门人探出了半个脑袋。和尚一脸凝重地告诉门人，有要事求见临淄王。门人发现这个和尚很面生，就反复追问他有何来意。和尚始终不肯透露分毫，只坚持要见王爷，说此事非同小可，并且十万火急，无论如何必须亲自禀明王爷。下人无奈，只好进去通报。

听说有一个陌生和尚要找他，李隆基也颇感诧异，但他没说什么，只命下人马上把客人请进来。

落座之后，和尚即刻自报家门，说他来自宝昌寺，法名普润。

宝昌寺？普润？

李隆基极力在脑海中搜索，但记忆中一片空白。

很显然，此人与自己素昧平生。李隆基静静地端详着这个不速之客，忽然有种强烈的直觉——这个和尚肯定来头不小。

一番寒暄之后，李隆基问起他的来意。

普润和尚没有直说，而是轻轻吐出了一个人的名字。

李隆基悚然一惊。

普润报出的这个人是当朝的兵部侍郎崔日用。朝野上下谁都知道，崔日用是韦后与宗楚客的死党，如今他居然托一个和尚找上门来，他想干什么？

李隆基当即屏退了左右。他知道，普润和尚今夜的造访必定干系重大。果然，普润接下来的一席话让李隆基全身的神经立刻就绷紧了。

普润说，宗楚客、韦温和安乐公主等人，已经制订了一个诛杀相王李旦和太平公主的计划，不日即将发动。

李隆基紧紧盯着普润的眼睛，一字一顿地说：“崔大人为何要告诉我这一切？”

普润无声地一笑："王爷，明人面前不说暗话。崔大人认为太后与宰相的做法不得人心，料定其阴谋必然不会得逞，所以……"普润顿了一顿，接着说："所以崔大人不想给他们当陪葬。"

李隆基沉默了。他知道，普润刚刚传递的这个情报肯定是真的。因为这几天后党频繁异动，其篡唐野心已经昭然若揭。接下来，他们肯定要对李唐宗室祭起屠刀，而首要目标必定是父亲李旦和姑母太平！李隆基其实对此早有警觉，眼下崔日用送来的这份情报只是确认了他的判断而已。

"请转告崔大人，他的话，本王都已记在心里了。"李隆基说。

这句话有两层含义：一、情报收到了；二、人情也领了。

普润脸上露出了一个如释重负的表情："王爷，贫僧来时，崔大人千叮咛万嘱咐，一定要当机立断，先下手为强！"

李隆基看着普润，忽然发现自己的呼吸变得急促而沉重。

冥冥之中，一个帝国的命运已经悄然落在了自己的肩头。

他知道，这是一种使命——一种责无旁贷的使命。

李隆基开始行动了。

第一步，他联络了万骑营的那帮铁哥们。有道是养兵千日，用兵一时，李隆基相信，只要对他们进行适当的政治动员，加上升官发财的许诺，一定可以激发他们的勇气和血性。可是，让李隆基颇有些意外又有些欣喜的是，这些人根本用不着他动员——因为他们对后党的愤怒根本不亚于他。

自从韦后的侄子韦播等人接管禁军后，因为担心威信不够，怕镇不住军心，便经常借故杖打万骑将士，试图以此立威。没想到结果适得其反，不仅收拾不了人心，反倒把所有万骑卫士都给惹毛了。所以，当葛福顺、陈玄礼等人来见李隆基的时候，一个个吹胡子瞪眼，把韦后一党的祖宗十八代都狠狠问候了一遍，而且恨不得把诸韦扒皮抽筋，大卸八块。李隆基一见他们革命热情如此高涨，便顺势怂恿他们诛杀韦后一党，既可以出这口窝囊气，又可以翦除逆党安定社稷，于公于私，都值得毫不犹豫地干它一票！

葛福顺等人一听，当即磨拳擦掌，纷纷表示愿意效死。个别人比较谨慎，建议说此事重大，或许应当先禀告相王再采取行动。李隆基一摆手，斩钉截铁地说："我等举事是为了社稷大业，事成自当归功于相王，不成也只有以死殉国。如果现在禀报他，就等于增加了他的危险，没这个必要；要是他不同意，反而会坏了大事，何必多此一举？"

众人听完都觉得很有道理，于是事情就这么定了下来。

李隆基很聪明，他之所以不想让相王知道此事，是因为他比任何人都了解自己的父亲。他知道，以父亲那与世无争淡泊自处的秉性，十有八九不会同意他们搞政变。而且正是基于这样的秉性，也很难期望父亲能在这件事上给他提供什么助力。所以，与其让他担惊受怕并且出手阻挠，还不如不让他知道。

在李隆基看来，能够给自己提供助力的人只有一个，那就是姑母太平公主。

放眼整个李唐宗室，甚至放眼整个天下，有资格，有能力，又有意愿挑战韦后的人，就只有太平公主了。首先，她是深得女皇武曌真传的人，无论是先天遗传的强势性格，还是后天养成的心机、谋略和智慧，她都继承了武曌的衣钵。如此得天独厚的优势，就算是满朝文武也无人能望其项背。其次，她经历了帝国高层这几十年来的风风雨雨，而且亲身参与了神龙政变，从中得到了丰富的斗争经验，而且获取了极大的功勋和威望。因此，就连韦后和安乐公主也都惧她三分，"皆以为智谋不及公主，甚惮之"。（《旧唐书·太平公主传》）

总而言之，太平公主属于当今政坛上少数几个可以左右政局的大腕级人物。有这样一个姑母，李隆基当然没有理由不和她联手。

所以，李隆基采取的第二步行动，就是力邀太平公主加盟。

当侄子李隆基向她坦陈政变的想法时，太平公主既感到有些意外，又觉得在意料之中。之所以感到意外，是因为没想到这个侄子成长得这么快，不仅具备了一种超越同龄人的成熟和稳重，而且勇气和魄力也非常人可比。之所以又在意料之中，是因为从小到大，这个侄子都是她最看好的后辈之一。当年这毛头小子一声怒斥就把武懿宗彻底震住的故事，几乎在朝野上下传为一时佳话。从那个时候起她就相信，这个小家伙将来肯定不会屈居人下。

如今看来，自己当初的判断完全正确。

看着眼前这个英气勃发的侄子李隆基，太平公主的心绪忽然有些微妙而复杂。

她心里忽然闪过这样一些念头——李唐皇族出了一个如此强悍的后起之秀，对自己来说，究竟是好事还是坏事？换言之，自己将来如何同这个侄子打交道？要采取什么办法才能有效地控制他？

尽管意识到了这些潜在的问题，可太平公主此刻还无暇去担忧将来。当务之急，应该是考虑如何团结起来，把不可一世的韦后集团彻底铲除，以确保自己和整个李唐皇族的安全。

为此，太平公主当即对李隆基的想法表示了极大的赞赏和支持，同时她还表示，可以让自己的儿子、时任卫尉卿的薛崇简出面，和李隆基联手行动，而她本人则负责在幕后出谋划策，帮他们制订政变方案。

在太平公主的积极参与和全力策划下，一个完美的政变计划迅速出笼。该计划分成五个步骤：

第一步，李隆基率刘幽求等人，在钟绍京的接应下进入禁苑，以钟绍京的官舍作为行动指挥部。

第二步，由葛福顺、李仙凫率万骑卫士突入玄武门的羽林军营地，斩杀韦璿、韦播等人，夺取禁军指挥权。

第三步，李隆基进入玄武门坐镇，同时，由葛福顺和李仙凫分别率领左右万骑，兵分两路攻入内宫，在凌烟阁前会合。之所以从两个方向进攻，一来是相互策应，形成包围，防止韦后等人择路脱逃，二来是考虑到万一遭遇对手强烈反击，两路可以分头行动，避免全军覆没。

第四步，等葛福顺等人发出成功会合的信号，李隆基再率羽林军进入太极宫，全面控制宫中局势，捕杀韦后、安乐公主及其党羽。

第五步，关闭各道宫门及京师所有城门，分兵搜捕诸韦亲党，彻底肃清整个后党势力。

在太平公主和李隆基的强强联手之下，一场捍卫李唐的绝地反击战即将打响。

而此刻的韦后却依然沉浸在她的女皇梦中不可自拔。

不过，她很快就会从梦中醒来。

醒来的韦后将会发现——等待在她面前的并不是主宰天下，睥睨苍生的权力巅峰，而是身死族灭，人亡政息的万丈深渊。

血腥一夜：后党的覆灭（上）

唐隆元年（公元710年）六月二十日。长安。皇家禁苑。

时节虽然已近夏末，但是高悬中天的太阳还是把大地炙烤得一片灼热。御苑的花圃中开满了金黄的玉簪、洁白的芍药和紫色的蔷薇。波光潋滟的池塘里，袅袅婷婷地生长着一株株粉红的莲花，有的仍自含苞待放，有的已然灼灼盛开。明晃晃的阳光下，成群的红蜻蜓在花叶间款款飞舞，间或低低地掠过水面，点起一圈圈细微的涟漪；间或立在宽大的荷叶上，用一双透明的复眼，滴溜溜地盯着从塘边甬道上不时走过的一两个园丁。

大约晡时（下午三时至五时）时分，日影逐渐西斜，灼人的热浪开始消褪，只见一队花匠模样的人迈着急促的步伐匆匆进入禁苑。当他们经过池塘边的时候，靠近甬道的三五只蜻蜓显然受到了惊吓，立刻扑扇着翅膀飞向池塘中央，久久不敢落下。

尽管这群“花匠”的装束和宫中仆役一模一样，可他们的神色、举止和气质，还是和那些神情慵懒，双目无神的宫役有很大不同。尤其是走在最前面的那个年轻人，纵然一身粗布便装，可身上还是隐隐透出了一种不言自威的凛凛霸气。

没错，这个人就是李隆基。

紧跟在他身后的，是刘幽求、薛崇简、麻嗣宗，以及贴身侍卫李守德等二十多人。

该来的似乎都来了。但是，好像还缺了一个。

那个原本一直跟随在李隆基左右的亲信王毛仲，此时并没有在列。

难道他另有任务？

不，王毛仲“失踪”了。就在行动的前一刻，这小子连一声招呼也没打就溜得无影无踪了。

大事尚未发动，就有一个亲信当了逃兵，李隆基心里不免也有几分懊恼，但他脸上并未流露丝毫。其他人虽然心里直犯嘀咕，担心这小子跑去跟后党告密，可是一看到临淄王若无其事的表情，也只好把心里的担忧和疑虑压了下去。

尽管王毛仲的脱逃还不足以扰乱军心，可是接下来发生的事情，却让李隆基和所有人都感到了强烈的困惑和沮丧。

当他们按照原定计划来到钟绍京的官舍时，只见四下无人，大门紧闭，根本不见钟绍京的身影。众人大为诧异，赶紧上前拍门。可拍了老半天，大门还是纹丝不动，院墙里也是悄然无声。

这下麻烦大了！

李隆基眉头紧蹙，不停地在门外来回踱步。众人面面相觑，心里七上八下，都不知道该怎么办。

莫非这姓钟的老小子也和那该死的王毛仲一样，脚底抹油，一走了之了？

不，钟绍京没跑，他还好端端地待在官舍里。之所以装聋作哑不开门，是因为他和王毛仲一样——怕了。

事到临头，钟绍京心里忽然打起了鼓。自己再怎么说也是堂堂的朝廷五品官，虽然没什么权力，没多少油水，可毕竟不愁吃不愁穿，犯得着去干这杀头诛族的事吗？眼下韦后一党牢牢掌控了军政大权，就凭一个小小的临淄王和他手下的几个兄弟，就能翻得了天吗？

钟绍京越想越怕，越想越悔，最后干脆一转身躲进了内堂，对外头的拍门声充耳不闻。

一轮红日渐渐西坠，眼看暮色马上就要降临，可李隆基等人依旧在屋外心急如焚，一筹莫展。

就在大伙几乎要绝望的时候，奇迹出现了。

苑总监官舍的大门突然吱呀一声打开，门开处，露出了钟绍京那张充满愧疚和不安的老脸。

李隆基和众人对视一眼，不禁长长地松了一口气。

他们真的搞不懂，在刚刚过去的那一个时辰里，在这扇紧闭的大门背后，到底发生了什么？

李隆基他们当然不会知道，在这千钧一发的生死关头，是一个女人改变了一切，是一个普普通通的家庭妇女挽救了这场即将流产的政变。

方才，正当钟绍京躲在内堂里当缩头乌龟的时候，他妻子许氏走到了他面前，直视着他的眼睛，说："舍身救国，神灵一定会保佑。况且，你已经参与了密谋，就算你现在反悔，想退出行动，恐怕事后也是难逃一死！"

这真叫一语惊醒梦中人。

刚才，钟绍京光顾着害怕，却忘了一个最简单的道理——自己早就在贼船上了，岂能轻易逃脱干系？

倘若现在撒手不干，无论政变成败，他都没有好果子吃——成了，他是一个可耻的逃兵；败了，他是参与谋逆的叛党。横竖都没有好下场！既然如此，那还不如舍命一搏，至少还有一半成功的机会。

想到这里，钟绍京惊出了一身冷汗。

还好老婆大人英明，否则后果将不堪设想。

钟绍京忙不迭地打开大门，一个劲地向李隆基拱手作揖，并且毕恭毕敬地把众人请了进去。李隆基面带笑容，只字不提刚才发生的事情，而是握住钟绍京的手，和他一同来到正堂坐下，然后招呼众人落座。

钟绍京看见临淄王丝毫没有责怪的意思，心头的不安才渐渐消除。

夜色徐徐降临，像一袭黑色的绸缎覆盖着垂宇重檐的太极宫。

皇宫北面的禁苑一片漆黑，咫尺莫辨，只有苑总监的官舍中灯火通明。距离官舍不远处，就是禁军的屯驻地——玄武门。此时的玄武门，就像一只黑色的巨兽昏昏沉沉地蜷卧在黑暗中，对即将到来的这场血腥的政变浑然不觉。约摸一更时分，从玄武门驰出一队飞骑，径直朝苑总监的官舍飞奔而来。为首的人，正是葛福顺、李仙凫、陈玄礼等万骑军官。当这些人进入官舍之后，参加政变的人员就全部到齐了。

但是，李隆基却不急着发布行动指令。因为按照计划，他们的行动时间定在亥时，亦即敲二更鼓的时候（晚十时至十二时）。这个时辰，宫里的大多数人都已熟睡，最适合采取突然行动，足以打对手一个措手不及。

时间在缓慢地流逝，艰难地流逝，一点一滴地流逝……

李隆基、刘幽求、钟绍京、葛福顺等人都静静地坐在大堂上，耐心而又焦灼地等待着那一刻的到来。周遭的夜色越来越浓厚，禁苑中万籁俱寂。除了远处池塘和草丛中隐约传来的时断时续的蛙鸣和虫吟，众人仿佛只能听见自己胸腔中剧烈搏动的心跳。

刘幽求不知何时已经悄悄离座，信步走近堂前的庭院中，抬头默默地仰望夜空。

这是一个月明星稀，和风拂面的夜晚，空气中弥漫着浓郁的栀子花香，一切都显得如此安宁和静谧。忽然间，刘幽求看见了夜空中出现了一幅瑰丽而奇异的景象。他张大了嘴，情不自禁地发出了一声低沉的惊呼。李隆基等人闻声，纷纷从屋子里走了出来，随着刘幽求的目光向夜空望去。

蓦然映入他们眼帘的，是一片缤纷夺目，晶莹璀璨的流星雨。只见如墨的夜空中，“天星散落如雪”（《资治通鉴》卷二〇九），仿佛一千颗熠熠闪亮的珍珠同时撒落在一面黑色的丝绸上。这一幕天象是如此罕见，如此美丽而壮观，以至于院落中不约而同地响起了一片压抑不住的惊叹。

与此同时，宫中传来了清晰的二更鼓响。

天意！在行动时间来临的这一刻，空中恰好出现这一奇谲的天象，这难道不是上天在向他们发出召唤吗?

刘幽求激动地说：“天意如此，时不可失！”

众人闻言，一齐把目光投向了临淄王李隆基。

李隆基的双眸陡然射出炽烈的光芒。

众人看见了一个字——杀！

葛福顺立刻拔剑出鞘，带着他的手下直扑玄武门的禁军营地。

行动开始了。

此时，韦璿、韦播和高嵩等一干韦氏子弟，正在香甜的睡梦中发出均匀的鼾声。他们甚至连哼都没有哼一声，首级就已经脱离了身躯。无论他们正在做着怎样的美梦，这一生都将永不再醒。

葛福顺高高举起三颗血淋淋的头颅，向不知所措的羽林军士兵们厉声高呼：“韦后毒死先帝，阴谋危害社稷！今夜我等应当同心协力诛杀诸韦、拥立相王，以此安定天下！倘若有首鼠两端，暗助逆党者，一律屠灭三族！”

大唐帝国最核心的军事重地玄武门，太极宫最重要的武装力量羽林军，就这样轻而易举地落入了李隆基的手中。

这个年轻的亲王，此刻已经牢牢握住了当年秦王李世民曾经握过的这块决定胜负的筹码。

三颗滴血的头颅迅速送到了李隆基面前。

李隆基举着火把，意味深长地看了一眼，然后他猛烈地挥动了一下手中的火炬，政变军立刻兵分三路：葛福顺率领左翼万骑卫士攻击玄德门，李仙凫率领右翼万骑卫士攻击白兽门，双方约定于凌烟阁前会合，李隆基则亲率刘幽求、钟绍京以及两百多名手持斧锯的园丁工匠，从御苑南门进入玄武门驻防，一方面坐镇指挥，一方面随时准备策应。

阒寂无声的太极宫顷刻间杀声震天。

由于宫中的守卫部队猝不及防，所以葛福顺与李仙凫的两路人马全都进展顺利。他们分别砍杀了玄德门与白兽门的守门将军，打开宫门长驱直入。

这一天，距离中宗暴崩，韦后临朝仅半个多月，李显的灵柩还停留在太极殿里，尚未入土。此刻，在殿中守卫灵柩的士兵听见外面杀声四起，马上就意识到发生了什么。

皇帝李显之死本来就让人疑窦丛生，韦后一党上台后的所作所为又丝毫不得人心，所以这一刻，当这些卫兵意识到已经有人起兵反韦的时候，就绝对没人愿意再替后党卖命了。他们几乎连想都没想，就披上铠甲冲出太极殿，加入了政变部队的行列。

三更时分（午夜零时至凌晨二时），李隆基听见万骑卫士胜利的呐喊声，知道他们已经顺利攻进大内，当即依照原定计划，率领麾下士兵浩浩荡荡地杀入太极宫，准备执行最重要的一项任务——诛杀韦后及其亲党。

当韦后从睡梦中猝然惊醒的时候，脸上几乎还残留着一丝笑靥。

因为在梦中，她已经登上了女皇宝座，正在接受满朝文武和天下苍生的朝拜。恍惚中，那一顶金黄色的女皇冠冕似乎还在眼前闪闪发亮，那一片山呼万岁的壮阔声响仿佛还在耳边回荡，可为什么忽然之间，一切就都消失了呢？为什么此刻眼前所见，居然是御榻旁昏黄微弱而且摇曳不定的烛光？为什么此刻耳中所听，居然是寝殿外惊天动地而且纷至沓来的呐喊？

没想到梦醒时分，现实竟是如此残忍，人生竟是如此荒诞！

不过，此刻的韦后已经不敢再去细想那个遽然失落的女皇梦了，因为眼下最重要的只有一件事——逃命。

鬓发散乱，衣裳不整的韦后就这样失魂落魄地跑出了寝殿，只身逃进位于不远处的飞骑卫士营（羽林军一部）。危急关头，韦后仍然保留着一丝清醒。她还记得，当初太子李重俊发动政变时，她和李显一开始也是惊慌失措，可后来有了军队保护，他们就彻底击溃了政变部队。如今，她希望自己也能像上次那样绝处逢生，反败为胜。

然而，韦后错了。

她再也没有翻盘的机会了。

当她像一只惊弓之鸟一头撞进飞骑卫士营的时候，恰好遇见了一个全副武装的飞骑军官。

韦后如释重负地笑了。

之所以如释重负，是因为她认为自己已经找到了救兵。

那个军官也得意地笑了。

之所以得意，是因为在他眼中，此刻的韦后早已不是什么至尊无上的皇后，而是一个穷途末路的女人，一块送到嘴边的肥肉。

是的，一块肥肉。军官想，只要砍下她的头向临淄王李隆基邀功请赏，自己起码可以少奋斗二十年。

心念电转之间，军官快步上前，手中钢刀一挥，对面的那颗人头就飞了起来。

然后，韦后的身躯就像一具僵硬的稻草人一样，直直地仆倒在了泥土之中。

她倒下去的时候无声无息。

原来，如此权势熏天，不可一世的女人，倒下去的时候也可以如此无声无息。

韦后死了，死在距女皇宝座仅半步之遥的地方。

她没有想到，这半步竟然是一道天堑。

一道成与败的天堑，一道生与死的天堑，一道永恒与幻灭的天堑。

而韦后之所以在这道天堑前一失足成千古恨，原因只有一个——她不是武曌。

纵然她费尽心机，不择手段地坐上了武曌曾经坐过的位置，可她并没有忍辱负重，呕心沥血地付出武曌曾经付出的一切。

在发动革命，篡唐称帝之前，武曌已经花了整整三十年的光阴编织她的权力之网。直到确认这张网已经环环相扣，坚不可摧，足以经受来自各个方向各个角度的冲击和震荡时，武曌才敢堂而皇之地革掉李唐王朝的命。

而韦氏一直迷醉在武曌所创造的女主天下的神话光环之中，却不愿去了解武曌究竟用了多大的代价才支撑起这样一个举世无双的神话。

武曌之所以能貌似轻巧地革掉李唐王朝的命，是因为她自己早已成长为一个铁腕无敌的政治巨人。而韦氏在根基未稳的情况下毒死中宗李显，则无异于亲手折断了自己的政治保护伞，让自己过早地暴露在了政敌的枪口下。

武曌之所以能够游刃有余地驾驭文武百官，是因为三十年的苦心经营已经让她化身为帝国的灵魂，使她确凿无疑地拥有了恩威刑赏的统治权柄，从而将每一个大臣的政治生命牢牢握在了手中——无论生死荣辱，无论贵贱穷通，都在武曌的股掌之间。

而韦氏呢？仓促夺权使她根本不可能拥有主宰天下的实力，也来不及对帝国的权力结构进行必要的重组，更来不及让她的势力渗透到帝国政坛的每一个角落。换言之，仅仅占据权力金字塔的顶端，并不意味着就能有效驾驭帝国的统治机器。举例来说，兵部侍郎崔日用正是看穿了这一点，才会毅然倒戈，把他的筹码押在了李隆基身上。因为他知道——天下人心仍在李唐而不在韦氏。

综上所述，韦氏政权注定只能是昙花一现。

说到底，是韦后的平庸无能，急功近利和倒行逆施，决定了她自己及其党人的可悲下场。韦后一心一意想成为武曌第二，只可惜，她既没有武曌的命，更没有武曌的智慧、能力、胆识、城府和手腕，所以，她最终只能成为一个失败的“山寨版”。

血腥一夜：后党的覆灭（下）

差不多与韦后被杀同时，安乐公主等人也死在了政变士兵的刀下。

在突如其来的死亡面前，安乐公主似乎要比惊惶奔走的韦后镇定和从容得多。当一队政变士兵杀进安乐公主居住的偏殿时，她早已衣裳齐整地坐在烛光下，并且神色自若地对着铜镜化妆描眉。

门扉被猛然撞开的一瞬间，安乐公主慢慢地转过身来，直直地盯着这群杀红了眼的士兵，脸上并没有丝毫惊愕。

反而是大兵们不无惊异地发现——美丽的安乐公主还是和往常一样，目光中写满冷艳和高傲，嘴角甚至还悬挂着一丝轻蔑的笑意。

大兵们愣了片刻，但很快就被这种目光和笑意激怒了。离她最近的一个大兵低吼一声，手中的利剑划出一道弧线，一下子削过安乐公主细嫩的脖颈。

那颗美丽的头颅滚落在地的时候，上面有一双不肯闭上的凤眼，还有一对没有描完的蛾眉。

紧随安乐公主之后，驸马武延秀被杀死在了肃章门外，宫廷女官贺娄氏被杀死在了太极殿西边……就在这些韦氏亲党一一死于非命的时候，有一个女人却一直在为自己感到庆幸。

她就是上官婉儿。

上官婉儿之所以庆幸，是因为她早就给自己找好了后路。当初草拟遗诏的时候，她不仅暗中邀请太平公主参与草诏，而且力挺相王李旦辅政。虽然后来事情被宗楚客搅黄了，但这不是她的责任。在上官婉儿看来，仅凭自己在这件事情上主动表现出的忠心和诚意，李唐宗室就应该记住她的这份情。

所以，当外面杀声四起时，上官婉儿一点也不担心。她不慌不忙地找出当初那份遗诏的副本，命宫人提上灯笼，然后打开官舍的大门，满怀坦然地走到外面，准备亲自迎接李隆基的到来。

她相信，就凭手中的这份诏书，她就一定可以逃过这场劫难。

然而，上官婉儿过于乐观了。

因为李隆基并不领她这份情。

当李隆基的军队过来的时候，上官婉儿看见刘幽求在前面开路，赶紧把遗诏副本毕恭毕敬地呈了上去。刘幽求拿过去呈给了李隆基。可李隆基几乎连看都不看，嘴里只轻轻地吐出了一个字——斩！

尽管刘幽求一再替上官婉儿求情，可李隆基脸上始终是一副坚硬如铁的表情。

刘幽求无奈，只好命手下把上官婉儿拖到了迎风招展的帅旗下。此刻的上官婉儿四肢冰冷，全身瘫软，几乎连跪也跪不住了。

当一把闪着寒光的大刀劈下来时，上官婉儿无力地望向李隆基。

她渴望李隆基在最后的时刻发出赦免的命令。

可是没有。

她只看见了那张自始至终都坚硬如铁的脸。

这是上官婉儿在世上看见的最后一幅画面。

刘幽求认为大事已定，指着少帝李重茂所在的太极殿对李隆基说："按原计划，今夜应该拥护相王登基，现在是时候了吧？"

李隆基摇了摇头。

他告诉刘幽求——除恶务尽!

要把宫中残余的韦氏党羽全部铲除，相王才能登基。

于是，杀戮继续进行，从凌晨一直持续到天亮。

六月二十一日黎明，当鲜红的朝霞涂满整个东方天际，李隆基才踏着遍地的鲜血和尸体，出宫去迎接相王李旦。

见到父亲时，李隆基为自己事先没有禀报而叩首谢罪。

事已至此，相王李旦当然也没有别的话可说了。要是没有这个胆识过人的儿子率先发难，自己最终也只能是韦后砧板上的鱼肉。李旦热泪盈眶地向儿子张开双臂，然后紧紧拥抱着他，哽咽地说："挽救社稷宗庙于危亡之地，是你的功劳啊！"

李隆基迎接相王入宫后，立刻下令关闭宫门及长安所有城门，派万骑卫士分头捕杀余下的韦氏亲党。

太子少保、宰相韦温逃到东市北面时，被万骑抓获，当场砍杀。

中书令宗楚客身穿丧服，头蒙灰布，骑着一头青驴，企图从通化门蒙混出城，被守门士兵识破，当即被斩首；同时被杀的还有他的弟弟宗晋卿。

侍中纪处讷逃到华州（今陕西华县），东都留守张嘉福逃到怀州（今河南沁阳市），均被追获，就地诛杀。

是日上午，相王李旦拥着少帝李重茂登临安福门，宣旨安抚人心。

就在这个时候，有一个后党成员屁颠屁颠地跑到安福门下，演出了一幕滑稽戏。这个人就是司农卿赵履温。只见他慌慌张张地挤到人群前面，对着城楼三拜九叩，手舞足蹈，嘴里还一声声地高呼万岁。看着他那副诚惶诚恐的谄媚嘴脸，李旦脸上立刻浮出鄙夷之色。

见过无耻的，没见过这么无耻的!

大家应该都还记得，此人就是桓彦范的大舅子，当初靠着裙带关系从地方调到朝廷任职，为此特地送了两个年轻貌美的侍妾给桓彦范作为谢礼。不久桓彦范一失势，他便忙不迭地把两个侍妾讨了回去，可谓无耻之极。后来，他又一心一意投靠了后党，不择手段地巴结安乐公主。为了帮公主修建豪宅和园林，他不惜挪用大量公款，强行征用大批民夫，耗费了无数的民脂民膏。更有甚者，每当公主视察工程进度的时候，他就亲自跑到建筑工地上，将紫色官袍掖到腰际，伸长脖子去拉牛车，把身为大臣最起码的体面和做人最起码的尊严都通通抛弃了，其寡廉鲜耻简直到了耸人听闻，惊世骇俗的地步。

如此超级无耻的极品小人，还有什么脸面活在世上？

望着城楼下兀自舞蹈不休的赵履温，相王李旦迅速朝身边的万骑卫士作了个手势。

赵履温高喊万岁的声音还没有止息，万骑卫士就已经干净利索地把他劈成了两段。百姓听说赵履温被砍了，争先恐后地跑到城楼下割他的肉。一转眼，赵履温就变成了一具白骨。

这一天，还有两个大臣提着自己妻子的脑袋献给了相王。他们是御史大夫窦怀贞和秘书监李邕。窦怀贞娶了韦后的乳母，李邕娶了韦后的妹妹崇国夫人。想当初韦后得势之时，这两个家伙别提有多牛逼了，总在人前人后端着一副皇亲国戚的架子。尤其是窦怀贞，娶了一个满脸皱纹的老奶妈为妻，还把这当成是韦后的恩赐，每次写奏章的时候，总是在落款处煞有介事地写上“皇后阿奢（zhě）”（唐朝民间，习惯称奶妈的丈夫为“阿奢”）。时人故意拿他开涮，经常叫他“国奢”。没想到窦怀贞非但不生气，反而“欣然有自负之色”。（《资治通鉴》卷二〇九）

而眼下，不管是窦怀贞还是李邕，都赫然发现自己头上的“国戚”帽子已经变成了“逆党”的标志。情急之下，他们只好大义灭亲，不约而同地抛出了妻子的脑袋，以此表明自己弃暗投明的决心。虽然他们因此逃过一死，但是几天后就被逐出了朝廷。窦怀贞贬为濠州（今安徽凤阳县）司马，李邕贬为沁州（今山西沁源县）刺史。

所有后党成员中，唯一一个表现出气节的人，也许就是时年八十的宰相韦巨源了。当政变的消息传来时，家人劝他赶紧逃亡，韦巨源却说：“我身为朝廷大臣，国家有难岂能逃避？”随后神色自若地走出府邸，在街上被士兵们乱刀砍杀。稍后，马秦客、杨均、叶静能等人也相继被诛，首级悬在闹市示众。

当天，兵部侍郎崔日用又率兵血洗了聚居在长安城南的韦氏宗族，连襁褓中的婴儿也没有放过。当时城南有两个世家大族，一是韦氏，一是杜氏，两大豪族比邻而居，时称“城南韦杜，距天尺五”，意谓其尊贵无匹。但是这一天，不仅韦氏全族从“距天尺五”的地方一下堕进了恐怖的地狱，甚至连杜家也跟着一块遭了殃。因为士兵们都杀红了眼，根本顾不上去看“门牌号”，只要是豪宅大院就往里冲，只要是人就拼命砍，哪管你姓韦还是姓杜。

可怜杜氏一族的男女老少，就这样平白无故地成了刀下之鬼，生时与韦家为邻，死了也要与韦家作伴。

一夜之间，曾经飞扬跋扈的韦后一党就彻底覆灭了。

杀光了所有该杀的人，朝廷才颁下一道诏书，大赦天下，宣称“逆贼魁首已诛，自余支党一无所问”。（《资治通鉴》卷二〇九）

实际上屠杀行动进行到这一步，韦后也没剩下多少“支党”了。

是日，相王李旦论功行赏，以少帝的名义发布诏书，晋封临淄王李隆基为平王，升任宫廷御马总管兼万骑卫士营总管；晋封薛崇简为立节王；擢任钟绍京为中书侍郎，刘幽求为中书舍人，二人皆加“参知机务”之衔（这个头衔与“同中书门下三品”“同平章事”一样，皆有参与决策之权，均可视为宰相，但地位较前二者为低，所以大致可理解为“三级宰相”）；葛福顺、麻嗣宗、李守德等人，也各因其功劳大小，分别晋升为将军或中郎将。

经过这血腥一夜，李隆基就像一颗耀眼的政治新星，在帝国的政坛上冉冉升起。

尽管许多大唐百姓还是头一回听说这个叫李隆基的人，但是通过这场流血政变，人们已经彻底领教了这个年轻人的厉害，也见识了他的巨大能量。

只不过，此时的人们并不知道，这个年轻人的能量还没有完全爆发出来。

一旦横空出世，他就绝不仅仅是一颗星星，而是将变成一颗太阳。

一颗光芒万丈的太阳。

是皇冠，还是枷锁？

政变后的第三天，相王李旦的五个儿子全部进入帝国的政治和军事高层。平王李隆基擢升为殿中监、同中书门下三品，长子宋王李成器为左卫大将军，次子衡阳王李成义为右卫大将军，四子巴陵王李隆范为左羽林大将军，五子彭城王李隆业为右羽林大将军。

同日，刚刚升任中书侍郎兼“三级宰相”的钟绍京也正式加封“同中书门下三品”；太平公主的另一个儿子薛崇训也升任右千牛卫将军。

由于朝廷的整个局势已经牢牢掌控在相王父子手中，所以，出于安定人心的考虑，相王父子决定放过几个侥幸未死的后党成员，只对他们作贬谪外放的处理。如驸马都尉杨慎交、中书令萧至忠、兵部尚书韦嗣立、中书侍郎赵彦昭、吏部侍郎崔湜等人，均被贬为地方刺史。

让李隆基没有想到的是，就在一切都已尘埃落定的时候，那个失踪多日的王毛仲居然又回来了。

他在外头躲了好几天，看见临淄王已经大获全胜，再也没有任何危险了，才带着一脸的尴尬和歉意回到了王府。

像这种贪生怕死，临阵脱逃的家伙，李隆基完全有理由把他一脚踢飞。可李隆基没有这么做。他原谅了王毛仲，并且同样给予他功臣待遇，封了他一个龙武将军的官衔。

李隆基之所以对王毛仲既往不咎，当然不仅仅是出于宽宏之心，也不仅仅是念及多年的主仆情谊，而是因为现在还是用人之时，与其拿他问罪，不如让他常怀愧悔之心，以备日后将功补过。

后来的事实证明，李隆基这么做是对的。几年后，当他和太平公主围绕着帝国的最高权力展开又一轮生死博弈时，王毛仲果然冲锋在前，真正做到戴罪立功了。

李隆基的这种驭人手段，就叫使功不如使过。

铲除韦后集团，夺取朝政大权之后，李隆基发动的这场政变可以说取得了极大的成功。然而，政变的最终目标却还没有达成。

最终目标是什么？

拥立相王。

可现在，少帝李重茂却依旧纹丝不动地坐在金銮殿上，要如何名正言顺地让他下台呢？尽管地球人都知道，这个李重茂只是个傀儡，可他毕竟是中宗李显的儿子，是按照合法程序登基的皇帝。所以，要让他下台，就不能随便采用暴力，而要采取“禅让”的方式，让他“自愿”把皇位让给相王。

为此，太平公主上场了。

如今，没有谁比她更适合来做少帝的思想工作了。

事情并不复杂，几句话谈下来，李重茂就知道自己除了主动让位，已经没有其他路可走，于是乖乖地按照太平公主的意思，签署了一份自愿禅让的诏书。

然而，当太平公主兴冲冲地把诏书拿给相王时，一个麻烦的问题来了——相王不干。

《资治通鉴》称：“太平公主传少帝命，请让位于相王，相王固辞。”所谓“固辞”，也就是坚决推辞，怎么劝都没用。

这回倒好，一大帮人提着脑袋换来的胜利果实，无数人虎视眈眈的皇帝之位，相王李旦居然死活不要。

作为政变骨干的刘幽求第一个坐不住了。他立刻去找李隆基，忧心忡忡地说：“相王曾为天子，众望所归。而今人心未安，家国事重，相王岂能拘于小节，不早日登基以安天下？”

其实对于李隆基来说，相王不肯当皇帝并不让他感到意外。因为这实在不是什么新鲜事儿，当初中宗李显还是庐陵王的时候，就是因为相王坚决辞让“皇嗣”之位，李显才得以第二次当上储君，并在神龙政变后顺利复位。所以，李隆基知道，父亲此次“固辞”，同样是出于真心，而并非故作姿态。

既然是出于真心，那问题就很麻烦了。因此面对刘幽求迫切的质问，李隆基也只能十分无奈地回答：“王爷禀性淡泊，素来不以天下事挂怀，纵然天下曾经是他的，他还要让给别人，何况现在的皇帝是他的亲侄子，他岂肯将其取而代之！”

刘幽求说：“众心不可违，虽然王爷喜欢独善其身，但总不能把社稷置于不顾吧？”

其实，这句话也是李隆基想说的。

其实李隆基心里比刘幽求更着急，比任何人都更着急。

说白了，李隆基比任何人都更希望父亲当皇帝。若非如此，他何必冒着掉脑袋的危险搞这么一场血流成河的政变？

李隆基之所以发动政变，表面原因固然是为了社稷的安定和李唐皇族的安全，而内在的原因，或者说最根本的原因，其实是——他自己早就怀揣着一个君临天下的梦想。

自从懂事的时候起，李隆基就拥有一种超越常人的果敢和自信。冥冥之中，他总觉得自己是有使命的人，是必将缔造一番伟业的人。从这个意义上说，李隆基在很大程度上继承了曾祖父李世民的遗传基因。也就是说，他们都自觉地意识到了隐藏在自己身上的巨大潜能，所以总是会尽一切努力去实现它。而在中国古代，一个男人所能实现的最高的人生目标，当然就是登基御极，君临天下了。

如果说在青少年时代，李隆基的人生目标更多的还只是一种建功立业的模糊冲动的话，那么到他长大成人之后，尤其是在担任潞州别驾的那几年里，"君临天下"的梦想便已经确凿无疑地成为李隆基心中最强烈的生命愿景了。

在客观上帮助他确立这种愿景的，据说是许多不可思议的祥瑞。

据《旧唐书·玄宗本纪》记载，当时预示他日后将成为天子的"符瑞"，前后居然多达"一十九事"。比如他刚刚到潞州上任，就有百姓看见"州境有黄龙白日升天"。有一次出猎，又有人看见李隆基头上有"紫云"环绕。再比如景龙四年，中宗准备在南郊祭天，命所有宗室子弟必须回京参加。李隆基临行前，让术士用蓍（shī）草占卜，以此卜算前程，结果竟然是"蓍一茎，孑然独立"。那个术士大吃一惊，说："蓍立，奇瑞非常也，不可言！"

后来，李隆基从潞州回到长安，立宅于隆庆坊，结果又出现了那则众所周知的"隆庆池帝王气"的传言。除此之外，还有术士暗中告诉李隆基，他的名字中有一个"隆"字，所居之坊又有一个"隆"字，韦后临朝后又把年号改为"唐隆"，而"隆"与"龙"可通假，这么多的暗合之处，足以说明——李隆基就是命中注定的真龙天子。

如此种种，无不让李隆基充满了一种天命在我的绝对自信，而这样的自信无疑又在很大程度上坚定了他发动政变的决心。（《旧唐书·玄宗本纪》："上益自负，乃与太平公主谋之。"）

如今，政变轻而易举地取得了全面成功，李隆基当然就更有理由憧憬那个越来越真实的天子之梦了。

李隆基相信，只要父亲李旦登基，自己很快就会成为帝国的储君。虽然他不是嫡长子，但是在他看来，就凭这场政变所取得的“安定社稷”和“拥立相王”之功，天下人就没有理由不拥戴他，大哥李成器更没有什么资格跟他竞争太子之位。

说白了，谁打下的江山，当然就要由谁来坐。

所以，眼下李隆基最需要做的一件事就是——说服父亲当皇帝。

当天夜里，李隆基就找到了大哥李成器，然后和他一起来到相王府，苦口婆心地劝说父亲接受禅让，登基为帝。（《资治通鉴》卷二〇九：“成器、隆基入见相王，极言其事。”）

看着两个儿子万分诚恳的表情，听着他们一遍遍近乎乞求的劝说，相王李旦在心里不停地发出一声声长叹。

为什么天底下无数人拼了性命要夺取的东西，却偏偏是自己不想要的呢？

为什么被自己视同枷锁，视同藩篱，视同禁锢的这顶天子冠冕，却要一次次地被别人强加在自己头上呢？

当初母亲武曌把他强行推上皇帝之位，实际上是把他变成了一只装点门面的政治花瓶；表面上让他成为帝国最尊贵的男人，实际上是把他变成了世界上最高级的“囚徒”。

而现在，虽然再也没有母亲的铁腕来操控他的生命，但是儿子们现在要求他做的事情，又何尝不是另一种形式的“胁迫”呢？

李旦一生崇尚淡泊宁静，自然无为的人生哲学，可事实上他的一生丝毫也不宁静自然，而是时刻处在政治斗争的漩涡之中，载沉载浮，身不由己。原以为母亲武曌下台后，他的人生就再也不会落入被利用，被胁迫的窘境，没想到天地如此之大，他却始终逃不出“被”字的网罗。

如今，妹妹太平和三郎隆基又打着他的旗号搞了一场流血政变，再度把他推入“被代表”“被拥立”的政治漩涡之中，真是让他备感无奈。其实李旦很清楚，妹妹太平和三郎隆基都是不甘居于人下之辈，二者的权力野心谁也不比谁小。现在他们之所以合起伙来把他强行推到前台，无非是想利用他的身份来强化新政权的合法性而已。换句话说，他们其实是把他当成了一面幌子，一个跳板，一种暂时性的过渡。迟早有一天，在太平和隆基之间，必定会再次爆发一场权力斗争。到那时候，李旦悲哀地想，自己也就没有什么利用价值了。就像眼下的少帝李重茂不得不在时势逼迫下“被禅让”一样，到那时候，自己恐怕也只能步他的后尘，在妹妹或儿子的逼迫下“被逊位”……

可明知如此，相王李旦又能如何呢？

人是生而自由的，但却无往不在枷锁之中。（卢梭语）

六月二十三日深夜，在两个儿子的一意坚持和苦苦劝说之下，相王李旦终于被说服，被感动了，最后无力地点了一下头，表示同意。

六月二十四日。晨。太极殿。

一具贵重的楠木棺椁停放在大殿的西边，里面躺着二十多天前被毒死的中宗李显。

一张宽大的御座被放置在大殿的东边（原来的位置是坐北朝南，国丧期间改为坐东朝西），上面坐着二十天前刚刚登基的少帝李重茂。

中宗灵柩旁站着面无表情的相王李旦。

少帝御座旁站着容光焕发的太平公主。

大殿下方站满了鸦雀无声的文武百官。

百官前列站着目光炯炯的李隆基和刘幽求。

这是一场特殊的朝会。

整个太极殿一片静默。

人人都在静默中等待一个毫无悬念的谜底揭晓。

太平公主用一种矜持的目光依次扫过所有人的脸，然后不紧不慢地开口了：“家国多难，社稷不宁，皇帝欲以此位让叔父，诸位认为如何？”

文武百官低垂着头互相交换了一下眼色，继续保持沉默。

只有刘幽求挺身出列朗声道：“国家多难，皇帝仁孝，追踪尧舜，诚合至公；相王代之任重，慈爱尤厚矣！”（《资治通鉴》卷二〇九）

皇帝仁孝，故“被禅让”；相王慈爱，故“被拥立”；百官沉默，故“被代表”。很好，叔慈侄孝，君仁臣忠，上下和睦，一团和谐。

然而，刘幽求说完后，瘦小的少帝李重茂却依旧一脸茫然地坐在宽大的御座上，仿佛根本没意识到眼前发生的一切。

太平公主嘴角掠过一丝鄙夷的冷笑，径直走上前去，对少帝说：“天下之心已归相王，这不是你小孩子的座位。”说完一把抓住李重茂的衣领，像老鹰抓小鸡一样把他提下了御座。

就这样，在几个政变首脑的一手操纵下，大唐帝国迅速完成了新一轮的权力交接。

当天，李旦正式登基，并亲临承天门，宣布大赦天下。一个月后，朝廷改元景云。

这是唐睿宗李旦的第二次登基，与第一次登基时隔二十六年。

人生如梦，世事如烟。

二十六年是一场无奈的轮回，充满了一种宿命的怅惘。李旦发现自己走了很久，走了很远，可是一不小心，却又回到了当初那个极力想要逃离的地方。当初被他弃如敝屣的那顶皇冠，而今又成了他不得不戴上的一副枷锁。

第一次帝王生涯给李旦带来了无尽的压抑、苦闷和烦恼，而第二次帝王生涯，又会给他带来什么呢？

两强相争中的夹缝天子

李旦即位后，一个严峻的问题立刻摆在了他的面前。

要立谁为太子？

李旦知道，三郎隆基发动这场政变的主要目的之一，就是为了得到这个太子之位，而且以他的能力和功劳而言，这个位子确实也是他应得的。但是棘手的问题在于，隆基排行老三，而且还是庶出，如果立他，嫡长子成器会作何感想？

按照自古以来“立长不立贤”的传统，只有成器才是储君的不二人选，无论隆基能力再强，功劳再大，都不应该染指太子之位。可是，如果隆基一心要争，而成器又坚决不让的话，事情又该如何解决？

一个建有不世之功，一个拥有法理依据，立谁都没错，可立谁又都不妥。

在此，李旦发现自己陷入了跟当年的高祖李渊一样的困局。搞不好，李唐皇室就有可能重演一场兄弟阋墙，骨肉相残的悲剧。

怎么办？

就在李旦万分焦灼，无计可施的时刻，长子宋王李成器主动站出来了。他对李旦说："国家安定，则先考虑嫡长子；国家危险，则先考虑首功之人。倘若违背这个原则，天下必将失望。所以，臣宁死也不敢居于平王之上！"一连几天，李成器流泪请求，态度坚决。

很显然，这是一个明智的嫡长子。

他对目前的形势有非常清醒的判断，对李隆基的实力和野心也有十分清楚的认识。他知道，仅凭自己嫡长子的身份，是远远不足以同三郎竞争和较量的。因此，与其冒着丧失一切的风险去打一场同根相煎并且毫无把握的仗，还不如做得漂亮一点，主动让位。这样既显得自己深明大义，又能换取李隆基的感激和信任，从而保住自己的亲王地位和后半生的富贵，何乐而不为？

李成器的主动弃权让李旦如释重负。与此同时，大多数朝臣也认为平王李隆基建立奇功，应为太子。紧接着，李隆基的心腹刘幽求又一次当仁不让地站了出来，对睿宗李旦说："臣听说，除天下之祸者，当享天下之福。平王拯社稷之危，救君亲之难，功莫大焉！何况他素有贤德，请陛下不必再犹豫。"

既然如此，那就没什么好说的了。

六月二十七日，亦即政变后的第七天，睿宗李旦正式册立平王李隆基为太子。为了取得平衡，李旦又于次日将雍州牧、扬州大都督、太子太师三个要职同时授予了长子李成器。

接到诏书的这一刻，李隆基似乎显得出奇的平静。

或许该有的激动和喜悦都已在他心中预演过无数次，因而兴奋之情早就淡了；又或者拿到一种命定属于自己的东西，不会有什么从天而降的惊喜之感。总之，李隆基很平静。

当然，即便李隆基心里认定太子之位是自己份内应得的，表面上的客套文章还是要做的。他随即上表，非常谦虚地推让了一番，不过马上就被睿宗李旦驳回了。

就这样，几乎没费什么周折，李隆基就成了大唐帝国的皇太子。

一条通往天子宝座的红毯已经在他的脚下铺开。不过与此同时，一个巨大的障碍也已经出现在红毯的前方。

准确地说，是一个女人挡住了李隆基的去路。

她就是太平公主。

韦后和安乐公主死后，如果有人认为，大唐帝国从此已经摆脱了牝鸡司晨的尴尬和女主天下的危险，那他就太过乐观了。因为，原本就比这两个女人强过百倍的太平公主，此时正在用一种比过去更加强势的姿态，在帝国政坛上迅速崛起。

要了解太平公主在睿宗一朝究竟拥有怎样的强势地位，有必要引述一段《资治通鉴》的记载：

> 太平公主沈敏多权略，……中宗之世，韦后、安乐公主皆畏之，又与太子共诛韦氏。既屡立大功，益尊重。上（睿宗）常与之图议大政，每入奏事，坐语移时；或时不朝谒，则宰相就第咨之。每宰相奏事，上辄问：“尝与太平议否？”又问：“与三郎议否？”然后可之。公主所欲，上无不听，自宰相以下，进退系其一言，其馀荐士骤历清显者不可胜数，权倾人主，趋附其门者如市。子薛崇行、崇敏、崇简皆封王，田园遍于近甸；收市营造诸器玩，远至岭、蜀，输送者相属于路；居处奉养，拟于宫掖。

这段记载的大意是说，太平公主性情沉稳，机智灵敏，擅长权谋，早在中宗时代，韦后和安乐公主就对她甚为忌惮，后来她又与李隆基一起铲除韦氏、拥立睿宗，因而屡立大功，位尊权重。睿宗李旦经常召她入宫商议大政方针，每次商谈的时间都很久；有时太平公主没有入宫，睿宗便会派宰相到她府上请示磋商。此外，每当宰相向睿宗呈递奏章时，他第一句话总是问：“跟太平公主商议过了吗？”紧接着又问，“跟三郎商议过了吗？”在听到肯定的答复后，才着手批复。

当时，太平公主所想望的，睿宗没有一件不应允。宰相以下文武百官的擢升或贬降，只在太平公主一句话，其余经她推荐而一夜之间飞黄腾达的官员，更是不可胜数。

由于太平公主的权势之隆完全不亚于皇帝李旦，所以朝野上下人人趋之若鹜，其府邸总是门庭若市。她的三个儿子薛崇行、薛崇敏和薛崇简都被封王，地产和庄园遍布京师郊外。为了收藏各种奇珍异宝和器物古玩，不惜派人远赴岭南和蜀地去淘宝，运送的人马和车辆一路上络绎不绝。同时，太平公主饮食起居的奢华程度，简直可媲美于皇宫。

从上述记载明显可以看出，睿宗李旦是一个典型的夹缝天子——一边是建有大功，自命不凡的儿子，一边是素来强势，权倾朝野的妹妹，属于李旦的空间自然就变得十分狭小。为此，他不得不在这两个强势人物之间勉力维持平衡，可谓如临深渊，如履薄冰。

几乎是从李旦登基的第一天起，李隆基和太平公主的政治博弈就已经开始了。

博弈的焦点在于朝政大权的争夺，而表现方式则是宰相班子的人事变动。

唐隆政变后，以萧至忠和崔湜为首的一帮后党成员本来已经被逐出朝廷，可这帮官场老手并不轻易认栽。以他们从政多年所养成的高度灵敏的政治嗅觉，很容易就能察觉出李隆基和太平公主之间的矛盾。而这样的矛盾对萧至忠等人来说，无疑是一个可以充分利用的机会。他们相信，只要及时靠上太平公主的码头，就完全有可能咸鱼翻身，东山再起。所以，尽管接到了朝廷的贬谪令，可他们并不急于动身赴任，而是一个个削尖了脑袋，不约而同地往太平公主的府上跑。

看着这些栖栖遑遑的丧家之犬，太平公主面带微笑地敞开了大门。

对太平公主来讲，这些人过去是谁的党羽根本无关紧要，他们的操守和品行如何就更是无须多虑，只要他们从现在开始效忠于她，她就可以既往不咎，来者不拒。尤其是这个萧至忠，几年前曾在中宗面前极力替相王李旦和太平公主开脱，如今带着这份功劳前来投靠太平公主，自然更容易被接纳。

于是，太平公主迅速收编了这帮韦后余党，随后极力向睿宗施压，终于迫使睿宗重新起用了这批人。萧至忠官复中书令，崔湜官复吏部侍郎、同平章事，其他几个也照样官复原职。这些在唐隆政变中侥幸逃过一死的有罪之臣，就这样在太平公主的荫庇下，摇身一变又成了堂堂的帝国宰相。

眼看太平公主如此明目张胆地培植党羽，控制朝政，李隆基当然不会无所作为。被立为太子后，他马上利用自己的身份和影响力，迅速提拔了两个官员，把他们从地方调入中央，一举让他们进入了宰相班子。

这两个人，一个叫姚崇，一个叫宋璟。

姚崇，本名元崇，字元之，陕州硖石（今河南三门峡市东南）人，生于永徽元年（公元650年）。早在武周时期，姚崇便已官至宰相，因处事精明干练而深受武曌赏识。张柬之得以在八十高龄入阁为相，便是姚崇和狄仁杰大力举荐的结果。神龙政变后，武曌被废黜，姚崇念及往日君臣之情，为武曌一洒同情泪，引起五大臣不满，被贬为地方刺史。

宋璟，邢州南和（今河北邢台市）人，生于高宗龙朔三年（公元663年），自少博学多识，工于文翰，弱冠中进士，武周时期官居御史中丞，以忠直耿介、执法严明、不阿权贵著称，颇为武曌所器重，曾为弹劾二张而与武曌面折廷争。中宗时，宋璟担任吏部侍郎兼谏议大夫，因不满武三思擅权而遭排挤，被贬为地方刺史。

如今，在太子李隆基的垂青之下，这两个人终于回到了帝国的权力中枢。姚崇就任兵部尚书、同中书门下三品，宋璟就任检校（代理）吏部尚书、同中书门下三品。

事实证明，李隆基识人用人的眼光确实高明，因为姚、宋二人都没有让他失望。

正是从这个时候开始，姚、宋二人成了李隆基最为得力的心腹股肱，不仅尽心竭力地帮助李隆基对付太平公主，并且还在几年后辅佐李隆基缔造了一个无与伦比的辉煌时代——开元盛世。因此功绩，姚崇和宋璟也成了青史留名的一代贤相。

史称姚、宋此次回朝后，同心协力“革中宗弊政，进忠良，退不肖，赏罚尽公，请托不行，纲纪修举，当时翕然以为复有贞观、永徽之风”。（《资治通鉴》卷二〇九）

在姚崇和宋璟的大力整饬下，帝国政坛出现了一派拨乱反正的崭新气象。比如在中宗时期被武三思迫害致死的张柬之等五大臣，皆被平反昭雪；李重俊也被追复太子位号，谥号“节愍（mǐn）”；成王李千里、羽林大将军李多祚等人，也都被追复官爵；此外，因犯言直谏而冤死的郎岌、燕钦融、韦月将等人，也都被追赠了官职。

同时，废除武氏宗庙，追削武三思、武崇训的爵位谥号，并开棺暴尸，铲平坟墓；追废韦后为庶人、安乐公主为“悖逆庶人”；黜退了中宗一朝的“斜封官”数千人。

由于姚崇和宋璟的改革举措深得人心，所以立刻获得了朝野上下的广泛拥护。他们的威望显著提升，自信心也大为增强。紧接着，在李隆基的授意下，他们又迅速把矛头指向了同为宰相的萧至忠等人。

尽管萧至忠的职位还在姚、宋二人之上，可他明白，自己毕竟是旧势力的代表，在当前这种革故鼎新的形势下，他只能一心一意地夹着尾巴做人，根本无力与姚、宋二人抗衡。而像崔湜这样的二级宰相（同平章事），面对姚、宋雷厉风行的改革行动，就更是心惊肉跳，寝食难安了，他们只能巴望在太平公主的庇佑下躲过这一劫。

然而，是福不是祸，是祸躲不过，该来的还是要来。

不知道李隆基向睿宗施加了什么影响，总之，就在萧至忠等人刚刚被重新起用的数日之后，再次贬谪的诏书就下来了。崔湜被免去相职，罢为尚书左丞；萧至忠、韦嗣立、赵彦昭等人，全部被贬为地方刺史。

萧至忠等人贬而复用，用而复贬的这一幕，就发生在短短的几天之间，充满了出人意料的戏剧性。在这样短的时间内出现如此反复无常的人事变动，足以证明一点——睿宗李旦刚一登基，李隆基和太平公主争夺朝政大权的战争就已经打响了。

第一回合，李隆基完胜。

通过姚崇和宋璟实施的一系列雷霆行动，以太子李隆基为代表的新兴势力正式在帝国政坛上登台亮相，崭露头角，并且先声夺人地获取了斗争的主动权。

一轮旭日已经从地平线上探出了一缕光芒。

然而，它的上方依旧笼罩着一团浓重的阴霾。

因为太平公主绝不会轻易承认失败。

天空尚未破晓，李隆基仍须努力。

而睿宗李旦，也仍然要在李隆基和太平公主的激烈政争中颤颤巍巍地当他的夹缝天子。

此时此刻，没有人知道，这个在“牝鸡司晨”的巨大梦魇中艰难行进了许多年的大唐帝国，究竟还要多久，才能重新迎来像贞观时代那样的朗朗乾坤。

第七章
梦魇的终结

李重福兵变

公元710年无疑是李唐王朝的多事之秋。这一年共有三个年号：景龙、唐隆、景云。第一个使用了将近半年，被韦后废掉了；第二个才用了二十多天，又被李隆基的一场政变终结了；而当第三个年号刚刚使用还不到一个月的时候，又一场令人意想不到的兵变就突然爆发了。这场兵变的领导者，就是被中宗长期流放的那个次子——谯王李重福。

这些年来，帝国政坛风云变幻，长安的金銮殿上闹哄哄你方唱罢我登场，大唐天子走马灯似的一个一个换，但是所有这一切，似乎都与李重福全然无关。他就像一颗被遗忘的弃子，在热闹纷繁的棋局边缘独自咀嚼无边的落寞与哀伤。中宗暴崩时，他心里曾经闪过一丝极其微弱的企盼——企盼能以次子的身份入继大统。毕竟，在中宗仅存的两个儿子中，他的年纪几乎比李重茂大过一倍，所以他有理由生出这种企盼。

但其实他自己也知道，只要韦后在朝中掌权，他这种企盼就是一种奢望，一种既可笑又可怜的幻想。

果不其然，中宗暴崩不久，京师就传来了李重茂即位，韦后临朝摄政的消息。

几乎就在李重福得知这个消息的同时，左屯卫大将军赵承恩就奉韦后之命，带着五百名士兵来到均州，层层封锁了他的宅第，彻底剥夺了他的行动自由。

李重福在心里苦笑。

他知道，只要韦后掌权一天，他就一天也摆脱不掉这种囚犯的命运。而且李重福也很清楚，韦后的最终目标就是像武曌那样篡唐称帝，所以她很快就会把傀儡皇帝李重茂废掉。而一旦韦后走到这一步，那他李重福的死期也就到了。

作为李唐皇室的天潢贵胄，作为最有资格继承中宗帝座的年长皇子，李重福实在不甘心接受命运的无情摆布，更不甘心沦为韦后砧板上的鱼肉。

于是，他心中逐渐燃起了一簇火焰。

这簇火焰一开始还很微弱，但是很快就变成了一团熊熊烈火。

因为，有两个素怀野心的人就在这时候来到了李重福的身边。

如果说，李重福心中长年郁积的痛苦是一堆柴薪，对韦后的仇恨是一颗火种，那么这两个野心家的到来，则无疑是在这两样东西上面猛然浇下了两桶油。

这两个人，一个叫张灵均，洛阳人，身份是平民，职业无考，估计是混黑道的江湖人物；还有一个，就是当初武三思手下的鹰犬，后来因贪污受贿被贬谪出朝的原吏部侍郎——郑愔。

郑愔是个有奶便是娘的人，属于典型的政治投机客。但是这种人也有一个优点，那就是百折不挠，永不言败。

只要有一口气在，这种人的野心就永远不死。

最初，郑愔是酷吏来俊臣的手下，来俊臣被诛后，他又成了二张门下走狗，继而二张被杀，他被贬为地方上的低级军官，随后又因贪污军饷而弃官潜逃，成了一个在逃通缉犯。按理说，一般人混到这个地步，这辈子就算交待了。可郑愔不是一般人，他的政治野心从不因为身陷困境而消失。在东躲西藏，走投无路之际，他居然走了一步险棋，冒死潜回东都，用一种出人意料的方式博得了武三思的青睐，从而摇身一变又成了朝廷的中书舍人。

说到郑愔，就不能不提崔湜。武三思当权时，郑愔和崔湜一块成了武氏门下的哼哈二将，在打击五大臣的过程中紧密合作，出力尤多。后来武三思被杀，郑、崔二人又结伙投靠了韦后，在一段时间里同任宰相，并且联手把持了大唐的吏部，大肆卖官鬻爵，贪污受贿。哥俩有钱一起赚，有福一起享，真是滋润无比，得意非凡。然而没过多久，他们贪赃枉法的罪行就败露了。

从这个时候开始，郑愔和崔湜的仕途命运开始分叉。

说起来也很可笑，导致他们命运分叉的原因居然是因为容貌。

据说崔湜是一个以“美姿仪”而名闻朝野的稀世美男，所以他可以靠美色取悦上官婉儿、安乐公主等女强人，碰到危急关头，这些手握大权的红颜知己自然会出面保护他。可郑愔却“貌丑多须”，形容猥琐，丝毫攀不上那些女强人的裙带，所以自然要比崔湜倒霉。人家崔湜虽然被定了罪，可只不过在形式上被外放了几天，没多久就回朝复相了；而他郑愔却只能灰溜溜地滚出长安，被贬到山高皇帝远的江州（今江西九江市）去当司马。

这次被贬，在郑愔的人生中虽然不是最惨的一次，但却是他的官运曲线图中跌幅最深的一次。因为这次是从宰相的高位上直接跌到了帝国政坛的最底层，落差太大，所以感觉似乎比当初沦为逃犯更为惨痛。

走在那条凄凄惨惨的贬谪路上时，郑愔一直在反复思考：这一生，难道就这么完了？难道辛辛苦苦混了一辈子，结果却因为长得比较粗犷就没得混了？

不。郑愔很快就告诉自己——我很丑，可是我很有野心！

回首自己的前半生，一次次失去靠山，落入困境，结果却又一次次咸鱼翻身，否极泰来，凭的是什么？不就是凭胸中这一点不死的野心吗？由此可见，男人不怕长得丑，就怕没野心。

可是话说回来，光有野心是没有用的，还要有靠山。换言之，野心只是一条藤蔓，如果不能缠上像二张、武三思、韦后这样的大树，藤蔓再大条也只能枯死。

那么，放眼当今天下，还有哪一棵大树可以让自己缠绕呢？

郑愔坐在晃晃悠悠的马车中不停地苦思冥想，结果却一无所获。直到马车行走到荆楚地界，距离均州不远的时候，一个人的名字才忽然跃入了郑愔的脑海。

李重福……谯王李重福！

天哪，这不是现成的一棵遮荫大树吗？

刹那间，郑愔发现自己愁云惨雾的人生顿然变得柳暗花明。

他情不自禁地发出一阵仰天狂笑。

天无绝人之路，天无绝人之路啊！

就在去往贬所江州的路上，郑愔特意绕道均州，暗中拜见了谯王李重福，直接了当地表达了自己的忠心和拥戴之意。

自从李重福被流放以来，几乎没有一个官员敢踏进他的宅邸，更不用说向他表示拥立之意了，所以李重福既兴奋又感动，马上将郑愔引为知己。

不久，中宗暴崩，韦后临朝，郑愔感到时机来临，立刻前往洛阳，找到了当初流落江湖时结识的一个黑老大张灵均，力邀他共创大业。张灵均欣然同意，于是和郑愔双双来到均州，极力怂恿李重福正式起兵，讨伐韦后。

然而，正当三人加紧密谋之时，唐隆政变就突然爆发了。韦后一党被铲除殆尽，少帝李重茂退位，睿宗李旦登基，帝国政局一夜之间就变得面目全非。随后，郑愔被调回朝中担任秘书少监，可刚刚走到半道，姚崇、宋璟就上台了，他旋即又被贬为沅州（今湖南洪江市西北）刺史。与此同时，谯王李重福也接到了睿宗的一纸诏令，要将他调任集州（今四川南江县）刺史。

就在李重福犹豫着要不要去集州赴任时，郑愔和张灵均又来了。

郑愔告诉他，王爷您别走了，我也不去当什么鸟刺史了，咱还是按原计划动手吧，把本来就属于您的江山夺回来。张灵均也对李重福说："大王位居嫡长，当为天子！相王虽然有功，但是没有资格入继大统。如今，东都的士人和百姓都翘首以待大王的到来。您若能暗中进入东都，调动宫城两翼的左右屯营兵，袭杀留守，占据东都，就有如从天而降一样。到时候，向西进攻陕州，向东夺取河南河北，只要大王您旗帜一挥，天下须臾可定！"

张灵均不愧是江湖老大，说起话来就是这么牛气冲天，好像天下是他家的一口锅，一抬手就能把它翻个底朝天。李重福被说得心潮澎湃，两眼放光，当即大腿一拍——没啥好说了，起兵！

事不宜迟，说干就干。李重福随即派遣家臣王道，随同郑愔先行进入东都打前站。抵达洛阳后，王道负责暗中招募死士，短短时间就召集了数百人。而郑愔则负责建立据点，他秘密联络了驸马都尉裴巽（娶中宗的女儿宜城公主），准备利用他家作为李重福的落脚点和行动指挥部。随后，郑愔又胸有成竹地起草了一道拥立李重福为帝的诏书，在诏书中宣布将年号改为“中元克复”，然后遥尊李旦为“皇季叔”，以李重茂为皇太弟；同时，郑愔自任左丞相，“知内外文事”，总揽行政大权，任张灵均为右丞相、天柱大将军，“知武事”，负责军政事务。

一口气写完诏书，郑愔拿起来反反复复念了十几遍，感觉自己好像就站在高高的金銮殿上，正和李重福、张灵均一起，用一种睥睨天下的目光俯视着匍匐在脚下的文武百官和芸芸众生……

这感觉，真是爽呆了！

与此同时，张灵均也召集了数十个弟兄，然后簇拥着李重福，意气风发，踌躇满志地朝洛阳飞奔而来。

此时的李重福并不知道，他们的异动已经被洛阳县令察觉。就在他们风驰电掣地奔向东都的同时，洛州司马崔日知（崔日用的堂兄）也已根据接获的情报展开了一场搜捕行动。李重福的家臣王道在洛阳募集的党羽，先后有数十人落入了法网。

景云元年八月十二日，洛阳县令从逮捕的人犯口中获知，郑愔、王道等人就躲藏在驸马裴巽家中。县令不敢拖延，立刻带上人马来到裴巽府邸，准备进行搜查。

然而县令万万没有料到，就在同一天，李重福、张灵均也恰好抵达东都。双方人马就在裴巽的宅邸门口狭路相逢。县令一见对方人多势众，顿时大惊失色，赶紧掉转马头，飞驰进入宫城，向东都留守裴谈作了禀报。

裴谈胆小如鼠，一听说发生叛乱，立刻脚底抹油，头一个溜出宫城躲了起来。其他官员一见长官跑了，也一个个争相逃匿。结果偌大的东都留守朝廷，只剩下崔日知和少数几个官员在支撑危局。

此时，李重福、张灵均、郑愔、王道已经率领几百个党徒，剑拔弩张，杀气腾腾地向洛阳宫城冲来。当他们接近天津桥（宫城南面的洛水桥）时，正巧与准备逃跑的侍御史李邕撞个正着。李邕一看乱兵已经杀到了眼皮底下，顿时叫苦不迭，只好掉头往宫里跑。他一边跑一边想，现在宫里的官员逃了十之八九，左右屯营兵群龙无首，要是被李重福争取过去，再一倒戈，那东都就彻底完蛋了，自己肯定也只有死路一条。所以，无论如何都不能让左右屯营兵落入李重福的手里。

想到这里，李邕不再往宫里跑了，而是折向了屯营兵的驻地。他先跑进右屯营，召集士兵高声喊话，说："李重福是被先帝流放的罪人，现在无缘无故窜到东都，肯定是想犯上作乱，诸位为国立功的时候到了，只要奋勇杀贼，就不愁没有富贵！"接着，李邕又找到负责宫门守卫的皇城使，让他赶紧关闭各道宫门，率兵拒守。

经过这一番紧急动员，守卫宫城的士兵们都已经刀出鞘，箭上弦，进入了高度戒备状态。所以当李重福等人杀到右屯营的时候，还没来得及开口喊话，迎接他的就是一阵如蝗箭矢。李重福无奈，只好放弃策反屯营兵的想法，带领部下转攻左掖门，准备直接从这里杀进宫城。可此时的左掖门也早已紧闭。李重福连连受挫，顿时勃然大怒，命人纵火焚烧宫门。

门楼上的卫兵大为恐慌，既担心宫门被烧破，又不敢出门迎敌。就在这千钧一发的时刻，崔日知率领左屯营兵突然从李重福的背后杀出。李重福立刻陷入腹背受敌的困境，他手下的这帮乌合之众一见形势不妙，当即各自逃命，作鸟兽散。

李重福意识到大势已去，只好拍马狂奔，一路从上东门（洛阳东北第一门）逃出城外，躲进了邙山的山谷之中。

第二天，发现叛乱已经平息，东都留守裴谈才赶紧出头抢功，出动大批部队进入邙山进行地毯式搜捕，同时封锁各道城门，在各个主要路口设卡，严密盘查过往行人。

李重福孤身一人在荒山野岭中游荡了一天一夜。疲倦、饥渴、愤怒、沮丧、懊悔、恐惧，像一条条冰冷的毒蛇一样紧紧缠绕着他。

眼看东都军队的搜捕大网越收越紧，李重福心中的绝望也越来越深。他蓬头散发，踉踉跄跄地走到一处断崖边，向西遥望了一眼长安方向的天空，最后凄然一笑，纵身跃入了深不可测的潭渊之中……

李重福的尸体最后还是被官兵捞了起来，然后运回东都，吊在闹市中寸磔三日。他的党羽也在同一天纷纷落网。其中，"貌丑多须"的郑愔居然化装成一个贵妇，躲藏在一辆马车中企图蒙混过关，最后还是被盘查的士兵识破了。

郑愔和张灵均一同受审时，张灵均昂首挺胸，神情自若，依旧是一副江湖老大的做派；可郑愔却面如土色，浑身筛糠，连一句完整的话都说不出来。张灵均斜乜了他一眼，摇头苦笑道："老子和这种人一块起事，真是活该失败！"

然而，张灵均此刻明白已经太晚了。被捕当天，他和郑愔便在洛阳闹市被斩首了。

直到临刑的前一刻，郑愔还在思考一个令他百思不得其解的问题——为什么这辈子靠上谁谁就倒呢？不管是最初的来俊臣、二张，后来的武三思、韦后，还是现在的李重福，只要他郑愔靠上谁，谁就立马死得很难看。这究竟是为什么？

是他们太无能，还是我太倒霉？

郑愔肯定是永远得不到答案了，因为刽子手的刀光闪过，他那颗“貌丑多须”的头颅就滴溜溜地滚到了地上。

不过就算他不死，估计到头来也还是想不明白这个问题。因为有一个最简单的道理他没有弄懂，那就是——成功的人生依靠的是经营，不是投机。

善于经营的人，更多时候是把目光放在自身的修行上，所以一分耕耘一分收获，纵然会遭遇短暂的挫折，也不会被长期埋没；而习惯投机的人，则始终把目光放在外界和他人身上，疏于自身品格和能力的修炼，所以尽管能得逞一时，但绝不可能辉煌一世。换言之，投机者虽然比别人更有机会一夜暴富，但也随时有可能一朝破产。

只可惜，这样的道理，像郑愔这种人永远不会明白。

兵变平息后，朝廷赏罚分明，擢升平乱有功的洛州司马崔日知为东都留守，同时将贪生怕死的原留守裴谈贬为蒲州刺史。

李重福兵变虽然旋起旋灭，并未对睿宗李旦构成任何威胁，但这并不等于天下从此就太平无事了。随着太子李隆基与太平公主的斗争日趋激烈和公开化，睿宗李旦发现，长安的朝堂上正弥漫着一股越来越浓的火药味。种种迹象表明，一场远比李重福兵变规模更大，性质也更严重的政治动乱随时有可能爆发……

一场政治恶斗

自从李隆基当上太子后，太平公主的心情几乎就没有轻松过。

尽管早在唐隆政变之初，她对这个能力过人的侄子就怀有很深的戒备，可直到李隆基在争夺朝权的斗争中漂漂亮亮地赢了第一回合，太平公主才赫然发现——李隆基的魄力和手腕还是远远超出了她的预料。

不过，太平公主并不十分担心。

因为她自信——姜还是老的辣。虽然李隆基初试啼声就搞得满朝皆惊，但是太平公主相信，以自己从政多年所累积的智慧和经验，对付这个初出茅庐的毛头小子还是绰绰有余的。

更何况，李隆基身上还有一个致命的软肋。

那就是他庶出的身份和相对靠后的出生顺位。

太平公主相信，只要死命抓住这个软肋，就完全有可能把李隆基从储君的位子上弄下来。连皇帝李重茂都可以轻而易举地废掉，更何况他一个小小的太子？

为此，太平公主开始在朝野上下到处散布舆论，声称李隆基不是嫡长子，没有资格立为太子。在太平公主看来，只要把李隆基废掉，重立一个柔弱暗昧的太子，她就能长久地把持帝国权柄。

面对太平公主咄咄逼人的姿态，睿宗李旦的心里老大不舒服。自从被儿子和妹妹拥立的那一天起，李旦就给自己确立了一条底线，那就是——无论他们两个如何争权夺利，自己始终都要保持不偏不倚。

换言之，李旦给自己的任务，就是维持双方的势力均衡，只求大家相安无事。可现在，太平公主的做法显然已经触及了他的底线，他当然不能无动于衷。所以睿宗很快就颁发了一道诏书，下令任何人都不准再谈论废立太子之事。

然而，太平公主对睿宗的诏令却置若罔闻。除了继续散布流言外，她又利用自己多年来精心打造的人脉关系网，开始在李隆基身边不断安插耳目，对他实行全天候的监控。只要太子有任何细微的过失，她都会第一时间向睿宗呈上密奏。

通常情况下，这一招是很管用的。无论是太宗时代的太子李承乾，还是高宗时代的太子李贤，都是在私生活方面出了问题，最后遭到了废黜流放的厄运。所以太平公主信心满满地认为，这么一来，很快就会抓住李隆基的小辫子。

可结果却完全出乎她的意料。

因为李隆基不是笨蛋。他知道身边都是太平公主安插的“特务”，所以一举一动都万分小心，中规中矩。到头来，太平公主派去的那些特务都累得半死，也只是搜罗了一些鸡毛蒜皮的东西，根本不足以整垮李隆基。

频频出手却伤不到李隆基一根汗毛，让太平公主十分恼火。景云二年（公元711年）正月，太平公主突然做出了一个让人意想不到的举动，乘坐车辇进入皇城的光范门，把宰相们堵在了下班回家的路上，然后跟他们说了一番意味深长的话。这番话的意思很明显，就是要迫使他们一起出面，敦促睿宗废立太子。

谁也没有料到，太平公主居然会在大庭广众之下公开摊牌。

宰相们一个个脸色煞白，半晌无语。

这里头的水太深了！现如今的大唐帝国，还有什么比这件事的水更深呢？

宰相们没人想去蹚这趟浑水，所以始终面面相觑，谁也不敢接腔。

最后，一个宰相站了出来，迎着太平公主倨傲的目光，从容说道：“东宫有大功于天下，真宗庙社稷之主，公主奈何忽有此议？”（《资治通鉴》卷二一〇）

太平公主定睛一看，这个公然和她唱反调的人，就是太子李隆基的心腹，如今帝国政坛上风头最健的宰执大臣——宋璟。

太平公主森然一笑。

很好，说得很好！她一边冷笑，一边深长地看了宋璟一眼，然后快步走回车辇，命车夫掉转马头，在众宰相惊魂未定的目光中绝尘而去。

望着太平公主渐渐远去的车辇，宋璟的心头瞬间沉重如铁。

他知道，太平公主绝不会善罢甘休。

一场政治恶斗已经在所难免……

既然在所难免，当然要先下手为强。

宋璟和姚崇随后就向睿宗私下奏言：“宋王成器是陛下的嫡长子，豳王守礼是高宗的嫡长孙（李守礼是李贤的嫡长子，在高宗的所有孙子中排行最大。也就是说，他和李成器都比李隆基更有资格入继大统，所以客观上都对太子的地位构成了威胁）。如今，太平公主又在其中挑拨离间，臣等担心太子会有危险。为保社稷安宁、东宫无恙，应将宋王和豳王外放为地方刺史，同时撤除岐王（李旦四子李隆范）、薛王（李旦五子李隆业）的禁军兵权，让他们分任太子左、右率（东宫武官），事奉太子。此外，也是最重要的是，应将太平公主及驸马武攸暨迁出京师，于东都安置。”

这显然是一个全面巩固太子地位的计划，其考虑不可谓不周详。然而，在睿宗李旦看来，太平公主并没有犯什么太大的过失，就这样把她逐出京师，似乎有些说不过去。于是李旦作出了这样的表态：“朕现在已经没有兄弟了，身边只剩这一个妹妹，岂能把她赶到东都那么远的地方？这件事断不可行。至于其他几个亲王，倒不妨按照你们的办法处置。”

随后，李旦颁发了一道诏书，宣布：诸王、驸马从今往后不得统御禁军，已经任职的，一律改任其他官职。

李旦之所以不想贬黜太平，除了没有正当理由之外，还有一个很重要的原因就是——这么做不符合他的平衡原则。

然而，紧接着就发生了一件让李旦很不爽的事情，迫使他一怒之下主动打破了这个平衡。

这件事与一则预言有关。某日，一个宫廷术士忽然郑重其事地告诉睿宗，说最近天象怪异，“五日中当有急兵入宫”。（《资治通鉴》卷二一〇）

李旦大惊失色。这些年来，帝国政局动荡不安，宫廷政变此起彼伏，什么事都有可能发生。更何况，眼下太平公主和三郎隆基的矛盾冲突又愈演愈烈，若说他们中有人打算再发动一场政变，勒兵入宫夺取皇位，这完全是有可能的。

李旦越想越怕，赶紧召集几个宰执大臣，把术士的预言告诉了他们，命他们一定要严加戒备，以防不测。时任中书侍郎、同平章事的张说（曾任李隆基的东宫侍臣）闻言，不以为然地说：“如此耸人听闻之言，必是有小人企图离间东宫。臣请求陛下让太子监国，流言必然自动平息。”姚崇也赶紧说：“张说所言，是安定社稷的上上之策。”

李旦恍然大悟。

原来，指使术士捏造预言，制造恐慌的不是别人，正是太平公主！而她的目的，无非是想借此让李旦父子互相猜忌，进而迫使李旦废黜李隆基，甚至让他们父子刀兵相见！其用心是何其险恶，其计谋又是何其歹毒啊！

李旦是很少发脾气的人，可他这次真的动了肝火。此前他还在勉力维系太平公主和李隆基之间的平衡，还在顾虑驱逐太平没有理由，可太平公主这回真的是太不地道了，已经大大突破了李旦的底线。

所以，必须给她一点颜色瞧瞧！

这一年二月初一，睿宗李旦终于全盘采纳了宋璟和姚崇的建议，正式颁布诏书，命宋王李成器为同州刺史，豳王李守礼为豳州刺史，左羽林大将军李隆范为太子左卫率，右羽林大将军李隆业为右卫率；同时，将太平公主逐出长安，迁往蒲州（今山西永济市）安置。

次日，睿宗又断然发布了太子监国的命令，宣布自即日起，凡六品以下官员的任用，以及有期徒刑以下的刑罚，全部交由太子裁决。

至此，李旦完全抛弃了即位以来一直坚持的平衡原则，决定彻底朝太子李隆基倾斜。

儿子毕竟是儿子，到任何时候都比妹妹更值得信任。

接到驱逐令的那一刻，太平公主一下子傻眼了。她万万没有想到，指使术士散布流言的结果居然是搬起石头砸自己的脚！

迁往蒲州安置！

太平公主看着手中的这一纸诏令，心里不停地发出冷笑。

从小到大，她一直是帝国地位最尊，势力最大，声望最高的公主，无论政坛上如何风云变幻，无论谁入主中枢，掌握大权，都没有哪一个人敢给她颜色看，更没有人敢算计她。而今天，宋璟和姚崇这两个家伙仗着太子撑腰，居然敢挑战她的权威，甚至怂恿李旦给她下驱逐令，真是破天荒的头一遭，完全出乎太平公主的意料。

尽管气得七窍生烟，可太平公主并没有乱了方寸。跟随在母亲武曌身边那么多年，她学到的最大一项本事就是——定力。

是的，定力，一种临危不乱，临难不恐的定力。

所以，太平公主很快就告诉自己：没关系，你们一心要赶我走，那我就走好了，权当到河东去散散心，渡渡假，相信不用多久，你们就会恭恭敬敬地把老娘请回来！不过，我不会就这么灰溜溜地走的，在走之前，我会给你们留下一点临别赠礼……

接到诏令的当天，太平公主就着手做了两件事。

第一件，是授意她的心腹，殿中侍御史崔莅和太子中允薛昭素向睿宗进言："斜封官都是先帝任用的，都已经是既成事实，如今先帝尸骨未寒，姚崇等人竟然把他们一朝废黜，这么做必然带来两大弊害：其一，彰显先帝之过；其二，为陛下招来怨恨。而今，朝野怨声载道，海内众口沸腾，臣等担心会激发事变，陛下不可不慎啊！"

太平公主在关键时刻打出这张牌，目的有二。

首先，是利用斜封官的事情把姚崇和宋璟搞臭。她授意心腹说这番话，就是在暗示睿宗，姚、宋二人之所以花那么大力气罢黜斜封官，其实并不是出于公心，而是为了沽名钓誉，捞取个人的政治资本。

其次，斜封官中有相当一部分是太平公主的人，这些人被逐出朝廷，无疑大大削弱了她的势力。所以，如果能在离开长安之前把姚崇和宋璟搞下台，把自己的人重新弄回朝廷，那样既可收买人心，又能遥控朝中局势，还能为她日后回朝铺平道路，可谓一石三鸟。

就像太平公主所预料的那样，听完崔、薛二人的一席话，李旦的脸色马上就变了。

就在李旦满腹狐疑，忧心忡忡的当口，太平公主又以辞行为由亲自入宫，极力强调罢黜斜封官的种种弊端，把睿宗李旦说得频频点头，连连称是。

有道是人之将死，其言也善，而有时候人之将走，其言往往也比较悦耳。在睿宗李旦看来，太平不但欣然接受诏令，毫无怨言地前来辞行，而且只字不提被驱逐一事，同时还一心牵挂朝政，如此豁达的心胸，如此不计私利，以大局为重的坦荡襟怀，没有理由不让人感动。

因此，李旦当天就颁下一道诏书，宣布："先帝时期任命的所有斜封官，凡已被停职的，皆可重新量才录用。"

做完这件事后，太平公主心满意足地从宫中出来，然后一刻不停地直奔东宫。

临走之前，她要做的第二件事就是——还太子以颜色。

一听到宫人禀报太平公主驾到的消息时，李隆基心里马上跳出了四个字：来者不善。

但是人既然已经来了，李隆基也只好硬着头皮匆匆出迎。

尽管心里早已做好了准备，可李隆基绝对没有想到，太平公主一见到他的时候，竟然会摒弃所有礼节，撕破一切脸面，当着双方下人的面，指着他的鼻子一顿臭骂。

这是李隆基有生以来，第一次见识这个姑母的狠戾与强悍。

出于对姑母的尊重，同时也是考虑到自己的身份，李隆基在太平公主口沫横飞的痛骂声中始终保持冷静，一直敛首低眉，一言不发。

与此同时，李隆基心念电转，飞快地盘算着应对之策。

刚才父皇李旦发布恢复斜封官的诏令时，他第一时间就得到了消息。毫无疑问，这个消息让他非常不安。因为此事至少透露了两个信息：一、姚崇和宋璟上台后的改革力度太大，已经引起了相当一部分既得利益者的强烈不满，而这种不满，现在分明已经通过太平公主传递到了父皇那里；二、父皇既然恢复了斜封官，就相当于否定了姚崇和宋璟的政绩，或迟或早，姚、宋二人必定被贬。

太平公主这次败得太惨，可以说到了恼羞成怒的地步，否则她也不会不顾公主之尊，找上门来大吵大闹。在此情况下，自己势必要给她一个说法。而按照父皇李旦一贯的性格和处事方式，他必然会在太平公主利益受损之后寻求一种新的平衡。说白了，很可能就是将矛盾双方各打五十大板。因此，就算自己不主动给太平公主一个说法，父皇肯定也会下手翦除东宫的势力。

想到这里，李隆基已经有了应对之策。

他决定主动认错，丢卒保车。

也就是说，与其坐等姚崇和宋璟被贬，还不如主动把他们抛出去。如果不这么做，不但姚崇和宋璟的宰相乌纱保不住，就连李隆基自己的储君之位恐怕也有失落的危险。

李隆基很清楚，在复杂多变、诡谲无常的政治博弈中，一路奏凯也不见得是件好事。有时候主动输掉一两张牌，会起到麻痹对手的作用。尤其是在自己实力不足，尚不能一口吃掉对方的时候，这么做就是明智和必要之举。

于是，就在太平公主大闹东宫的当天，李隆基便入宫去向睿宗请罪。他郑重表示：姚崇和宋璟这么做，显然是在离间他和姑母、兄长之间的感情，其用心不可谓不险恶，所以建议将他们处以极刑。

李隆基当然不想真的让姚、宋二人为此送命。

他之所以敢把话说得这么绝，是因为他料定父皇不可能对他们痛下杀手。

二月初九，亦即太平公主动身前往蒲州的数日之后，睿宗李旦下诏，把姚崇贬为申州（今河南信阳市）刺史，宋璟贬为（今江苏淮安市）楚州刺史；两天后，又撤销了将李成器和李守礼外放的命令。

综观景云二年发生在李隆基和太平公主之间的这场政治恶斗，双方各有损伤，谁也没有捞到便宜，更没有人取得绝对优势。

以太平公主在大唐帝国所享有的地位和威望而言，她是不可能被长久放逐的，更不可能轻易被淘汰出局。

太平公主自己很清楚这一点。

太子李隆基对此也心知肚明。

所以，太平公主和李隆基之间真正的对决，其实还没有开始。

这一切都还只是热身，或者说前戏。

真正的高潮还在后头。

太平公主的强力干政

姚崇和宋璟黯然离开相位之后，接替他们执掌朝政的两个宰相是韦安石和李日知。他们都是属于那种政治立场不太明显的中间派，凡事不求有功，但求无过，执政手段相当温和，与姚、宋二人相去不啻霄壤。

随着温和派的上台和斜封官的大量复任，姚崇和宋璟辛苦改革的成果付诸东流，刚刚树立起来的赏善罚恶、举贤用能的新政风也荡然无存。“自是纲纪紊乱，复如景龙之世矣！”（《资治通鉴》卷二一〇）

世间的事情就是这样，一利起则一害生。想要积极进取有所作为，就必然要得罪人；想要一团和气不得罪人，就只能以丧失原则，混淆是非为代价。二者必居其一，没有什么两全其美的好事。

虽然韦安石和李日知这种人很对睿宗李旦的胃口，可李旦毕竟跟李显不一样。李显为了追求表面和谐可以牺牲一切，李旦钟情于和谐但却不敢泯灭是非。因此，对于韦、李二人上台后的表现，睿宗李旦并不满意；对当下“纲纪紊乱”的政治现实，李旦更是感到忧心和自责。

也许正是在这种情绪的支配下，李旦萌生了退意。

本来这顶帝王冠冕就是自己不想戴的，如今勉强戴下来的结果，既不能尽如人意，又不能无愧我心，那又何苦勉力支撑，自误误人呢？

景云二年四月的一天，睿宗李旦忽然召集三品以上大臣举行廷议，真诚地表达了自己的引退之意。他说："朕素怀澹泊，不以万乘为贵，曩为皇嗣，又为皇太弟，皆辞不处。今欲传位太子，何如？"（《资治通鉴》卷二一〇）

这些当朝大员面面相觑，没有人敢表态。

当天的廷议没有取得任何结果。事后，太子李隆基立刻派遣东宫大臣入宫，极力表示推辞之意，但是睿宗不许。

不久后，太平公主在蒲州得知消息，随即派人入京，授意一名心腹朝臣对睿宗说："陛下春秋未高（年龄不大），刚刚获得天下苍生的拥戴和仰望，岂能忽然言及退位之事？"

李旦意识到退位的时机还不成熟，只好暂时按下不表。尽管如此，他还是随后下诏，宣布今后的政务都交给太子裁决，只有五品以上官员的任命和军中死刑的判处，才先由太子议处，然后向皇帝奏报。

很显然，睿宗退意已决，目前的做法无疑是在逐步把皇权过渡到太子手上。

对于父皇的让位之意，李隆基心里当然感到了一种难以抑制的喜悦。不过他同时也一再对自己说——现在还远远不是高兴的时候。

原因很简单，太平公主人在蒲州，可她在长安的影响力一天也没有消失，甚至没有受到丝毫削弱。如今朝中依旧遍布她的党羽，甚至连东宫也依旧充斥着她的耳目，比如时任太子詹事的崔湜、时任太子中允的薛昭素，皆太平之党。相形之下，李隆基这边的势力却受到了极大的削弱，姚崇和宋璟被贬出了朝廷，另一个心腹股肱刘幽求也刚刚被卸掉"参知机务"的宰相之权，罢为户部尚书，在此情况下，李隆基只能反复用两个词告诫自己，一个是"清醒"，一个是"低调"。

是的，一定要保持清醒和低调。

越是在即将企及权力巅峰的时刻，越是要注意自己的姿态，尤其要警惕自己的心态——千万不能让自己眼高于顶，脚跟虚浮。

随后的日子，李隆基频频上奏，要求将太子之位让给大哥李成器。

他的要求当然被睿宗驳回了。

紧接着，李隆基又向睿宗陈情，请求把太平公主召还京师。

面对太子的谦逊之举和仁孝之心，睿宗李旦大为感动。当初一气之下将太平公主驱逐到蒲州，李旦一直心怀愧疚，如今既然是太子主动提议，他当然是欣然赞同了。

就这样，是年五月，在离开长安仅仅三个月后，太平公主就重新回到了人们的视线中。

她的脸上依旧悬挂着一副倨傲的笑容。

她的眼中依旧闪烁着一抹自负的光芒。

我不是说过了吗，你迟早会请我回来的！

年轻人，你自以为得计的东西，其实都是别人玩剩下的。所以，别把自己看得太高，也别得意得太早，你要走的路还很长，你要学的事也还很多！

看见李隆基带着一种毕恭毕敬的表情前来迎接时，太平公主在心里如是说。

是的，是我请您回来的，因为我了解父亲，所以我知道，这么做是最容易博得他好感的方式，也是最能够促使他主动传位的方式。

所以，敬爱的姑母，我必须请您回来！

看见太平公主带着一种得胜还朝的表情回到长安时，李隆基在心里如是说。

随着太平公主的回京，朝中的高层人事又不可避免地开始了一轮新的震荡。

首先引起人们关注的事情有两件：一是殿中监窦怀贞的入相，二是御史大夫薛谦光的贬谪。两个当朝大员的一升一降，就发生在太平公主回朝不过十来天的时候。

前文说过，韦后一党覆灭时，号称“皇后阿奢”的窦怀贞“大义灭亲”，毅然砍下老婆的人头弃暗投明，虽因此免于一死，但终究没保住乌纱，被贬为濠州司马。窦怀贞不甘心就此败落，于是一转身又投靠了太平公主，旋即升任益州长史，没多久又回朝担任殿中监。

能够在这么短的时间内咸鱼翻身，窦怀贞真是喜出望外。他发誓，后半生一定要一心一意跟着太平走，生当太平的人，死当太平的鬼。所以，自从调回长安之后，窦怀贞每天下班都不是往家里走，而是屁颠屁颠地往太平公主的府上跑，又是磕头又是请安，极尽巴结奉承之能事。凡是太平公主交代的事情，他必定不辞劳苦，辛勤操办，从而极大地博得了太平公主的欢心。

有付出就有回报。这一年的五月，窦怀贞终于一跃而为御史大夫、同平章事，赫然跻身宰相行列。几个月后又升任侍中，把持了门下省的大权。

由于尝到了依附公主的甜头，所以窦怀贞不仅猛拍太平公主的马屁，而且对其他得宠的公主也是阿谀谄媚惟恐不及。当时，睿宗李旦为两个女儿金仙公主和玉真公主修建私人道观，"逼夺民居甚多，用功数百万"，多数朝臣纷纷劝谏，惟独窦怀贞一人极力赞成，并且自告奋勇担任监工，天天往建筑工地跑，几乎很少在朝堂上办公。时人对他颇为不齿，纷纷耻笑他"前为皇后阿奢，今为公主邑司（管家）"。（《资治通鉴》卷二一〇）

就在窦怀贞擢任御史大夫、荣升宰相的同时，原御史大夫薛谦光被罢职，贬为岐州刺史。薛谦光之所以被贬，是因为弹劾了一个和尚。

这个和尚就是当初深受中宗和韦后宠幸的胡僧慧范。

和窦怀贞的经历类似，这个终日不务正业，既不诵经也不念佛，专以巴结权贵为业的外国和尚，现在也投靠了太平公主。仗着太平公主的庇佑，他横行不法，大肆侵占民宅民田。薛谦光看不过眼，就搜集罪证对他发起弹劾。没想到太平公主马上跳了起来，直接去找睿宗告状，结果非但没有惩治慧范，反而倒打一耙，把薛谦光逐出了朝廷。

太平公主如此强力干政，一手遮天，不仅朝野上下人人侧目，就连睿宗李旦也深感无奈。其实李旦明明知道不能让这个骄横的妹妹为所欲为，但不知道为什么，每当事到临头的时候，他又总是不由自主地屈从和妥协。

李旦对自己性格上的这种软弱非常不满，可又无力改变。同时，他对朝政日非的现状也非常担忧，颇有澄清吏治之心，却照样心有余而力不足。由此，李旦对现任的这些宰相也不免心生怨言。他觉得这些人要么是尸位素餐无所作为，要么是明哲保身远离是非，总之都有些占着茅坑不拉屎的嫌疑，实在担不起辅弼之责。

景云二年十月的一天，李旦内心的不满忽然爆发。他御临承天门，同时召集现任的五位宰相，公开宣布将他们集体罢免。诏书称："政教多阙，水旱为灾，府库益竭，僚吏日滋；虽朕之薄德，亦辅佐非才。”然后一一宣读了对这些人的处理办法：韦安石为东都留守，郭元振为吏部尚书，窦怀贞为左御史大夫，李日知为户部尚书，张说为尚书左丞，“同日并罢政事”。（《资治通鉴》卷二一〇）

集体罢相的这一幕发生后，满朝文武纷纷猜测，睿宗接下来恐怕要大刀阔斧地进行改革了。因为他登基这么久，还从来没有干过一件这么有爆发力的事情，所以很多人都不禁感到眼前一亮。

然而，结果却再次让人们大失所望。

因为，此后有七个大臣先后拜相，可其中居然有五个出自太平公主门下。

这七个人分别是：刘幽求、魏知古、崔湜、陆象先、窦怀贞（重新入相）、岑曦、萧至忠。其中，除了刘幽求和魏知古（睿宗李旦的相王府旧部）之外，后面五人清一色是太平公主的党羽。

人们绝对没有想到——睿宗李旦为了澄清吏治而集体罢相，其结果反倒替太平一党入主中枢扫清了道路！

帝国高层的这番人事变动真是充满了讽刺意味。

仅以此事，人们便足以看出，李旦这辈子恐怕是要软弱到底了。因为偶尔一两次爆发根本不足以让他变得强硬起来。说到底，帝国的朝政还是太平公主一个人说了算。

对于太平公主力挺的这五个人，睿宗李旦对其他四个都不敢有什么意见，惟独对其中一个的人品极感厌恶，所以一开始坚决不用。

这个人就是崔湜。

在唐隆政变的落马官员中，崔湜算是复出比较早的，因为他拥有一项别人没有的优势——美色。自从上官婉儿死后，这位惯以美色事人的稀世美男就又恋上了太平公主的床，所以很快就被公主安插到了东宫，担任太子詹事，专门潜伏在李隆基身边刺探情报。

说起来，崔湜干谍报工作可以说是轻车熟路的。早在神龙年间，他就已经是一个出色的“双面间谍”，曾帮助武三思成功翦除了五大臣，所以现在太平公主让他重操旧业，也算是人尽其才，充分发挥其特长。

对于这么一个资深男宠兼职业间谍，睿宗当然有理由鄙视了。可是，在太平公主的软磨硬泡，甚至是“涕泣以请”之下，李旦最后还是心软了，不得不在任命诏书上签了字。

从景云二年五月太平公主回京，到次年上半年其党羽纷纷入主中枢，在不算太短的一段时间内，太子李隆基似乎销声匿迹了。在各种史料中，都看不到有关他言行的记载，只看见太平公主一帮人上蹿下跳。

李隆基在干什么？

面对太平公主的步步紧逼，难道他完全无动于衷，或者已经丧失还手之力了？

答案是否定的。

此时的李隆基正在默默蛰伏，冷眼旁观。

他之所以不采取任何动作，是因为他正在养精蓄锐。

是的。他在蓄势。

他已经预感到，自己一飞冲天的时刻马上就要到了。

所以，他要用一种最完美的精神状态，去迎接生命中最辉煌的那个时刻……

玄宗登基：这个皇帝不好当

延和元年（公元712年）的七月，一颗耀眼的彗星从西方天际出现，赫然划破大唐帝国的长空，掠过轩辕星座，进入太微星座，止于大角星。

太平公主仰望苍穹，若有所思。

她即刻找来宫廷的占星师，说："告诉我，这意味着什么？"

占星师面露难色，欲言又止。

"那就让我来告诉你，这预示着帝国的灾难！"太平公主用不容置疑的口吻说，"这是一颗灾星，它的出现意味着皇上将被废黜，天下将有新君！你看见了没有？帝星和心前星都已发生了可怕的变化，太子将要取代当今圣上，自立为天子！"

占星师低着头连声称是。他不知道，在这个上通天文，下知地理，中间又掌控着帝国一切人事的太平公主面前，自己还有什么好说的。

"你应该入宫面圣，把上天的预警告诉皇上。"太平公主回过头来看着脸色苍白的占星师，说，"听见了吗？这是你的职责！"

占星师一刻也不敢拖延，当即进宫，把太平公主的观测结果一字不漏地禀告了睿宗李旦。

占星师说完后，一直在偷偷地注视皇帝的表情。

只见李旦忽然露出一种如释重负的神色，接着长吁一口气，说："把皇位传给有才德之人，便可以避免帝国的灾难，朕已经决定了！"

把皇位传给有才德之人？

谁是有才德之人？

答案当然是不言自明的。

听到占星师的回话之后，太平公主几乎当场晕厥。

她居然犯了一个如此低级的错误！

她以为四哥李旦其实并不像看上去那么淡泊寡欲；她以为只要是人（特别是男人）都有追求权力的欲望，不可能主动放弃至高无上的皇权；她以为只要把太子篡位的天象向李旦示警，他一定会对李隆基采取整治手段；她以为如此一来自己就可以乘虚而入，废黜李隆基，另立一个懦弱的太子；她以为从此就可以把帝国权柄牢牢掌控在自己的手中……

可现在，所有的"以为"都错了！错得一塌糊涂，错得毫无道理，错得荒唐可笑，错得不可原谅！

太平公主做梦也不会想到，和李隆基处心积虑地斗了这么久，到头来她居然以自己的影响力促使李旦下定了传位太子的决心，以至于亲手把李隆基推上了皇帝的宝座。

糊涂啊，聪明一世糊涂一时啊！太平公主不住地摇头苦笑，为自己的疏忽大意和弄巧成拙而懊悔不迭。

为了修正这个不可原谅的错误，太平公主立刻入宫面见睿宗，同时调动她在朝中的所有势力，拼命向睿宗劝谏，请求他收回成命。

然而，决心已定的睿宗李旦根本不为所动。

他说："中宗在位时，奸臣当道，天象屡变，朕当时就请求中宗在皇子中遴选才德兼备之人立为太子，以化解灾异。中宗为此大为不悦，朕忧心恐惧，数日不食。难道朕当时能劝谏别人，而今自己反而做不到吗？"

太平公主和她的党羽们面面相觑，再也说不出一句话。

完了。

大错已然铸成，一切都已经无可挽回了。

听到父皇李旦决定传位的消息时，李隆基的全身滚过了一阵痉挛般的颤栗。

这是狂喜的痉挛。

这是激动的颤栗。

就像被闪电击中一样，李隆基呆立了很长时间。

他知道，这是世界上最幸福的一道闪电。

李隆基觉得自己活了二十八年，就是在等待这一刻，等待这道幸福的闪电。

而今，它终于劈开苍穹，照彻了灰暗的大地！

而今，它终于带着上天的旨意，带着命运之神的嘱托，带着神圣的历史使命——訇然降临，准确地击中了他，穿透了他，并且直抵他的心灵深处。

从明天起，做一个幸福的人。

从明天起，做一个肩负使命的人。

那幸福的闪电告诉我的，我将告诉每一个人。

那命中注定落在我肩上的使命，我将责无旁贷地去完成……

当然，无论内心如何翻江倒海，幸福万状，李隆基的脸上还是保持着往日的平静。

他知道，此刻还有一些场面上的事情是必须要做的。

李隆基即刻入宫，匆匆来到睿宗李旦的寝殿，匍匐在父皇面前，带着十二分的真诚和惶恐说道："儿臣以微小的功劳就超越次序被立为太子，已感不能胜任，更没有想到陛下突然传大位于儿臣，不知何故？"

李旦说："帝国之所以转危为安，我之所以得到天下，都是你的力量。如今帝星有变，预示着社稷之灾，因此传位于你，希望能转祸为福，你不必疑惑！"

李隆基再三辞让。

李旦忽然用一种疲倦的声音说："朕知道你是孝子，可你何苦一定要等到朕死后才即位呢？"说完，李旦轻轻地挥了挥手，示意他退下。

既然父皇都把话说到这份上了，李隆基还有什么可谦让的？

他眼中噙着泪水，微微哽咽着退出了寝殿。

这是十分复杂的泪水。

其中有三分矫情、三分感慨、三分激动。

还有一丝惶恐。

是的，尽管壮志在胸，豪情满怀，可一想到登基之后必然要与太平公主展开的生死对决，李隆基的内心还是不免缠绕着一丝惶恐。

次日，睿宗正式下诏传位太子。

太平公主看见事已至此，无由挽回，只好叮嘱睿宗说："即便是传位，也仍须总揽大政，不宜彻底放权。"

很显然，太平公主的用意是想亡羊补牢。她希望睿宗仍然保留一部分权力，目的就是为了继续保持她对朝政的影响力。

在李旦看来，太平公主的提议也不能说没有道理，因为它至少可以保证权力的平稳过渡。三郎尽管能力过人，可毕竟还年轻，既然把他扶上了马，那就不妨再送他一程。于是，李旦随后便对李隆基说："你一再辞让，或许是因为治理天下事关重大，希望朕仍兼顾其责吧？你放心，朕虽传位，又岂能忘记家国！日后的军国大事，朕自当兼顾。"

公元712年阴历八月初三，太子李隆基正式即皇帝位，是为唐玄宗；同时尊睿宗李旦为太上皇，并宣布三品以上的官员任命、重大刑案及帝国大政仍由太上皇裁决，其余由皇帝裁决。八月初七，朝廷宣布大赦天下，改元先天。

李隆基虽然如愿以偿地登上了皇帝宝座，在形式上成了帝国最有权力的人，但事实上他的博弈力量非常弱，跟太平公主比完全处于劣势。

首先，在整个宰相班子中，只有一个刘幽求是他的人，还有一个魏知古是太上皇的人，其他则都是太平公主的党羽；其次，三品以上官员的任免权也仍然掌握在太上皇李旦手里，而根据李旦一贯的软弱性格，他的权力差不多就等于是太平公主的权力。

从一个名不见经传的亲王到一个君临天下的皇帝，李隆基的地位提升了N倍，可拥有的实力却并没有相应提升。换言之，李隆基或许曾经是一个异常强势的亲王，也曾经是一个实力与身份大致匹配的太子，可如今，他却只能算是一个实力与身份极不相称的弱势皇帝。

从历史上看，这种弱势皇帝一般都不会有什么好下场。正所谓福薄位尊，力小任重，此乃万祸之源也。

李隆基当然不能算是一个"福薄"的人，可眼下他的"力小"却是一个不争的事实。

这样的皇帝不好当。

稍有不慎，就有可能前功尽弃，满盘皆输。

在此情况下，李隆基就必须比以前多加十二分的小心。可是，李隆基万万没有料到，人世间的很多事情往往是怕什么就来什么。就在他当上皇帝还不到半个月的时候，一起突发事件就把他搞得灰头土脸，狼狈不堪，甚至差点让他成了短命天子……

始料未及的政治灾难

这起事件是刘幽求搞出来的。

李隆基这个皇帝的处境难堪，刘幽求这个皇帝心腹的处境也就可想而知了。作为唐隆政变的功臣，他原本以为政变成功后，自己一定可以平步青云，位极人臣，一劳永逸地成为满朝文武马首是瞻的人物，然而结果却令他大为失望。事后他仅仅被授予中书舍人之职，虽然有“参知机务”之权，但充其量只能算是三级宰相，地位远在三省、六部的正副长官和那些一、二级宰相（同中书门下三品、同平章事）之下。

尽管刘幽求后来又逐步擢任尚书左丞、户部尚书等职，玄宗登基后他又进位为右仆射、同中书门下三品，但这些职务仍然与他此前的心理预期差距甚大。

尤其让刘幽求愤愤不平的是，那些原本应该被砍头的韦后党羽不仅没有人头落地，反而在短暂的贬黜之后又纷纷回朝，甚至一个个入阁拜相，纷纷爬到了他的头上，这他奶奶的算什么事儿？（《旧唐书·刘幽求传》：“幽求初自谓功在朝臣之右，而志求左仆射，兼领中书令。俄而窦怀贞为左仆射，崔湜为中书令，幽求心甚不平，形于言色。”）

而眼下，太平一党由于不甘心让太子上台，正蠢蠢欲动，大有将李隆基重新废黜之势。万一他们的奸谋得逞，李隆基自然是没有好日子过了，而他刘幽求作为李隆基的头号心腹，又岂能活得舒坦？不要说“位极人臣”的梦想从此烟消云散，就连当下已经到手的权力和富贵恐怕也要变成黄粱一梦，甚至肩膀上的脑袋八成也得搬家。

刘幽求会甘心接受这样的结局吗？

当然不会。

刘幽求能够从一个小小的朝邑县尉变成今天的帝国宰辅，靠的就是不平则鸣的勇气和血性，靠的就是该出手时就出手的胆识和魄力。所以，为了实现自己位极人臣的梦想，同时为了帮助李隆基巩固刚刚到手的皇权，刘幽求毅然决定——再搞一场政变，彻底铲除太平一党！

搞政变当然需要军队。刘幽求很快就联络了一个禁军将领，并与他达成了共识。

这个人名叫张暐，时任右羽林将军，是玄宗李隆基的一个旧交。

此人出身于富豪之家，为人疏阔豪爽，好结交四海宾朋，尤喜射猎宴游。李隆基在潞州担任别驾时，张暐在附近的一个地方担任县令，两个人一来二去就认识了。张暐交游广阔，阅人无数，自然看得出这个年轻的亲王并非寻常之辈，于是倾力结交，跟李隆基打得火热，三天两头在一起聚宴饮酒，游玩打猎。（《旧唐书·张暐传》："会临淄王为潞州别驾，暐潜识英姿，倾身事之，日奉游处。"）

有一次，张暐请了一个叫赵玄礼的著名乐人到他家里演出，赵玄礼带了自己的女儿同行。这个女孩长得美丽动人，而且能歌善舞，当李隆基受邀到张暐府上作客时，顿时一见倾心，很快就和这个女孩好上了，并且生下了一个儿子（这个女孩就是后来的赵丽妃，生下的儿子就是后来的太子李瑛）。由于李隆基身份特殊，不便迎娶这个出身卑微的歌姬过门，于是张暐便替他金屋藏娇，让赵氏母子住在自己的府上。李隆基对此当然是感激不尽，从此更是将张暐视为知己。

唐隆政变爆发后，李隆基入主东宫，旋即把张暐召至身边，让他担任东宫官吏，不久又将其擢为侍御史，稍后又拜为御史中丞。李隆基登基后，为防范太平公主，特意将张暐调任右羽林将军，把一部分禁军兵权交给了他。

既为天子故旧，如今又手握禁军，可见张暐在玄宗心目中的份量非同一般。刘幽求正是看上了这点，才邀他入伙共谋大事。

作为凭借政变起家的人，刘幽求在这方面自然是轻车熟路的，于是很快就和张暐制定了一个完整的计划。一切就绪后，张暐立刻去向玄宗请示，说："窦怀贞、崔湜、岑羲等人都是太平公主一手提拔的，如今他们利用宰相的权力日夜密谋，事态看来已经非常严重了。古人说，当断不断，反受其乱，如不及早打算，一旦他们先发制人，陛下和上皇恐怕都会有危险。臣以为，应该立即采取行动将他们诛杀！刘幽求与臣已计划停当，臣既然职典禁兵，自当为陛下赴汤蹈火，视死如归！如今，只等陛下一声号令，臣等即刻动手。”

李隆基知道，自己和太平公主的矛盾已经发展到不共戴天的地步了，所以迟早会有刀兵相见的一天。与其坐等这一天的来临，让自己陷入被动，还不如主动出击，先下手为强！尽管李隆基也知道目前的各种准备还不是很充分，但是多等一天，磨刀霍霍的太平公主势必会向自己逼近一步，危险就会加重一分，既然如此，那就只好放手一搏了！

正是居于这样的考虑，所以张暐话音刚落，李隆基深以为然，当即表示赞同，并且仔细地叮嘱了一番，告诉他事关重大，务必严守秘密，千万不能走漏消息。

然而，让李隆基做梦也没有想到的是——自己一贯信任的这个张暐，居然是一个成事不足败事有余的人。

他让张暐严守保密原则，可张暐竟然一转身就把消息泄露了。

史书没有明确记载张暐是在什么情况下走漏消息的，只说他把政变计划泄露给了一个叫邓光宾的侍御史。根据张暐的从政经历，这个邓光宾很可能是他过去的同事。而且从张暐疏阔豪爽，喜欢呼朋引伴，聚会饮酒的习性来看，他很可能是在某次私人聚会上，因酒酣耳热而口吐真言，把这件天大的事情给说漏嘴了。

当李隆基得知计划泄露时，震惊得目瞪口呆，半天回不过神来。

此事岂是儿戏？

多一个人知道这件事，就意味着多一分失败的可能！

太平公主的党羽遍布朝廷内外，天知道这个邓光宾的屁股坐在哪一边？就算他坐在自己这一边，可天知道他还会把这个绝密计划透露给多少人？如果太平公主知道了这个计划，岂不是给她送上了一个废黜自己的借口？

呆立半晌之后，李隆基知道，他自己现在唯一能做的事情就是——举报。

是的，举报。只有主动把刘幽求和张暐交出去，才能洗脱干系，证明自己的清白。

尽管这两个人是自己一直倚重的左膀右臂，可到了这个时候，李隆基也不得不壮士断腕了。而且，恰恰是把自己的心腹交出去，才能让太上皇和太平公主相信自己，或者至少让他们无话可说。

对不住了，两位兄弟，朕当尽力保你们一条命，但朕实在是保不住你们的富贵和前程了。如果你们能够活到朕乾纲独断的那一天，朕一定不会亏待你们！

随后，李隆基立刻赶在太上皇和太平公主尚未得知消息之时，呈上了一道奏章给李旦，一五一十地交代了刘、张二人企图动用武力对付太平公主的整个计划。

先天元年（公元712年）八月十九日，太上皇李旦下令，将刘幽求、张暐、邓光宾全部逮捕下狱。主管官员审讯后上奏："刘幽求等人离间皇上的骨肉亲情，按律当斩！"李隆基立刻出面向太上皇求情，说刘幽求在拥立睿宗即位的政变中立过大功，请免他一死。李旦最后接受了李隆基的请求，将斩刑改为流刑。

八月二十六日，刘幽求被流放封州（今广东封开县），张暐流放峰州（今越南永安县），邓光宾流放绣州（今广西桂平市）。

当这个胎死腹中的政变计划被彻底曝光后，太平公主及其党羽无不恨得咬牙切齿。崔湜立即致信广州都督周利贞（就是当年被崔湜引荐给武三思，出面残杀五大臣的那个人），让他暗中除掉刘幽求。

然而，有道是吉人自有天相，刘幽求有一个好友叫王晙，当时正在桂州（今广西桂林市）担任都督，他不知从什么渠道获知了崔湜的阴谋，便强行将刘幽求扣在了桂州，不让他前往贬所。

周利贞闻讯大怒，频频发出公函，要求王晙放人，同时崔湜也一再向王晙施压，但王晙始终置若罔闻。刘幽求担心连累朋友，说："你一意抗拒当权宰相，保护一个被流放的人，恐怕不仅不能保全，而且还会连累你自己。"极力表示要前往封州。王晙不以为然地说："你犯的又不是连朋友都要跟你绝交的罪，我就算因此受牵连，也绝无怨恨。"最后还是坚持不肯放行，刘幽求就此逃过一死。

这场"出师未捷身先死"的未遂政变，对李隆基而言无疑是一场始料未及的政治灾难，也是他自出道以来遭受的最惨重的一次失败。

尽管他万分惊险地躲过了被废黜的命运，可却被迫自毁长城，亲手斩断了自己的左膀右臂，使自己原本就很有限的势力再次受到了严重削弱；此外，这起打草惊蛇的事件也等于过早地暴露了李隆基的政治意图，让太平公主及其党羽的警惕心得到了空前加强，甚至促使他们加快了全面反击的步伐。

如果说，此前太平公主更多的只是考虑如何废黜李隆基，还并不打算杀他的话，那么经过这次事件之后，她无疑已经下定了置李隆基于死地的决心。

所有这一切，无不让李隆基变得十分被动。

在李隆基与太平公主即将展开的巅峰对决中，他未及出手已经先丢一分，明显处于极端不利的态势；相形之下，太平公主步步为营，稳扎稳打，赢面正在变得越来越大……

先天元年深秋，望着太极宫中无凭无依随风飘舞的片片落叶，李隆基的心中充满了难以言表的萧瑟和苍凉。

秋天的大风猛然掠过脸庞，让他感到了一丝寒意。

天冷了。

一个肃杀的季节就要来了。

不是一个人在战斗

从李隆基发动唐隆政变，到当上太子，再到登基为帝，他身边的主要谋臣先后有刘幽求、崔日用、姚崇、宋璟、张说、郭元振等人。这些人都曾经入阁拜相，在李隆基走向皇帝宝座的道路上披荆斩棘，为其最终登上权力巅峰发挥了不可小觑的作用。然而，也是在这一路上，李隆基与太平公主的政治博弈越演越烈，于是这些元勋功臣一个个相继落马，全部被罢去相职，多数还被逐出了朝廷。

其中，崔日用最早被贬为荆州长史；接着是姚崇和宋璟，被贬为地方刺史；然后是张说和郭元振，张被罢为尚书左丞，贬至东都，郭被罢为吏部尚书，后转兵部尚书；最后是刘幽求，下场最为不堪，被剥夺一切职务，披枷带锁流放岭南。

在太平一党看来，当这些人被一个个清除出权力中枢之后，李隆基就只能算是一个光杆司令了。

然而，事实并不像太平一党所想象的那样。

李隆基不是一个人在战斗。

在上述那些众所周知的谋臣之外，李隆基身边一直隐藏着一个得力心腹，只因此人入仕很晚，资历较浅，而且刻意表现得非常低调，所以并不为人所熟知，自然也就没有引起太平一党的警觉。

这个人就是时任中书侍郎的王琚。

跟朝中一般的官员比起来，王琚的人生显得颇有传奇色彩。

他是怀州河内（今河南沁阳市）人，少时即为孤儿，但是人很聪明，富有才略，喜欢术数炼丹之学。他有一个叔父在武周时期官至凤阁侍郎，王琚估计是得到了这个叔父的照顾和荐引，所以在神龙初年进入东都，与中宗驸马王同皎交往，颇受器重，渐渐成了王同皎的密友。

当时，武三思擅权乱政，极力打压异己，尤其是对五大臣进行了残酷的打击迫害。作为神龙政变的功臣之一，王同皎自然是感到义愤填膺，故时常与王琚等一帮好友在私下里议论朝政，甚至谈起了刺杀武三思的计划。王琚闻言，欣表赞同。但是，让王琚万万没有想到的是，他们还没来得及动手，王同皎就被宋之问兄弟出卖了，旋即被斩首，家产抄没。王琚担心受到株连，赶紧逃亡到了江都（今江苏扬州市），从此隐姓埋名，在一个富商家里做了教书先生。

可王琚毕竟是一个见过世面的人，其言谈举止自然与常人不同。那个富商观察了他一段时间，知道此人来历不凡，日后很可能会发达，于是便将女儿嫁给了他，并且送给了他一笔相当可观的财产。

在富商家里当了几年上门女婿后，帝国政坛再度发生了翻天覆地的变化——唐隆政变爆发，睿宗李旦登基，临淄王李隆基入主东宫，原来的朝廷高官纷纷落马，帝国朝堂开始了新一轮的大洗牌。王琚意识到自己翻身的机会来了，立刻决定入朝求官。他把这个激动人心的想法告诉了老丈人。老丈人大喜过望，马上给了他一笔丰厚的盘缠，让他即刻启程赴京。

王琚来到长安的时候，太子李隆基正与太平公主斗得不可开交。王琚对当时的政局作了一番深入的分析之后，决定把宝押在太子身上。

然而，此时的王琚只是一介布衣，他凭什么攀上堂堂的皇太子呢？不要说想获得太子垂青，就算见上太子一面，恐怕也是难如登天。

不过王琚是个聪明人。他当然知道，要是没有一个够分量的人引荐，自己是不可能鲤鱼跳龙门的。

王琚很快就找到了一个能够帮助他实现梦想的人。

他就是宝昌寺的和尚普润。

普润曾在唐隆政变中立功，此时已被朝廷授予三品待遇，享有自由出入东宫之权，是一个政治地位非常高的和尚，只要有他的引荐，王琚相信自己一定可以平步青云。

随后，王琚利用自己从江都带来的那笔盘缠开路，很快就成了宝昌寺的大施主，因而自然就成了方丈普润的常客。

当然，钱不是万能的。它也许能帮你叩开机遇的大门，但最终能否登堂入室，还要看你的能力和本事。由于王琚对阴阳术数极为精通，在与普润的交往中，“说以天时人事，历然可观”（《旧唐书·王琚传》），所以很快就被普润视为高人，并引为知己。不久，普润就向太子郑重推荐了王琚。李隆基听说后，虽然表现出了一副很惊异的样子，但内心对这种阴阳术数的小道其实是不以为然的。因此他没有兴趣见王琚，只是看在普润的面子上，赏给了王琚一个诸暨主簿（相当于县委办主任）的小官。

王琚满怀信心地在客栈中等了好多天，最后没有等到太子约见的邀请，只接到了一张毫无诱惑力的任命状。

诸暨主簿？

看着那张轻飘飘的任命状，王琚不禁哑然失笑。

如果我王琚是这么容易打发的，那我当初就不会来了。

如果是一般人，走到这一步基本上就没辙了。要么带着满腹牢骚到诸暨去上任，要么怀着满腔失落乖乖地打道回府。总之，想要依靠一点小聪明在一夜之间飞黄腾达，基本上是白日做梦。

然而，人生是很奇妙的。有时候幸运之神的降临，往往只是因为你多看了一眼，多想了一下，多走了一步。换言之，在人生的某一些特殊时刻，成功与失败往往只在一念之间。

此刻，当王琚再次翻看着手中的任命状时，心中忽然电光一闪，原本毫无希望的人生刹那间云开雾散，柳暗花明。

就在这个瞬间，王琚感觉自己手中握着的，已经不再是一份苍白的任命状，而是一张金光闪闪的邀请函。

王琚立刻站起身来，昂首挺胸地走出了客栈。

他大踏步向东宫走去，同时也大踏步向他后半生的功名利禄和荣华富贵走去。

第一眼见到王琚的时候，东宫的接待宦官就感觉极度不爽。因为平常那些得了官职前来向太子拜谢的人，一个个都是满脸堆笑，毕恭毕敬的，除了不停地点头作揖之外，还一个劲地塞红包。可眼前这个不知从哪个山沟里跑出来的愣头青，非但一点表示都没有，还摆出一副趾高气扬，牛皮哄哄的模样，真他娘的不知天高地厚！看太子赏给他的官儿，也就是个小得不能再小的“诸暨主簿”，要是封他一个刺史，这小子还不把尾巴翘到东宫的屋顶上？

宦官不情不愿地把王琚领到了太子所在的内殿，然后瓮声瓮气地说了一句：“请先生自重，殿下就在帘内。”

没想到宦官话音未落，王琚忽然两眼一翻，提着嗓门说：“谁是殿下？当今天下不是只有太平公主一人吗？”

宦官一听，差一点没背过气去。

见过无知和狂妄的，就是没见过如此无知加狂妄的！

宦官刚想发作，就听见太子的声音从帘内传了出来，传王琚即刻上殿进见。宦官无奈，只好忍着怒气掀开帘子，看着王琚大摇大摆地走了进去，心里把他的祖宗十八代都问候了一遍。

其实宦官并不知道，王琚是故意做这一番表演的。

假如嫌“诸暨主簿”的官小而不来拜谢，王琚就绝对没有机会见到太子；而假如王琚不用这种另类的方式引起太子注意，太子也绝对没有兴趣见他。所以，同样一张任命状，在别人眼里可能只是一根弃之可惜，嚼之无味的鸡肋，可在王琚看来，却可以是一块改变命运的敲门砖。这就叫化腐朽为神奇。

说到底，王琚其实也没什么特别的能耐。他只不过是在即将放弃的最后一个瞬间，比别人多看了一眼，多想了一下，多走了一步。

仅此而已。

当王琚走进内殿的时候，李隆基迅速打量了他一下，然后示意他在下首落座。

李隆基知道，这个人今天绝不是来拜谢的。

王琚也不客气，大大咧咧地往榻上一坐，果然只字不提拜谢一事，而是直直地盯着太子的眼睛，说：“殿下，您虽然铲除凶顽，为帝国立下大功，可您是否知道，您现在的处境已经危在旦夕？”

李隆基深长地瞥了王琚一眼。

尽管他心里对这个不知轻重，一再口出狂言的人也有几分反感，但不可否认的是，这个“狂人”也让李隆基产生了浓厚的兴趣。

因为在这个世界上，循规蹈矩之辈遍地都是，而特立独行之人则只能间或一睹。尤其对李隆基来说，每天眼中所见多是谄媚的笑脸，耳中所听多为阿谀的言辞，他早已麻木不堪，厌倦已极了。所以，冷不丁冒出一个如此生猛的人，李隆基自然会感到眼前一亮。先不说这个家伙肚子里有没有料，光凭这份与众不同的勇气，就足以让人刮目相看了。

李隆基饶有兴味地迎着王琚的目光，缓缓地说：“不知先生有何见教，寡人愿闻其详。”

终于等到这一刻了！

在长安待了这么长时间，花了那么多金钱和心思，王琚终于等到了这么一个开口说话的机会。

他强抑着心头的激动和喜悦，用一种不紧不慢的语气说道：“韦庶人智识浅短，弑君叛逆，人心不服，所以殿下杀她易如反掌；可太平公主却是则天皇后的女儿，为人凶狡无比，且屡立大功，朝中大臣多为她的党羽，如此种种，令微臣不得不替殿下感到忧惧啊！”

很显然，这番话很多人会讲，但是他们却不敢讲或者不愿意讲。如今，一个素昧平生的人居然敢在第一次与李隆基见面的时候就把这一切和盘托出，无疑是需要一定的智慧和胆识的。李隆基猛然意识到——倘若真的把这个叫王琚的人打发到诸暨去当小吏，那无疑是一种损失。值此用人之际，如果把这个人留在身边，日后定然会大有用处。

思虑及此，李隆基的脸上迅速露出一个真诚而亲切的笑容：“来，先生，请上坐！”一边说一边立起身来，恭恭敬敬地延请王琚同榻而坐。接下来的对话就完全不必客套了。虽然双方的身份和地位相距悬殊，但是却都有一种一见如故，相知恨晚之感。

就在同一张坐榻上，王琚和太子进行了一番推心置腹的促膝长谈。当王琚彻底剖析了当前的局势，并且发自内心地表明了他对太子处境的深切忧思之后，李隆基的眼中顿时泪光闪动。

应该说，这并不完全是一种笼络人心的作秀和矫情。因为自从成为万众瞩目的帝国储君以来，李隆基的一言一行、一举一动都要受到所有人的关注，同时还要受到太平公主耳目的监视，长时间的压抑已经让他不堪重负，所以，当一个没有利害关系的人，突然像真正的朋友一样和他坦诚相见时，李隆基内心潜藏已久的痛苦、压力和担忧，自然会不可遏止地宣泄出来。

李隆基毫不掩饰地长叹道："皇上仁孝，如今同胞手足又只剩下太平公主一人，要对付她，就必然要伤害皇上的感情；不对付她，祸患却又一天天加深。身为人臣，身为人子，寡人深感焦虑，却又计无可出啊……"

"天子的孝跟平民不同，当以宗庙社稷为重！"王琚斩钉截铁地说，"汉朝时的盖长公主是汉昭帝的姐姐，一手把昭帝带大，一旦犯罪，照样诛杀！有志于担当天下的人，又岂能事事顾全小节？"

李隆基沉吟良久，紧蹙的眉头逐渐舒展开来。接着，他像是想起了什么，忽然笑着问王琚："先生会不会什么小把戏，可以掩藏行迹，从此长久留在寡人身边？"

王琚心领神会地笑了："有。微臣炼丹制药的本事，不逊于方士；插科打诨的能耐，不亚于优伶。"

二人对视一眼，同时发出朗声大笑。

很明显，李隆基的用意是要让王琚以东宫"弄臣"的面目出现在世人面前，以此消除政敌的警惕。

事后来看，李隆基此举可谓深谋远虑。

因为，至刘幽求事件后，当太平公主自以为已经把李隆基身边的得力干将都翦除殆尽的时候，她并没有料到，李隆基身边居然还藏着一个有胆有识、有勇有谋的狠角儿。

就是从这一天开始，王琚完成了他人生中最漂亮的一次华丽的转身，从默默无闻的一介布衣，一跃而为皇太子李隆基身边最重要的亲信之一。

面见太子次日，王琚就被任命为东宫内奉官兼崇文馆学士，不久又擢升为太子舍人（东宫副总管）。李隆基即位后，王琚随之青云直上，被授予中书侍郎之职，一举进入了帝国的权力中枢。

从先天元年秋天到第二年夏天，在长达半年多的时间里，大唐帝国的政坛上忽然变得风平浪静，玄宗和太平公主这两大政治势力似乎都没有什么太大的动作，仿佛一时间都收起了呲牙咧嘴的姿态，不约而同地变成了善男信女。

然而，明眼人都知道，这是假象。当你周围的空气变得越来越沉闷、黏稠，甚至凝滞不动的时候，就意味着一场猛烈的暴风雨就要来了。这是生活常识，同时，这也是一个政治常识。

在这个暑气蒸腾、燠热难当的夏天里，时任中书侍郎的王琚就比任何人都更敏锐地意识到了这一点。准确地说，他嗅到了变天的气息。

通过一段时间以来对各种情报的侦察、搜集、分析和判断，王琚基本上可以得出一个结论——就在这种貌似平静的表象之下，一场旨在推翻李隆基，进而另立天子的军事政变，已经在紧锣密鼓的策划之中了。

因为据可靠情报显示，太平公主已经收买了禁军的两位高级将领，左羽林大将军常元楷和右羽林将军李慈。

六月下旬的一天傍晚，当王琚再次接到耳目奏报，说常、李二人最近出入太平府邸的次数异常频繁时，王琚立刻意识到——太平一党已经磨刀霍霍，随时有可能动手。

所以，无论如何必须说服天子先下手为强。

他随即吩咐下人备车，连夜进入了太极宫。

“事迫矣，不可不速发！”（《资治通鉴》卷二一〇）这是王琚见到李隆基时说的第一句话，也是他深夜离宫时反复强调的最后一句话。

然而，令王琚百思不解并且万分忧虑的是——自始至终，天子李隆基都没有给他明确的答复。

他到底在想什么？

形势已经如此紧迫，天子到底还在顾虑什么？

巅峰对决

是的，李隆基还在顾虑。因为他缺乏自信。这一生中，他还从来没有像现在这样缺乏自信。原因来自两个方面——既有主观上的，也有客观上的。从主观上来讲，是因为李隆基现在的得失心比以前重了，重得太多了。

所谓屁股决定脑袋，位子决定思维，身份地位的巨大变化已经深刻改变了李隆基的心态。发动唐隆政变的时候，他只不过是一个默默无闻的亲王，挑战的对象则是临朝摄政、大权独揽的韦后，这就像光脚的不怕穿鞋的，又像是一场赔率为1∶N的赌博，赢了就能得到整个天下，输了也不过是赔上性命一条，所以李隆基才会无所顾忌，拼死一搏。

而现在的情形则与从前判若天渊。如今，李隆基已经是一个君临天下的皇帝，至少在形式上，他已经拥有了整个天下，现在让他押上一切跟太平公主赌，赢了得不到更多，输了则会丧失一切。在此情况下，李隆基当然会不可避免地生出投鼠忌器，患得患失之心。

以上是主观原因，至于客观原因，则是因为太平公主的势力太强大了。在即将进行的这场巅峰对决中，太平公主麾下可谓是兵强马壮。除了左仆射窦怀贞、侍中岑羲、中书令萧至忠、检校中书令崔湜、中书侍郎（兼同平章事）陆象先这五个宰相之外，还有太子少保薛稷、雍州长史新兴王李晋、左羽林大将军常元楷、右羽林将军李慈、左金吾将军李钦、中书舍人李猷、右散骑常侍贾膺福、鸿胪卿唐晙、政治和尚惠范等等。正所谓“宰相七人，五出其门；文武之臣，太半附之”！（《资治通鉴》卷二一〇）

相形之下，李隆基这边的阵容就寒碜多了。宰相班子中，只有一个兵部尚书郭元振（这一年六月刚刚复相）是他的人，其他亲信是：中书侍郎王琚、岐王李范、薛王李业（李隆基即位后，两个弟弟主动把名字中的“隆”字去掉了）、龙武将军王毛仲、殿中少监姜皎、太仆少卿李令问、尚乘奉御王守一、内给事高力士、果毅李守德等。人数虽然也不少，但都是四品以下的小官吏，无论是手中掌握的职权，还是政治斗争的经验，和太平一党显然都没有可比性。

职是之故，李隆基不能不顾虑重重。

尤其是不久前刚刚发生的刘幽求事件，至今还让他心有余悸。那次失败，李隆基还可以通过丢卒保帅而及时化解危险，保住皇位，这一次要是再失手，就不可能再有什么转圜的余地了，等待他的只能是废黜和杀头的命运。

就是在上述主客观因素的共同作用下，李隆基陷入了前所未有的焦虑和彷徨之中。

面对天子一反常态，优柔寡断的表现，王琚急得像热锅上的蚂蚁。

他绞尽脑汁地想了好几天，最后终于想到了一个办法。他立刻写了两封信，一封送给人在东都的尚书左丞张说，一封送给荆州长史崔日用。他在信中详细说明了当前朝中的严峻形势，并敦促张、崔二人劝天子赶紧动手，切不可坐以待毙。

张说接到王琚的信后，随即摘下身上的佩刀，命人赶赴京师，把刀呈给了天子。

除了这把刀之外，他一个字也没有说。但是李隆基很清楚，张说是在劝他做两件事：一、斩断亲情的束缚；二、以武力平定太平公主。

差不多与此同时，崔日用也火速从荆州赶回了长安。他即刻入宫面见李隆基，忧心忡忡地说："太平公主随时可能发动政变，陛下您还等什么？您以前只是太子，要想摆平她就必须依靠计谋和武力，如今既已贵为天子，只要下一道诏书，还有谁敢不从？再拖延下去，万一逆党抢先动手，悔之何及啊！"

应该说，张说和崔日用在这个紧要关头站出来为李隆基打气，还是在很大程度上增强了他的信心。可崔日用的话却说得太过轻巧，要想摆平太平公主，岂是一道诏书就能办到的？当初把她放逐到了蒲州，她不是照样有能力遥控朝政吗？所以，除非不动手，一旦动手，就必须像张说所暗示的那样，用武力把太平公主及其党羽全部歼灭，只有这样才能一劳永逸地解决问题。

然而，诛杀自己的亲姑母，毕竟不是一个容易作出的决定。

问题倒不是在于李隆基直到此刻还在挂念姑侄亲情（早在唐隆政变后，李隆基和太平公主之间的亲情就已经名存实亡了），而是一旦对太平公主动武，太上皇李旦会作何反应？李隆基又将如何处理与父亲李旦的关系？如今李旦虽然已经退位，可军国大权仍然在他手里，假如他出手阻止李隆基，那李隆基该怎么办？

因此，关键的问题就在于——如果要对太平公主采取行动，就必然要把太上皇李旦考虑在内。换言之，万一李旦成为李隆基巩固皇权的障碍，李隆基势必也要对他采取非常手段。倘若真走到这一步，父子之间岂不是要反目成仇，刀兵相见？

这才是李隆基最大的顾虑。

于是李隆基坦言道："贤卿所言极是，可朕还是担心惊动了太上

皇。”（《资治通鉴》卷二一〇）

崔日用不假思索地说：“天子之孝，在于安定天下。倘若奸人得志，则社稷崩溃形同废墟，到时候又要到哪里去尽孝？请陛下不要再犹豫了，只要先掌握禁军，再以迅雷不及掩耳之势收捕逆党，臣相信，一定不会惊动上皇。”

崔日用这番建议看上去好像没什么新鲜之处，其实里头包含了一个至关重要的信息——夺取禁军兵权。进而言之，崔日用其实是在暗示李隆基——只要在捕杀太平一党的同时分兵控制太上皇，就没什么可担心的了。

形势已经发展到了这个地步，除此之外，李隆基还有别的办法吗？

没有了。所以他不得不下定了动手的决心。

为了加强自己的力量，李隆基没有让崔日用回荆州，而是当天就任命他为吏部侍郎，把他留在了身边。

既然决心已定，那么接下来就是如何行动了。为了做到知己知彼，李隆基决定策反太平公主身边的一个重要人物，以便掌握太平一党的具体动向和谋划内容。

李隆基锁定的这个人物就是崔湜。

之所以选择他，原因有三：

一、崔湜虽然是太平公主的人，但他毕竟曾经担任李隆基的东宫官吏，所以在场面上，李隆基和他还是颇有往来的。根据《旧唐书·崔湜传》记载，玄宗在身为太子期间，曾“数幸其第，恩意甚密”。由此可见，李隆基可能很早就想拉拢崔湜，否则也不会屡屡到他家做客，更不会有什么“恩意甚密”之说了；

二、崔湜有一个弟弟叫崔涤，非但和崔湜不是一个阵营，反而是李隆基这边的人。所以，李隆基想利用这层关系，让崔涤做通崔湜的思想工作；

三、众所周知，崔湜不仅是太平的死党，更是她的情人。有这种特殊身份，意味着崔湜就比窦怀贞、萧至忠等人更能获得太平公主的信任，从而就能掌握更多有价值的情报和信息。一旦将他策反，太平公主在李隆基面前将再无任何秘密可言。

所以，在李隆基与太平公主的这场巅峰对决中，崔湜就是一块对双方都至关重要的筹码。假如他反水，太平一党基本上就输定了。

然而，让李隆基大失所望的是——崔湜根本不买他的账。

当李隆基以皇帝之尊暗中向崔湜抛出橄榄枝的时候，崔湜表面上并没有拒绝，而是乖乖入宫来了。觐见李隆基之前，崔涤还特意把崔湜拉到一边，郑重其事地叮嘱他："主上若有所问，不得有所隐也。"（《旧唐书·崔湜传》）但尽管如此，崔湜最终还是拒绝了李隆基的笼络。无论李隆基如何循循善诱，旁敲侧击，崔湜始终不为所动，三缄其口，搞得李隆基十分尴尬，最后只好悻悻作罢。

就在李隆基积极行动起来的同时，太平一党也加紧了密谋。

太平公主虽然号称"宰相七人，五出其门"，可她的阵营也并非铁板一块。就在她召集五位宰相商议废黜皇帝的计划时，窦怀贞、岑羲、萧至忠、崔湜四人皆踊跃发言，献计献策，惟独陆象先一直缄默不语，最后轮到他发言时，居然态度坚决地提出了反对意见。

其实太平公主很早就知道，这个陆象先和她根本不是一条心。此人在朝中，历来以"清净寡欲，言论高远"著称，从不介入党派斗争。他之所以能被太平公主举荐入相，是因为与崔湜私交不错，所以沾了崔湜的光。太平公主起初坚决不同意提拔他，无奈崔湜力荐，甚至以同进同退相要挟，太平公主才勉强同意。

所以太平公主很清楚，这个自命清高的家伙不可能为她所用。如今一碰到重要关头，这家伙果然就站出来唱反调了。

太平公主大为不悦地说："当初三郎超越次序登基，就已经是废长立少，不合礼法了，其后又不顾姑侄之情，授意刘幽求和张暐对我下手，这又是重大的失德行为。如此种种，何故不能废黜？"

陆象先不顾崔湜频频抛来的眼色，仍然梗着脖子说："既然因功而立，自然要因罪而废。公主认为他失德，在下却不认为他有罪，所以，恕在下不能从命。"

太平公主勃然大怒，当即站起身来拂袖而去。

有了这次教训，太平公主就学乖了，后来再次召集亲信密谋时，她便彻底抛开了陆象先，于是会议的效率大为提高，没几天就制订了两个对付李隆基的行动方案。

第一个方案是：派人暗杀。

太平公主很早就在李隆基身边安插了不少卧底，其中就有一个姓元的宫女。平时李隆基经常让御膳房熬制一种叫“赤箭粉”的补药（赤箭，草名，又名“合离草”，根部碾碎成粉，可作药用，又称“天麻”），宫女元氏就是专门负责进奉汤药的。太平一党决定充分利用这条内线，让元氏在汤药中下毒，鸩杀李隆基。

这个方案由崔湜提供，并且由他监督执行，假如行动失败，立即执行第二个方案：发动政变。计划是兵分两路，一路由常元楷和李慈率领羽林军突入武德殿（玄宗举行朝会、批阅奏章的地方），诛杀李隆基；另一路由窦、岑、萧、崔四宰相，率卫兵在南衙（中央各机关所在地）响应，控制帝国的政治中枢。

史书没有记载太平一党是否执行了第一个方案，但是根据事后的相关记载（元氏被法司逮捕审讯，并供认崔湜为主谋）来看，不管是未及行动还是行动失败，总之第一方案没有成功，所以太平公主决定执行第二方案。

政变时间定在先天二年七月初四。

太平公主自以为她的计划天衣无缝，可她绝对没有想到，这一切居然被另一个宰相魏知古全盘获悉了。而更让太平公主无法意料的是——这个原本在她和李隆基之间保持中立的人物，居然又在这生死攸关的重大时刻倒向了李隆基……

七月初一，宰相魏知古突然入宫，把太平一党准备于本月四日发动政变的消息告知了李隆基。

最后的时刻终于到来。

七月初三，李隆基向亲信发出了行动指令。首先，他命龙武将军王毛仲率三百余名万骑卫士埋伏在虔化门，同时发出一道敕书，紧急召见左羽林大将军常元楷和右羽林将军李慈。这两个禁军将领根本没有料到皇帝已经全盘掌握了他们的政变计划，所以毫无防备地进入太极宫，刚刚走到虔化门，立刻被埋伏在此的王毛仲砍杀。

解决掉这两个人，禁军就完全落入李隆基的手中了，行动已经成功了一半。随后，李隆基亲自出马，与王琚、王毛仲等十余个亲信，率兵从武德殿一路冲进朝堂，迅速捕杀了萧至忠、岑羲、贾膺福、李猷等人；士兵逮捕崔湜后，没有当场砍杀，而是奉命将他关押了起来；太平一党中，要数“皇后阿奢”窦怀贞的反应最为敏捷，一见情形不妙，立刻抱头鼠窜，但是没跑多远就被追兵追上，窦怀贞走投无路，只好投水而死。

在铲除太平一党的同时，李隆基命宰相兼兵部尚书郭元振另率一路人马，直奔太上皇寝殿。

听到事变的消息时，李旦大惊失色，赶紧在几个宦官的簇拥下逃离寝殿，慌慌张张地跑上了承天门楼。李旦前脚刚刚上楼，郭元振后脚就率兵追到了。李旦满心以为郭元振是来护驾的，可还没等他探出城楼喊一些鼓励的话，郭元振就带着全副武装的士兵冲上了城楼。李旦看见郭元振径直走到他面前，然后面无表情地跪地启奏，说：“皇上奉太上皇诰命，诛杀窦怀贞等图谋作乱的逆党，今天只是遵照诰命执行，没有其他意图。”

诰命？

自己什么时候发布诛杀宰相的诰命了？

李旦脸上写满了惊愕，可他很快就明白过来了。

——这是政变，这是一场蓄谋已久的政变！三郎的目的就是要铲除太平，同时迫使他李旦彻底放权！

尽管这场政变的爆发让李旦猝不及防，但是今天发生的一切其实早在他的预料之中。

是的，自从被三郎和太平拥立的那一刻起，这一切就早已注定了。

惊魂未定的李旦来不及作更多思考，马上在郭元振的“保护”之下发布了一道诰命，宣布窦怀贞等人阴谋作乱，罪大恶极，已被皇帝依法诛杀；同时宣布大赦天下，惟参与逆乱的亲党一概不赦。

七月初四，亦即事变次日，李旦颁下了他一生中的最后一道诰命，宣布自即日起，“军国政刑，一皆取皇帝处分；朕方无为养志，以遂素心”（《资治通鉴》卷二一〇）。同日，李旦由太极殿移居百福殿，从此淡出权力中心，也彻底淡出了满朝文武和帝国臣民的视线。

太平公主无论如何也不会想到——她会败得这么惨！

她原本以为一切都在她的掌控之中，李隆基也不过是她砧板上的鱼肉；她原本以为帝国的最高权力已经唾手可得，她马上就能拥有一个像母亲武曌那样的辉煌人生……可是，残酷的现实却一举粉碎了她的所有梦想。

此时此刻，她不再是那个呼风唤雨，不可一世的镇国太平公主，不再是那个貌似强大的势力集团的领袖，而是一个孤家寡人，一个输光了家当的赌徒，一个被命运之神一脚踢开的弃妇！

太平公主无法面对这样的事实。

她仓惶逃出长安，躲进了终南山的一座寺院，在那里整整躲了三天三夜。

她满怀困惑、满腹冤屈、满心愤恨地向佛菩萨发出质问，发出呼告，发出祈求，可佛菩萨始终庄严而慈悲地沉默着。

第三天的傍晚，夕阳将落未落之际，太平公主登上了寺院旁边的一座悬崖。

她面朝长安良久伫立。

猎猎山风鼓起她的衣袂裙裾，让她远远看去就像是一面孤独而绝望的旗帜。

兀立在万仞绝壁之上，置身于寥廓苍茫的天地之间，太平公主生平第一次感到了自己的脆弱和渺小……

直到最后一只归巢的倦鸟从她头顶缓缓掠过，直到天边的残阳燃尽了它的最后一点亮光，太平公主才木然转身，默默地向来路走去。

次日，太平公主回到长安。一迈进府门，皇帝的赐死诏书就到了。

这就是结局吗？

是的，这就是结局。

当太平公主把头伸进白绢的一刹那，她仿佛看见母亲武曌正在不远处对她微笑。母亲的身上沐浴着一片圣洁的光芒。这片光芒是如此安详而又如此温暖，以致太平公主感觉自己很快就在这片白光中彻底融化了……

太平公主自缢身亡的当天，除薛崇简外，其他几个儿子，连同所有党羽全部被朝廷诛杀。薛崇简虽是太平公主长子，但他的政治队列不在母亲那边，且因数次劝谏母亲不要与皇帝为敌而遭到鞭挞，所以官职爵位仍然保留，并赐姓李。

随后，朝廷抄没太平公主的家产，发现奇珍异宝堆积如山，丝毫不亚于皇宫。此外，“厩牧羊马，田园息钱，收之数年不尽”（《资治通鉴》卷二一〇）。投水而死的窦怀贞仍遭“戮尸”之刑，并被改姓为“毒”；参与谋反的宗室亲王李晋被判斩首，改姓为“厉”。

太平一党中，唯独被赦免死罪的是太平的两个男宠崔湜和卢藏用，二人分别被流放窦州（今广东信宜市）和泷州（今广东罗定市）。

崔湜暗自庆幸自己福大命大，居然又一次从灭顶之灾中死里逃生。尽管他颇为后悔当初没有接受皇帝的笼络，以致落到了今天这步田地，但是相对于窦怀贞、萧至忠等人而言，崔湜还是有理由感到庆幸——毕竟皇帝对他网开一面，留了他一条命。

仅凭这一点，崔湜就相信自己很快便会东山再起。

他慢慢悠悠地走上了贬谪之路，信心满满地期待着再次被朝廷召回的消息。

可崔湜错了。

这一次，他不会再那么走运了。就在他被贬出长安不久，宫女元氏在有司的审讯下招供，称崔湜就是企图鸩杀皇帝的首谋。有司立即上奏，李隆基勃然大怒，马上追发了一道诏书，将刚刚走到荆州的崔湜就地赐死。

紧随这场流血政变之后，李隆基又着手对朝廷进行了全面的清理整肃——文武百官中，凡是曾获太平公主青睐者皆遭贬降，而原本受她排挤的则全部得到升迁，整个换血行动一直持续到这年年底仍然没有停止。（《资治通鉴》卷二一〇）

经过一场又一场惊心动魄的政治博弈，经过一轮又一轮鲜血和死亡的洗礼，一个妇人干政，皇权旁落的时代终于落下了帷幕。如果从公元664年武曌垂帘听政算起，到公元713年太平公主覆灭为止，大唐帝国在这个“牝鸡司晨”的巨大梦魇中已经跌跌撞撞地行走了半个世纪之久。尽管这段混乱无序，阴盛阳衰的历史并未导致帝国走向没落，但是中枢政治的频繁动荡却使这个原本生机勃勃的王朝一度丧失了动力和方向，只能在混沌和迷茫中徘徊蹉跌，踯躅不前……

如今，无论是病弱的高宗李治，昏聩的中宗李显，淡泊的睿宗李旦，还是铁腕无情的武曌，野心勃勃的韦后，权倾朝野的太平公主，都已经从帝国的政治舞台上一一消失，惟独剩下一个天赋异禀，雄才大略的年轻帝王，正踌躇满志地屹立在帝国的权力巅峰之上。

此时，年仅二十九岁的唐玄宗李隆基相信，在他的引领下，这个历经沧桑的百年帝国必将走出黑暗而漫长的历史隧道，迎来新时代的熠熠曙光！

是的，李隆基即将开创的这个时代，将是大唐三百年历史上最辉煌、最鼎盛的一页，也将是中国历史上最令后人心驰神往，追慕不已的一个黄金时代。

它的名字叫开元。

第八章
走向开元盛世

飞鸟尽，良弓藏

先天二年（公元713年）七月，唐玄宗李隆基以雷霆手段铲除太平集团，从太上皇李旦手中夺取了最高权力，成为名副其实，乾纲独断的大唐天子，从此开始亲政。十一月，李隆基接受群臣敬献的尊号，称“开元神武皇帝”。十二月初一，朝廷大赦天下，改元开元。

自此，大唐帝国的历史掀开了全新的一页。

然而，大权独揽的李隆基并不能从此高枕无忧。

因为他是一个靠政变起家的皇帝，所以，他自然比任何人都更懂得政变的威力，也比任何人都更懂得政变的危害。说白了，既然他可以通过权谋和武力从别人手中攫取权力，别人凭什么就不能用同样的手段从他手中夺取政权呢?

尤其让李隆基感到忐忑不安的是——曾经帮他在一次次权力斗争中夺取胜利的这批功臣，一个个都是搞政变的行家里手。换句话说，这些政变功臣当初表现出的能力越强，手段越是高明，如今对李隆基构成的潜在威胁就越大，让他感到的担忧和恐惧就越深……

虽然在铲除太平，坐稳皇位后，李隆基给予了这些功臣极其丰厚的赏赐，无论是官职、爵位，还是田园宅邸、金银绸缎，李隆基都毫不吝啬，慷慨赐予，可关键的问题在于——人的欲望是会膨胀的。谁又敢保证，他们能够满足于已经到手的一切，而不会觊觎更多，贪求更多呢？

不管别人怎么认为，反正李隆基绝不敢对此掉以轻心。

因此，革命虽已成功，但李隆基仍须努力，努力肃清有可能威胁皇权的所有因素。

头一个被李隆基“鸟尽弓藏”的功臣，是兵部尚书、同中书门下三品郭元振。

由于手握兵权，所以他首当其冲。

在七月初三的政变中，郭元振因率兵“侍卫”（实则软禁）太上皇有功，事后进封代国公，赐食邑四百户，赏绸缎一千匹。这当然是极大的荣宠。几乎所有人都认为，这个位极人臣，功高权重的郭元振一定可以在玄宗一朝荣宠一生，富贵终老，包括郭元振自己都对此深信不疑。

但是，他万万没有料到，这一切都只是过眼云烟。

短短三个月后，他一生的荣宠就都化成了梦幻泡影……

这一年十月十三日，玄宗李隆基在骊山（今陕西临潼县东南）脚下举行了一场盛大的阅兵式，集结的部队多达二十万人。平原上大风猎猎，旌旗招展，军阵绵延五十余里。李隆基一身戎装，御驾亲临，文武百官随驾扈从。整个阅兵式规模空前，场面极为壮观。

作为宰相兼兵部尚书，郭元振自然是这场大阅兵的总指挥，同时也是最高责任人。

阅兵式开始后，所有人都兴致勃勃，惟独观礼台上策马而立的天子一直眉头紧蹙，脸色阴沉。

没有人注意到天子的脸色，当然更没有人知道他在想什么。

阅兵式进行到一半的时候，天子李隆基突然发出一声怒喝，命人即刻逮捕郭元振。随行百官尽皆失色，目瞪口呆，不知道天子这是唱的哪一出。还没等他们回过神来，郭元振已经被五花大绑地带到了帅旗下。李隆基二话不说，当即以“军容不整”为由，下令将郭元振就地斩首。

面对这从天而降的杀头罪名，郭元振惊骇莫名，吓得说不出一句话。和他同样感到震骇的，还有与他同为功臣的刘幽求和张说。先天政变后，刘幽求已入朝担任左仆射、同中书门下三品，封徐国公；张说也已官任中书令，封燕国公。此时此刻，虽然他们和在场众人一样都感到有些手足无措，且一时也摸不清天子突然变脸到底意味着什么，但无论是作为百官之首的宰相，还是作为与郭元振有着相同背景的功臣元勋，刘、张二人都没有理由对此保持缄默。于是天子话音刚落，刘幽求和张说便双双跪倒在天子马前，高声谏言："元振有大功于社稷，不可杀！"（《资治通鉴》卷二一〇）

刘、张二人说郭元振"有大功于社稷"，不仅是指他在先天政变中发挥的重要作用，同时也是指他从政多年为帝国立下的赫赫功勋。早在武曌当政时期，郭元振就已经是朝野皆知的一位名将，在抗击突厥和吐蕃的战场上屡立战功，素以治军严整，擅长边务著称。武周末年，郭元振出任凉州都督，史称其"善于抚御，在凉州五年，夷夏畏慕，令行禁止，牛羊被野，路不拾遗"。（《旧唐书·郭元振传》）

可想而知，这样一个出将入相，各方面经验都极为丰富的军政元老，几乎是不太可能在"骊山讲武"这样的重大场合犯下"军容不整"这种低级错误的。说到底，所谓的"军容不整"，无非就是李隆基罢黜功臣的一个借口罢了。

当然，李隆基的目的只是想解除郭元振的兵权，而不是非杀了他不可，所以当刘、张二宰相出面求情的时候，李隆基便就坡下驴，赦免了郭元振的死罪，但削除了他的所有官爵，将其流放新州（今广东新兴县）。

郭元振一生显赫，历事四朝，不料晚景竟如此凄凉，朝野闻之，无不欷歔感慨。"自恃功勋"的郭元振本人更是满腹冤屈，"怏怏不得志"。两个月后，朝廷改元开元，大赦天下，郭元振被赦免，起用为饶州（今江西波阳县）司马。但是经过这次沉重打击，郭元振的心境和身体状况都已大不如前，所以未及走到饶州就一病而殁了。

郭元振的贬死是一个重大的政治信号，标志着玄宗罢黜功臣的大幕已经轰然拉开。

紧继郭元振之后被罢黜的功臣，就是曾替他说情的刘幽求和张说。

不能不说，当初刘、张二人之所以站出来帮郭元振求情，本身就有些兔死狐悲，物伤其类的味道。郭元振遭流放后，他们更是不可避免地生出了唇亡齿寒的忧惧。

张说最先察觉到了危险的降临。

就在骊山阅兵的数日后，张说就通过可靠渠道获知，玄宗准备征召姚崇（几年前被太平公主平排挤出朝，时任同州刺史）入朝为相。张说与姚崇素来不睦，因此大为恐慌。骊山一幕本来已经让他成了惊弓之鸟，如今又听到老对手即将回朝复相的消息，张说更是寝食难安，于是立刻行动起来，授意御史大夫赵彦昭对姚崇进行弹劾。

然而玄宗却不为所动。

张说不甘心，马上又去找与他私交甚笃的殿中监姜皎，想了一个办法，让他出面阻挠姚崇回朝。姜皎依计而行，找了个机会对玄宗说：“陛下不是一直苦于找不到河东总管的合适人选吗？臣如今帮陛下物色了一个。”

玄宗眼睛一亮，忙问：“谁？”

姜皎心下暗喜，朗声答道：“同州刺史姚崇文武全才，乃是河东总管的不二人选。”

姜皎原本以为张说此计甚妙，因为如此一来，既可不着痕迹地阻止姚崇入朝，又能在天子面前表现自己为君分忧的忠心，实在是一举两得的事情。

可姜皎打错了如意算盘。

玄宗并不是那么好糊弄的。

他话音刚落，玄宗就发出了一声冷笑，说：“这都是张说的意思吧？你竟敢当面欺君，论罪当死！”

姜皎脸色唰的一下就白了，慌忙伏地叩首，拼命谢罪。

张说万万没想到，自己机关算尽，结果反而加快了姚崇回朝的步伐。玄宗随后便遣使召回了姚崇，拜其为兵部尚书、同中书门下三品，补了郭元振的缺。两个月后，又让他兼任中书令（时称紫微令），大有彻底取代张说之势。

眼看自己随时可能出局，张说惶惶不可终日。

人一急就容易出昏招，张说情急之下就做出了一个十分愚蠢的举动，竟然暗中跑到岐王李范的府上，向他大表忠心。

当朝宰相与宗室亲王暗通款曲，这是什么性质的问题？往轻了说，这叫行为不检；往重了说，这叫阴谋篡逆！尤其对玄宗李隆基这种非正常即位的皇帝来说，大臣和亲王背着他眉来眼去，勾肩搭背，更是一种最让他感到恐惧和愤怒的行为，一种绝对不可饶恕的行为！

张说的一举一动都被老对手姚崇看在了眼里。

有一天，姚崇奉召入对，走进殿中的时候，故意装出一瘸一拐的样子。玄宗问他：“有足疾乎？”姚崇答：“臣有腹心之疾，非足疾也。”

（《资治通鉴》卷二一〇）

玄宗大为诧异，追问他到底怎么回事。姚崇不紧不慢地说：“岐王是陛下爱弟，张说乃宰辅重臣。日前，张说竟然私下拜诣岐王，臣担心岐王受其蛊惑，故而为此忧心。”

居然有这回事？

那就什么也不用说了。

开元元年（公元713年）十二月末，玄宗断然罢去张说的相职，将其贬为相州（今河南安阳市）刺史；同日，刘幽求亦被罢相，贬为太子少保。

刘幽求一向自视甚高，经常自诩为拥立玄宗的第一功臣。唐隆政变中他功劳最大，可事后也不过当上了中书舍人，虽然有“参知机务”之权，可充其量也就是个三级宰相。先天元年，他为了巩固李隆基的皇位，发动政变未遂而遭流放，其后又险些被太平一党害死。如今玄宗亲政了，他好不容易从岭南回到朝中，如愿以偿地当上了尚书左仆射，可是屁股还没坐热，便又无故遭贬。对此，刘幽求自然是愤愤不平，因而不免“有怨望语”。

和刘幽求同病相怜的，还有很早就靠边站的钟绍京。唐隆政变后，钟绍京只当了几天的中书令就被罢为户部尚书，不久又贬为蜀州刺史。玄宗即位后，他回朝复任户部尚书，但是随后又被贬为太子詹事，和刘幽求一样坐了冷板凳。面对如此际遇，钟绍京当然也是牢骚满腹，所以时常和刘幽求一起慨叹时运不济。

刘、钟二人的怨言很快就传进了一个人的耳朵。

他就是新任宰相姚崇。

姚崇很清楚，虽然他和刘幽求他们一样，都是李隆基的心腹股肱，但是单纯从拥立李隆基为帝的角度来说，刘幽求等人的功劳是远远大过他的。所以姚崇觉得，如果不将刘幽求等人彻底排挤出朝，他的宰相之位就不可能牢固，更难以放手施政。

为此，姚崇毫不犹豫地告发了刘幽求和钟绍京。

开元二年（公元714年）闰二月，玄宗命姚崇对刘幽求和钟绍京立案审查，准备治罪。刘、钟二人不服，不断上疏抗辩。

其实，无论是玄宗还是姚崇，他们的目的一样，只是想把刘幽求等人逐出朝廷而已，并不希望事态扩大。所以，当刘、钟二人极力抗辩，事情一度陷入僵局的时候，姚崇便又恰到好处地站出来打了一个圆场。他与另两个新任宰相卢怀慎、薛讷联名，向玄宗奏称：“幽求等皆功臣，乍就闲职，微有沮丧，人情或然。功业既大，荣宠亦深，一朝下狱，虑惊远听。”（《资治通鉴》卷二一一）

这几句话的意思是：刘幽求等人都是功臣，忽然转任闲散职务，心情难免沮丧，此乃人之常情。功劳既大，所受的荣宠也深，一旦逮捕下狱，恐怕会惊动朝野舆论。

姚崇的言下之意，就是暗示玄宗见好就收，不宜把事情做得太绝。

玄宗心领神会，当即贬刘幽求为睦州（今浙江建德市）刺史，并把他的七百户封邑削掉了六百户，同时贬钟绍京为果州（今四川南充市）刺史。

不久，在姚崇的积极配合下，玄宗又把王琚、魏知古、崔日用等人也先后贬出了朝廷。

至此，昔日辅佐李隆基君临天下的政变功臣基本上已被贬黜殆尽。

这就叫飞鸟尽，良弓藏。

此乃政治角斗场上的游戏规则，自古皆然。更何况，为了彻底改变自神龙革命以来政变频仍，皇权危弱的局面，李隆基也只能这么做。

《新唐书》称：“幽求之谋，绍京之果，日用之智，琚之辩，皆足济危纾难，方多故时，必资以成功者也。然雄迈之才，不用其奇则厌然不满，诚不可与共治平哉！姚崇劝不用功臣，宜矣。”这“不可与共治平”一语，道破了玄宗罢黜功臣的个中原委。

从历史上看，这“鸟尽弓藏，兔死狗烹”的一幕，几乎也是每个强势帝王为了巩固皇权，开创大业而必修的一课。尤其对李隆基这种非嫡长子出身，并且靠政变上台的皇帝而言，这更是他亲政之初的势在必行之举。

作为睿宗庶出的第三子，相对卑微的出身始终是李隆基的一块心病。所以，如果想要坐稳皇位，他就必须在摆平功臣的同时——再摆平宗室。

当时，能够对李隆基构成潜在威胁的宗室亲王，就是他的四个兄弟和一个堂兄（豳王李守礼）。一开始，李隆基对五王采取的主要是怀柔手段，“专以衣食声色蓄养娱乐之，不任以职事”，让他们在富贵温柔乡中当逍遥王爷。

每当政务之余，李隆基总是陪五王一起寻欢作乐，彼此间不以君臣相称，而以家人之礼游处，有时候一起到郊外击毬、游猎，有时候召他们入宫一同宴饮、斗鸡、下棋、吟诗作赋、演奏乐器，待酒足饭饱，笙歌散尽之后，就用特制的“长枕大被”，“与兄弟同寝”。据说，要是诸王偶染微恙，李隆基便会为之“终日不食，终夜不寝”。有一次薛王李业生病，李隆基甚至亲自为其熬药，以致胡须不小心被火烧着了，左右大惊失色，连忙扑火，李隆基却说：“但使王饮此药而愈，须何足惜！”由此，朝野上下都交口称赞天子李隆基“素友爱，近世帝王莫能及”。（《资治通鉴》卷二一一）

继感情笼络之后，李隆基又在制度上采取了防范措施。开元二年六七月间，在宰相姚崇等人的建议下，玄宗把五个兄弟都外放到了地方上担任刺史，并且规定：五王到任后不负责具体政务，一切州务都交由僚佐处理。到了开元八年左右，玄宗的皇权已经相当巩固了，才让五王陆续回到了长安，授予了他们司空、司徒等荣誉衔，同时严禁他们“与群臣相结”。

就这样，在玄宗的情感安抚和制度约束之下，这些亲王都学会了夹起尾巴做人，在余生中始终表现得临深履薄，谦恭谨慎，让一些野心家即便想利用他们搞阴谋也无从下手。有些侥幸之徒想要轻举妄动，到头来也只能自遗其咎，招致祸败。比如开元八年，有几个朝臣就跟岐王李范、薛王李业走得很近，企图背着玄宗搞一些小动作，最后都无一例外地遭到了贬谪流放的下场。

事后，李范和李业惶恐不安，主动向玄宗请罪，李隆基还安慰他们说：“我们兄弟亲密无间，都是一些趋炎附势之徒强相托附，我不会责怪自己的兄弟。”最后，为了表明自己对兄弟的真情，李隆基甚至赌咒发誓说：“倘若我有心猜忌兄弟，就让我天诛地灭！”

就这样，李隆基以他的高明手腕巧妙地摆平了功臣和宗室，消除了所有潜在威胁与后顾之忧，牢牢握住了他的帝王权杖。

不可否认，在处理功臣和宗室的问题上，李隆基的做法具有浓厚的权谋色彩。但是，和历史上那些为了巩固皇权而翦除功臣，诛杀兄弟的皇帝比起来，李隆基采取的手段还是相对比较温和的。他充其量只是做到了“飞鸟尽，良弓藏”，而没有发展到“狡兔死，走狗烹”的地步。

换而言之，李隆基身上还是表现出了一定程度的人情味。用一句经典台词来说：“没有人情味的政治是短命的。”唐玄宗李隆基之所以能在皇帝的位子上一坐就是四十五年，而且缔造了中国历史上少有的太平盛世，其中一个主要原因，也许就在于他的人情味，在于他执政手段的温和。

姚崇：为盛世奠基（上）

在李隆基摆平功臣和宗室的过程中，宰相姚崇一直与他默契配合，发挥了相当大的作用。但令人奇怪的是，同样作为玄宗昔日的亲信，姚崇为何没有遭遇“兔死狗烹”的命运，反而能得到玄宗毫无保留的信任和倚重，从而位极人臣，独揽朝纲呢?

究其原因，应该有以下三点。

首先，姚崇虽然和郭元振、刘幽求等人一样，都是玄宗政变的支持者，但他并没有直接参与，因此也就无所谓什么“功高震主”“尾大不掉”，对玄宗的皇权当然也就构不成威胁。其次，姚崇是三朝宰相，素以“吏事明敏”，精明强干著称，玄宗要追求天下大治，自然需要这种富有执政经验的大臣辅佐。最后，也是非常重要的一点是——姚崇忠于人主，深明君臣大义。

有一则故事很能表明姚崇的这种节操。

那是在神龙政变成功后，女皇武曌被软禁上阳宫，姚崇作为武曌一手提拔起来的宰相，虽然追随张柬之等人参与了政变，但得知女皇被软禁之后，还是情不自禁地流下了伤感的泪水。别人都兴高采烈，惟独他一个人“呜咽流涕”。张柬之见状大为不满，警告他说：“今日岂是啼泣时？恐公祸从此始。”

姚崇说：“事则天岁久，乍此辞违，情发于衷，非忍所得。昨预公诛凶逆者，是臣子之常道，岂敢言功；今辞违旧主悲泣者，亦臣子之终节，缘此获罪，实所甘心。”（《旧唐书·姚崇传》）随后，姚崇果然被逐出了朝廷，贬为亳州刺史。

像这样一个忠于旧主，性情坚贞，绝不与时俯仰的臣子，有哪一个皇帝不喜欢呢？又有什么理由让李隆基不放心呢?

当然没有。

因此，姚崇必然会成为辅佐玄宗开创盛世的不二人选。

姚崇没有让李隆基失望。

据说，姚崇于先天二年十月奉密诏赴骊山觐见玄宗时，一见面就提出了十个条件，相当于跟皇帝“约法十章”，声称若是玄宗不答应，他便拒绝出任宰相之职。（《新唐书·姚崇传》）

居然会有如此牛逼的臣子，皇帝让他当宰相，他还和皇帝讲条件。

是的，姚崇就是如此牛逼，否则他就不是姚崇了。

当然，姚崇之所以敢跟玄宗讲条件，是基于两个判断：一、玄宗为人豁达大度，有容人之量；二、玄宗锐意求治，亟需一套切实可行的治国方略。

果然不出姚崇所料，虽然他的倨傲态度让玄宗颇有些诧异，但玄宗还是流露出了浓厚的兴趣，表示很想听听他所谓的“十事”。

姚崇随即侃侃而谈，向玄宗提出了他的十条政治建议：一、施政以仁义为先；二、不谋求对外扩张；三、执法从亲近之人始；四、宦官不得干预政事；五、对百姓除租赋之外不得苛取；六、皇亲国戚不得担任台省要职；七、对臣下接之以礼；八、鼓励犯颜直谏；九、停止建造各种佛寺道观；十、杜绝外戚干政。

这就是历史上著名的“十事要说”。

此“十事”，与其说是宰相跟皇帝的十条约法，不如说是姚崇的十大施政纲领。当时玄宗求治心切，此“十事”又皆为切中时弊之言，所以玄宗欣然接受，全盘采纳。

从玄宗朝廷日后出台的种种政治举措来看，基本上都是以这十大纲领作为指导思想的。从这个意义上说，姚崇所言的“十事”，实际上就是一整套针对当时社会现状的治国方略。正是这一套方略的推行实施，玄宗朝廷才会呈现出一派励精图治、任贤纳谏、清正廉洁、抑奢求俭的政治新气象，从而使得“贞观之风，一朝复振”。（《旧唐书·玄宗本纪》）

玄宗深知，姚崇是一个栋梁之才，只因这些年来政局紊乱，仕途颠沛，所以他一直没有机会施展才干，如今所有的障碍既已清除，自然要给他提供一个广阔的舞台，好让他放手大干一场。史称开元之初，“上初即位（实际应为“初亲政”），励精为治，每事访于元之，元之应答

如响，同僚唯诺而已，故上专委任之”。（《资治通鉴》卷二一〇）

然而，玄宗固然敢于“专委”放权，姚崇复相之初还是有些放不开手脚。就算是任命一些低级官吏，姚崇也要一一禀报，不敢自专。有一次，玄宗听完他的奏报，忽然仰头望着房梁，一句话也不说。姚崇再三言之，玄宗却始终沉默。姚崇又惊又疑，不知道自己哪里做错了，只好怏怏告退。

姚崇退下后，玄宗的心腹宦官高力士忍不住问：“陛下刚开始治理大政，宰相奏事，可与不可都当面议，陛下为何一言不发？”

玄宗面露不悦之色，说：“朕把政务交给姚崇，有大事理当奏闻，可像这种任命郎吏的小事，他自己完全可以定夺，又何必事事来烦朕？”

高力士恍然大悟，随后便把皇帝的这个指示精神透露给了姚崇。姚崇闻言，所有的忧愁和顾虑一扫而光，从此大胆秉政，“独当重任”，于大小政务“断割不滞”。当时的另一个宰相卢怀慎自知才干不及姚崇，于是“每事皆推让之，时人谓之‘伴食宰相’”。（《旧唐书·卢怀慎传》）

有一次，姚崇家中办丧事，请了十多天假，朝堂中政务公文堆积如山，卢怀慎不敢决断，只好向玄宗请罪，没想到玄宗却说：“朕把天下事交给姚崇，卿等坐观其成就可以了。”

姚崇假满归来，没几天就把积压的政务全部处理掉了。众人大为叹服，姚崇亦颇为自得，忍不住问中书舍人齐澣：“我当宰相，比起管仲、晏子如何？”

齐澣略微沉吟，答：“管、晏之法，虽不能施于后世，至少用其一生。而公所订之法，随时变更，似乎不及二人。”

姚崇又问：“那么你对我作何评价？”

齐澣道：“公可谓‘救时宰相’。”

姚崇大笑，把手中毛笔一掷，说：“救时宰相，也殊为难得了！”

姚崇理政，善于权变，因事制宜，从不墨守陈规，且办事雷厉风行，注重实效，所以“救时宰相”之誉，亦可谓恰如其分，实至名归。姚崇的上述执政风格，在随后展开的灭蝗斗争中更是表现得淋漓尽致。

开元三四年间，黄河中下游地区连续爆发了大规模蝗灾。蝗虫过处，千里赤地，颗粒无收。在古代农业社会，蝗灾所造成的损失无疑是各种自然灾害中最为严重的，如果对治不当，不仅国家的粮食储备会出现问题，还会造成大量的灾民和流民，从而严重影响社会稳定，甚至动摇统治根基。

所以，如何对付这场前所未有的蝗灾，就成了姚崇最后一任宰相生涯中最严峻的挑战。

蝗灾始发于开元三年（公元715年）夏。古代人笃信天人感应之说，认为蝗灾是一种天谴，人力不可违抗，因而面对铺天盖地、漫山遍野的蝗虫，各地的官员和百姓都不敢捕杀，而是一味焚香祭拜，修德禳灾，希望以此感动上苍，使蝗灾自灭。

结果当然是可想而知的。人们拜得越虔诚，蝗虫就繁殖得越厉害，最后大家只能眼睁睁地看着田中的农作物被蝗群吞噬殆尽。对此，各地官员心急如焚，却又束手无策。

姚崇闻报后，立即上奏玄宗，强烈建议派遣御史分赴各地，组织当地的官员和百姓捕杀蝗虫。可朝臣们多以为蝗虫数量太多，难以除尽，玄宗对此也是满怀疑虑。

姚崇坚持说："如今蝗满山东（崤山以东），且繁殖速度极快，为历来所罕见。河南、河北百姓，储粮不多，倘若农田无收，必定流离失所，事关百姓存亡，社稷安危，切不可犹疑拖延。纵使除之不尽，犹胜养以成灾！臣知陛下有好生恶杀之德，故此事无须陛下颁布诏书，只须臣下发牒文，督促各地灭蝗。若仍除之不尽，请陛下将臣的官职爵位全部削除！"

这就叫"有功归于上，有过归于己"。

这是一种为官的智慧，也是一种做人的勇气和担当。

既然姚崇都把话都说到这份上了，玄宗当然没有理由再表示反对。

可是，就在这个时候，平日里唯唯诺诺，对姚崇惟命是从的宰相卢怀慎却站了出来，再次反驳说："蝗是天灾，岂能以人事对治？外间舆论均以为此法不妥，况且杀虫太多，有伤天地和气。此事尚可商榷，请公三思。"

姚崇厉声应道："奈何不忍于蝗而忍人之饥死乎？若使杀蝗有祸，崇请当之！"（《资治通鉴》卷二一一）此言一出，卢怀慎哑口无言，满朝文武也顿时噤声，于是此议遂定。

随后，姚崇立即行动起来，一边发文，一边派遣御史分赴各地。他还在牒文中提出了灭蝗的具体办法：根据蝗虫夜间趋火的特点，“夜中设火，火边掘坑，且焚且瘗（yì，掩埋），除之可尽”。（《旧唐书·姚崇传》）

为了提高百姓灭蝗的积极性，姚崇还采取了特殊的赈灾办法，将赈粮数量与灭蝗数量挂钩，“采一石者，与一石粟；一斗，粟亦如之”。（《朝野佥载》）

采取了上述措施后，一度肆虐的蝗灾得到了较为有力的控制。“是岁，田收有获，民不甚饥”。（《旧唐书·玄宗本纪》）

开元四年（公元716年）春夏之交，蝗灾再次爆发。姚崇按照去年的经验，任命一批御史为“驱蝗使”，分赴各地组织灭蝗。不料，前往汴州（今河南开封市）的御史却遭到了当地刺史倪若水的强烈抵制。即便已经有了去年收效甚著的灭蝗事实，可倪若水还是死抱着旧观念不放，一再声称：“蝗乃天灾，非人力所及，宜修德以禳之。”（《资治通鉴》卷二一一）拒不执行朝廷的命令。

姚崇勃然大怒，当即发文予以驳斥：“古之良守，蝗虫避境。若其修德可免，彼岂无德致然？”这句话的大意是：古代有德的地方长官，蝗虫不入其境，如果说他是靠修德才免灾的，那你倪若水岂不是因无德才导致蝗灾？

姚崇此言，可谓典型的以子之矛攻子之盾。倪若水接到牒文后，目瞪口呆，半晌无语，最后只好老老实实地按照姚崇的“焚瘗之法”组织力量灭蝗，结果很快就“获蝗一十四万石，投汴渠流下者不可胜纪”。（《旧唐书·姚崇传》）

与此同时，玄宗还颁布诏书，命各地“驱蝗使”严格审查州县官吏在捕蝗方面的成绩，并予以公布，以此作为政绩考核的主要标准之一。

有了姚崇极力推行的灭蝗举措，加上玄宗的支持，灾情总算在一定程度上得到了缓解，“由是连岁蝗灾，不至大饥”。（《资治通鉴》卷二一一）

姚崇：为盛世奠基（下）

在很多人的印象中，“开元盛世”几乎就是繁荣和富庶的代名词。

而事实也的确如此。

其他朝代暂且不论，仅以唐朝自身来看，开元、天宝时期的繁荣和富庶程度，在本朝三百年历史上就是属于空前绝后，登峰造极的。

那么，是什么造就了开元、天宝的富庶呢？

答案有二，一是开源，二是节流。换言之，就是勤奋和节俭。

要想致富，舍此别无他途。小到个人，大到国家，莫不如此。也就是说，倘若没有开元初期自上而下的抑奢求俭，就绝对没有开元中后期和天宝年间的繁荣富庶。

其实，早在姚崇复相之初所提的“十事”中，“施政以仁义为先”“对百姓除租赋之外不得苛取”“停止建造佛寺道观”等主张，就都包含了“抑奢求俭”的思想。

开元二年七月，为了改变自中宗以来“风俗奢靡”的社会现状，玄宗就从自身入手，率先垂范，开始了一场“抑奢求俭”的改革运动。他下诏宣布：“凡是宫中多余的车辆、服饰以及各种金银珠宝器具，都应交由有关部门销毁，以供军国之用；珠宝璧玉、锦绣绸缎，焚于殿前；后妃以下，一律不准穿戴珠玉锦绣。”

三天后，改革对象指向了文武百官：“朝中百官的衣服上、腰带上以及饮酒器具、马勒马镫上，三品以上官员可镶嵌璧玉，四品官员可镶嵌黄金，五品官员可镶嵌白银，余下官员一律禁止；妇人服饰以其夫、其子为准。旧有的锦绣绸缎，全部染为黑色。自今以后，全国范围内一律不准开采珠玉，纺织锦绣，违者杖打一百，工匠杖打八十。”同日，撤销了西京和东都的织锦坊。

上有所好，下必甚焉。当年中宗李显喜好享乐，就有了安乐公主价值上亿的“百鸟羽毛裙”，并引发了一场捕杀珍稀鸟类的生态灾难；如今，玄宗李隆基以身作则，力行节俭，朝野上下当然就不敢奢靡了。

在俭朴持身，清廉为政方面，宰相卢怀慎最为世人称道，也最堪为百官表率。

史称其“清谨俭素，不营资产，虽贵为卿相，所得俸赐，随散亲旧。妻子不免饥寒，所居不蔽风雨”。开元四年十一月，卢怀慎病逝，家中毫无积蓄，穷得连买棺材的钱都没有。他家唯一的一个老仆人只好把自己卖掉，用所得的钱替主人办丧事。（《资治通鉴》卷二一一）

堂堂帝国宰相竟然困窘若此，委实令人不可思议。

如果史书记载没有夸大其辞的话，那么只能有两种解释：一、开元初年的官员俸禄菲薄，加之卢怀慎为人又慷慨好施，“所得俸赐，随散亲旧”，所以才会穷到这个地步；二、玄宗为了树立清廉政风，故意塑造了这么一个典型，以此作为教育官员和百姓的活教材。

但是，无论我们作何理解，卢怀慎生前的清廉和俭朴都是可以想见的。因为仔细想想，若非他本人确实为官清廉，只要利用手中职权适当搞一点灰色收入，无论他如何乐善好施，总还会留下一点家底，绝不至于买不起棺材；此外，若非他本人确实是穷，就算玄宗想塑造典型，恐怕也是无从下手，总不能故意扣卢怀慎的工资吧？

总之，即便我们仅仅把卢怀慎当成一个特例，但是仅此一例也足以表明——开元初年的官场风气和社会风尚，确实要比中宗时代健康和淳朴得多。

除了卢怀慎，作为首席宰相的姚崇，在个人生活方面似乎也是不讲排场，因陋就简的。史称他在担任中书令期间，在京城竟然连一座宅邸都没有，只好长期寓居在长安大宁坊的一座寺院中。（《资治通鉴》卷二一一）

和卢怀慎穷得买不起棺材一样，姚崇寓居寺庙之事，同样也让人难以理解。难道玄宗真的“节俭”到舍不得赐给宰相一座房子？就算天子不赏赐，难道姚崇自己为官数十年，三次出任宰相，又有好几个儿子在朝为官（并且颇有些灰色收入），这样还凑不起钱买一座像样的房子？

答案显然是否定的。

稍后我们就将看到，就是因为姚崇那两个宝贝儿子，还有他的一个心腹下属贪赃受贿被揭发，姚崇才被迫引咎辞职的。除此之外，据《旧唐书·姚崇传》记载，姚崇临终前曾“分其田园，令诸子侄各守其分”，可见姚崇生前并不缺财产，自然也就不可能买不起房子。所以他寓居寺院一事，基本上可以认定是在作秀，是为了配合“抑奢求俭”的改革运动而不得不这么做的。

说白了，就是出于一种政治需要。

然而，就算这只是玄宗和姚崇为了教育官民而安排的一场政治秀，可一个堂堂的宰辅重臣，能够长期摒弃个人享受，置首席宰相的体面于不顾，在三年多的任期内始终住在条件简陋的寺院里头，这样的表现，不也是难能可贵的吗？如此用心良苦的“秀”，不也恰好能从侧面反映出玄宗君臣的自律、谨严和刻苦吗？

无论姚崇身后留下了多少财产，也无论玄宗中年以后变得如何奢侈纵欲，总之，日后的大唐臣民应该都不会忘记，在开元初年，有一个励精图治的年轻天子，主动放弃了许多帝王应有的享受；有一个“清贫宰相”，穷得死后连棺材都买不起；还有一个“蜗居宰相”，你在偌大的长安城里找不到一座属于他的宰相府邸……

所以，我们完全有理由说——假如没有开元初年玄宗君臣携手同心奠定的基业，也就没有后来那一页歌舞升平的盛世华章，也就没有那一个锦天绣地的巍巍盛唐。

卢怀慎病逝后，玄宗又提拔尚书左丞源乾曜入相，充当姚崇的副手。和卢怀慎差不多，源乾曜拜相之后，也是一切以姚崇的意志为转移，基本上没什么个人主张。每当他上殿奏事符合玄宗心愿的时候，玄宗就说：“这肯定是姚崇的意见。”而凡是玄宗觉得不满意的时候，就会说：“你干嘛不和姚崇多商量商量？”

源乾曜真是晕死，碰上如此“偏心武断”的皇帝，他也只能夹着尾巴甘当卢怀慎第二了。所以，无论皇帝对他所奏之事满不满意，源乾曜每次都是老老实实地向玄宗表示歉意，承认事实就是皇帝所说的这样。故而每当朝廷有什么重要事务，玄宗总是催促源乾曜去罔极寺找姚崇。

卢怀慎去世不久，姚崇患上疟疾，便向玄宗告假。玄宗急得不知如何是好，天天派宦官去罔极寺慰问，最多的时候一天派出好几十个，往往是前面一拨宦官还没走，后面一拨宦官就到了。源乾曜觉得大家天天往罔极寺跑也不是办法，就向玄宗建议，让姚崇从罔极寺迁入皇城内的“四方馆”（皇家礼宾馆）居住，这样既可方便皇帝问讯，又能让姚崇有一个较好的环境养病。

玄宗欣然同意。

可姚崇却不干。

他的理由是，四方馆存放着许多重要的典籍和文件，如果让一个病人住进去，于礼不合，所以坚决推辞。玄宗一听就急了："设立四方馆，是方便各国的朝贡使节；让你住进去，是有利于社稷。朕恨不得让你住到宫城大内来，区区四方馆，有什么好推辞的？"

史书没有记载姚崇后来是否住进了四方馆，但是有一点是可以肯定的——就算他住进去了，没过几天就得再搬出来。

因为他的仕途到头了。

导致姚崇下台的表面原因，出在他的两个儿子和一个下属身上。

姚崇长子名姚彝，官任光禄少卿（主管宫廷膳食的副部长）；次子名姚异，官任宗正少卿（主管皇族事务的副部长）。姚崇为官，对自己还是比较高标准严要求的，只可惜对儿子管教不严。这俩小子仗着父亲是皇帝最倚重的首席宰相，长期"广通宾客，颇受馈遗"，几年前就曾因请托魏知古而差点惹出祸端，幸赖姚崇机警，才没出事。但他们却没有因此收敛，而是照旧我行我素，招权纳贿，因而颇受当时舆论谴责。

除了对儿子缺乏管束，姚崇对自己的亲信下属也过于纵容。他有个秘书（主书，从七品）名叫赵诲，收受胡人的贿赂，不料没多久就被人告发了。玄宗对此案极为重视，亲自审问，结果发现案情属实，遂将赵诲逮捕下狱，并判处了死刑。

本来此案与姚崇并没有直接关系，充其量也就是负一些间接的领导责任而已。怎奈姚崇聪明一世糊涂一时，竟然出面营救，由此令玄宗大为不悦。不久，朝廷恰好要大赦，玄宗看在姚崇的面子上，特别在大赦诏书中标出赵诲的名字，下令免其死罪，杖打一百，流放岭南。

尽管皇帝给足了面子，可姚崇还是不无痛苦地意识到——经过这件事之后，自己在玄宗心目中的形象已经大打折扣了。倘若不在这个时候急流勇退，万一两个儿子贪赃纳贿的事实再被揭发，那后果真的是不堪设想。

思虑及此，忧惧不安的姚崇不得不向玄宗提出了辞职请求，而且提出了不止一次。

同时，姚崇还向玄宗郑重推荐了一个人，作为自己的继任者。

他就是时任广州都督的宋璟。

开元四年闰十二月，玄宗接受了姚崇的辞职请求，免除了他的宰相之职，改任开府仪同三司；同时将源乾曜罢为京兆尹、西京留守。

姚崇被罢相一事，乍一看似乎有些不可理喻——就因为一个七品小文书受贿，便罢免了一个兢兢业业、精明强干、对帝国政治有着突出贡献的宰相，是不是有些小题大做了？

其实，无论是赵诲的枉法求财，还是姚崇两个儿子的招权纳贿，都不是导致姚崇下台的真正原因。道理很简单，打狗也要看主人。倘若玄宗仍然倚重姚崇，仍然寄望于他在宰相任上多做一些贡献，那么就算赵诲和姚氏兄弟杀人放火，奸淫掳掠，只要他们不是阴谋造反，玄宗都大可以睁一眼闭一眼，又何必非把姚崇的宰相乌纱摘掉不可呢？

所以，真正的原因其实是——玄宗本来就已经有了罢免姚崇之意，赵诲受贿的事情，只是恰好让玄宗拿来当一个借口罢了。

在赵诲一案中，有一个耐人寻味的细节，足以让我们窥见玄宗的真实意图。那就是，当赵诲东窗事发时，玄宗居然以天子之尊亲自审问他，这显然是不合常理的。如果不是玄宗存心要抓姚崇的小辫子，一个小小七品文书的受贿案，又何须劳驾他皇帝大人亲自出马？

所以，我们完全有理由认为，玄宗这么做，目的就是要敲山震虎。

换言之，就是故意抓一条狗来打，让主人瞧瞧颜色。

可是，姚崇一直在宰相任上干得好好的，玄宗为什么忽然要把他撸了呢？

这就要涉及到玄宗的用人之术了。

玄宗任用宰相的原则，基本上可以用六个字概括：专任而不久任。

所谓专任，就是一改大唐立国以来的集体宰相制，把宰相名额控制为两个，并且一个为主，一个为辅。比如玄宗先后为姚崇配备的两个副手，前面的卢怀慎就被称为伴食宰相，后来的源乾曜同样也是唯唯诺诺；姚崇卸任后，宋璟继任首席宰相，他的搭档苏颋照旧是陪衬人物。这种绿叶配红花的用人原则，正是玄宗刻意为之的。他的目的，就是要把朝政大权全部集中到首席宰相一个人手上。

之所以要实行这种专任制，是因为玄宗亲政后，所面临的是一个“百废待举”的政治局面，所承担的主要历史任务就是“拨乱反正”，因此，只有让一个能力突出的宰相独揽朝纲，才能集中力量办大事，避免集体宰相制下常见的掣肘、推诿、扯皮等低效现象。

但是专任制也有两大副作用：一是宰相大权独揽，最终必然导致皇权受到威胁；二是一人执政必然导致整个政治运作过多地带上个人烙印，从而日久生弊。而要消除这两个副作用，最简单也是最有效的办法就是——不要让这个手握大权的宰相干太久。

从这个意义上说，姚崇被罢相绝不是偶然事件，而是玄宗深思熟虑的结果。

姚崇虽然离开了帝国的政治中枢，但是在后来的几年里，玄宗对他依旧礼遇甚隆，仍令其“五日一朝，入阁供奉”（《资治通鉴》卷二一一），在许多大政方针上还是要征求他的意见。

开元九年（公元721年），姚崇病逝，享年七十二岁，死后赠扬州大都督，谥号“文献”。

姚崇在任三年多，时间虽然不长，但却与玄宗君臣同心，密切配合，共同开启了清明、高效、务实、俭朴的新政风，终结了自神龙政变以来混乱不堪的政治局面，把帝国引上了一条健全的发展轨道，为盛世的来临奠定了坚实的政治基础。

宋璟：贤臣的典范（上）

宋璟于开元四年底被玄宗征召入朝，初授刑部尚书，次月擢任侍中（时称黄门监）兼吏部尚书，正式入相；玄宗给他配备的副手是中书侍郎（时称紫微侍郎）苏颋。

和姚崇一样，宋璟也是三朝元老，素以“耿介有大节”“当官正色”（《旧唐书·宋璟传》）著称，武周时期曾为了弹劾二张而与武皇面折廷争，以致铁腕无情的武曌虽“内不容之”，也不免要“惮其公正”。（《大唐新语》卷二）

从宋璟回朝之初发生的一件小事，就足以见出他刚直不阿的性情。

当时，宋璟从广州回长安，临近京师时，玄宗特意派遣心腹宦官杨思勖出城迎接。宋璟一路上竟然不与杨思勖攀谈半句。杨思勖回宫后悻悻地向玄宗禀报，玄宗听完，感叹良久。他知道，宋璟这是在恪守“外臣不与内官交通”的准则，于是内心对他愈发敬重。

作为姚崇的继任者，宋璟在国家大政方面大致继承了姚崇的路线方针，基本上可以说是“萧规曹随”，但是在具体的执政风格上，他却与姚崇有着根本的不同。

史称“崇善应变，故能成天下之务；璟善守文，故能持天下之正”。（《新唐书·姚崇、宋璟传》）对于姚崇来讲，只要大方向是对的，他可以不择手段，所以他身上颇有些权谋色彩；而对于宋璟来说，只有原则才是最重要的，什么事情都要讲究一个规矩法度，是非曲直，无论是皇亲国戚还是天子本人，在这一点上一概不能例外。

其实，宋璟与姚崇的不同并不是偶然的。

玄宗李隆基正是发现姚崇执政过于“权变”，担心日久生弊，才会起用善于“守正”的宋璟，以此弥补姚崇的缺失，矫正朝廷的风气。

宋璟拜相后的第一个重要举措，就是恢复了废弛已久的“谏官议政制度”。

大唐的谏官议政制度始创于太宗贞观初年。当时的制度规定，凡中书、门下两省长官及三品以上官员上朝奏事时，谏官、史官必须随同宰相们上殿，“有失则匡正，美恶必记之”；朝廷各部长官在朝会上向皇帝奏事时，御史有权当面弹劾，并当众宣读弹劾奏章。有了这样的谏议制度，高级官员就无法蒙蔽皇帝，低级官员也不能暗进谗言。所以太宗才能听到各种不同意见，最后择善而从，在兼听博采的基础上作出正确决策。

这就是贞观时代进谏成风，吏治清明的主要原因之一。

然而，到了高宗时代，许敬宗、李义府等人恃宠用事，这项制度就逐渐废弛了。史称当时“政多私僻”，奏事官员往往等到朝会结束后，才在御前呈上密奏，谏官、史官皆随文武百官退出，自然不可能了解奏事官员到底呈上了什么奏议，更不可能发表什么意见。

及至武周时期，女皇武曌以严刑峻法控制臣下，于是事情又走向了另一个极端。谏官、御史们虽然又有了当廷谏议之权，但是往往捏造事实，无中生有，滥用手中职权陷害朝臣，打压异己。所以上至御史大夫，下至监察御史，莫不以相互倾轧为能事。整个帝国政治被搞得乌烟瘴气，人人自危。

到了开元初年，谏官议政制度已经废弛了半个世纪之久。“及宋璟为相，欲复贞观之政”（《资治通鉴》卷二一一）。开元五年（公元717年）九月，在宋璟的一再建议下，玄宗终于下诏恢复了谏官议政制度：“自今以后，除非情况特殊或事关机密，否则一切奏事，均应在朝会上公开报告，谏官、史官议政，皆依贞观故事。”

谏议制度的恢复极大地促进了玄宗朝廷的进谏、纳谏之风，为帝国政治的良性化和有序化提供了坚实的制度保障。玄宗李隆基虽然做不到像太宗李世民那样“从谏如流”，但至少也能在一定程度上做到“虚怀纳海”。于是在开元前期的二十年间，出现了继贞观之后谏诤风行的第二次高潮。上至宰相、百官和地方刺史，下至文人、隐士和普通百姓，上书直谏者络绎不绝，公开议论朝政蔚为一时风尚。

当然，制度是死的，人是活的。有了制度，还要有人去贯彻推行，才有可能形成一种习惯和风气，否则再好的制度也只能沦为摆设。

在坚持原则，犯颜直谏方面，作为百官之首的宋璟，就是头一个身体力行的。

对于外戚，他敢于不讲情面；对于宗室，他敢于秉公办事；甚至对于玄宗本人，他也敢于“触逆龙麟”。

这就是一代贤相的傲骨和风范。

如果说，“善应变”的姚崇可以称为能臣的话，那么“善守文”的宋璟就堪称贤臣的典范。下面有几件事情，足以让我们领略宋璟的贤相之风。

第一件事发生在开元七年（公元719年）四月，玄宗的岳父王仁皎去世。王仁皎是王皇后的父亲，封祁公，官任开府仪同三司（一级文散官，从一品）。既然是当朝国丈，身份显赫，爵高位尊，身后事的规格自然是不能低的，尤其是坟墓，更要修得巍峨高大。这不仅是顾及王皇后的面子，更涉及皇家的尊严。所以，王仁皎的儿子、驸马都尉王守一就出面向玄宗要求，比照窦太后之父（李隆基外祖父）的丧葬规格，修筑一座高五丈一尺的大坟。

这个王守一不仅是玄宗的大舅子、皇室的驸马，而且是李隆基在当临淄王时的好友，本身又是先天政变的功臣，在李隆基诛灭太平一党的过程中出力甚多。因此，无论是出于皇家尊严、个人亲情，还是出于旧友兼功臣的情面，玄宗都不能不答应。于是玄宗很快就下了一道手诏，命有关部门按照王守一的要求办理。

然而，王守一万万没有料到，天子这一关他是过了，可宰相那一关他却死活也过不了。

宋璟得知这件事后，立刻拉上副手苏颋，当面向玄宗进谏，说：“按照朝廷的有关制度规定，一品官的坟墓高度是一丈九尺，即使是陪葬皇陵，最高也不过三丈。所以，王守一的要求于礼不合，不能同意。”

玄宗闻言，赶紧把外祖父搬了出来，说既然有成例可依，那王守一的要求也不算过分。

宋璟说：“窦太后的父亲逾越礼制，当时朝野都议论纷纷，只是没人敢出面指出错误罢了，现在既然已经知道错了，怎么还能明知故犯？”

玄宗表情尴尬，可还是不想松口。

宋璟寸步不让，接着给皇帝上课：“从前太宗皇帝嫁女儿，嫁妆的价值超过了长公主（太宗这一辈的公主），魏徵进谏，太宗欣然接受，长孙皇后也甚为嘉许；可不像后来的韦庶人（韦后）那样，为了抬高其父的身价，竟然把坟墓称为‘酆陵’，结果也只能加速败亡，为天下笑！如今，以皇后的父亲身份之尊贵，要修筑大坟又有何难？可臣等之所以再三进言，只不过是想成全皇后的俭德，维护皇上您的尊礼守法之形象罢了。何况今日所为，正可以传之无穷，永为后法，岂可不慎重！”

玄宗是聪明人，既然宋璟一点商量的余地都没有，他再坚持下去也没什么意义，还显得自己太没水平。于是玄宗赶紧换了一副愉快的表情，变被动为主动地说：“朕经常想修养品德，做群臣的表率，对自己的妻小又岂敢徇私！但此事是一般人不愿说也不敢说的，如今贤卿能固守典章礼仪，以成就朕的美德，并垂法将来，这样很好，正是朕所期望的。”

就这样，王国丈修筑大坟的事情彻底黄了，玄宗还特意赏赐给宋璟和苏颋每人四百匹彩帛，以资鼓励。不知道当皇帝的大舅子王守一，看到两个宰相搅了他的好事还赚了好几大车的彩帛时，心里会作何感想？

宋璟反对修筑大坟，针对的是外戚。接下来的这件事，针对的则是宗室。

此事发生在同年十一月，宁王李宪（就是李隆基的长兄宋王李成器，于开元四年更名）有一个亲戚叫薛嗣先，曾经在皇家宗庙当过一段时间的“斋郎”（负责宗庙祭祀洒扫的小吏）。李宪上奏玄宗，请求让薛嗣先在朝中任职。玄宗把奏章转给了中书、门下省，虽然没有明说给他当什么官，可意思还是明摆着，让宰相酌情授予他一个官职。

宋璟接手这件事后，马上就向玄宗启奏，说："薛嗣先当过斋郎，虽然没什么优越的表现可堪留用，但毕竟是皇亲国戚，按理说总该给个小官做。可不知陛下是否还记得，景龙年间，常有天子授官不经中书、门下，而是直接下敕，称为'斜封官'，在当时可以说是泛滥成灾。自从陛下登基以来，这种事已经完全杜绝，无论是发给赏赐还是任命官吏，必定都要经过中书、门下两省的考核评议。正所谓天下至公之道，唯有圣人能行。薛嗣先虽是皇家姻亲，陛下却不因他而废法，将此事交由臣等议决，臣很感动，但是臣还是想把此事交给吏部，让他们照章办理，希望陛下不要另行颁布敕令。"

宋璟这番话，百分之百是公事公办的意思，而且还特别举了斜封官的例子，摆明了就是把薛嗣先当官的事给否决了，只不过一副官腔打得滴水不漏，十分含蓄委婉，没有让皇帝和宁王太难堪而已。此外，他还给皇帝戴了一顶"至公之道，圣人能行"的高帽，玄宗若要当这个"圣人"，想必也不敢再搞一个斜封官出来。

毫无疑问，薛嗣先的官没当成，宁王的面子也给驳了。

在宋璟面前，一是一二是二，什么事都要秉公而行，照章办理，不要说宁王，就算是天子李隆基本人的事情，该驳的时候他也照驳不误。

宋璟就任宰相期间，有几次都是直接驳了皇帝的面子。

第一次是在他拜相不久的开元五年年底，玄宗命宋璟和苏颋给自己的皇子、公主起名字和封号，总共起三十对备用，还特别交代他们，除了这三十对外，一定要另想一对最漂亮的名字和封号呈上，显然是想赐给他最心爱的某个皇子或公主。

按说这是一件很小的事情，只不过举手之劳，又能讨天子欢心，何乐而不为呢？

可宋璟偏偏不认为这是小事，而是关乎皇室和社稷稳定的大事。

为什么这么说呢？

道理很简单，玄宗既然有某个特别宠爱的皇子或公主，那就意味着他有某个特别宠爱的嫔妃，正所谓"母宠子爱""母以子贵"。如果在这件事上迁就天子，那就等于助长了后宫的争权夺宠之风，而在宋璟看来，后宫的女人战争，最后往往会波及到外朝，导致社稷不宁，政局动荡。自古以来，这种事情可谓不胜枚举。远的不说，单说高宗永徽年间武昭仪和王皇后之间的后宫大战，最终就酿成了高宗与宰相集团的君臣对决，彻底改写了大唐王朝的历史。所以，此风断不可长，必须把天子的这点偏私之念扼杀在萌芽状态。

职是之故，宋璟一点面子也不给玄宗，当场就把事情挑明了，说："天子之爱，犹如天地覆载苍生。陛下对子女的爱，也应无袒无偏，一视同仁。如今命臣等另撰一对佳名美号，显然已有所偏私。所以臣还是想将三十对名号混同以进，以彰显陛下覆载无偏之德。"

玄宗闻言，尽管心里非常不爽，表面上还是把宋璟赞许了一番。

还有一次，是在开元七年五月初一，这一天发生了日食。古人通常把日食看成是皇帝德行有亏的象征，于是玄宗慌忙下了一大堆诏书，今天宣布自己要改穿素色衣服，要撤除宫廷伎乐，减免膳食；明天又命令中书、门下省要重审监狱中的囚犯，查看有没有冤情；后天又要求有关部门要赈济贫民，劝课农桑等等，真是忙得不亦乐乎。

玄宗这么做，一方面固然是怕遭天谴，但是最主要的，恐怕还是要作秀给百官看。宋璟对这套形式主义的东西超级反感，所以立刻进谏："陛下体恤民情，诚然是苍生之福。不过臣听说，遇到日食应该砥砺自己的品德，但关键还是在于诚心。所谓亲君子，远小人，杜绝妇人干政，排斥谗言奸佞，这才是真正的修德。对于君子来说，言大于行，光说不练是一种羞耻，若能以至诚之心去实践，也就不用下那么多诏书了。"

宋璟这番谏言，可以说是毫不避讳地揭穿了玄宗的作秀心态，一下子把皇帝搞得很下不来台。

史书没有记载玄宗对此作何反应，但是不难想象，李隆基心里八成是又羞又恼的。估计跟太宗李世民当初被魏徵弄得很不爽，回宫后只好对老婆嚷嚷，说总有一天要杀了魏徵这个乡巴佬一样，李隆基很可能当面不便发怒，可转过身也会拼命问候宋璟的十八代祖宗。

不过，无论李隆基对宋璟一而再、再而三地"触逆龙鳞"是否心存怨恨，但至少他在表面上还是"虚怀纳诲"的。

因为，他要当一个像太宗李世民一样的治世明君。

所以，他只能忍。

即便宋璟的谏言让他有如骨鲠在喉，芒刺在背，他也只能一忍再忍。就像佛教所说的"修大忍辱，得大福报"一样，从某种意义上说，日后那个繁荣富庶的盛唐，又何尝不是这么忍出来的？

司马光有一句话总结玄宗和宋璟的君臣关系，说得非常到位。他说，宋璟“刑赏无私，敢犯颜直谏”，所以玄宗“甚敬惮之，虽不合意，亦屈从之”。（《资治通鉴》卷二一一）

最后这“虽不合意，亦屈从之”八个字，道破了玄宗的真实心境。

宋璟：贤臣的典范（下）

当然，宋璟之所以敢于处处坚持原则，违背玄宗意志，而且对宗室和外戚都不讲情面，关键就在于他对自己也一直是高标准严要求，正所谓欲正人者，必先正己。

有两个例子可以充分说明宋璟的严以律己。

宋璟回朝拜相之前的职务是广州都督。当时的广州地处岭南一隅，文化相对落后，老百姓住的都是竹子和茅草搭盖的简易房子，平时也没觉得有何不妥，就是每逢干燥的季节便容易失火，而且一旦失火，往往一烧就是一条街。老百姓深受其弊，却又没有能力改变。宋璟到任之后，马上教当地百姓烧制砖瓦，同时大力实施旧城改造。没多久，广州百姓就住上了砖瓦结构的房子，“自是无复延烧之患”（《资治通鉴》卷二一二）。老百姓感念宋璟的恩德，就在开元六年初为他立了一块“遗爱碑”，以此称颂他在广州的惠民之政。

当时宋璟已经回朝担任宰相，听说这件事后，当即对玄宗说：“臣在广州并没有特殊的政绩，只因今日蒙受陛下恩宠，才会有这种阿谀谄媚的事情发生。如果要革除这种风气，希望从臣开始，请陛下下诏禁止。”玄宗很满意，遂依言而行，于是天下各州从此再也不敢随便为官员树碑立传。

这件事是宋璟自我约束的典型例子。

在这方面，宋璟和姚崇可以说有着天壤之别。姚崇长期纵容儿子和属下照权纳贿，可宋璟不仅自律甚谨，对亲戚的要求也非常严格。

开元七年底，吏部开始了一年一度的官员选拔工作，众多的候补官员云集京师。由于候选者多，职务缺额少，所以这些候补官儿就八仙过海，各显神通，有靠山的找靠山，没靠山的包红包，一个个上下奔走，四处请托，忙得不可开交。在这些人中，有一个叫宋元超的候补官，却显得超级自信。别人忙得脚后跟打后脑勺，惟独他显得气定神闲，不慌不忙。

很快，人们就发现了他如此自信的原因。

有一天，他大摇大摆地走进吏部，直接找到主管官员，报上自己的候补官身份，然后告诉对方，自己有个堂侄在朝中任职。

你侄子是谁呀？看把你牛的！

宋元超不紧不慢地报出了官职和名字——侍中兼吏部尚书宋璟。

主管官员吓坏了，这可是首席宰相的堂叔啊，怪不得一副牛皮哄哄的样子！于是吏部赶紧一边给他物色肥缺，一边上报宋璟。

宋璟闻报，马上给吏部下了一道牒文，说："宋元超是我的堂叔，长期住在洛阳，我和他很少打交道。他确实是我的长辈，这一点我不想隐瞒，但是我更不想因为这层关系而以私害公。本来他如果不自曝身份的话，你们还可以公事公办，现在他既然说了，那就没别的选择了，一句话——请解除宋元超的候补官资格。"

宋元超打死也不会想到，宋璟居然会如此六亲不认！本来如果走正常程序，他还有被选上的机会，如今倒好，恰恰因为他是宰相的堂叔，反而鸡飞蛋打，连候补官的资格都没了。

这件事传开后，宋璟的廉政之名自然是朝野皆知。

宰相身为"百僚之长"，不仅本身要率先垂范，具备严明高洁的操守，而且更需要有知人善任的眼光和智慧，才有资格和能力领导整个庞大的文官集团。

宋璟在这方面的表现也是可圈可点的。

开元六年（公元718年）冬，他给玄宗呈上了一道任免官吏的奏疏，疏中称："括州员外司马李邕、仪州司马郑勉，都有才干和文采，然性喜异端，好生是非，若加重用，必有后患，但全然不用，又可惜了他们的才干，故可分别授予渝州、硖州刺史；大理卿元行冲素称才行兼备，初用之时，能孚众望，时间一长却颇不称职，请转任左散骑常侍（没有实际政务的散官），以执法严正的李朝隐代之；陆象先有丰富的行政经验，为人宽厚，又能做到是非分明，可授河南尹一职。"

这就叫扬长避短，量才录用。有这样一双火眼金睛替皇帝严把人才关，玄宗就既不用担心官员队伍中有人滥竽充数，也不用担心有人怀才不遇了。司马光在《资治通鉴》中称，“璟为相，务在择人，随材授任，使百官各称其职”。此言可谓确论。

唐代有不少隐士，其中固然有“视富贵如浮云”的真隐士，但也不乏以归隐山林作为升官捷径的投机者。有人就曾经向宋璟推荐过一个叫范知睿的隐士，称他富有文学才华，并献上其所著的《良宰论》。宋璟阅毕，在书上写下了这样的批语：“观其《良宰论》，颇多阿谀之辞。隐士理应直言朝政得失，岂能如此谄媚取容？若自以为文章作得好，可走科举应试之途，不应私下请托。”可想而知，在如此刚直不阿、明察秋毫的宰相面前，任何人想抱着侥幸心理走一条“终南捷径”，结果都只能是痴心妄想。

尽管宋璟有严明高洁的操守，有知人善任的能力，但是金无足赤，人无完人，宋璟在为相期间也犯了两大错误，从而导致了自己的下台。

第一个错误是在治理经济方面，具体而言就是货币政策的失败。

唐朝的货币流通领域从立国之初就一直存在一个严重问题，就是政府的货币供应量始终不足。由于当时的货币以铜铸为主，不像我们今天的纸币想印多少就有多少，而铜矿的开采量毕竟是有限的，所以铜钱长期无法满足市场和贸易的需要。

唐朝的货币发行始于高祖武德四年，称为“开元通宝”，规定每个铜钱的直径为0.8寸，重二铢四分（约5克）。在官铸货币发行的同时，政府明文规定：民间不得盗铸，违者处以死刑，家属籍没为奴。

然而，随着唐朝立国日久，经济逐渐繁荣，市场对货币的需求量越来越大，政府发行的货币完全不能满足民间的需求，于是开始出现私人的盗铸，当时称为“恶钱”，相当于我们今天所说的假币。既然是民间私铸的假币，在成色和份量上当然与官铸货币不可同日而语，但它却可以极大地缓解市场需求，因而禁止盗铸的法令变成形同虚设。到了高宗显庆、乾封年间，恶钱已经在市场上广泛流通，严重扰乱了经济秩序，政府在屡禁不止的情况下，不得不采取温和的干预手段，下令用官铸一钱兑换五恶钱，再将恶钱回收销毁。

但是，这个措施却没有得到有效的实行。道理很简单，官府以一抵五，意味着老百姓手头的钱就要贬值80%，哪个傻瓜愿意乖乖地把钱拿去兑换呢？于是民间大多把恶钱藏起来，等禁令松弛了，再把钱拿出来花。不仅持有者不换，铸造者更是加大了盗铸的规模。为了躲避官府追查，很多盗铸者甚至把铸币工场设在了船上，然后把船划到江心，让你鞭长莫及。所以高宗政府虽一度想要推行新货币“乾封泉宝”（其尺寸和重量都比“开元通宝”略大），到最后还是归于失败。用现代经济学的话说，这就叫“劣币驱逐良币”。

到了武周时期，恶钱的成色和质量越来越差，连铁和锡都掺进了铜钱里。也就是说，盗铸的成本越来越低，利润越来越高，于是恶钱更是泛滥成灾。江淮一带的百姓纷纷以铸钱为业，假币制造商们要么把工场隐藏在崇山峻岭之中，要么设在船上，直接划船出海，让官府的缉捕人员要么高山仰止，要么望洋兴叹。

及至开元初年，作为政治和经济中心的长安和洛阳两京，恶钱已经满天飞了。有的假币制造商干脆不用铜，而全部用价值低，熔点也更低的锡来铸造，片刻工夫就能铸造数十上百个锡钱，在市场上也同样大行其道。

恶钱的大量制造和普遍流通固然弥补了政府货币供应的不足，但是弊端也是显而易见的。首先，它会导致通货膨胀和物价上涨；其次，致使百姓“皆弃农而竞利”，破坏农业生产；最后，利入私门，使国家财政受到私铸货币的左右，严重扰乱正常的经济秩序。

这种现象当然引起了宋璟极大的关注和忧虑。开元六年春，在宋璟的主持下，唐朝廷再度下令禁止恶钱，规定只有重二铢四分的标准铜钱才能继续流通。此次禁令在两京得到了比较严格的执行，长安和洛阳市面上的恶钱迅速被大量回收销毁。

然而问题却接踵而至，民间的货币流通量骤减，直接造成了贸易萎缩和市场萧条，于是两京舆情哗然，百姓怨声载道。宋璟当即采取补救措施，在征得玄宗的同意后，动用国库存款二万缗，以市场价格购入百姓手中滞销而官府可用的商品，同时让两京的各级政府官员预支薪俸，以便让官铸货币迅速占领流通领域。

开元七年二月，宋璟又采取了一项强力措施，将国家粮食储备库（太府）和州县储备的十万石粟米出售给百姓，借此吸收民间恶钱，然后全部予以销毁。稍后，宋璟又派遣监察御史萧隐之前往私铸恶钱的重灾区——江淮流域，负责恶钱的禁止和收缴。

应该说，宋璟的上述举措都是对的，于国家也是有利的。可问题是，对的不见得是好的，于国家有利的也不见得是于百姓有利的。尤其是萧隐之前往江淮以后，为了急于搞出政绩，动用了极为严厉的司法和行政手段，不仅挨家挨户收缴恶钱，而且“捕责甚峻”。（《新唐书·食货志》）如此一来，不但为数众多的假币制造商破产、坐牢，并且普通的商人和百姓在经济上也蒙受了巨大损失，同时也不可避免地导致了市场的萧条乃至瘫痪。

到了开元八年（公元720年）春，整个江淮地区已经被萧隐之搞得民怨沸腾，百业凋零，原本甚为合理的经济政策到头来变成了彻底的扰民之政。有鉴于此，玄宗不得不罢免了萧隐之的官职，随后禁令取消，恶钱复行。而宋璟作为这项政策的制订者和负责人，当然也被玄宗记了一大过。

就在禁止恶钱的政策遭到挫败的同时，宋璟在司法领域又犯了一个错误。

这个错误可以称为“旱魃（bá）事件”。

由于宋璟性格刚正，嫉恶如仇，所以对于犯罪的人极其痛恨，尤其是对那些不服判决而不断上诉的在押犯更是深恶痛绝。于是他便交代负责审理上诉案件的御史：“凡是服从判决，诚心悔过的，可以酌情减刑甚至释放；而那些上诉不已的冥顽之徒，就一直把他们关着，让他们把牢底坐穿！”

此令一下，那些有冤情的犯人可就惨了。本来蒙冤入狱还有上诉的机会，如今宰相大人一句话，就把他们申冤昭雪的希望彻底粉碎了，一时间群情汹涌，喊冤的呼声比平日更高。

当时又正巧碰上关中大旱，有人便借题发挥，搞出了一个旱魃事件。所谓旱魃，意思是制造旱灾的妖魅。古时候每逢天旱，人们总是认为旱魃作祟，所以就要举行仪式驱魅。由于很多人对宋璟这项政令不满，包括一些宫中优伶，也对那些有冤无处申的犯人非常同情，于是就专门编了一出讽刺小品，准备在宫中举行驱魅仪式的时候向皇帝献演，借此发泄对宋璟的不满。

当玄宗来观看演出时，一个优伶扮演旱魃，另一个就问他：“你为何出来作祟？”旱魃答：“奉宰相大人之命。”另一人作困惑状，问他何故。旱魃说：“如今含冤入狱的人足足有三百余个，可宰相大人却不让人申冤，这些人怨气冲天，我就不得不出来了。”

玄宗听着这几句台词，脸上顿时阴霾密布。

而宋璟的宰相生涯就在这一刻走到了终点。

开元八年正月二十八日，玄宗罢免了宋璟的宰相之职，改任开府仪同三司，将另一个宰相苏颋也罢为礼部尚书；同日，征召京兆尹源乾曜、并州长史张嘉贞入朝为相。

和姚崇一样，宋璟担任宰相的时间也只有三年多。

毫无疑问，尽管宋璟罢相的表面原因是在经济政策上遇到挫败，并且在司法领域犯了错误，但真正的原因其实也和姚崇如出一辙，同样是出自玄宗的用人原则——专任而不久任。

在离开相位后的好几年里，玄宗仍然对宋璟甚为倚重，曾当面对他说："卿国之元老，为朕股肱耳目。"而宋璟也依然保持着"犯言直谏"的刚正风范，对朝政得失知无不言，言无不尽。玄宗曾亲下一道手诏，称："所进之言，书之座右，出入观省，以诫终身。"（《旧唐书·宋璟传》）

姚崇、宋璟为相的时间虽然不长，但却对帝国政治的拨乱反正作出了卓越贡献，从而拉开了"开元盛世"的历史大幕。唐朝人郑綮在《开天传信记》中说："开元初，上（玄宗）励精治道，铲革讹弊，不六、七年，天下大治。"郑綮所谓的"六、七年"，正是姚崇和宋璟担任宰相的时期。由此可见，说姚、宋二人是开元之治的奠基人，应该是不为过的。

对于姚崇和宋璟的历史功绩，司马光曾经在《资治通鉴》中作出了很高的评价："崇善应变成务，璟善守法持正；二人志操不同，然协心辅佐，使赋役宽平，刑罚清省，百姓富庶。唐世贤相，前称房、杜，后称姚、宋，他人莫得比焉！"

张说：一个全能型宰相

开元八年（公元720年），源乾曜和张嘉贞继任宰相。就像前面两届宰相班子都是一正一辅、一刚一柔一样，这次唱主角的人是张嘉贞；而源乾曜虽说是二次拜相，资格比张嘉贞老得多，但由于为人宽厚，所以还是像从前那样甘当配角，凡事皆推让之，不敢与其争权。

张嘉贞为人精明强干，早在武周时期就在政坛上崭露头角，历任中书舍人、秦州都督、并州长史等职，在地方上颇有善政，史称其“为政严肃，甚为人吏所畏”。（《旧唐书·张嘉贞传》）。如果单纯从治理政务的能力来看，张嘉贞可以说是一个能臣，与姚崇有几分相似之处。然而，他却没有姚崇善变圆滑的一面，而是极为刚愎自用。拜相没多久，他就毫不避讳地提拔了几个朝臣作为心腹，组成了一个小圈子。尽管时人对此颇有微词，他却不以为意，依然故我。

假如在他的宰相任内，始终只有一个源乾曜给他当绿叶的话，那张嘉贞的宰相生涯肯定是顺风顺水的。

只可惜，事实并非如此。

就在他拜相的第二年，有个注定要和他死磕的人，就从地方上飘然回朝，旋即入相，成了这一届领导班子中的第三号人物。

让张嘉贞颇有些懊恼的是——这个人的资历比源乾曜还要老，与前两任宰相姚崇和宋璟也不相上下。并且更要命的是，这个人的性格绝不像源乾曜那样温良敦厚，唯唯诺诺，而是跟他张嘉贞一样精明自负，不肯让人。

这个人是谁？

他就是张说。

开元九年（公元721年）九月，张说从并州长史、天兵节度大使任上回朝，擢任兵部尚书、同中书门下三品。

作为数年前被玄宗罢黜的功臣，张说能够有机会回朝，并且还能官复宰相，委实有些出人意料。因为在当初那么多被罢黜的功臣中，他是唯一一个东山再起，梅开二度的。

那么，张说凭什么能梅开二度呢？

其实，只要细究玄宗此时的心态，张说的复相也就不难理解了。

首先，此一时彼一时也。玄宗亲政之初，最大的担心是皇权受到功臣的威胁，所以必须把功臣们逐出权力核心，他才能心安。而现在，经过姚崇、宋璟两任宰相的治理，政治早已步入正轨，国力也是蒸蒸日上，玄宗的皇权更是稳如泰山，再也不用担心有人篡位夺权了。在这个时候，如果玄宗觉得某个昔日功臣的身上还有可资利用的价值，他有什么理由不加以利用呢？

其次，随着开元初期玄宗君臣的励精图治，时至开元九年，一个太平治世已经初具规模。如果说前面的八年，玄宗需要姚崇和宋璟这样的能臣贤相来奠定治世基业的话，那么此刻，玄宗最迫切需要的，则是有一个文学宰相来替他粉饰太平，铺排盛世风光。

而张说，恰恰是这方面独一无二的最佳人选。

因为在当时，张说是朝野公认的文坛领袖，被誉为“一代文宗”。

早在武周时期，张说的文才便深受武曌赏识，曾奉命参与大型古诗集《三教珠英》的编纂。当时参加编纂的还有著名诗人宋之问、沈佺期、杜审言（杜甫的祖父）等，皆为一时才俊。睿宗时期，张说还曾供职东宫，担任李隆基的文学侍从，“深见亲敬”。后来张说拜相，又奉诏监修国史。即便是在被玄宗罢黜之后，在北方边境担任军职的那几年里，张说仍奉朝廷之命，“赍史本随军修撰”，也就是在繁忙的军务之余，始终兼着国史的编撰工作，从来没有间断。由此可见，玄宗对他在文史方面的才能一直是深为倚重的。

史称张说“前后三秉大政，掌文学之任凡三十年。为文俊丽，用思精密，朝廷大手笔，皆特承中旨撰述，天下词人，咸讽诵之。尤长于碑文、墓志，当代无能及者”（《旧唐书·张说传》）。可想而知，由这样一位政坛元老兼文章圣手来为玄宗描摹盛世画卷，再合适不过了。

最后，也是难能可贵的一点是，张说不仅是一代文宗，同时还是一个有勇有谋的军事将领，可以称得上是文武双全的复合型人才。而此时的大唐帝国通过将近十年的积累，国力已经日渐雄厚，所以当初姚崇“不幸边功”的建言也已被玄宗抛诸脑后，其开边拓土，炫耀武功的思想早已抬头。在此情况下，让文武兼资，熟悉军队和边防事务的张说复相，也就是顺理成章的事情了。

关于张说在军事上的才干和胆略，有两个例子足以证明。

开元八年，张说担任天兵军节度使，驻扎在并州，与驻扎在朔方（今宁夏灵武市）的王晙互为掎角，共同防御突厥（这个王晙，就是当初救了刘幽求一命的那个桂州都督，时任朔方军节度使）。由于地处胡汉交界地带，所以在他们各自的防区内，都住着许多归降的突厥部落。这些突厥人虽然已经降唐，表面上似乎没什么威胁，但是一旦有什么风吹草动，随时有可能复叛，所以无论对张说还是对王晙来讲，这些突厥降众始终是他们眼皮底下的定时炸弹，一点也不让人省心。

这一年秋天，王晙就收到了一份情报，称他辖区内的突厥部落有可能与北方的突厥军队里应外合，夺取朔方城。王晙当即奏报朝廷，准备设计除掉这颗定时炸弹。在得到朝廷的批准后，王晙举办了一场盛大的宴会，邀请辖区内的各部落酋长出席，然后设置伏兵，在席上把他们全部砍杀，随后又率部血洗了这些部落的余众。

诱杀事件发生后，整个北方地区的突厥降众大为震恐，包括张说辖区内的拔曳固、同罗等部落也是人心惶惶，惟恐遭到唐军的屠杀。张说知道，如果不及时采取防范措施，必将引发一场大规模的叛乱。于是他随即带上一支骑兵，直奔这两个部落而去。

他带了多少人？

答案出乎所有人的意料——二十个。

因为他不是去打仗的，所以人多不但没用，反而会坏事。

到达突厥人的营地后，张说就住在这些部落酋长的牙帐里面，跟他们同吃同睡，然后耐心讲解唐朝的少数民族政策，让他们不必恐慌，安心过日子。

本来张说带着那么少人出去，留在并州看家的副使就担心得要死，如今听说他居然跟那些突厥人同寝共食，更是吓坏了，赶紧修书一封，命快马送到张说手上，告诉他胡人无信，千万不要拿自己的性命去赌。没想到张说给他的回信却说："吾肉非黄羊，必不畏食；血非野马，必不畏刺。士见危致命，此吾效死之秋也。"（《资治通鉴》卷二一二）意思是：我的肉不是羊肉，不怕人吃；我的血不是马血，不怕人喝。何况大丈夫理应直面危难无惧死亡，今日正是我报效国家的时候，你不必再劝。

张说的勇气和诚意最终感动了突厥人，也让他们的疑虑和恐惧一扫而光。

凭借过人的胆识和谋略，张说成功安抚了辖区内的突厥降众，把一场可能发生的叛乱扼杀在了萌芽状态，比之王晙的暴力镇压不知高明了多少倍。

·

还有一件事，是发生在开元九年四月。

这一次，真的有一场叛乱爆发了。为首的是一个叫康待宾的胡人，他纠集了七万突厥降众，迅速攻陷了六胡州（高宗调露年间，唐朝在河套地区为归降的突厥人设置的六个羁縻州，分别是鲁州、丽州、含州、塞州、依州、契州）。不久，叛军又策动党项人（在今陕西北部）加入了叛乱，然后兵分两路，一路与党项联手，向东攻击银城（今陕西神木县南）、连谷（神木县北），准备越过黄河，威胁唐朝的龙兴之地并州；另一路由康待宾亲率主力南下，攻击夏州（今陕西靖边县），兵锋直指长安。

形势异常危急，玄宗亟命王晙的朔方军、郭知运的陇右军和张说的天兵军共同讨伐叛军。

张说驻扎在并州，其当面之敌就是党项与突厥的联兵。接到命令后，张说立刻率步骑一万多人向西进发，出合河关（今山西兴县西北裴家川口），与叛军展开遭遇战，结果一战便将叛军击溃。叛军余众向西逃窜，逃到骆驼堰（神木县西北）的时候，党项人不跑了。

因为他们后悔了。

悔不该听信突厥人的蛊惑之言，冒冒失失地起来造反，结果不但什么好处都没捞着，还被人在屁股后面追着打，真他娘的鬼迷了心窍！

他们一边后悔一边苦思自保之计，最后灵机一动，索性来个阵前倒戈，掉过头来打突厥人，希望以此戴罪立功，取得朝廷的宽恕。

突厥叛军没想到党项人会突然把矛头指向他们，猝不及防中被砍杀了一大片，残部仓惶北窜，逃往铁建山（铁山，属阴山山脉）。

此战唐军大获全胜。张说召集党项部众，一番安抚之后，命他们回到原住地，恢复从前的正常生活。有部将表示强烈反对，说党项人反覆无常，应该全部诛杀。张说大怒，说："王者之师，理当讨伐叛逆，安抚忠顺，岂能随便杀降？"

随后，张说奏请朝廷，在党项人的游牧区域设置了麟州（今陕西神木县），以此镇抚党项余众。

张说回朝复相之后，帝国的权利核心就有了三个宰相。

自玄宗亲政以来，宰相班子还是第一次出现这种情况。

原本一正一辅、一刚一柔的格局被打破了，取而代之的是张说与张嘉贞两强相争的态势。

作为二次拜相的政坛元老张说，当然没有把一年多以前刚刚入相的张嘉贞放在眼里；而作为现任中书令、首席宰相的张嘉贞，自然也不把排名第三的张说当一回事。

一山难容二虎。这两个同样姓张的政治强人碰到一块，注定会有一场较量，也注定要有一个被淘汰出局。

开元十年（公元722年）十一月，原本一直暗中较劲的二张终于在一次廷议中当着皇帝的面发生了争执。争执的起因是广州都督裴伷先因罪下狱，玄宗召集宰相们廷议，讨论对裴伷先的处置办法。

张嘉贞建议对其实施廷杖之责。所谓廷杖，说白了就是当众打屁股。张嘉贞话音刚落，张说立刻反驳："臣听说，古人主张'刑不上大夫'，目的是为了培养他们的自尊心和廉耻心。更何况，士可杀不可辱！如果有罪，该死刑就死刑，该流放就流放。据臣看来，裴伷先的罪状理应判处流放，何苦要以廷杖相辱？"

张说一番话说得有理有节，大义凛然，张嘉贞一时语塞，竟不知如何应对。

玄宗深以为然，决定按张说说的办。

张嘉贞被一顿抢白，又在皇帝跟前丢了面子，心里大为恼怒。退出大殿后，他忍不住质问张说："也就讨论个芝麻大点的事儿，你何必上纲上线？"

张说悠长地看了他一眼，冷笑着说："宰相这个位子，运气来了就坐上去，运气走了就乖乖下台，岂能坐一辈子？要是今天可以随意对大臣施以廷杖之辱，谁敢保证明天不会轮到你我头上？我刚刚说的那些话，并不是为了区区一个裴伷先，而是为了普天下的所有士君子。"

张嘉贞气得脸红脖子粗，可就是一句话也说不出来。

张说向他拱了拱手，带着一抹淡淡的笑意扬长而去。

很显然，姜还是老的辣。

在官场斗争方面，张嘉贞比久经考验的老同志张说嫩多了，压根就不是他的对手。

也是张嘉贞自己流年不利，就在廷杖事件发生后没多久，也就是开元十一年（公元723年）二月，张嘉贞自家的后院起火了。

问题出在张嘉贞的弟弟，时任金吾将军的张嘉祐身上。

本来，在张说没有回朝之前，张氏兄弟在朝中是很拉风的，哥哥贵为宰相，弟弟又是皇帝的御前侍卫将领，兄弟俩"并居将相之位，甚为时人之所畏惮"。（《旧唐书·张嘉贞传》）可张说来了之后，张氏兄弟的幸福生活就戛然而止了。先是哥哥在皇帝跟前被张说抢了风头，继而弟弟张嘉祐又突然被人检举揭发，说他贪污受贿，有关部门一查，还真有这么回事。

这下麻烦大了。弟弟贪赃枉法，以权谋私，身为宰相的哥哥自然逃不了干系。

就在张嘉贞忧心忡忡的时候，张说主动找上门来了。

他用一种语重心长的口吻告诉张嘉贞，你也不用太着急，事情反正已经这样了，而今之计，你最好先不要上朝，而是换上素服在家里待罪，让皇上觉得你诚心悔过，也许事情还有转机，结果也不至于太坏。

尽管张嘉贞明知道张说这是黄鼠狼在给鸡拜年，可人在倒霉的时候，脑袋往往也不太清楚。彷徨无措的张嘉贞想来想去，觉得张说的话也不是完全没有道理，于是就听从了他的劝告，此后一连几天都没去上朝，而是躲在家里闭门思过，专心忏悔。

张嘉贞没有想到，他这么做，其实是在自我毁灭。

道理很简单，如果他上朝，还能当面向玄宗表明清白，俗话说见面三分情，君臣面对面把事情说开了，或许玄宗还会网开一面，饶他这一回；可现在他躲着不上朝，其结果并不会让玄宗觉得他是在悔过，而只会让人觉得：他这是做贼心虚，所以没脸见人。

这一年二月十三日，一道贬谪令就递到了张嘉贞手上——他被罢免了宰相之职，贬为幽州（今北京）刺史。

直到这一刻，张嘉贞才幡然醒悟，意识到自己又一次被张说那老狐狸算计了。

可事已至此，无由挽回，张嘉贞只有怀着满腔悔恨打点行囊，黯然离开朝廷。

短短十几天后，张说就顺理成章地顶了张嘉贞的缺，荣升中书令，成了首席宰相。张嘉贞气得咬牙切齿，逢人便说："中书令的名额有两个，他张说何必非得踩着我的肩膀往上爬？"言下之意是双方大可以平分秋色，相安无事，不一定非要斗个你死我活。

可这显然是失败以后才会有的言论。在他没下台之前，就算张说想和他平起平坐，他张嘉贞肯干吗？

当然不肯。

所以说，人在台上和台下的心态是不一样的。

其实，为官的道理大致跟挤公交类似。还没挤上去的时候会拼命嚷嚷，说上面还有位子，大伙再挤一挤。可一挤上去，就会冲后面的人吹胡子瞪眼，大骂别人眼睛瞎了，明明没位子了还挤，甚至恨不得踹下面的人两脚。

张嘉贞前后不同的心态，大抵如此。

张说与张嘉贞的二虎相争，就这样以张嘉贞的落败告终。

令人意想不到的是，时隔一年多之后，二张之间又当面发生了一次摩擦。准确地说，是上演了一幕小小的闹剧。

张嘉贞罢相的第二年，又被玄宗征召回朝，就任户部尚书。玄宗为了化解他和张说的矛盾，特意命中书省设宴，为他接风洗尘。尽管张说很不情愿，可天子之命又不能违抗，只好硬着头皮出面作陪。两人一见面就大眼瞪小眼，现场气氛十分尴尬。勉强喝过几杯之后，张嘉贞突然借着酒劲发飙，冲到张说的面前破口大骂，甚至挽起袖子准备揍他，还好被源乾曜和王晙等人死死拦住，才没出什么大事。

堂堂宰相因权力之争而结仇，到最后甚至搞到当众打架，委实有辱斯文。满朝文武听说之后，都有些哭笑不得。

不过，此时的大唐百官们并不知道，张说和张嘉贞的矛盾斗争其实只是一个引子，在未来的帝国政坛上，宰相之间的纷争还将一次又一次地频繁上演。换言之，以张说复相，张嘉贞罢相为标志，开元初期那种宰相班子同心同德的良性局面已经一去不复返了。

当然，对玄宗而言，让张说取代张嘉贞，并不是他的决策失误，而恰恰是他主动选择的结果。张嘉贞虽说是一个挺能干的大臣，在地方上颇有善政，入相后也以“断决敏速，善于敷奏”著称，但充其量只能算是一个事务型宰相，已经远远不能满足时代的需要，更不能满足玄宗对宰相的需要。

正如前文所说，此时的玄宗，需要的是一个能够制定方向，统揽全局，渲染文治武功，铺排盛世风光的全能型宰相。而除了张说，还有谁更适合这个角色呢？

没有了。所以，历史注定要在这一刻，把文武双全的张说推上帝国政坛的巅峰，而张说也注定要在这一刻，把玄宗治下的大唐帝国推向历史的巅峰。

套一句很俗的话说，这就叫时势造英雄，也叫英雄造时势。

封禅泰山：走向历史之巅

其实也怪不得玄宗会大力提拔张说，因为他这个人确实有才。

张说开元九年年底回朝，第二年就在军事上推行了两项重大改革，这两项改革最终都有利于国家的经济发展；第三年上半年，又在文化建设、政治宣传方面开创了崭新局面，下半年，又对宰相制度进行了改革；第四年，又“首建封禅之议”，并且积极筹划，一手操办，终于在次年成功举行了泰山封禅。

在有唐一代将近三百年的历史上，张说的上述举措几乎都具有划时代的意义。尤其是在他的首倡和筹划下，于开元十三年（公元725年）举行的泰山封禅，更是大唐全盛时代来临的一个标志性事件。

下面，就让我们近距离地看一看，作为一个文武兼济的全能型宰相，张说是如何从军事、经济、文化、政治等多方面，帮玄宗打造一个巍巍煌煌的太平盛世的……

由于张说在边疆任职多年，对帝国的边防事务了如指掌，对其中存在的积弊更是洞若观火，所以他复相之后的第一个重大举措，就是对冗员充斥的边防部队实施了大规模裁员，让裁撤下来的这些人员全部返乡务农。

此次裁军人数说出来令人咋舌——足足有二十多万！

当时唐朝的边防军总数不过六十几万，这一裁等于裁掉了三分之一。乍一看，这对于一个边境线漫长、强敌环伺、边患频仍的帝国而言，实在是有点伤筋动骨的危险。自从高宗末年，武曌当政以来，帝国在军事上就频频失利，几乎同时遭到来自各个方向的军事威胁。西线有吐蕃王国的强势崛起，北方有东突厥第二汗国的死灰复燃和急速扩张，东北有奚和契丹的叛乱，在西域又与西突厥反复争夺，连年征战……尽管到了开元时代，大唐帝国与各条战线上的对手们基本上都进入了战略相持阶段，但是强敌环伺、边患频仍的局面并没有得到根本改变。

因此，当张说向玄宗提出这项裁军建议的时候，玄宗心里顿时充满了疑虑。

二十多万？

一下子裁这么多人，是不是有点伤筋动骨了？

然而，在张说看来，这二十多万边防戍卒既非筋，也非骨，只能说是一堆可有可无的烂肉。

为什么这么说？

张说向玄宗道出了实情。他说："陛下，臣久在疆场，十分清楚边防军的情况。那么多边防戍卒，其实并不都是在捍卫边疆的，而是将帅们用以自保的私人武装和任意驱使的工具罢了。而且，兵贵精不贵多，真的要御敌制胜，根本不需要这么多人。与其白白浪费这些劳动力，妨碍农业生产，还不如让他们回家种田。陛下如果不放心，臣愿意以阖家一百多口人作担保！"（《旧唐书·张说传》）

玄宗经过慎重考虑，最后还是同意了张说的裁军计划。

就这样，张说这个"朝廷大手笔"振臂一挥，二十多万人就卸甲归田了。

在古代，农业是国家的经济命脉，这二十多万青壮劳力返乡务农，无疑可以成为农业生产的一支生力军。所以，尽管裁军举措表面上是属于国防政策，但实际上所产生的有利影响却是体现在经济方面。从这个意义上说，张说新官上任烧的这第一把火，其实就已经在一定程度上促进了开元时代的经济发展，影响殊为深远。

紧继裁军行动之后，张说在军事上推行的第二项根本性的改革就是——改"府兵制"为"募兵制"。

府兵制起源于西魏，完善于北周，是宇文泰创立的一项"兵农合一，寓兵于农"的兵役制度，被隋、唐沿用，至玄宗开元年间，这项制度已经实行了一百七十余年。按府兵制规定，凡二十至六十岁的农民，平时在家务农，农闲时接受军事训练，战时奉调出征，每年还须轮番宿卫京师，并轮流到边疆镇戍。

显而易见，府兵制最大的好处就是：国家不用养兵，可以省却一大笔国防开支。但是，最大的弊端也在这里。按规定，府兵出征时的武器、装备、粮食、日常用品等等，一切均需自备。这固然减轻了国家的财政负担，可对于个人却是一种难以承受的重负。为国家卖命打仗，还要花自己的钱，这在今天的人看来无异于天方夜谭，可在当时却是天经地义的。

唐朝初年，国力强盛，社会稳定，制度比较健全，府兵虽然负担重，但他们可以在均田制的基础上分配到足够的农田，本人还可免除租赋徭役，而且无论是出征还是宿卫，都有严格的制度保障，兵役一结束便可回家务农，因此经济相对比较优裕。然而，到了高宗末年和武曌时代，豪强兼并之风大起，均田制逐渐破坏，府兵很难分配到足额的田产，加之国家连年征战，府兵家属承担的租赋徭役日重，而府兵出征戍边的时间又严重逾期，往往是壮年应征而白首未归，导致家中田地经年抛荒，府兵及其家属普遍陷入贫困，甚至濒临破产边缘。

在此情况下，无论是在役的府兵还是即将服役的适龄青年，要想让自己和家人活下去的唯一办法，就只有一个字——逃！

只有带上妻儿老小，逃离他们的户籍所在地，跑到别的地方垦殖开荒，他们才能活命。就算日子依然困窘，但至少不会战死，不会饿死，而且一家人还可以在一起，不用承受生离死别之痛。

从武周时代起，户口逃亡现象已经非常严重，府兵制渐趋衰败。及至玄宗开元初年，逃亡人口有增无减，府兵制更是名存实亡，根本抽调不出足够的兵力来宿卫京师。（《资治通鉴》卷二一二）

正是在这样的背景下，张说向玄宗提出了改革兵役制度的建议。他采取的办法是：面向全国的所有青壮年公开招募，不问背景，不问资历，不追查过去，并提供优厚待遇。张说相信，只要采取这种新的兵役制度，已经逃亡的府兵必定会争先恐后地前来应征。

开元十年（公元722年）九月，玄宗采纳了张说的建议，开始实行募兵制。果然不出张说所料，短短旬日之间，朝廷便招募了足足十三万精兵。

至此，已经在西魏、北周、隋、唐四朝实行了一百七十余年的府兵制，正式退出历史舞台，被募兵制所取代。

“兵农之分，从此始矣”。（《资治通鉴》卷二一二）

张说的这项改革，不仅使国家的兵源得以恢复，使军队实现了职业化，大幅提高了兵员的专业素质，而且彻底消除了老百姓的兵役负担，让大量的青壮劳力回到了田间地头，稳定了社会秩序，促进了农业生产和经济繁荣。因此，此举跟裁军一样，其意义绝不仅限于军事领域，而是一项于国于民都有极大利益的德政。

自古以来，中国就有盛世修书（修史）的传统。

无论哪朝哪代，帝王和士大夫们总是把此举视为政治昌明、文化繁荣的象征，并以此作为衡量盛世的主要标准之一。远的暂且不说，仅以唐初的贞观时代而论，在唐太宗治下的短短二十余年间，官方修纂的前代正史就多达八种，占了《二十四史》的三分之一，堪称规模空前的一大文化盛举。唐代以后，每逢国力较为强盛的时候，官方就会适时启动庞大的修书计划，而且往往一代比一代范围更广，力度更大，种类更多，卷帙更繁。比如宋之《册府元龟》《太平御览》，明之《永乐大典》，清之《四库全书》等，无不是当时的统治者为了彰显其盛世气象而倾力为之的重大文化成果。

而唐玄宗之所以起用张说，其主要目的之一，当然也是为了让这个“一代文宗”能够在“文治”上作出贡献。开元十一年（公元723年），玄宗创办了丽正书院（两年后更名为集贤殿书院），由张说领衔，担任“修书使”主持院事，然后汇聚当时的文学英才（其中就有著名诗人贺知章），以四部分类法对古籍进行全面的编校整理，同时承担为皇帝讲解经史的职能。书院成立后，玄宗特意交代有关部门，一定要为书院提供最好的设施和条件，并为院士们提供最优厚的待遇。

由张说领导的这个书院，既是当时最具权威的文化机构和思想库，也是皇帝的决策咨询机构和智囊团，同时更是推进文治，铺排盛世风光的主阵地。说白了，其政治宣传的功能并不亚于文化建设的功能，甚至前者的色彩远比后者更浓。

史称张说“善用己长，引文儒之士，佐佑王化，当承平岁久，志在粉饰盛时”（《旧唐书·张说传》）。这“粉饰盛时”四个字，就是玄宗赋予集贤院的主要政治使命。

不过，并不是所有人都能领会玄宗的意图。

当时，有个别政治嗅觉比较迟钝的朝臣，对书院的创办就持否定态度。尤其是看到那些院士们一个个既尊贵，又清闲，还能享受高额津贴，有人就更是眼红得要命。比如一个叫陆坚的中书舍人，就曾经在朝会上公开发牢骚，说这些院士都是吃干饭的，对国家并没有什么好处，徒然浪费国家资源而已，还说他一定要上疏，奏请皇帝撤销书院。

张说听说后，亲自去找陆坚，当面给他上了一堂政治课：“自古帝王于国家无事之时，莫不崇宫室，广声色。今天子独延礼文儒，发挥典

籍，所益者大，所损者微。陆子之言，何不达也！”（《资治通鉴》卷二一二）

这段话的意思是：自古以来的帝王，在国家太平无事之时，通常都会大兴土木，纵情声色。可惟独当今天子能够尊崇儒学，延揽文士，研究古籍，阐扬经典，这么做对国家大有裨益，相应的花费实在算不上什么。可见陆先生您说的那些话，是何其无知、何其狭隘啊！很显然，张说这番话，表面上是说给陆坚听的，其实是说给玄宗听的。

玄宗得知此事后，当然对张说非常满意，也对他越发倚重。而那个毫无政治头脑的陆坚，则引起了玄宗的强烈反感，这辈子要想再升官，估计是比登天还难了。

张说自从取代张嘉贞成为中书令后，就成了帝国的首席宰相，然而在他看来，自己在行使权力的时候还是受到了很多无形的制约，难以放开手脚。

让他感到掣肘的，并不是具体的哪个部门或官员，而是唐朝的宰相制度本身。

唐代实行的是集体宰相制，大多数时候，宰相都在六至十人之间。这些宰相本身都是三省或六部的长官，上午在“政事堂”集中议政，下午各回本省或本部办公，所以都是兼职宰相。而政事堂也只是举行联席会议的场所，并不是凌驾于三省六部的决策机构。之所以会有这样的制度安排，一方面固然是为了集思广益，另一方面也是为了避免个别宰相大权独揽。此外，从机构职能来看，中书省负责决策，门下省负责驳议，尚书省负责执行，三省之间既分工合作又相互制约，也能有效防止宰相专权。

尽管到了玄宗时代，宰相名额已缩减为二至三人，首席宰相的权力也已远远大于初唐时期，但是制度的惯性力量仍在，所以就算是首席宰相，在具体工作中也还是会受到很多限制。

为此，张说极具针对性地提出了一个改革计划。

开元十一年十二月，在得到玄宗的批准后，“政事堂”被取消，改为“中书门下”，同时下设吏房、枢机房、兵房、户房、刑礼房，分管各项政务。

这是大唐立国以来最大的一次行政制度改革。

此次改革引起了三个方面的重大变化。首先，政事堂改为中书门下，绝不仅仅是改一个名称那么简单，而是从一个议政场所变成了帝国的最高权力机构；其次，无论宰相是三省长官还是六部尚书，也都由兼职变成了专职，从此不需要在宰相官署和本司之间两头跑。“开元已后，宰臣数少，始崇其任，不归本司”（《旧唐书·杨国忠传》）；最后，中书省和门下省成为一个联合的宰相官署，就意味着把门下省的驳议之权取消了；同时，五房的行政职能又基本对应于尚书省下辖的吏、户、礼、兵、刑、工六部，这就相当于把尚书省的行政权力也架空了。如此一来，中书门下既是最高决策机构，又兼具最高行政机构的职能，首席宰相便可以随时绕开六部，让五房直接贯彻他的政策意图了。

上述三点变化，基本上可以归结为一句话——三省分工趋于模糊，分权体制宣告瓦解，首席宰相一人独大。

这项改革的好处是：权力高度集中，行政效率大幅提高，彻底杜绝扯皮、推诿等现象，可以迅速而高效地执行皇帝和宰相的政令。但是弊端也是显而易见的——极易导致宰相专权。若干年之后，大唐帝国之所以会出现一个独揽朝纲十九年的权相李林甫，未尝不是此次改革埋下的祸根。

完成上述这几项重大改革后，张说就步入他人生中最辉煌的时期了。此时的张说上有天子宠信，下有百官拥戴，要声望有声望，要政绩有政绩，要地位有地位，要权力有权力，真可谓万事顺遂，风光无限。

一般人走到这一步，肯定会感到心满意足了。可是，张说并不满足。对他来讲，这一切固然令人自豪，却不足以令他止步。

因为还有一件事情没有做。

什么事？

封禅。准确地说，是由他牵头，帮助玄宗完成泰山封禅。在张说看来，只有做完这件事，他才能以一个盛世贤相的光辉姿态当之无愧地走进青史。

开元十二年（公元724年）十一月，张说“首建封禅之议”，满朝文武群起响应，“屡上表请封禅”。（《资治通鉴》卷二一二）玄宗一再表示谦让，而张说则率领百官和四方文学之士再三请愿，“上书请修封禅之礼并献赋颂者，前后千有余篇”。（《旧唐书·礼仪志三》）

在作足了一番姿态后，玄宗才颁下一道《允行封禅诏》，宣布将于来年十一月登临泰山，举行封禅大典。

封禅是中国古代规格最高的祭祀天地的大典，是帝王“受天命，告成功”的重大仪式。古人认为，只有在政治清明、社会安定、帝王贤明、天下大治的情况下，才有资格举行封禅。用张说在《大唐封祀坛颂》中的话来说，就是要满足三个条件：一、“位当五行图箓之序”，意思是政权必须具备正统性与合法性；二、“时会四海升平之运”，亦即天下太平，国力强盛；三、“德具钦明文思之美”，是指帝王必须具备高尚圣明、崇文重道的品德。

在张说看来，只有同时具备上述三个条件，举行封禅才能名实相副。“是谓与天符，名不死矣。有一不足，而云封禅，人且未许，其如天何！”（《全唐文》卷二二一）

正是由于条件如此苛刻，所以在唐朝之前，举行过封禅大典的皇帝只有三个：秦始皇、汉武帝、汉光武帝，此后历魏晋南北朝数百年而无人敢行封禅。迄至唐代，太宗君臣亦曾有过封禅之议，最后却因各种原因不得不取消。直到高宗乾封元年（公元666年），高宗李治凭借太宗李世民缔造的盛世余威，才以守成之主的身份举行了泰山封禅，但后人普遍认为他不具备封禅的资格，称其“封岱礼天，其德不类”（《旧唐书·高宗本纪》）。至于女皇武曌在万岁登封元年（公元696年）举行的嵩山封禅，更是因其女主身份而得不到后人的认同。

而作为大唐历史上第三次，也是最后一次封禅，玄宗此次封禅应该说是最符合条件的。

首先从个人条件来看，与高宗李治和女皇武曌相比，李隆基身上似乎更具有创业色彩。众所周知，李隆基完全是凭借个人奋斗和不懈努力才取得天下的，而且正是由于他的奋斗，才终结了“后武曌时代”动荡不安的政治局面，使得大唐帝国不至于在“牝鸡司晨”的梦魇中继续沉沦。从这个意义上说，玄宗李隆基与太宗李世民的创业历程最为相似，他们所拥有的人格魅力也最为相近。如果给大唐开国以来的七个皇帝制作一个“个人综合素质排行榜”，那么玄宗应该和太宗一样，都是属于名列前茅的。

其次，从社会条件来看，正是由于玄宗和太宗一样，深知“草创之难”，所以在亲政之后，他才会“依贞观故事”，任贤纳谏，兴利除弊，并通过十几年的励精图治，使得国力蒸蒸日上，百姓安居乐业，

“累岁丰稔”“年谷屡登”。据唐人郑綮在《开天传信记》中称，唐玄宗封禅泰山前后，大唐天下“河清海晏，物殷俗阜，安西诸国，悉平为郡县。自开远门西行，亘地万余里，入河湟之赋税。左右藏库，财物山积，不可胜较。四方丰稔，百姓殷富，管户一千余万，米一斗三四文，丁壮之人，不识兵器。路不拾遗，行者不囊粮。”由此可见，此时的大唐帝国确实已经呈现出一派繁荣富庶的盛世景象。

综合上述的主客观条件，我们有理由认为，此时的唐玄宗是配得上“治世明君”之称号的，因此当然也就有资格举行一次“受天命，告成功”的封禅大典。

玄宗的《允行封禅诏》颁布后，以张说为首的文武百官就开始了礼仪制订、文告草拟、议程安排、人员派遣、物资调配等一系列筹备工作。在紧张忙碌地筹备了将近一年之后，张说等人的工作才宣告完成。

开元十三年（公元725年）十月十一日，玄宗从东都洛阳出发，启程前往泰山，随行的有文武百官、皇亲国戚、四夷酋长、各国使节，以及大批的军队和侍从人员，一路上旌旗招展，鼓乐喧天。扈从人员所骑的数万匹马，分别以不同颜色单独编队，或纯白，或纯黑，或棕黄，或枣红，形成了一个个色彩鲜明的方阵，远远望去，如同大片大片的锦缎铺展在大地上。在绵延不绝的大队人马后方，还有满载各种物资的后勤车队，从首至尾长达数百里。每当封禅队伍停下来进餐或休息，方圆数十里内全是人员和马匹，熙熙攘攘，万头攒动……

此次封禅规模之浩大，场面之壮观，比之高宗当年的封禅，亦可谓有过之而无不及。

十一月初六，浩浩荡荡的封禅队伍终于来到泰山脚下。玄宗命百官、仪仗和军队留在山下，仅率张说等中书门下的主要官员、宗室亲王及负责祭仪的礼官登山。

十一月十日，玄宗君臣在泰山顶峰正式举行了隆重的祭天仪式。

仪式开始后，礼官在封坛上高声宣读告天玉牒：“有唐嗣天子臣某，敢昭告于昊天上帝。天启李氏，运兴土德……上帝眷祐，赐臣忠武。底绥内难，推戴圣父。恭承大宝，十有三年。敬若天意，四海晏然。封祀岱宗，谢成于天。子孙百禄，苍生受福。”（《旧唐书·礼仪志三》）随后，玄宗亲自主持初献，由邠王（原豳王）李守礼主持亚献，宁王李宪主持终献。

献礼毕，玄宗亲手点燃了堆满柴薪的“燎坛”。当巨大的火焰腾空而起，群臣山呼万岁，山下的文武百官和大队人马立刻响应，一时间万岁之声震天动地，响彻云霄。

此时此刻，正值不惑之年的李隆基伫立在高耸入云的泰山之巅，俯瞰着莽莽苍苍的帝国山河，回首过去四十年的峥嵘岁月，眺望更加辉煌灿烂的未来，不禁豪情满怀，感慨万千。

是的，李隆基有理由为这一刻感到自豪。因为这一刻，他所登临的不仅是泰山之巅，同时也是历史之巅。因为他终于实现了上天赋予他的神圣使命，开启了一个海晏河清的太平盛世。

这一刻注定要彪炳千秋，永垂史册。

以开元十三年的泰山封禅为标志，大唐帝国进入了一个前所未有的全盛时代。

后人把这个时代称为盛唐。

然而，与盛唐的绝世繁华同时到来的，则是玄宗李隆基日渐膨胀的欲望，以及帝国高层日趋复杂的矛盾斗争。

从外朝的宰相，到内宫的后妃；从骄恣的宠臣，到得势的宦官；从权相的崛起，到太子的废立，这样的斗争无时不在，无处不在，就像是一只看不见的手，在绚丽斑斓的盛世画卷背后，涂抹着另一种诡谲、阴郁、变幻不定而又令人心悸的色彩……

读客®“公务员读史”丛书

读历史，更懂政治，修身治国平天下

什么是读客“公务员读史”丛书？

中国官场，自古如一。你今天碰到的难题，大秦宰相李斯也碰到过；你昨天遇到的麻烦，晚清名臣曾国藩也遇到过；他们是怎么一一化解的？

在中国公务员群体中广泛流传的读客“公务员读史”丛书，讲述历代帝王将相跌宕起伏的传奇命运，重走他们飞黄腾达的仕途之路，收获他们老谋深算的官场智慧与技巧，常常让人在不经意间，茅塞顿开，于纷繁复杂的官场万象中，认出规律、方法和道路来，修身治国平天下。

**认准读客“公务员读史”丛书——读历史，更懂政治
修身治国平天下**

《卑鄙的圣人：曹操》全国热卖中！

曹操去世1791年来，曹操本人最服气的曹操全传

一件件讲透，曹操收拾三国群雄的卑鄙、奸诈、狠毒计谋；
一页页浸透，曹操体恤天下众生的柔情、仁义、圣人情怀。

历史上的大奸大忠都差不多，只有曹操大不同！

曹操的计谋，奸诈程度往往将对手整得头昏脑涨、找不着北，卑鄙程度也屡屡突破道德底线，但他却是一个心怀天下、体恤众生的圣人；而且他还是一个柔情万丈、天才横溢的诗人；最后他还是一个敏感、自卑、内心孤独的普通男人。

公元189年秋，曹操逃避董卓追杀，躲到老友吕伯奢家。吕家人磨刀杀猪款待曹操，曹操却疑心他们要谋害自己，断然砍杀吕氏全家；逃出门正好遇到吕伯奢打酒归来，问他猪杀好没？曹操惊愕中将热情的吕伯奢一刀捅死。

公元194年，曹操攻打吕布，为激励士气，他火烧城门断绝后路，但一开战就中了埋伏，几乎全军覆没，赶紧仓皇回撤，穿过自己刚才点燃的熊熊大火，胡子烧焦了一半，正在残余人马垂头丧气的时候，满脸烟灰的曹操沉思半晌，突然下令立即夜袭吕布，因为他算到吕营刚刚得胜，此时必然松懈！果然得计。

公元220年3月15日，临终前，这个一代枭雄的遗言却如此温柔：老婆们要学会做鞋子来卖，挣钱养活自己，想改嫁的就改嫁，说完永远合上了他的眼睛。

翻开本书，您将了解中国历史上这个独一无二的家伙，进入曹操尘封了两千年的精彩内心世界。

最后一个汉人皇帝
崇祯大败局
想失败
学崇祯
长篇小说